宮部美幸作品集

宮部美幸作品集 03

模倣犯　（三）

（中文版全四冊）

作者：宮部美幸
譯者：張秋明
責任編輯：戴嘉宏

發行人：陳雨航
出版：一方出版有限公司
地址：台北市 100 中正區博愛路 193 號 4 樓
電話：886-2-23703026　傳眞：886-2-23121263
e-mail: editor@ifront.com.tw
劃撥帳號：19732111　戶名：一方出版有限公司

總經銷：遠流出版事業股份有限公司
地址：台北市 100 中正區汀州路三段 184 號 7 樓之 5
電話：886-2-23651212　傳眞：886-2-23657979
遠流博識網：http://www.ylib.com
印刷：一展彩色製版有限公司

ISBN：986-7722-27-2
初版一刷：2003 年 10 月 5 日

定價：280 元

模倣犯

The Copy Cat

宮部美幸 著
張秋明 譯

17

十月的後半部，有些日子過得就像少女跳舞的輕盈腳步一樣，有些日子又像垂死的蝸牛一樣沉重緩慢。

案情沒有什麼進展。因爲和平和浩美潛伏著不出來，也是當然的結果。現在在兩人腦海裡，只有想到要如何設計高井和明成爲兇手。被害人的人數已經夠了，如今需要的是兇手，是社會所要求的兇手。

和平強調：心理學上的證明已經夠充分了，高井和明對社會的怨恨就能解釋一切。他出生像個喪門犬，活著也像個喪門犬，因爲復仇的心理導致他犯下一連串的罪行。殺害的對象都是女性，證明他是一個抑鬱寡歡、欲求不能滿足的男性！

此外再添加一些鐵證在和明身上，一切就大功告成。不在場證明也不必擔心。將近三十歲還跟父母住在一起，沒有特定的女朋友，沒有任何嗜好的男人，他的生活模式可以想見。到時候要是被問到不在場證明時，和明的回答只有一個：「我在家裡」，而能夠爲他證明的也只有家人。近親的證詞是不具效力的，比羽毛還要輕！

二十一日的《日本日刊》有一個獨家報導，讓栗橋浩美十分震驚。嫌犯「T」。之前他就知道這個人。根據他的說法，這個人是和平事先安排的「地雷」。果不其然警方也踩到地雷了。和平的設想眞是周到，簡直如有神助！

夜裡很晚，和明打電話來問說：「那個『T』是兇手嗎？」栗橋浩美毫不猶豫就回答：「不是」。然後在心中低語：因爲你才是兇手呀，和明。

和明好像很失望。

「你不必在意那種人啦。」

對於栗橋浩美說的話，和明只是很沒有精神地回答：「我知道了。」同時又好像要說些什麼似的，支支吾吾地還是什麼都沒有說。

栗橋壽美子出院後，和明帶花來栗橋藥局祝

賀。栗橋浩美並沒有跟和明說，媽媽是因爲帶走別人家的女兒，所以比預定早出院。只是故意開朗地說：「以後每天要到醫院做復健，是吧，媽？」

和明不知爲什麼跟壽美子說話時也很緊張。可以用手觸摸她的輪椅背部，卻不敢直接觸摸她的身體。好像遠遠看著壞掉的東西一樣，表現得十分溫柔。

回去的時候，栗橋浩美在門口對他說：「關於那件事……。」

「怎麼了？報紙和電視都爭相報導T的事……？」和明立刻緊追著問。栗橋浩美只是搖搖頭。

「是嗎……。」

「和明，從現在起，我會有一段時間不在家。」

「要回住的地方嗎？」

「沒錯，但不是只有那樣。這也是爲了那件事所必要的，不過我會打電話的。就算沒事也會打電話的。」

「我知道了。」和明乖乖地回去：「你自己小心點。」

最後還丟過來一個怎麼看都像是同情的視線，讓栗橋浩美有些在意。那種納悶和不愉快的感覺就像是雨天沾到泥水的褲子一樣，始終留在心上。

接著他立刻跟和平聯絡。沒想到和明從二十一日起竟十分熱衷於嫌犯「T」。聽他說話似乎可以感覺他幾乎已經忘記要設計和明成爲兇手的計畫了。

「原來水到渠成就是指這種事，果然還是上鈎了！田川一義果然不負我的期待。」

「你要用他演戲嗎？」

「當然，不用白不用。別忘了選擇大川公園也是因爲有他呀，而且自從送回古川鞠子之後，我們什麼也沒有做。」

「和明的事就順延嗎？」

「怎麼，生氣了？放心好了，那件事不用急。在設計田川一義的劇本前安插進去和明，到時候會更精采！」

和平就是那麼隨性，就算反對他也不會聽的，栗橋浩美只好死心。

「總之我們到山莊再說吧。什麼時候起可以去呢？」

「隨時都可以，反正補習班那邊已經停了。」

和平說過現在在補習班當講師的工作要辭了，一方面事件到了該結束的關鍵時期，而且他早就對講師的工作感到厭煩了。

「我會跟學生說要背著登山背包到世界旅行，他們聽了一定很高興。那種年紀的小孩，對這種旅行和從事這種旅行的人很憧憬呀。」

「你高興怎麼做就怎麼做吧。總之早點把有的沒的事情料理清楚。」

結果兩人從十月二十七日起就窩在「山莊」裡。來到計畫總部這裡，和平依然熱衷於「T」的話題。栗橋浩美忍著心中的不滿，不時打電話給和明，跟他說些「狀況沒有變化」、「有什麼事會立刻跟他聯絡」的話一邊注意釣鉤有沒有折斷，一邊支撐著釣桿。而這本來就是一件很簡單的工作。

就這樣時序進入了十一月。十一月一日，一看過早報，和平像個小孩子似興奮地說：「你看看這個！今晚的新聞特別節目，那傢伙要親自上場耶！」

不過是幾個小時，和平就利用田川設計出今天晚上的這齣戲。實際上，栗橋浩美也很興奮，也覺得很有趣。當然到時候打電話到電視台的，也是栗橋浩美的工作。

「我可是第一次現場實況演出耶。」

「你可要好好表現！」

吃完過時的午餐，和平表示累了想要午睡一下。栗橋浩美留住他說：「我知道有些囉唆，但是我還是很在意和明的事。」

邊打哈欠，和平笑說：「和明是你身上背負的重擔呀，栗橋同學！」

「可是古川鞠子遺體出現時發生的事，現在又出現一次了。特別節目之後，和明那傢伙一定又會打電話給我，問我現在情形怎樣？」

「我想起來了。」和平收拾起昏沉的表情說：「浩美，長壽庵今天有開嗎？」

「有啊。」

「所以說那傢伙黃金時段也不能看電視，在廚房忙囉？」

「大概吧。」

「他跟誰在一起呢？」

「和他老爸兩個人。店裡有媽媽和妹妹招呼。」

「客人看得見廚房嗎？」

「看不見。和明那麼笨，所以也不出來招呼客人。」

和平高興地笑說：「也就是說，能夠證明不在場的，只有他的家人囉。」

沒錯，就是這麼回事。

可是栗橋浩美還是很不安：「不過爲了安全起見，我們在現場演出的時候，是不是應該把和明叫到沒有人注意的地方比較好呢？」

「沒有那種必要！」和平很有自信地說：「因爲之後能夠證明不在場的只有家人，所以不需要操那種心。而且我們所需要的證詞，就是他那句『我在家裡』。雖然不能保證他說『我沒有打電話給電視台』也沒什麼用。但是一個快三十歲的大男人，抽個空離開廚房打電話，應該沒有家人會監視吧？」

「和明家可就難說了。他連專用電話和手機都沒有。」

「可是除了店裡的電話，家裡應該還有其他電話吧？」

「但號碼是一樣的。」

「那就沒問題。完全OK呀。」和平自得其樂地說：「我們設計和明成爲兇手的目的，不就是要讓高井家的人被警方質問而痛苦不堪嗎？那眞的是一件很難受的事。那個時間，我兒子沒有打電話！可是太太妳眞的能肯定嗎？和明不是嬰兒，背著妳打個電話，裝作沒發生什麼事又回到廚房，是很簡單的。妳們還是強調妳家兒子是無辜的嗎？明明就是鐵證如山！」

和平一個人演戲演得愉快。

「浩美說的沒錯。那就來談談高井和明的事吧，我似乎有點玩得過頭了。」

和平表示，讓高井和明成爲連續女性誘拐被殺事件的兇手是個很好的主意。

「很棒的角色。他是主角，所有被害人都是配角。再怎麼震驚社會的連續殺人事件，有誰會記得被害人呢？歷史上能留名的只有兇手呀。」

「我知道，這一點我當然知道。可是犯人的角色就是要被警察逮捕呀……。」

「開什麼玩笑！怎麼能被警察逮捕呢？」

栗橋浩美吃驚地問：「和明不會被警察逮捕嗎？」

「當然。就算我們再怎麼厲害，一旦將活生生的和明交到警察手裡，就不可能陷害他成爲兇手。」

「爲什麼嘛？」

「你想想看！活著的人一定會說話，和明絕對會主張自己沒有殺人。於是從他聽見你打手機給有馬義男，到他對小時玩伴栗橋浩美的懷疑，都會一五一十抖出來。到時候警方就會盯著浩美你！」

「盯著我——」

「開始調查你的身邊，於是連我都一起遭殃。我們兩人對於鞠子的事件、千秋的事件都沒有不在場證明。那還用說嗎，因爲那兩人是我們殺的。而相對的，和明說不定有不在場證明。任何事件都可能跑出沒有關聯的物證。所以將活生生的他、會說話的他交給警察就完了。對我們而言，無異於自掘墳墓。」

栗橋浩美只有一瞬間想要試探和平，於是他問：「可是也可能我被抓了，和平還很安全呀。只要我什麼都不說的話，只要我承認一切都是我和和明做的。」

結果和平的嘴拉成一條直線。

「浩美，你認爲我是那種人嗎？我會那麼卑鄙嗎？」

栗橋浩美沒有回答。他後悔說出不該說的話，但已經來不及了。

「我們一直都是兩個人一起走來，兩個人做下了這些事，不是嗎？可是你卻認爲我可以將浩美一個人交給警方，自己裝作沒有事的樣子嗎？」

「對不起，是我不對。剛剛我是開玩笑的。」

栗橋浩美小心地道歉，但和平不知道是不是因爲自己嘴裡說出「卑鄙」的字眼而激動，臉上還是生氣的樣子，同時不安地咬著指甲。

栗橋浩美一向認爲，和平從小時候起就沒有改變，不能忍受別人說他「卑鄙」、「沒用」、「頭腦笨」、「彆扭」。他絕對不會忘記說他的人，也不會原諒他們。

「總之我絕對不會做出那種卑鄙的事！」和平不斷強調。栗橋浩美也安撫他說：「我知道。我不是眞心說那些話的。」

「那你以後不可以再說那種無聊的話！」

「我不會說的。絕對不會再說。就算剛才也不是眞心說的。」

和平瞪著栗橋浩美的臉，好像想起什麼事突然笑了。他說：「不過說不定倒也不是一件壞事！」

「如果我因爲車禍突然死了、人不見了，浩美一個人就沒辦法讓高井和明成爲犯人吧？這時這個主意倒是不錯。浩美被警察逮捕，然後主張共犯就是高井和明。」

「不要說這種不吉利的話嘛！」

「你聽著，以前眞的有過這種案件。大概是昭和二〇年代（1945-1954）吧。有一件『梅田事件』，到現在還是冤案。」

討厭！又開始在賣弄他的知識了。栗橋浩美有些不耐煩。可是爲了讓和平高興，他還是安靜地聽他說下去吧。

「那個男人，我忘了他叫什麼名字，做了好幾件強盜殺人案件。而且被逮捕了。因爲做案手法凶殘，很明顯一定是死罪。男人心想自己一個人倒楣不公平，反正也逃不過死罪了，乾脆連累誰來陪葬。他就說謊招供：所有的犯案都是他和朋友梅田一起幹的。」

「這種騙人的口供，警察也相信嗎？」

「相信了。因爲做案手法太過凶殘，一開始警方就認爲犯人不是一個而進行搜查。實際上是一個人做的案子，但因爲警方認定有共犯，當這個眞凶的男人說謊供出梅田，警方立刻就逮捕無辜的第三者，嚴刑逼供。受不了的梅田終於承認自己沒有犯的罪，畫了『自白口供』的押。他其實有不在場證明，但能提供證詞的是他的家人。我記得應該是他妹妹吧。可是因爲家人做證的可信度不高，沒有被採納，法院判定他有罪。」

「那眞凶怎麼了？」

「死刑呀。而且到最後始終堅持梅田是共犯的謊言。在監獄裡，梅田開始主張自己的無辜，同時有律師願意幫他，結果那律師跟眞凶打成交道。說只要給他一大筆錢，就願意承認梅田沒有做。他希望將錢留給自己的女人。大概說的內容就是這些吧。但是律師拒絕了，因爲這樣是行不通的。最後犯人在上絞刑台之前，都一直主張梅田是共犯。雖然現在已經證實了梅田的無辜。」

和平又開始咬指甲，這是他不安時的習慣。

「眞是可惡……我居然想不起來那個男人、那個眞凶的名字？我的記憶力也開始衰退了嗎？」

「有什麼關係，都是以前的故事了。」

「話是沒錯，可是這件事卻冠上無辜嫌犯梅田的名字，成爲『梅田事件』，這才讓我不滿。這件事件應該冠上眞兇的名字才對，因爲是他犯的案子呀。」

和平的眼睛充滿了熱力，就像很久以前他們一起玩電動遊戲、一起做模型時一樣，栗橋浩美曾經在和平眼裡看見同樣的光輝。所以和平始終沒有改變，一直都是少年的樣子。所以他心裡突然閃過一個念頭：這傢伙會有女人緣嗎？

「眞兇既不是痛恨梅田，也跟他沒有利害關係。也不是爲了什麼小過節，而陷害梅田入罪。兩人在戰時曾經待在同一軍隊，所以也不是陌生人，卻也不是好朋友。從常識來判斷，眞兇實在沒有理由誣賴梅田。也難怪警方根本不認爲兇手會扯出這麼大的謊言來。」

栗橋浩美不置可否，他只希望早點回到原來的話題。設計和明的計畫到底訂了沒有？

可是和平對於栗橋浩美毫無興趣的態度，表現出幻滅的神色。

「喂！用點心嘛，浩美。難道你不知道我爲什麼要提起梅田事件嗎？」

「……。」

「你想想看犯人對梅田做了什麼事？」

「讓他被冤枉，不是嗎？」

這就是我們現在要對和明做的事呀！

「就表象來說，你說的是事實。但眞實卻不一樣。」

和平傾身向前，直視栗橋浩美的眼睛說：「眞兇其實對梅田表現出眞正的『惡』是什麼，你不覺得嗎？」

純粹的「惡」！

「他對梅田沒有恨意，也不是以金錢爲目的。就算他之後跟律師提到了錢，我也不認爲是他的眞意。那是正常律師都會拒絕的交易，目的是要折磨梅田、讓他痛苦。因爲被提出這種要求，就算之後拒絕對方，心裡還是會想東想西吧？眞的付了錢，他就會說眞話嗎？實際上，在梅田冤罪平反前，眞兇就已經伏死刑了。梅田和他的律師一定會後悔的，後悔當時如果付了錢就好了。他們會很痛苦的。眞兇就是知道自己死後依然會困擾他們，所以才提出這個條件。」

和平自得其樂，不，應該說是顯得很自傲。

「眞正的惡就是這樣，沒有任何理由。所以被這種惡所侵襲的被害人，就像可憐的梅田，連他自己都不知道爲什麼會遇上這種倒楣事。他無法認同，就算問原因，也找不到答案。如果是有怨恨、感情生變、金錢目的等理由，被害的一方多少心理還能接受。至少可以有安慰自己、憎恨犯人、埋怨社會的根據。只要犯人給理由，被害人就知道如何處理心情。可是這個事件一開始就沒有理由或根據，所以只能呆呆地任人宰割。這就是眞正的『惡』呀！」

「我聽不太懂！」栗橋浩美小聲說，其實他完全無法理解：「其實狠毒的事件有很多，不是嗎？」

「更狠毒的事件？你是說殺死更多人、搶奪更多錢嗎？還是什麼？要錢要命？那些都沒有意義。只不過是貪心跟沒有神經罷了！那些或許是『犯罪』，但還不夠『惡』。」

是這樣子嗎？提到這種事，栗橋浩美總是跟不上。

栗橋浩美從來不做深思。一開始就沒有過，現在也沒有仔細思考過什麼的事情。

兩年前，栗橋浩美在那個廢墟的垃圾洞裡，以那種形式殺了岸田明美和國中女生。他害怕地來找和平商量對策，不斷表示自己的頭腦出了問題。結果和平對他說：「不用擔心，我不會讓警察來抓你的。我有我的辦法，你放心交給我處理吧。」

和平跑到廢墟來找他。栗橋浩美一個人將兩具屍體拖到廢墟隱蔽的地下室裡，接著他們兩人再一起將屍體搬出來，一具放進車子的行李廂；一具橫躺在後車座，用毛毯蓋著，然後運離開現場。

栗橋浩美問：「要載到哪裡埋葬？」和平冷冷地回答：「埋在永遠都找不到的山裡面好嗎？笨蛋，埋在哪裡到時都會被發現的。而且不只是這樣，如果現在放手，就永遠得背負著被發現的恐懼過日子。」

於是和平直接將車開到「山莊」。栗橋浩美聽到和平繼承了爸爸在冰川高原上的別墅，著實吃了一驚。學生時代雖然不是行動都在一起，但他自以爲跟和平很熟。可是他從來沒有聽說過和平的爸爸過世了。說起來他連和平的爸爸長什麼樣，都沒有看過。當時他才發覺到這一點。

「你媽媽呢？她還好嗎？」

「嗯。現在不住在東京了。」和平回答得很簡短。似乎不太想提起自己家裡的事，這也是他從小就有的習慣。

「所以山莊是我的財產，其他人不會進出。放心好了。」

直到天亮之前，兩人分手將兩具屍體埋葬在「山莊」的庭院裡。挖掘泥土的工具，在倉庫都有。以前還有園藝師傅來這裡工作，但因爲和平不喜歡外人出入自己家，就將他辭了。但是工具還是買全了整套放著。

「我是想也許哪天心血來潮，想自己整理庭院。」

黎明前作業忙完，兩人進「山莊」吃早飯。因爲和平週末都會來這裡住宿，冰箱和食品櫃裡有很多存糧。「山莊」本身的建築和裝潢都顯示出氣派，和平熟練的使用態度，更讓栗橋浩美感到欽佩。

「一個人來這裡，都做些什麼呢？」

和平笑著回答這樣的提問：「不見得是一個人來呀。」

「哦，是呀。」

「想一個人獨處的時候會來，那種時候只要無所事事地看著山、看著森林就好。來到這裡總讓我有活著的感覺。」

栗橋浩美心想：那種感覺，拚命工作的人不會懂，但是我知道。

「對了，我有時也會攝影。大學時代曾經迷過一陣子。整套的器材都有，我還將一樓後面的儲藏室改成小暗房。自己拍的照片自己顯像，現在幾乎都沒有使用了。」

和平調查了一下她們的所有物。國中女生的身分立刻就找到了。她的地址簿上，寫的都是男朋友的名字，還有她自己的姓名和住址。

她說自己是離家出走。態度看起來不像是國中生，顯得很油條，對男人很有一套。和平模倣她地址簿上的筆跡，寫給她家裡一封信。和平說：「這樣的話應該能擋一段時間吧。而且如果這個女孩的父母很沒有責任感，說不定這樣便解決了。」事實上，確實也跟他說的一樣。

和平也寫信到岸田明美的家。

「她和浩美交往的事，家裡面知道嗎？」

「應該不知道吧。明美換男朋友換得很兇……。」

「不肯定就糟了。如果不能確定，有時設計的陷阱反而成了自己的墳墓。」

「放心吧。她跟家裡的關係不是很好。行動電話、地址簿也都一直放在皮包裡，所以都在我們手上。不管是她爸爸還是媽媽，都沒有辦法追查她的交友關係。」

儘管如此和平還是唸了半天，才提筆寫信。他是根據栗橋浩美手上的岸田明美來信，稍微練習一下筆跡，確實模倣得很像。

內容也令人折服。

「在爸爸財產的大傘下，那些接近我的人，是眞的關心我還是爲了錢財？我實在無法分辨：…。」

「很感傷嗎？」和平笑說：「應該很像沒見過市面的千金小姐說的話吧。」

岸田明美的皮包裡，除了地址簿外，還有存摺和金融卡。那是她爸爸匯給她生活費的帳戶，餘額將近三十萬。

和平說：「等那封信大概寄到她家時，便得從該帳戶領出十萬塊。」

「可是這麼做，不是很危險嗎？」

「放心好了。她不是一向跟家裡拿錢，逍遙過日子嗎？她只知道這種的生活方式。所以說的好聽，說要離開父母生活，其實還不就是想要這些錢嗎？肯定是這樣的。所以一點一點領出來，她家人才會安心。就算寄了那封自以爲是的信，她還是得依賴這筆生活費的。」

和平的看法全都說對了。僞造的信寄到明美家後，栗橋浩美的周遭沒有任何變化。從來沒有過明美的父母突然來電說：「聽說我女兒跟你交往，她離家出走一直沒有回來，你知道她住在哪裡嗎？」

可見得明美不是那種會跟家裡詳細報告男朋友資料的女孩。她的父母就算知道明美有要好的男朋友，除了明美這個直接的資訊來源，他們是無從調查男方資訊的。假設他們申請搜索失蹤人口，警方應該也不會找到栗橋浩美這裡的。

心情稍微放鬆後，他故意改變造型穿上西裝、戴老實的膠框眼鏡，到明美住的公寓偵查過。房屋已經退租，換了新的住戶。也是他父母來收拾行李的。

還不只是這樣。寄出信半個月後，領出十萬塊的帳戶裡又匯進來二十萬元。確認過後，栗橋浩美不禁高興地吹起口哨。

岸田明美的父母果然百分之百地相信和平所寫的劇本。相信女兒還活著，而且宣布離開父母獨立生活；可是沒有生活費就過不下去。沒辦法，他們只好等女兒甘願了就會回家，在這之前還是匯生活費給她。

「眞是美麗的親情呀！」和平雖然說得很諷刺，但還是高興有錢能花。

栗橋浩美因爲尊敬和感謝，幾乎不敢直視和平閃亮的臉。和平果然是厲害，眞是欺騙人的天才！連親手殺了岸田明美的他都認爲和平的劇本才是對的，他甚至覺得明美現在還活得好好的。

這樣就可以安心了。沒有什麼好操心的了。栗橋浩美頭上的陰霾都已經煙消雲散。

本來他就不是爲了殺人而殺人，而是情況使然，搞得他不得已。對栗橋浩美而言，這種毫無知覺所做出殺人行爲，在某些意義上，他也是被害人。現在他終於能擺脫掉不當的殺人枷鎖。

可是……當一切都塵埃落定時，和平卻又說：

「這種程度的僞裝工作，並不能維持很長久。」

「什麼？這是什麼意思？」

「沒什麼意思呀。你冷靜想想這種劇本，對於嘉浦舞衣那種不良少女就算了，但是岸田明美終究是會回到父母身邊。但現實情況不行，她已經死了。所以五年後、十年後、甚至更早，她的家人就會開始感到懷疑，這是可以想見的。明美還沒有回家，都已經過了好玩的青春時期。她應該會想要選擇活在爸爸龐大資產的傘翼下，卻還沒有回家……？」

奇怪。她離家出走的理由、那封信。一直被提款的帳戶。明美眞的是因爲自己的意識而離家出走的嗎？眞的還活得好好的嗎？總有一天家裡的人會開始懷疑這一切。

「到時候更沒有辦法查出我和明美的關係呀！」

和平認眞地看著說得輕鬆的栗橋浩美。

「那可不一定。就算細如蠶絲，也可能找到源頭。不要忘了，現在擺脫嫌疑，不過是爲了賺取時間。而且更重要的是，如果這個事件被追查時，千萬不要小看了日本警方的實力！那會很危險的。」

「你不要……嚇我。」

「我不是嚇你，而是要你冷靜思考。因爲我們不能不提出對策。」

「對策？」

到底還要怎麼做呢？

「爲了以後，僞裝是有必要的。就像要將樹木藏起來，就必須到森林去。」

「這是什麼意思？」

和平微笑地解答栗橋浩美的疑問。

「關東地區到處都有同樣的女性失蹤事件。而現在這個時間點，已經經過充分的時間，『兇手』可以開始行動了。可以提出犯罪聲明、丟棄幾具屍體。而且最後還要將岸田明美、和她一起死的離家國中女生都搞成是兇手所爲。也許有點大費周章，但這絕對是必要的。」

當時和平的笑容顯得多麼無憂無慮。

「當然『兇手』是虛擬的存在，是我和浩美做出來的海市蜃樓。浩美躲在海市蜃樓的後面，將永遠安全……。」

對，一開始就是那樣。一切都是因爲岸田明美和那個國中女生——忘了她叫什麼名字？大概是舞衣吧，都是從殺人開始的，爲了逃避警察的追查而開始的。因爲和平那麼說，栗橋浩美便贊成了。浩美覺得是好主意。目的也很清楚，製造出一個殺人犯的海市蜃樓，栗橋浩美躲在後面。

可是和平經常還是會像現在這樣說些意義不明的話，說什麼是「眞正的惡」？

「我和浩美所要做的，並不只是犯罪，我們也是要體現什麼是『惡』！」

和平不理會栗橋浩美的想法，自己一個人說得很高興。栗橋浩美在他快活的說話聲裡，從回想到現實。

「我們要將永遠解不開的謎題丟給所有的被害人和所有被害人的家人。爲什麼？爲什麼我的女兒被殺？兇手爲什麼要折磨我們？爲什麼、爲什麼、爲什麼？但是誰也不知道答案。自以爲聰明的人或許有各種的推理，警方也會積極辦案，但還是找不到答案。因爲本來就沒有答案。知道的只有我，不對，是只有我們。」

說的時候和平還聳聳肩膀。

「其實光是這樣就足夠了，又是一件龐大的工程。可是因為浩美的不小心，讓高井和明抓到馬腳，讓我們的計畫急遽變大，必須把他也給牽扯進來。」

我知道，為了這件事我不知已經道歉多少次了！栗橋浩美在心中低喃。

「不過……算了。」和平的心情不錯：「讓高井和明嚐嚐梅田經驗過的痛苦也是一大樂事。應該是個很有意思的故事。只要想到這裡，也能高高興興地為高井和明修改劇本。老實說，我一直都很羨慕梅田事件的真兇手！」

栗橋浩美第一次為和平興奮的口吻感到有些不安。過去不管什麼事，他都聽從和平的，包括媒體的事、打電話給死者家人以製造話題、分屍、故意將右手腕丟出來、將已經埋葬的古川鞠子重新挖出來放在人家門口。這一切都是為了讓「海市蜃樓」看起來更真實。讓它背影顏色更濃、更黑，好讓栗橋浩美躲在其中。

但是他卻擔心和平是不是還有其他真正的心意？當然這些事跡敗漏，他也一樣很困擾。但是……。

「要設計高井和明成為代罪羔羊，必須累積許多可疑狀況，最後再讓他一死。」和平直接說出這些後，轉頭看著栗橋浩美。

「要讓他自殺。並且在他身邊留下承認自己就是連續誘拐殺人事件兇手的遺書作為物證。」

「這樣行得通嗎？」

「不用擔心，遺書我會寫好的。」

的確和平有偽造「書信」的才能，岸田明美的家書就是實證。

「不用太長的遺書。而且連續殺人犯自殺也不是稀奇的事。因為他們通常都是雙重人格。一個人格以殺人為樂，中了殺人的毒；另一個人格卻認為殺人是不對的，可以感覺良心的苛責。他已經受不了兩種人格的衝突，所以選擇毀滅自我肉體和精神的路。在美國有很多這種例子。一個連續殺人案還未解決就消聲匿跡時，他們就會解釋犯人可能因為其他犯罪被關了起來，或是自殺了。這是一種常識。」

和平說得很像個專家。大概是查過什麼資料或書本吧，但這種時候他絕對不會說「根據……」、「我讀過一本書上寫著……」。而是說得很肯定，彷彿一開始就是他的知識。這種說話方式是和平的毛病。

栗橋浩美心想：今天我對和平似乎有點批評的態度。都怪他提出惡呀什麼的奇怪說法。

和平還在滔滔不絕。

「還有物證由我們保管就行了。只是因爲我沒進去過高井家，眞正去將物證塞進和明房間，是浩美你的工作。你要好好做。」

簡直就像是店長指示工讀店員的口吻，栗橋浩美不太情願地在嘴巴上「嗯」了一聲。因爲如果回答「放心交給我吧」、「我知道了」，就等於自己把自己貶成和平手下的工讀店員，栗橋浩美才不幹呢。

和平的心情極佳，完全沒有注意到栗橋浩美些微的抵抗。

「對了，時間差不多了。」

拿起桌上的報紙，攤開電視節目欄，和平笑著說：「我們今晚將要演出一場好戲，你說對吧？」

栗橋浩美點頭說：「因爲田川一義親自要上電視了……。」

「眞是笨呀！大、笨、蛋。」和平像唱歌般地交代著：「自從古川鞠子的骨頭交還給他們後，他們就認爲我們開始在請病假。今晚要好好玩一下。拜託你囉，浩、美、呀！」

18

和平早在五年前就知道田川一義這號人物，而且還知道得很透澈。不只是他的身分、他不爲人知的怪癖，還有他過去的所作所爲。

和平大學畢業後，完全沒有像栗橋浩美還當過一段時間的上班族，而是在關東地區連鎖經營的大型補習班擔任鐘點講師。

「教育小朋友是我一生的夢，但是要在現在這種教育制度下成爲老師，那麼我的夢想就難以實現。」

面試的時候，他就是靠這一句話錄取了。對方很高興採用了和平。該補習班其實是跟現行學校制度中的升學班一樣，將會讀書的小孩編成勝利班，設計成更加斥責激勵的系統來加以運作。所以理想跟現實有很大的差距，他們只是展現美好部分給社會看。

和平在那裡當了三年的名師。之後同補習班的一位前輩講師到外面另開一家新的補習班，並邀請和平跳槽。他在那裡幫忙了半年後，以「追求目標不同」爲由分道揚鑣。因爲當時栗橋浩美已經辭了一色證券的工作，整天遊手好閒，所以他以爲和平也是一樣。沒想到他猜錯了，和平立刻找到了新的工作。

「之前補習班學生的父兄之中，有人從事很有趣的工作。其實我是被他們挖角的，但是在前輩之前不能說出來。」

那個「有趣的工作」如果用栗橋浩美的語彙來形容，最適合的大概就是「諮商人員」了。幫助病患做心理輔導，有點像是醫生的工作，但實際情況是不一樣的。它是以任何事情都提出來諮商的客戶爲對象，一起幫他們尋求解決之道。只不過公司的名稱叫做：「Well Living Support股份有限公司」，表面上登記爲出版公司。「Well Living」的意思就是「好好生活」，因此他們也出版了許多教人們好好生活的叢書，透過大篇幅的廣告促銷。一對一接觸的諮商形式，是對購買書籍讀者的服務，當然是另外計費。

和平成爲該公司的諮商人員。同樣職銜的人，該公司還有四位，其中和平最年輕。當初他們找和平來就是因爲希望有一個能夠與年輕人對話的諮商人員。

栗橋浩美不太清楚該公司的內部作業，只知道在那裡工作不滿一年的和平領了相當高的薪資。而且聽到各式各樣的人生，他覺得很有趣。

「有些人一聽見諮商人員的頭銜，馬上就卸下全副武裝。有時候反而是我替他們緊張，眞的連這種事都要說出來給我聽嗎？面對這種赤裸裸的客戶，眞是認了。」

等到和平覺得無聊，辭去工作後。不久該公司就上了報紙版面。因爲一名諮商人員對前來諮商的女性「讀者」提供不包含在服務項目內的服務，被告上了法庭。和平看見這則消息哈哈大笑，他說：「這種事情在我還在的時候就層出不窮，只是當時沒有爆發罷了。」

「被外界的人知道，其實是時間早晚的問題。」

而和平在那時則又回到了補教界，在另一家大型補習班當鐘點講師，還是名師，直到現在亦然。因爲接的班不多，看起來好像很閒，整天可以玩樂。但其實他受到學生絕對的支持，是個授課活潑明快、值得信任、教學技術一流的好講師。

田川一義則是他在Well Living時期所掌握的一筆「儲蓄」。

當他們開始以都市爲舞台，設計出現在世人面前的具體計畫時，爲了讓劇情更加有趣，就想到了安排無辜第三者的主意。但當時還沒有想到事後會有高井和明的介入，也不知道如何將一個完全沒見過的人編入劇情裡，使得這個主意差點胎死腹中。

這時和平想起了田川一義。田川一義曾經爲了改變自己的人生、矯正自己也不喜歡的怪癖、找個正當工作、戀愛結婚、成爲正常的社會人士生活下去，而來Well Living尋求諮商。田川一義對諮商人員的和平說出了所有的身世。

「那傢伙或許很容易被捲入。警方在調查開始的時候，一定先從性犯罪的前科名單著手。」

在Well Living時期，只要覺得有趣的內部記錄資料，和平都會影印一份帶走。所以要查出田川一義的住址並非難事。

於是乃決定大川公園爲第一次的舞台地點，因爲就在田川家附近。

現實情況固然發展得比和平預測的慢，但田川一義還是成爲首要的嫌疑犯，受到媒體強烈的關注。他還是堅持自己不是連續女性誘拐被殺事件的兇手……。

終於特別節目開始了。兩個人輕鬆地坐在「山莊」的客廳沙發上看電視。說好節目結束前不進食也不喝酒，因此只能喝咖啡。

在和平的指示下，栗橋浩美開始打電話。電話號碼寫在特別節目畫面裡出現的字幕上。一時之間攝影棚內引起混亂，栗橋浩美感覺十分驕傲，對著主持人和來賓們暢所欲言。

總算到了要讓田川眞面目出示天下的交易時間，就在這個最佳時機到來時……。

「居然播出廣告！」

栗橋浩美在電視機前怒吼。他揮動拿著行動電話的手，因爲太生氣，另一隻手上的變聲器差點要碰到電視螢幕。

「你們在想什麼？廣告商比我還重要嗎？」栗橋浩美對著電話吼叫：「你們到底有沒有認眞聽我講話？」

他將電話切斷了。感覺到自己的鼻息很熱。什麼嘛？頭一次受到這麼大的侮辱！我絕對不能原諒他們。

可是和平很冷靜，在安樂椅上重新坐好後，他說：「再打一次電話，浩美。」不對，他不是用說的，而是「指示」。

「爲什麼？」

「不打怎麼能繼續說下去？」

「我不要！爲什麼要我們這邊先低頭呢？」

和平的眼光憂鬱，他說：「根本不是這個問題。比實力的話，一開始我們就占優勢。所以不必爲廣告這點小事跟他們爭，那太愚蠢了。」

「你是說我是笨蛋囉！」

「如果這點程度都受不起，你就是笨蛋！」

廣告時間長得令人心煩，電視畫面上出現穿著內衣的女性，栗橋浩美的腦海裡浮現以前看過的女人們穿著內衣的樣子。這麼說起來，最近好一陣子倒是沒有任何新的獵物。也沒有聽到尖叫、哀求和討饒的聲音。因爲和平規定的方針是：開始活動後，同時進行劇本上不必要的犯罪是危險的。所以自從日高千秋以來，就沒有待人來過這裡。

和平的、和平的、和平的方針。眞是可惡！全部都是和平決定的。

「我絕對不要再打電話了。」栗橋浩美抓起行動電話，轉身穿過客廳，用力拉開房門。

「到時候後悔，別來找我。」和平冷靜而緩慢的說話聲追了上來，聲音聽起來像是在打瞌睡或說夢話。

「我才不會後悔！」說完，爬上樓梯。監禁女孩子的房門爲什麼半開著？是不是之前上來的時候，和平說：房門關著，裡面的臭氣散不掉呢？

栗橋浩美進入房間，燈也不開就走向床鋪。猛然坐在潮濕的床墊上時，床鋪發出了傾軋的聲音。

因爲遮雨窗關著，室內陰暗。走廊的燈光像切好的平行四邊形落在地板上，栗橋浩美瞪著光影看。一邊瞪著光影看，一邊用屁股搖晃床鋪，發出嘎吱、嘎吱、嘎吱的聲響。然後他撥了一下頭髮，打開房間裡的小電視機。轉到ＨＢＳ的頻道，主持人對著空中呼叫，「兇手」又打電話進去了。眞是難以置信！和平會自己打電話嗎？

他衝下樓梯，衝進客廳，看見和平悠閒地坐在安樂椅上，手上拿著行動電話。看見栗橋浩美進來，用尖銳的眼光警告說：安靜！話機上面使用的變聲器比栗橋浩美用的還要輕巧。原來和平也有，他是什麼時候買的？他不是說打電話是浩美的任務，所以不需要買兩個，這又是什麼？

從和平說完電話到電視畫面裡的混亂結束，他都不說一句話，也沒有看著浩美。接著是節目結束的時間，畢竟這還是一個以廣告優先的節目。最後在田川一義英雄式特寫畫面和節目標題字幕中，和平關上了電視。

然後他才說：「剩下的台詞我說完了。」語氣很平坦。他站起來伸個懶腰說：「我去洗個澡，晚飯之後再吃。」

眼睛始終沒有看著栗橋浩美，這就是他生氣的表現。

栗橋浩美在客廳裡走來走去，該怎麼辦，自己也不知道。只能不停移動雙腳，發洩一下體力。他很生氣，覺得很無趣。爲什麼只有我被欺負？他很想大叫、罵人。罵誰呢？有誰可以讓他大叫大罵，又很安全呢？

突然間腦海中浮現一個人的臉。始終是被動、總是被栗橋浩美欺負的被犧牲者，那個賣豆腐的老頭兒！鞠子的爺爺。他也看了電視嗎？是不是看到了我的要求被廣告切斷呢？

栗橋浩美立即打電話給有馬義男。

通話時間不到三分鐘，交談的話語不多。可是今晚老頭兒比較強勢，說了可怕的話。

「你不是一個人吧？」

「不是你一個人做這些案子的吧？」

「被同伴罵了吧？」

「你覺得不高興就來找我這個老頭出氣，我說的沒錯吧？」

栗橋浩美罵聲：「笨蛋死老頭！」便切斷電話，然後發現自己一身的冷汗。那個老頭兒看穿我們是兩個人，他知道我們不是一個人。他也發現我被和平罵的事實。

他覺得想吐，當場不得不蹲下身子。終於和平洗完澡出來，栗橋浩美對他說：「可能出了很糟糕的事了！」

和平面無表情地聽著栗橋浩美說話，中間突然站起來，浩美以爲他要幹什麼，結果是將剛剛錄好的特別節目重新加以播放。他沒有看著電視畫面，只是當作背景音樂放著。

「有馬老頭兒一定會跟警方說吧。我不認爲警方會眞的聽信他的說法，但媒體就難說了。也許會覺得有趣，要老頭兒上電視提出兩名兇手的論調。」

和平一副「該怎麼辦」的樣子傾身站了起來，一隻手拿著錄影機遙控器對著機器按。那姿勢就像是電視劇裡舉槍射擊的模樣。

「就是這裡！」和平面無表情地說。錄影帶畫面被定格在栗橋浩美的電話被廣告打斷前的一瞬間。

「浩美就是在這裡沉不住氣的！」沒有抑揚頓挫的語調宣布。

栗橋浩美承認自己的錯，但聽到被指出還是很氣憤：「我知道！可是錯的人不只是我。也不跟我說一聲，就隨便打電話的和平也太粗心大意了！」

和平重複說：「浩美太沉不住氣了。」

栗橋浩美閉上嘴巴。和平最討厭被人指責錯誤，這一點浩美其實很清楚。

和平再一次擺出射擊的姿勢，關掉錄影機。順便將電視機也關上。黑暗的螢幕裡出現自己站立的影像。

山夜的靜謐也傳染到「山莊」裡來了。他們在這裡時，除了聊天的時間外，通常都將電視機開著。這是第一次有如此寂靜的夜晚。

栗橋浩美受不了，正準備轉過頭說些什麼時，而和平似乎等待這時機已久，也笑著看他。是他平常沉穩的笑容。

「放心吧。不管有馬義男說什麼，反正是用變聲器說的電話。沒有人能分辨出來的。」

栗橋浩美也安心地微笑說：「是嗎？嗯……應該是吧。」

「肚子餓了。」和平走向廚房：「吃飯吧！我們得乾杯才行，沒錯吧？因爲讓田川一義的臉公諸天下的計畫，實行得太完美了，不是嗎？」

第二天早上，一睜開眼就打開電視，每一家電視台都在報導昨天特別節目的話題。栗橋浩美煮咖啡的同時，不斷選頻道收看。等到咖啡煮好之際，認爲HBS台的內容比較詳盡，才固定頻道，坐下來靜心觀賞。昨天晚上特別節目的主持人，在今天的晨間新聞裡則成了來賓。

不過在確定新聞報導的內容後，還來不及順便檢查一下今天女主播的妝化得如何，浩美便衝上樓去叫和平起床。這種好事一個人欣賞太可惜了！

和平因爲喝了太多的紅酒，直喊頭痛。栗橋浩美則因爲笑得太過火而開始打嗝。他邊笑邊打嗝邊對和平說：「田川一義被警方逮捕了！」

沒想到田川在這半年之間，還在大川公園周邊做了幾起以小女孩爲對象的猥褻或猥褻未遂案件。昨天晚上電視在全國人民面前現出眞面目時，因爲手上特殊的戒指，讓被害人給指認出來了。

「於是被害人的媽媽連忙打一一〇報警。」

栗橋浩美笑得東倒西歪。

「可是實在沒想到會這麼順利！和平，難道你事先就已經知道田川最近的情況嗎？」

和平喝著黑咖啡，一臉的表情顯得頭還在痛，卻又有些高興。

「當然我不知道這傢伙最近在玩些什麼，可是那種性變態的人，就算接受過專門的心理治療還是治不好的。田川只不過是躲在世人的眼光背後，完全沒有接受過治療或指導。在怪癖沒有改善的情況下，他偷偷做這些事一點也不奇怪呀。」

「也就是說，事情發展到這種程度，代表我們的運氣很好囉。」

「可以這麼說吧。」

但是兩人之間滿意的對話，在田川一義的話題結束後就停止了。社會新聞主播是栗橋浩美喜歡的女性類型，她說：「在昨天晚上的特別節目中，發生了嫌犯因爲電話被廣告打斷而生氣掛斷電話，之後又再打進攝影棚來的插曲。結果在節目結束後，我們接到二十多件的查詢電話。內容都是詢問：廣告中斷前打電話來的嫌犯和之後打電話來的嫌犯是同一個人嗎？」

栗橋浩美的笑容僵住了。和平端著咖啡的手停在半空中。

「我個人因爲現場太過混亂，並沒有這種感覺……。」昨晚的節目主持人表示：「但是想到有這種查詢的可能性，所以HBS已獨自將昨晚的電話錄音送到音響研究所進行聲紋鑑定。」

栗橋浩美幾乎沒有聽見節目裡介紹：該音響研究所是世界性的權威，過去曾經受理過哪些事件提供了重要線索等。他完全聽不進去，因爲有一位男性來賓說：「可是嫌犯不都是使用變聲器講電話嗎？變成那種怪腔怪調，還能夠進行聲紋鑑定嗎？」

接受這種質詢，另一位來賓回答：「沒問題的。聲紋不會因爲變聲器而改變，它是沒辦法造假的。」

栗橋浩美感覺到身上所有的血液都慢慢集中流向心臟。

他內心還不認輸地認爲：就算被發現有兩個人，也不見得就能逮捕到兇手呀！沒錯，栗橋，你說的沒錯。冷靜點吧。

可是他的眞心話，他靈魂的眞心話，卻像穿著短褲的膽小少年一樣，一旦被多年來自己所瞧不起的警察、社會發現眞相，簡直害怕得當場要尿濕褲子。

爲什麼會這麼害怕呢？最壞不就是被他們知道我們不是一個人做案的嗎？可是……可是……。

「和平，大家都發覺了。」他低聲說：「不是只有有馬老頭兒。你聽到了嗎？有二十多件的查詢電話呀。」

和平停止了喝咖啡，伸手拿起電視遙控器。

「不要轉台！」栗橋浩美大聲說。聲音大得連他自己都很驚訝。

和平不斷轉台，畫面轉換地眼睛都快花了，一早起來就接受這種電視畫面和聲音的洪水猛獸。女主播一臉嚴肅地拿著播報板，旁邊坐著一排熟面孔的評論家。

結果其他家兩家電視台也是報導此一話題。來自觀眾的查詢，對電視台而言是很重要的問題，不能置之不理，必須詳細調查。

眞是多管閒事！

「不用緊張！」丟下遙控器，和平站起來說：「鑑定結果能不能出來還不知道呢。」

「可是！」

「叫你不要緊張！我去買報紙回來，看看三大報怎麼說？」

和平從邊桌拿了車鑰匙，急忙走出門外。栗橋浩美也站起身來，睜大了眼睛看著和平。

「和平！」

「幹什麼？」

「你要穿著睡衣去嗎？」

和平低頭看了一下自己的裝扮，然後一句話也不說地轉回寢室的方向。

栗橋浩美始終站著目送急忙換裝好的和平上車、離去。當只剩他一個人的時候，才坐在椅子上，才感覺到渾身無力。

內心千迴百轉的疑問不敢化成言語提出，所以他很期待獨處的機會。如果都跟和平在一起的話，他很難不開口問和平，他一定會追根究柢的。

和平，我掛斷電話你重打時，事先知不知道變聲器並不能改變聲紋呢？還是你明明知道聲紋有被發現是兩個人的危險，卻判斷沒什麼關係，所以打了那通電話？

和平一定會回答：「沒錯。」或是「這點小事被知道了，也沒什麼大不了的。反而是我們設計田川的計畫在那裡被打斷了才可惡呀！」

但那些都是謊言。肯定是騙人的。和平根本就不知道有聲紋鑑定，所以現在才會那麼吃驚！

栗橋浩美不知不覺地兩手抱住身體，頭也縮了起來。過去從沒想過的事，四面八方從山莊空曠的空間攻向他。

聲紋鑑定的問題，是否是我和和平犯下的第一個錯誤呢？

之前是否也犯了其他的致命性錯誤呢？只是因爲他們沒發覺所以不知道。

可是警方卻沒有放過。

我們會不會只是自得其樂呢？以爲計畫完美，沒有缺失。以爲沒有人在追查我們？

但是會不會到處留下了線索呢？警察會不會一一將這些線索撿起來、進行分析，然後一步一步地縮小搜索的範圍呢？會不會目前搜查的腳步還沒有逼近，其實只是時間早晚的問題呢？

和平對於浩美的十個疑慮，一樣回答十個「沒問題」，所以他始終很安心。但是如果十個答案之中有一個完全錯了，是否表示剩下的九個也值得懷疑呢？

栗橋浩美雙手抱著頭，閉上了眼睛。感覺好像身在警局的問訊室。隔著一張桌面破損的小桌子，對面坐著矮小肥胖、一臉鬍子的刑警，嘴裡叼著牙籤，用鼻子冷笑。刑警一笑，嘴角的牙籤也跟著抖動。

你們眞是沒有神經的笨蛋呀！

你們經過的地方，留下一堆的線索。我們只要追蹤那些就夠了，就可以輕易抓到你們。

眞是謝謝你們了。就像是糖果屋的「漢斯與葛麗泰」，倒是你們演的是什麼？漢斯還是葛麗泰呢？

在路上丟下麵包屑的親切小朋友，就是你嗎？

栗橋浩美顫抖地睜開了眼睛，電視還在不斷說著話。在吵嚷的說話聲中，栗橋浩美繼續幻想。

對，丟下麵包屑的人是我。他回答。

我老早就想停止做這種可怕的事。一開始就想不要做了。可是我怕他，只好被他拖著走。但是我還是想要留下線索給你們，好讓你們早點抓到他。

浩美不斷發抖地流著虛假的淚水哭訴。因爲這樣一來自己或許能脫罪。對了，就是這麼做，這樣做就沒錯了。他幾乎可以看見自己的那個模樣……

……。

但是下一個瞬間他發現到對著刑警哭的臉、哭訴的聲音不是自己，不是他栗橋浩美。

是和平。

19

手上拿著報紙的和平，心情好得令人難以理解。

「三大報都沒有提到聲紋的事。根本不必在意電視的社會新聞節目，放心好了。」

然後愉快地邊做早餐，邊說：「不過這麼一來，就必須加緊腳步實施設計和明成爲代罪羔羊的計畫。等到聲紋鑑定的結果出來，電視和晚報都在宣傳兇手不只一個的時候，不管警方或大型媒體說什麼，社會上的笨蛋們還是會相信傳聞吧。所以在鑑定結果出來之前，有必要讓和明成爲兇手，而且讓社會知道。只要有眞的兇手出現，就不會有人在乎聲紋鑑定的結果了。」

和平顯得很樂觀。

「只要和明一出場，什麼鑑定、多數兇手的說法，到時候都會說是『鑑定有可能是錯的』而被立刻忘記了，社會大眾就是這樣。他們要的不是事實或眞實，而是簡單容易懂的故事，尤其是大家都很期待逮捕到兇手。這樣一來，絕對就沒問題了。」

眞的嗎？栗橋浩美在心裡問。爲什麼你會變得那麼有自信呢？

但是栗橋浩美根本不想開口反駁他。這麼做只是浪費時間。栗橋浩美只希望趕快造好「海市蜃樓」，讓高井和明穿上「海市蜃樓」，然後就可以結束這一切。

隨意擺布女孩子、玩弄她們固然很好玩，但是處理屍體很討厭。就算再怎麼漂亮的人，死了都是一樣的醜。整個事件到了該結束的時候了。

「我知道了。要怎麼處理和明呢？」栗橋浩美努力裝出積極的聲音問。實際上他一向都很喜歡作弄和明，相信這回他也能勝任愉快。

「在HBS的現場節目裡，有個男人對著我們罵說：『我們只會欺負弱女子！』」和平說時嘴角浮現冷笑：「所以這回我們就要做個大男人。那是我們做好的海市蜃樓，不，應該說是連續誘拐殺人事件的犯人高井和明犯下的最後殺人案件。他處理完屍體後便自殺。這就是最後的戰局。」

栗橋浩美點點頭；卻不知道不久之後他的人生也走到了終點。

找個大男人下手，確實很難。

但並不是因爲那個女性評論家侮辱性地挑釁說：「你們只敢對弱女子下手」，而是兩個人都夠「勇敢」，加上累積許多誘拐、殺人的經驗，做這種事應該已經得心應手。

但是依然覺得困難，是否有什麼原因呢？答案很單純。要做到女性評論家所希望的殺掉大男人，其實是一件骯髒的事。因爲骯髒，栗橋浩美和和平都不太想做。

何況殺人之後的善後工作可是大工程。栗橋浩美對於過去的「女演員」，最喜歡的就是古川鞠子。和平根據他的看法，也選出了幾個他心目中的好演員。但是即便處理喜歡的演員屍體，還是感覺很不舒服。屍體本身就很骯髒，經過一段時間又會發臭。古川鞠子長得特別漂亮，一身白皮膚更像是蛋白一樣剔透，可是從絞刑架上取下來後，雪白的肌膚成了慘白，渾身都是紅色的微血管。栗橋浩美覺得十分失望。

囚禁人質、作爲殺人據點的山莊，栗橋浩美稱之爲「基地」，和平則稱之爲「後台」。因爲他說那是「女演員們」經由媒體宣傳聞名於世之前活動的場所，後台的說法比較正確。他還說教：「女演員們」在「後台」時不一定都是美麗的，所以我們必須忍耐，好好處理屍體。

山莊本身的建築很大，占地更是寬廣，後院還設置了一個獨立的垃圾焚化爐。但是和平嚴禁將「女演員們」的屍體，甚至連她們穿髒的衣物丟進去燃燒。燒了心情就輕鬆了，而且也能減少不舒服的感覺，所以栗橋浩美很不滿和平的做法。好幾次詢問和平：「爲什麼不可以這麼做？」每次和平都回答：「那個焚化爐並非最新式的，沒有濾煙的裝置。你知道這樣會發生什麼事嗎？處理不好的話，煙會很臭。產生臭味就有被發現的危險。」

山莊位於山丘中間，周遭看不見其他的建築

物。但是和平還是主張濃煙不知道會流向何處！尤其山裡面的別墅區住戶特別警覺。

和平絕對不到栗橋浩美東京的住處。栗橋浩美除了計畫實行的需求，也很少出入和平住的地方、上班場所，連電話也很少打。來山莊的時候，行動一定會極其謹愼與小心。一個人前往山莊時，絕對是在晚間開車去。路上不會繞到別的地方，不管是深夜仍營業的餐廳或是加油站。和和平兩人成行時，也是選在晚上，不走遠路，快接近山莊時，栗橋浩美就躲在後面座位裡。讓別人以爲只有和平一個人進出山莊。冬天的氣候嚴寒，山莊的暖爐使用重油，送油來的業者當然只面對和平。每次業者來，栗橋浩美就躲在山莊裡面不敢吭聲。出門購買食物和日用品，也是和平一個人的工作。

過去小心不要讓別人看他們兩人一起行動，和平說是爲了安全起見。要是兩人之一出了錯、遇到倒楣的事難以逃脫時，這是被警方逮捕時的安全之計。

「如果我被抓，一定不會提起浩美的事。所以如果浩美被抓，也不能說到我。那麼自由的一方就可以立即進行搶救被捕一方的行動……。知道嗎？這是不讓社會知道我們之間關係的安全裝置，所以非這麼做不可。」

栗橋浩美能夠理解和平如此愼重的想法，至少他是這麼認爲的。所以對於安全裝置的事，他願意配合去做。但是關於不能使用焚化爐的事，就覺得是和平想太多，只是讓善後更加複雜罷了。

栗橋浩美說出心中的不滿，和平苦笑地說：

「浩美始終沒有變，就是不喜歡善後整理的工作。從小你就是這樣。」

遵守凡事認眞的和平指示，栗橋浩美清洗「女演員們」的衣物、整理遺物、能丟的丟能保管的保管。山莊裡有個房間專門收拾這些東西，就像是電視劇裡刑警的物證保管室一樣。丟在大川公園的古川鞠子皮包、作弄有馬義男時所用的女用手錶，都曾經在這裡保管過。

栗橋浩美沒有跟和平商量過獲得允許，不能從裡面拿出保管品。裡面不只是「女演員們」的遺物，還有她們的照片和錄影帶。

「這些決定性的物證，全部放在一起沒關係。萬一我被逮捕了，浩美無論如何第一件事就是跑來這裡，將這裡所有的物證銷毀。反過來，如果浩美被抓了，只要浩美沒有說出我的事，物證都在這裡，你就可以安心了。」

的確和平說的沒錯，浩美覺得和平的頭腦眞是聰明。尤其當和平嘴裡說出「萬一我被逮捕了」，口氣是那樣的輕鬆，好像百分之百相信不會發生這種情形似的。

同樣的理由，和平也禁止將「女演員們」的屍體埋葬或丟棄在山莊以外的地方。所以配合和平創作的「劇本」，除非有移出遺體的必要，她們都還在山莊裡面。就連古川鞠子也是特別挖出來送回去的。還有日高千秋，如果沒有大象溜滑梯那一段，她應該還可以多待在這裡的。

春天，她們身上會有花朵開放；秋天，落葉將裝點她們的墳穴；冬天，白雪則覆蓋住一切。而浩美和和平則從山莊的窗口俯瞰看整個庭院，回味這群無言後宮佳麗的可愛。

栗橋浩美小時候沒有採集過昆蟲，不知道那有什麼樂趣？甚至有些大人還認爲那是男孩子應盡的神聖義務，他覺得不可思議。收集色彩斑斕的蝴蝶倒還情有可原，看著同學拚命找尋甲蟲、天牛等醜惡的生物，他只能說：「都是一群笨蛋！」甚至覺得他們都是變態的前身。

然而現在俯瞰這山莊下的無名墳堆，在和平和栗橋浩美眼中無異就是美麗蝴蝶的標本箱。他跟和平這麼說時，和平也點頭贊同。

「我也不喜歡採集昆蟲。我還對爸爸說：比起補蟲網，我比較喜歡顯微鏡。結果他很高興買了顯微鏡給我。」

接著他又微笑說：「不過我不喜歡採集昆蟲，不只是討厭採集的動作，而是認爲採集這些無聊的東西有什麼用。對於沒有意義的東西，根本就沒有什麼話好說嘛。」

那一晚，到了不需要在意任何人眼光的時間，栗橋浩美和和平一起外出。然後憑著月光在庭院中散步，同時討論今後的計畫。不管再怎麼不願意，爲了讓那個女性評論家受到社會的判罪，必須要讓高井和明頂罪，同時也讓這個故事結束，所以無論如何都得殺死一個男人。要怎麼做才能輕快地、有趣地完成這件煩人的事呢？

「我不喜歡沒有教養的男人。」和平一開始就說。

「必須是能跟我們談得來，能夠理解我們所做的事的人才行。再像收拾那個流浪漢一樣地花功夫，我可受不了了。」

不知道警方會不會上鉤，如果上鉤就好玩了。當初就是抱持這樣的企圖，所以仕大川公園丟棄那隻右手腕時，故意讓遊民出現在業餘攝影師的照片中。和平不知去了多少次大川公園調查現場，然後發現那位業餘攝影師，才突發奇想這個惡作劇。

當然那個遊民必須得死掉，和平和浩美立刻動手了。遊民只要有酒喝、有東西吃、有人肯聽他說話，很自然便上鉤了。只是要小心，不要被其他人目擊他們在一起。

當然那個遊民沒有躺在這庭院裡。他是不可能跟「女演員們」放在一起的。兩個人揮汗如雨在山頂上的樹林中挖個很深很深的洞將他給埋掉了。埋葬的時候，和平還對他吐了一口口水，並說：「沒有知性的人，沒有生存的價值！」

當初在聽遊民抱怨自己的身世，聽他虛有其表地表示「我們也是人呀！」和平和浩美都假裝附和，現在吐口水只是小小的報復。

「本來對方是個大男人就有困難了，何況又增加了有教養的條件。豈不是難上加難嗎？一不小心就會出狀況，太危險了。」

栗橋浩美說話的同時，腳下還在踢樹葉。這個季節，山莊附近已經有了初冬的氣息。現在和平和栗橋浩美就穿著厚重的衣物。

和平沒有答話，只是看著被栗橋浩美踢開的落葉隨風飄動。不久才說：「就是在這附近吧？那個女孩埋在這裡。」

栗橋浩美抬起眼睛，看著兩公尺遠的落葉上面，有一個因月光而微微閃爍的東西。

「沒錯！香檳酒的瓶蓋還在上面。」

那個女孩——大川公園右手腕的主人。

他們在大川公園裡丟棄了古川鞠子的所有物和不屬於她的部分遺體。因爲這樣子比單純丟棄古川鞠子的屍體，還能增加多重的戲劇開場張力。和平很喜歡這個點子。

而且當初他還考慮過，隨著這個丟棄在垃圾箱裡，不是古川鞠子遺體的部分屍體，乾脆用頭好了，比較具有衝擊性。但是栗橋浩美反對。想一想，這是浩美第一次正面反對和平的意見，而且和平也認爲他說的有道理而採納。這種情形之前之後也只有這麼一次。

「切下來的頭殼太醜陋了！一點也不具有美感。我想還是用其他部分比較好吧？例如手還是哪裡。有些女人的手像模特兒一樣漂亮，不是很好嗎？」

和平接受了，並採用浩美的提案。他們開始尋找手很漂亮的女人……。

於是他們遇見了那個女子。在千葉的浦安車站附近。當時他們還在討論：「看來千葉沒有什麼獵物，要不要換到八王子或中野一帶的河岸找尋。」然後和平開著車子，浩美躲在後面的座位裡。

時間是凌晨三點以後。九月初的秋老虎天，到了這時候也變得舒服涼快，市鎮的人都安靜地睡著了。但是再過兩個小時天就亮了，他們沒有時間了。和平提議回家，將車子往右轉時，突然眼前出現了一個女子。

和平慢慢開車好尋找獵物。突如其來的女人出現，還是讓他嚇了一跳。和平緊急煞車，車頭差點撞上了女子。女子一手壓著引擎蓋想要推開車子，眼睛則因車燈炫目而瞇起一條細線。她沒有表現出害怕、生氣或躲避的神色。

「很危險，妳知不知道呀？」

和平邊說邊走下車，栗橋浩美則忍耐躲在車子裡面。因爲身上蓋著毛毯，就算女子越過窗戶探望，應該也看不出所以然來。

「妳是不是喝醉了？」聽見和平的聲音問。

然後是女人的笑聲。她說：「沒錯，我是喝醉了。」

經過一陣子的交涉，說是交涉，其實多半是和平在安撫女子。和平坐上駕駛座，女子坐在他旁邊。

「我送妳回家，麻煩妳繫上安全帶。」和平說。

「回家也沒有人在，多無聊。你載我去哪裡玩吧！這車子不錯嘛，我們去兜風！」女子說。遠看她的穿著很成熟，近看才發現是個女孩子。

「沒辦法，誰叫我撿到一個奇怪的女人。」和平笑著低喃，並開動車子。長久的默契下，栗橋浩美當場也知道和平已經決定將那女孩當作這次的獵物。

「她的手很漂亮！」看著落葉堆中突出半個瓶頸的香檳酒瓶，和平輕聲說：「她壓在引擎蓋上手臂，白皙而細長，上面還有一顆痣。簡直就像圍棋子一樣，令人印象深刻。我一看就知道這是我們要的獵物。」

她在這裡待了三天。因爲死前無論如何都想喝高價的香檳王，和平專程跑去買給她。因此酒瓶成了她的墓碑。

「眞是有意思的女孩！」和平懷念地說：「說話的時候能夠給我許多觸發。我想之前的故事大綱是她給了我許多的靈感。」

然後他閉上嘴，眨了一下眼睛，看著栗橋浩美。和平的臉在月光下，顯得蒼白而端正。

「現在我又好像從她那裡獲得了靈感。」

栗橋浩美往和平身邊走近。

「要釣男人上鉤，利用小孩子當餌，怎麼樣？爲了牽扯高井和明進來，使用小孩子當誘餌應該最具有效果。」和平說完後微微一笑。從他的嘴唇縫隙間，可以看見比月亮還白的牙齒。

他的意思是：小孩子的話，應該不成問題吧。

「你說的倒簡單！對小孩子下手，根本是冒很大的危險。你知道嗎？」

「冒險？我們之前不都是在冒險嗎？」和平故意聳聳肩膀。這傢伙偶而會有這種作出像演藝人員動作的毛病！

「可是……。」栗橋浩美加強了語氣，這件事他一點都不想退讓：「去哪找小孩？怎麼做？又要誘拐嗎？到時候，家長一定會報警的。這樣子一來，我們被抓的可能性豈不是增加了一百倍、一千倍嗎？這一點你難道不清楚嗎？」

和平的臉上頓時失去了表情。栗橋浩美十分吃驚。跟和平交往這麼久，像這樣表情頓失的瞬間，過去只看過幾次。大概幾次呢？應該是屈指可數的少數幾次。至少在栗橋浩美眼見的範圍內。

大概都是在和平不高興的時候，而和平最不高興就是別人指責他的錯誤，而且指責的內容是對的。

這種時候，不管對方是老師還是上司，和平就會像顆石頭一樣頑固，沉默不說話。這種沉默的方式，跟一般人心情受到傷害不說話或生氣不開口的情況完全不同。

普通人在這種時候，儘管閉嘴不說，還是能夠從眼睛轉動、態度、身體整體的氣氛傳達給周遭某種情感。

「你何必說得那麼過分？」

「不需要對我擺出那種臉色吧？」

「哼！你每次都是這樣讓我難堪，瞧我不起嘛！」

就算怎麼壓抑，這類活生生的情感還是會傳達給外人知道。所以指責人的一方也能感覺，而調整說話的方式。人際關係就是靠這樣逐漸改善的。

可是和平不一樣，不管對方是誰、立場如何，一旦指責了和平的錯誤，就等於觸動了某個奇妙的開關。這開關立刻停止了和平身爲人類的感情流露。

小時候大家都喜歡科幻電影。不過或許和平和栗橋浩美同年代的男性，有人會不喜歡。栗橋浩美每次看見和平感情化爲白紙的表情時，總認爲和平會不會是機器人呢？而這個機器人，只要一聽到下列這些否定自己的話：

「你錯了！」

「你的想法太膚淺了！」

「你的能力比這裡的任何人都要低！」

他就會啓動某種防禦裝置，當場停止感情流露。

大學時代第一次接觸到電腦，上課時曾經被助教的女生大笑過。畢竟自己是個大外行，往往不知道如何操作而當場呆住。至於畫面固定、畫面關掉、游標動也不動的情況屢見不鮮。女助教就會說這種情形是「當機」。栗橋浩美個人遇到這種情況總是想到：電腦好像變成了和平！

沒錯，這是栗橋浩美僅知的和平的缺點。他不希望說是和平的短處。從小和平就是浩美的榜樣，是他的領導、他的慰藉。和平跟他有種只有優秀的人才能感覺、才能理解的互動。一向跟他分享外在糾葛的和平，是不會有短處的。就像我沒有短處，他也沒有短處。所以被指責錯誤就停止感情流露，不過只是一種缺點罷了！

栗橋浩美一直都很注意這一點，小心不要觸碰到和平的這個開關。因爲一旦打開了，和平會三天三夜不跟他說話。栗橋浩美還很小的時候就觸碰過一次開關，到現在他還很記得那時的寂寞、那種擔心會被和平一刀兩斷的害怕。

可是偏偏今天在這種情況下又犯了。這下可糟了，尤其是在時間緊迫的現在，必須將和明設計成犯人的緊急時刻。

「不要，你不要那麼……生氣嘛。」栗橋浩美趕緊說。嘴巴鬆開想要做出笑臉，卻立刻恢復嚴肅的表情。因爲他知道已經來不及了。

和平完全無視於栗橋浩美的存在。只是稍微看了一眼那個香檳酒瓶，便轉身回去山莊的方向。

栗橋浩美沒有出聲叫住離去的和平。叫了也是沒用，至少在今晚是這樣。

可是我的意見不一樣呀，他心裡想。找小孩子太危險了。

社會對於被誘拐或殺害的年輕女孩，表面上顯得「很關心」。社會新聞會連續好幾天現場採訪，「有沒有新的消息？」、「有沒有新的發展呢？」，然後又是「眞的很可憐」、「對兇手的所作所爲感到氣憤」、「希望能早日平安發現」。

可是內心眞的在想什麼呢？社會對被誘拐、被殺害的年輕女孩表示的同情之中，有多少百分比的眞感情呢？頂多只有百分之八十吧……，不對，應該更少。

栗橋浩美認爲：在他們沒有人可以辯駁、沒有人可以提出反對意見的內心深處，剩下的百分二十在嘲笑說：「你看！又一個活該死了。」他們在背後指指點點。如果沒有做錯什麼，怎麼可能被騙被殺死呢？一定是她們自己太笨了。一定是她們太好玩、太想男人了。所以沒有必要百分之百的付出眞心爲她們難過。

所以對於我和和平所做的事，社會才會如此高興地接受！

女人是商品。任何社會問題，只要在女人被誘拐、被殘忍殺害的新聞之前，都會無地自容。女人是商品，是明星。因爲和平也知道，所以才會將死在山莊的女人們稱做「女演員」。

但是小孩子不一樣。小孩子就不行了。小孩子不能成爲商品，至少在現在。在現在的日本。

栗橋浩美雙手插進冰冷的口袋中。不爲了向誰，只爲了對自己表達自己眞的很累了，他大聲嘆了一口氣。

就是因爲想要以男人爲獵物，才會變成這樣。還是以女人爲對象吧，和平。不需要因爲那個女性評論家的挑釁，就跟著隨風起舞嘛。

星光在夜空中閃爍，在這裡眞的可以欣賞到漂亮的星空。進行埋葬「女演員們」的大工程時，他和和平兩人沒有大鏟子，只能靠小鏟子挖洞穴，嘴裡不免會抱怨或討論計畫。但只有在抬頭仰望星空時，兩人是沉默不語的。

大概是在第幾位「女演員」的時候呢？反正不是古川鞠子。之前在箱根找到的短大女學生吧？也是跟現在一樣的季節。空氣很清澄，雖然很冷但沒有下雪。對了，這裡到了冬天會下雪，路面也會結冰，所以十二月、一月、二月的三個月裡，庭院不能當作墓場使用。

栗橋浩美瞇著眼睛仰望星空，沉浸在記憶中。嗯……還是那個短大女學生，她的腳很漂亮。穿著超級迷你裙和馬靴，問她不冷嗎？她笑著回答：

「我身上穿著黛妃愛用的保溫內衣，很貴喲。」

她是埋在哪裡呢？沒有看和平畫的地圖就搞不清楚。反正那一晚也是星空十分漂亮的夜晚，和平還說：「好一個星月夜。」

嗯，星星真漂亮。可是月亮不是沒有出來嗎？

喂，你振作一點好不好？星月夜指的是沒有月亮但星光滿天，跟月光一樣明亮的夜晚，好嗎？

是嗎？我居然都不知道。

這樣你又學會一件事了。

老師果然厲害！

那是好棒的一個星月夜。夜空裡有無數的小洞，洞裡撒下的光像是淋浴一樣。我們好像是在星光裡挖掘墓穴，我對和平這麼說。和平一邊用鏟子挖土，一邊喘息說：「上天在祝福著。」

祝福誰？

那還用說嗎？當然是我們兩個。

被和平這麼一說，栗橋浩美猛然轉身回頭看著星星。而且當時他也十分相信。和平是對的，我們受到了祝福。世界就在我們的手中。

啊，那種昂揚的感覺！那種勝利的感觸！那種幸福的心情！

相對地，被逮捕是討厭的、被揭穿是丟人的、被剝奪自由是難以忍受的。所以一定要做些什麼努力！

栗橋浩美和和平沒有參照地圖，就不知道這個庭院裡有誰埋在哪裡，甚至他們也不記得有多少人被埋葬在這裡。但是這個庭院依然沒有鬼氣，山莊包圍在自然之中是那樣的淒涼、優美。

無言的香檳酒瓶目送著栗橋浩美走回山莊裡。

第二天中午，栗橋浩美起床走到客廳，看見和平正在打電話。不是打手機，而是山莊裝的電話。

和平好像已經用過早餐了，洗好的餐具在烘碗機裡。栗橋浩美在寬廣的開放式廚房裡，一邊打哈欠沖咖啡，一邊聽和平講電話。但是聽見和平叫對方「小明」時，他手上的馬克杯差點掉了下來。

和平心情很好地又說又笑，還有許多手勢。他坐在暖爐前他最喜歡的安樂椅上，兩隻腳盤著，還不斷搖晃腳底的地板鞋。感覺很休閒、很輕鬆。

「沒錯，老師現在正在休息中。」和平對著話筒說：「老師想先去旅行再說。對了，老師記得小明喜歡收集明信片，你喜歡哪一種圖案呢？什麼？有照片的不行嗎？」

栗橋浩美隔著廚房的吧台，不敢相信地看著和平。和平居然在跟小孩子通電話。

這個叫小明的，難道就是他昨天說的「不成問題」的對象？他打算利用那個小孩嗎？他是玩眞的嗎？我都已經跟他說過很危險了！

剛剛和平就一直稱呼自己是老師，換句話說，是他教的學生囉。

可惡！如果是對補習班教過的學生下手就更愚蠢了。這麼一來，警方開始搜查，很快就會盯上和平的。他們最厲害的就是從日常生活圈找線索，找出被害人和兇手之間的物理性關聯。一旦找到線頭就開始抽絲剝繭，最後就能找到兇手。

和平在僵住的栗橋浩美面前說完電話準備掛上。

「那你要好好加油噢。再見了。」

他將話筒放好，然後對著電話鍵盤微笑。就像說完愉快電話之後，一般人都會有的舉動。儘管電話斷了，但心情還是相連的。

栗橋浩美將馬克杯裡的咖啡倒在不鏽鋼的水槽裡。

和平抬起頭看著栗橋浩美的方向。嘴角還留著笑意。

「早呀，昨晚好像看電視看到很晚嘛。」

栗橋浩美沒有說話。和平靠在椅子上，交換盤著的雙腿。

「不用擔心，我已經放棄使用小孩子的想法了。」

栗橋浩美吃驚地抬起頭，一不小心手上的馬克杯掉進洗碗槽裡。

和平將雙手盤在腦後面，看著客廳上方的水晶燈說：「剛剛電話裡的，是我教的學生。」

「我猜也是這樣。」

「昨晚我說很容易找的對象就是他，因爲我立刻就想到他。」

「我想也是。」

「不過我還是放棄了。」和平彈跳了一下，站起身說：「昨天的討論，浩美是對的。我錯了，整個都輸了。所以決定不對小孩子下手了。」

那爲什麼還要打電話呢？

一如回答栗橋浩美內心的疑問，和平眼光深邃地回答：「因爲我突然很想聽聽我們改變方針讓他拾回一條命的小孩子聲音。因爲我想當我笑著說話的時候，內心卻在說：『小明，老師昨天晚上本來打算殺了你將你埋葬，可是現在已經放棄了。』感覺一定很棒！其實我也眞的覺得很愉快！」

和平的嘴角留著笑，眼光卻變得強悍。

「來，我們重新計畫吧！」

結果那一個下午都在討論如何綁架與殺害一個成熟的男人，而且是和平希望的有常識、有教養的男人？

攤開地圖、比照過去的記錄，並重新看了HBS特別節目的錄影帶，兩個人完全沉浸在討論的話題中。

直到暮色將近、窗外一片黑暗，房子裡點亮了燈，和平才猛然想起來看著時鐘，咋了一下舌頭說：「一不注意，已經這麼晚了。我還得去買東西才行呢！」

住在山莊裡面，開車到外面辦事是和平的任務。因爲一開始就規定好進出山莊的人只有和平，所以栗橋浩美不可能一個人在這附近開車。相對地，栗橋浩美必須做掃除、洗衣等家內的雜務。

現在是下午六點鐘。從這裡開車到公路上的大型超市需要一個小時的時間。因爲超市七點關門，再蘑菇下去就沒時間可以買東西了。

「那就算了嘛，反正現成的東西湊合著用吧。」

討論得正高興，大概是太投入了，心情很亢奮，栗橋浩美覺得有些累。和平的臉上也有了倦色。他想：一餐而已，就吃冷凍食品也無所謂。

「那怎麼行？何況咖啡豆也沒了。」

和平連忙披上厚外套，抓起邊桌上的車鑰匙說：「我去去就來，有沒有需要什麼東西？」

「應該沒有……就香菸吧。」

「爲了不讓你吸菸過頭，我決定不買。」

「哼！隨便你。」

和平笑著走出門。過了不久聽見前院傳來車子發動引擎的聲音。

栗橋浩美伸了一個大懶腰後躺在沙發上。雖然是三人坐的沙發，高個子的他手腳一伸開，都從兩邊的扶手伸出去了。

和平外出之際，他經常這樣躺著仰望天花板。感覺很舒服，心情很安定、很滿足。

聽說和平的爸爸除了這個山莊，還留下不少的存款、有價證券等遺產給和平。不要太浪費的話，和平其實可以不必工作過一生。所以和平工作，純粹是因爲「他對社會有興趣」，是因爲「他還不想遺世獨立」。

他現在又找到東京都內某補習班的鐘點講師工作，一星期教小朋友十個鐘頭。那裡的薪水只夠付東京租的房租，但他還是手頭寬裕。常常一臉困惑地抱怨說：「我媽擔心我錢不夠用，又給我送錢來了。眞是的，她要是錢太多，幹嘛不去做慈善事業呢？」

這種話聽起來實在令人反感。和平平常很少提到他媽媽，就連問他他也不說，所以當他說這種話時，更令人生氣。

根據他斷斷續續提到的內容組合在一起，和平的媽媽在先生過世後，自己也生病了。所以住進位於伊豆還是箱根的高級安養設施，過著悠然自在的生活。和平曾經笑說：「所以以後我結婚，根本不必擔心會有婆媳不合的問題。」

優渥的環境、富足的資產、寬裕的經濟，造成心情上的安逸。所以和平總是能夠過得那麼怡然自得。

和平也曾經笑著說：「如果我很貧窮的話，我所創作的犯罪劇，應該就不會進行得這麼順利。」

對。如果和平貧窮的話。

如果他長得很醜。

如果他長得矮小。

如果他沒什麼知識。

那麼我一定就不會跟著犯罪吧！

解決岸田明美的事，在連續女性誘拐殺人事件這齣大型犯罪劇揭幕時，和平曾告白說：「我從小就對犯罪有興趣，但不是受到血淋淋事件的吸引。應該怎麼說呢……，我總覺得那些犯罪的人都是一群笨蛋呢？爲什麼會這樣呢？

妒火中燒的女人殺死了男人、爲了情慾男人殺死了女人、爲了金錢糾紛債主殺死了借錢的人、爲了領取保險金丈夫殺死了太太、公司主管殺死了員工……。

大家犯的罪都是馬上會被拆穿的簡單事件。只要警方稍微用心查，從人際關係的圈子就能發現兇手的存在。這種罪行是有頭腦的人不做的，根本只有原始人才會犯這種罪。」

浩美問他：「那麼如果是魯莽年輕人犯的罪怎麼說？」和平冷笑道：「那是原始人以下的等級，根本就是野獸。連自己的慾望、感情都不會控制。」

眞正完美的犯罪，必須有眞正的惡做基礎，不是表象、膚淺的犯案。沒有相當知識水準的人是做不來的。

當初聽到這番說法時，栗橋浩美的心情有點受到傷害。因爲他才剛剛因爲精神錯亂而殺死了岸田明美和嘉浦舞衣，所以認爲自己也屬於和平所不屑的「原始人」之流。

但是和平搖頭說：「浩美不是原始人。」

「我不是原始人！」

「不過殺死那兩個人的時候，浩美是病人。因爲心理有病，所以被幻象所侵襲，也蒙蔽了你原來就有的知性。我並沒有忘記，浩美從小就被小女孩追趕的幻象所折磨。雖然我幫你趕跑過一次，但她馬上又回來了，是吧？」

沒錯，就是那樣沒錯。我會勒住嘉浦舞衣的脖子，就是因爲在廢墟的夜色裡，他看起來跟長年折磨他的小女孩長得一模一樣呀。

「浩美會變成那樣，都怪你的父母。不管是你爸爸還是媽媽都不夠資格爲人父母。雖然浩美眞的是人格受損，但之所以沒有淪爲原始人或野獸，完全是靠你自己的努力和知性的力量。所以你應該覺得自傲才對。」

「我可以對自己感到自傲！」

「不是嗎？從小學時候起，浩美就是資優生。成績優秀、運動全能、有女孩子緣、在班上很受歡迎。」

「可是我還不如和平你呢。」當浩美這麼回答時，和平眞的高興笑了。

知道自己不是一個人，感覺很棒吧？一個人的話，就不能有這麼高水準的對談，你說對不對？我有浩美在，眞的是很幸運。浩美有我，應該也覺得幸運吧。

的確，沒有什麼比這個更幸運了。今後我們也要在一起，直到永遠……。

躺著仰望客廳挑高的天花板，浩美點了一根香菸。感覺心情眞好，不禁開始吹起煙圈玩。這時行動電話響了，是他的。他放在窗邊的咖啡桌上。

用力彈一下，起身去接電話。吃驚的是，是爸爸打來的。

「什麼嘛，有什麼事？」

他沒有跟家裡說出去旅行了。只說人在初台的公寓，有事就打手機聯絡。其實他壓根也沒想到家裡會打來，他自己也沒有打過電話回去。

「你媽的樣子有些奇怪！」爸爸的聲音很小，而且含混不清：「中午過後她出門，直到剛剛才回家。手上拿了三、四個百貨公司的提袋，打開一看，裝的都是小孩子的衣服，都是小女生的。」

栗橋浩美聽了很不耐煩。剛剛還很安穩愉快的幸福感覺，一如打開窗戶瞬間消散的煙霧一樣，立刻消失無蹤。

「我看老媽還是繼續住院比較好。不對，不是繼續住院，因爲那是外科，這次應該是頭殼壞掉的醫院。」

栗橋壽美子從樓梯跌下來，肋骨跌出了裂痕。因爲住院生活的關係，整個人開始不太對勁。其實她在救護車裡精神就已經出問題了。原因很簡單，栗橋浩美惡夢的根源——那個和平所說的小女孩幻影，壽美子也看到了。

女孩子幻影的主體是栗橋浩美出生前兩年，只活了一個月就夭折的姊姊「弘美」。聽說是嬰兒時期突然死亡，而且是在睡眠中死去的。中午的時候，壽美子餵她吃奶睡覺後，便開始洗曬尿布，然後看了一下弘美，睡得正香甜。其實嬰兒睡覺就是盡本分，壽美子也安心地睡在嬰兒旁邊。本來只想瞇個十分鐘，不料睡眠不足的年輕媽媽一睡就是兩個小時。

張開眼睛的壽美子發現屋裡很暗，趕緊看了一下時鐘，心想：糟糕了，睡到這時候。但是弘美怎麼沒有醒也沒有哭呢？她應該肚子餓了才對呀。

也難怪旁邊的嬰兒沒有醒也沒有哭，因為她的身子早已經冰冷了。

因為嬰兒是猝死，必須詳細調查死因。結果調查出來是原因不明的猝死，診斷的病名叫做嬰幼兒猝死症候群。

栗橋浩美記得壽美子曾提到當時的主治醫生說：「這種嬰幼兒猝死的情況比一般人想像要多。並不只是發生在你們夫妻之間的悲劇，也不是你們的錯。所以請趕快振作起來，繼續為懷下一胎寶寶而努力才是對的。」

可是栗橋壽美子並沒有振作起來，也從來沒有忘記過。兩年後她將出生的「弘美」弟弟，取了音同但漢字不同的「浩美」就是證據。

這個命名，爸爸不太贊同，連當時還活著的祖父母也十分反對，他們認為嬰兒不該冠上死人的名字。但壽美子堅持不肯接受，還說服了爸爸去區公所登記。她說：「她會連死去孩子的份，好好撫養這個孩子。為了給這孩子兩倍的愛，所以才會取同樣的名字。這樣不是很好嗎？」

可是一點都不好。

栗橋浩美從嬰兒時期起就被拿來跟姊姊「弘美」比較。壽美子老是計算著死去小孩的年齡，說弘美會怎麼樣又怎麼樣，來派浩美的不是。從小浩美就是這樣被比較到大的。而且當栗橋浩美開始懂事後，壽美子的手段就變本加厲。一有什麼事就開始唸，為了顧及別人的眼光，她沒有唸得很大聲。但偏偏就是讓小孩子的栗橋浩美聽得見。

為什麼弘美死了，讓這個孩子活著？這人世間就是這麼不從人願呀。

栗橋浩美開始夢見緊追不捨、逃也逃不掉的小女孩惡夢，是在他六歲的時候。到現在他還清楚記得第一次夢見的夜晚。

那一天是他的生日。爸爸給他買了一個小蛋糕，蛋糕附了各種顏色的細小蠟燭，一共是十根。六歲的栗橋浩美，很想根媽媽要那多出來的四根蠟燭。因爲顏色很漂亮，他想裝飾在桌子上。而且他也會數這些數字了。

結果拿到餐桌上的蛋糕，點了八根蠟燭。

爸爸吃驚地問爲什麼是八根？壽美子平靜地回答：「因爲我想連弘美的生日一起慶祝。那孩子要是活著話，應該已經是八歲了。」

鬱悶、膽小、在家裡內外都不太生氣的爸爸，那一天也板起臉來斥責壽美子說：「這樣浩美不是太可憐了嗎？」可是壽美子卻反駁說：「六包含在八裡面，有什麼關係？而且弟弟也應該懷念姊姊呀。如果不高興，那就不要吃蛋糕好了。」

六歲的栗橋浩美哭了起來，抽抽噎噎地反而又被爸爸罵了：「男孩子哭什麼哭！」

接著坐在對面的壽美子站起來，雙手拿起蛋糕，直接從廚房的窗戶將蛋糕丟到外面。

回到原位的壽美子低頭看著淚眼濕潤的栗橋浩美，以毫無感情的語調說：「看你鬧的，以後我們家再也不會幫你慶祝生日了！」

那是很遙遠的記憶了，卻永遠也不會褪色。包含痛苦、悲傷、苦楚，都跟那一天的記憶一樣永遠留存在心中。

栗橋浩美將手機拿離開耳朵，用力抓在手上。想要直接就切斷電話。現在是很重要的時間，我不想聽爸爸的聲音，也不要想起媽媽的事！

從樓梯跌下來的壽美子，在救護車裡、在病房中都不斷叫著「弘美來接我了。她來接我了。」栗橋浩美希望那是眞的就好了。希望姊姊弘美眞的來迎接媽媽，不管是帶到天堂彼岸或是地獄都好。可是姊姊並沒有來接媽媽走。媽媽的傷勢不嚴重，還恢復了健康，只是頭腦開始發瘋了。

那是她自作自受。

栗橋浩美下定決心，再次將耳機貼在耳邊，他說：「反正我沒辦法回去，隨你怎麼做吧。」

電話那頭可以微微聽見壽美子哭叫的聲音。

「你怎麼可以這麼說……，我就是一個人沒辦法才會打電話找你的呀。」爸爸說得很沒用。

「你應該也會擔心你媽媽吧？」

「不管你怎麼說，我在這裡就是沒辦法動呀。」

「慢點！浩美，你現在人在哪裡……？」

栗橋浩美不願再聽爸爸說下去，切斷了電話，並將手機丟在椅子上。不禁咬牙後悔道：「當初實在不應該將手機號碼告訴家裡！」安靜的房子裡，可以聽見自己的呼吸聲，感覺很奇怪也讓人心生煩躁。

這個山莊整棟都是木頭蓋的，儘管蓋好經過十多年，坐在客廳裡還是能感覺到樹木的芬芳。樑柱都是一根根的原木，地板則是圖樣漂亮的精緻拼花木工。

爸爸打電話來這裡，聲音的背後還有媽媽哭叫的聲音。栗橋浩美覺得他們玷污了這個聖地，心情變得很不愉快。

我的父母只會妨礙我。破壞了我的童年還不滿意，還緊跟著我不放。連我現在開始新的人生，我跟和平兩人充滿神祕光彩的閃耀人生，他們都要緊跟著。他們根本沒有權利介入我的生活！

突然間他想到了。過去爲什麼從沒有想到這麼簡單的事？他感覺到一種新鮮的驚訝。

如果我殺了爸爸，那會變得怎樣？

爸爸完全沒有什麼教養，也別期待從他口裡聽到知性的談話。他的主要興趣就是三餐和職棒，另外就是讀週刊雜誌上的黃色故事。這一點跟和平提出來的理想獵物差得很遠。

但無庸置疑將是個容易下手的獵物，而且還有一個很大的好處。

如果爸爸是「被害人」，那我就是被害人的家屬，和平就是家屬的朋友。

而且終於被發現的「兇手」竟是和明，更加大了悲劇的圈子。

在什麼都不知道的世人面前，在額手稱慶的媒體面前，我將表現得如何走投無路呢？父親遭遇慘死，下手的人是自己的兒時玩伴，我將全力演出這樣一個遭受悲慘事實打擊的好青年角色。然後和平在一旁抱著我的肩膀、安慰我鼓勵我，同時以他天生聰明且冷靜的視線，分析這一連串的事件，推理從小就經常陷入沉思、溫柔的和明何以會變成殘忍的殺人兇手，做一場觀察入裡的精闢發言。

我和和平一方面是導演，同時又是演員，根據自己所寫的劇本演出。自編自導自演，這是多麼暢快的事呀！

過去的劇本裡，我和和平總是不能出現在事件的表面。既然要設計和明成爲兇手，身爲他的兒時玩伴，多少我們將成爲被採訪的對象而有發言的機會吧。雖然是有限的範圍內。但是身爲被害人的家屬，局面又是不一樣了。

社會大衆一定很想聽我——栗橋浩美的聲音吧！想聽聽父親被兒時玩伴殘殺的青年內心的呼喊吧！一大堆麥克風擋在面前，一群記者注視著我。有人說也可以寫稿，刊載在某大型雜誌成爲獨家新聞。接著就是不停上電視通告。社會新聞節目是不行的，等久一點後再上還可以。一開始就在那裡露面，會給人水準不夠的感覺。我才不要賤賣了自己，第一次還是應該選擇嚴肅的新聞節目。最理想的就是NHK……。

山莊四周一片黑暗，客廳的窗玻璃裡明顯反映出山莊的室內和站在咖啡桌旁栗橋浩美的身影。栗橋浩美的身影顯示他已陶醉在幻象裡，對著窗玻璃裡自己的身影微笑。不對，不應該笑的。在接受採訪之前，應該保持憂鬱傷心的表情，到了最後才可以微笑。對著漂亮的女主播，他要表現出雖然受傷害但依然堅強站起來的好青年式微笑。和明是我的兒時玩伴，他絕對不會是壞人。造成他成爲殺人犯的是這個社會。他是現在社會制度下的被犧牲者之一……。

這時窗玻璃上滑過一道銳利的光線。深深陶醉在自己臉部表情的栗橋浩美因爲太過炫目而閉上了眼睛。他聽見車輪經過砂土地的聲音。大概是和平買東西回來了吧？

栗橋浩美立刻穿越客廳前往大門口，他想趕緊將剛剛的念頭告訴和平。他想大聲宣布他的好點子：解決討人厭的爸爸，讓我們創造的故事有更戲劇化的效果。

和平打開山莊的大門，對著戶外黑暗的夜色浮現親切的笑容。

「來，不用客氣，請進。」他對誰招呼呢？

栗橋浩美停下腳步，吞下了才到嘴邊的話語。爲了穩住踩空的腳步，他必須扶著牆壁才能停步。

「是嗎。那我就不客氣打擾了。」

隨著禮貌的說話聲，一個男人走進了大門。一個穿著西裝、剪短頭髮、年紀約四十歲上下的男人。體格頗健壯、散發淡淡的整髮液香味。他是突然闖入山莊的異分子、是第三者。

「我們回來遲了。」和平笑著對栗橋浩美說。第三者也笑著面對栗橋浩美。

「路上在轉彎的地方，看見這位先生的車子沒油了。我就帶他回家。對了，請問……？」

第三者對栗橋浩美說：「我姓木村。」

「沒錯沒錯。聽說木村先生是在東京的建築公司上班。」

這時栗橋浩美並沒有注意到自己的臉上究竟是什麼樣的表情。他的臉上沒有呈現和平所要的親切表情，使得木村的嘴角失去了柔和的線條。

「對不起。承蒙邀請我來打擾。」木村殷勤地表示：「我只要借個電話，馬上業者就會派人來處理的。」

和平故意大聲笑說：「不用客氣啦，何必在那麼黑暗、不知道有誰會經過的山路上，等待不知道何時才會到的業者呢？是我邀請你來的，你眞的不必客氣。」

同時對站在一旁的栗橋浩美招手說：「他叫栗橋，是我的小學同學，一直都住在這裡幫我做事。看起來不太親切，但是個不錯的傢伙。總之你先進來吧，站在門口講話很奇怪，會冷吧？」

和平推著木村的背走進屋內、關上了門。木村還是很在意栗橋浩美的神情。

「請……請用。」栗橋浩美遞出地板鞋，手勢很不熟練。他想現在必須先配合著說話。

「地板有電熱裝置，應該比較不會冷才對。」

和平的語氣總是很明朗。

「我就不客氣了。」木村總算穿上了地板鞋。

和平走在前面引導。栗橋浩美感覺自己的腋下已經流出了冷汗。

和平……你到底在打什麼主意？爲什麼要帶這男人回來……還告訴他我是誰？說什麼他叫栗橋，看起來不太親切什麼的！

你是想要拿那傢伙、那個叫木村的人當作獵物嗎？

笨蛋！魯莽！實在是太魯莽了。殺掉在山莊附近遇到的男人，未免太過危險了！

不是只有殺掉埋了就可以呀。這次的殺人是要讓社會看見，如果獵物的屍體沒有公諸於世就失去了意義呀。也就是說，就算除去他身上的衣物和所有物，總有一天獵物的身分還是會曝光。到時候搜查的警方就很容易確認被害人當時的行動和位置了。

他說是在東京的建築公司上班？而且還西裝筆挺。他是來這裡工作的吧？白天他的活動地點應該很明確吧，獵犬般的警察們不可能聞不出蛛絲馬跡的！

和平發現木村是在前面的轉角，那是從別墅區所在的山上前往山中小鎮的道路之一，地方上的人稱之爲「舊路」。因爲「新路」比較寬、周遭也已經開拓了，目前「舊路」較少人使用。常常有小動物出沒路面，不小心駕駛就容易出狀況。所以和平喜歡開那條路。但並不是說就是一條廢棄的道路，當地的農家會用、到了氣候乾燥的秋冬季節，林業局火災警備的巡邏車也會經過、還有像今天，如果有人看見路旁木村拋錨的車子，也會記下車號通知警方或公家機關吧。

千萬不能殺了木村，太危險了。那傢伙根本不適合當作獵物。

栗橋浩美感覺雙腳微微顫抖，他立刻回到客廳。因爲腳步不穩，走到一半地板鞋還掉落了。

木村坐在客廳的沙發上，正在點香菸。和平一邊和他說話，一邊在廚房沖咖啡。

「是我爸爸答應借給我的，所以我得做個好清潔工才行。」

「是嗎？不過眞是個漂亮的別墅。」

「已經很舊了。」

和平將咖啡倒在三個杯子裡，其中一個端到木村面前。

「謝謝，請別招呼我了。不知道我可不可以打個電話……。」

在和平的熱情招呼下，木村還是顯得有些困惑。栗橋浩美不禁在心中疑惑：究竟和平是怎麼說服的，竟然將這傢伙帶回山莊？

「我知道了，請等一下。我來跟熟識的加油站聯絡，他們會送汽油過來的。」

和平邊說邊走出廚房，同時拉了一下站在廚房門口的栗橋浩美衣袖。

「過來一下！」他小聲說。兩人步伐輕聲地來到走廊，關上門，繼續走到樓梯口。

「你到底在想些……」

和平不讓栗橋浩美說下去，他說：「去拔掉電話接頭，大門旁邊的電話主機接頭。只要拔掉那裡，那傢伙就不能隨便跟外界聯絡了。快去！」

栗橋浩美只好依據指示跑向大門口。電話主機跟大門對講機是一起的，上面有話筒，機器本身很大。他立即拔掉接頭後，又趕回樓梯口。

和平還在那裡，手上拿著棒球棒。樓梯下方有一個小儲藏室，裡面塞了舊的棒球用具、羽毛球組合、滑雪用具等雜物。他大概是從裡面找出來的吧。

「那傢伙是獵物。」和平冷靜地說。推開打算抗議的栗橋浩美，側著眼睛偷偷看了一下客廳，他說：「我知道很危險。所以將他關進牢籠後，立刻得去開車。我已經計畫好了，只要加進汽油就能開動，到時我們直接離開這裡。」

栗橋浩美用力搖頭說：「他不是東京的上班族嗎？太危險了。他今天來這裡的事，一定有很多人知道。一旦失蹤了，大家都會來這裡搜索。更何況將他殺了公諸於世，到時警方的視線都會集中到這個別墅區的！」

「這些我當然也考慮到了。」和平表現得很沉穩，只不過兩顆眼瞳裡還看得見穿著興奮外衣的小舞者正在旋轉舞動。

「這傢伙是昨天離開東京的，要到新蓋的別墅區去。他的客人要蓋新的別墅，他是去勘查的。」

冰川高原過去在冬天只能做爲滑雪場，但自從在北部蓋水壩，造了一個小的人工湖後，夏天也有遊客來此遊船、搭乘噴射快艇等，發展十分快速。新開發的地區是別墅區，比這個山莊所在的舊別墅區要寬闊許多，但相對的也給人一般化的印象。

「因爲是連續假日，熱心工作的建築公司員工利用今天一整天在冰川附近尋找物美價廉的別墅。趁著來勘查，如果找到好的物件的話，就可以在下次的會議中提出企畫案。競爭激烈的上班族社會中，連假日都必須如此賣命，否則沒辦法出人頭地呀！」

和平說完還飛快地閉上單隻眼睛說：「就是因爲這樣到處奔走，結果在人生地不熟的山裡用光汽油，加上行動電話的電池也沒電，所以就……。」

和平握著球棒，低喃道：他是老天幫我們準備的獵物呀。

「我們走吧！」

20

十一月三日，晚上十點。

位於神奈川縣川崎市中崎台日本林業建築公司宿舍的一間房子裡，一個女子正專心地在建造一間房子。那個「房子」的基礎是五十公分見方的夾板，房屋樑柱則是使用她在宿舍附近的家具製造廠要來的木材。

女子從小手就很巧，看來似乎是繼承了在她二十歲就逝世的父親能力。女子的母親從修補衣物、更換保險絲、幫小孩做勞作等要用到手指頭的工作都不行，經常被她的父親嘲笑。

距今大約是二十年前，女子二十三歲的時候跟公司同事結婚了。她是和當時稱爲營業第二部，也就是現在營業推廣部的同事結爲連理。

成爲她丈夫的青年，當時二十五歲，身高中等，人很瘦。青年住在公司的單身宿舍裡，是個滴酒不沾、也不賭博，一到假日就喜歡玩模型的老實男人。可是在公司的運動會或是公司舉辦的馬拉松活動時，有別於瘦弱的外型，他的活躍表現卻又讓公司上下刮目相看。

女子跟他熟識是在進公司第二年的年底。忘年會之後大家續第二攤、第三攤，等到回過神發現電車已經沒有了。剩下的五個人，有兩個男的、三個女的。男的都是住在練馬的單身宿舍，女的住在自己家裡，方向各異。就算一個帶一個搭計程車回去，他們身上所有的錢也不夠支付龐大的車資。

幸好他們人在新宿。找尋場所打發第一班電車的等待時間，也比其他地區要來得容易許多。而且那一天是星期五，第二天公司休假。日本林業建築公司從新的年度起，將每個月的第二個禮拜六定爲假日，因爲實施規定的週休二日制。

在討論下一個地點去哪裡時，有三個人表示酒還沒有喝夠，玩得也不夠盡興；另外兩個人則覺得酒已經喝夠了，想要喝咖啡。那兩個人就是女子和青年。

還很有精神的三人決定去二丁目的居酒屋；剩

下的兩人被取笑說「該不會是想去賓館休息吧?」、「小心一點喲」,然後前往位於車站東口附近的地下室,一間整晚營業的咖啡廳。

店裡人很多,香菸和酒臭味消失在濃郁的咖啡芳香裡。兩人找到面對面的雙人桌,點好飲料。

一坐下來,因爲酒醉和疲勞,女子便開始搖頭晃腦地打起瞌睡。坐在對面的瘦削青年沒有那麼累,看著一不留神便開始瞌睡的女子,不禁表情困惑、帶著同情的眼神說:「我很想叫計程車送妳回去。」

他說得很難爲情:「老實說,我身上的錢大概只夠付這裡的咖啡吧。」

他說的很老實,絕對不多說空洞的藉口或打腫臉充胖子。他的態度反而在女子昏昏沉沉的腦海裡留下舒服的感覺。

「沒關係,我自己的錢包裡也大概差不多。實在是玩得太兇了。」女人說完,努力想要趕走睡意。

送咖啡上來的服務生以監視的眼光看著女子。等服務生一走,青年小聲對女子說:「這種整晚營業的咖啡廳,看見客人睡著就會趕他們走。所以雖然辛苦,千萬不能睡著了。」

「嗯,我知道了。」

可是光是睜開眼睛就很困難了。儘管喝了咖啡,但是既感覺不到香味,也沒有提神的效果。身體溫暖了,反而促使愛睏的感覺更強烈。

剛剛的服務生就像獅子一樣,遠遠地尋找著羚羊群中柔弱的個體。他看著女子,女子已經被完全盯上了。她努力用意志力抬起沉重的眼皮,卻覺得越來越受不了了,女子不禁心想:乾脆被趕出去算了。吹吹冷風還容易清醒!

可是眞要這樣,到時候寒風徹骨,她又會想到哪裡找個溫暖的地方打發時間了。就算找也不見得找得到,說不定會因爲客滿而被拒絕。現在是忘年會的旺季,又是週五的夜晚。

必須清醒才行,我一定得醒來。女子想要舉起咖啡杯,但是抓空了,反而是頭更低了下去。

妳看,出局了吧!服務生不言而喻地走來。這時青年說：「對了，讓妳瞧瞧好玩的。」

他從上衣口袋掏出記事本，撕下一張白紙。將長方形的白紙放在桌子上細心摺疊，多出來的部分用手仔細裁掉。作成了一張正方形的白紙，然後開始摺紙。

「摺紙嗎？」

「嗯。」

就近觀察，青年的手指十分細長，動作俐落而認眞。女子一隻手拄著臉頰看著青年的動作。

不久就摺出了一隻紙鶴。一隻沒有什麼特別，很普通的紙鶴。當然女子也會摺。

可是在她睡眼模糊的觀察下，青年摺紙鶴的方式似乎跟女子知道的不一樣。

青年將完成的紙鶴抓在指尖，然後拉動了翹起的尾部。

於是紙鶴開始飛舞。連細長的頸子也隨著上下擺動的翅膀而優雅地前後搖晃。

「哎呀……動了耶！」

女子驚訝地看著青年。他一臉的微笑。

「你是怎麼摺的？教我。」

「好呀。」

青年又拿出記事本，撕下白紙。女子的眼睛清醒了。猛然抬頭看，剛剛的服務生正在端冰開水給其他桌的客人。

一個小時不到，女子也可以自己摺身體會動的紙鶴了。青年稱讚她說：「妳的手很巧嘛。」

「從小我就這一點可以跟人家比。」

「那麼再來做這個，很簡單的。」

青年一個接著一個教女子特殊的摺紙。女子完全投入其中，根本都不想睡覺了。除了喝下女子請的咖啡，中間上過一次廁所和順便洗把臉外，幾乎手都沒有停過。

青年說這摺紙都是早逝的嬸嬸教他的。長期住院的嬸嬸只有摺紙一項樂趣，而青年則是最愛組合模型，所以立刻就學會嬸嬸教他的摺紙，這一方面他有與生俱來的天分。

女子也跟青年提到當年她曾爲過世的父親摺過千羽鶴。父親罹患胃癌，診斷時已經來不及救治，但還是進行了手術。手術當天，她熬夜爲父親摺千羽鶴。

「雖然父親還是過世了，但我想他會覺得千羽鶴很漂亮，所以一起放進棺木裡了。我希望他能看見像這樣展翅的千羽鶴！」

兩人專心交流之際，時間已經是凌晨五點了。他們走出咖啡廳，前往車站。青年用女子隨身攜帶的針線將摺好的作品全部串連，掛在女子脖子上。

十二月的清晨寒風刺骨，兩人依偎著走路。爬上車站的樓梯時，青年牽起了女子的手。

之後經過一年，他們結了婚。婚禮十分簡單，女子身穿有千鶴飛舞的美麗刺繡和服。

婚後第二年生下長女，再隔一年的年頭長子出生。生活雖然困苦，住在公司宿舍也諸多不便，但女子覺得十分幸福。因爲先生工作認眞又很溫柔，愛孩子也很幫忙做家事。經常會爲孩子們摺紙，但是到了結婚紀念日，一定去買漂亮的千代紙，只爲她一人摺會動的紙鶴。

就這樣經過了二十年。

長女今年就讀於短期大學，爲了考營養師資格而用功讀書。長子明年要參加大學入學考，大概是受到父親的影響，對建築科系比較有興趣。兩個人都有過青春期，長子對於溫和的爸爸曾有過不滿的感覺，一度也表現得很暴躁，現在則穩定了。甚至最近也會跟爸爸商量未來的抉擇。

女人不禁深深感動說：「眞是幸福的人生！希望爸爸活得久一點，讓他看到這一切。」

孩子們長大後，他們對摺紙的興趣減低了。連夫妻之間也很少提到摺紙，除了結婚紀念日的紙鶴以外。相對地，夫妻倆開始熱中於建造迷你房屋。不只是蓋好來賞玩，這個迷你屋其實就是他們今後計畫想要蓋的房子雛型。所以不僅開有窗戶、門；爲了確認動線，也正確計算縮尺加以設計。過去他們就這個迷你屋的基礎討論過好幾次，將要改良的部分修改，因爲成本不夠該削減的部分削減，然後製作藍圖。

今晚是女子動手蓋的第六間房子。加入長子的意見，在屋頂裡加了閣樓。長子說：「閣樓可以作爲儲藏室，也可以當作爸爸的書房。」他們夫妻聽了很感興趣，於是開始建造過去從沒有計畫過的新房子。

先生現在的職銜是日本林業建築公司東京總公司營業推廣部副理。婚後，他因爲人事異動跑過許多分公司，也曾經從業務前線退到行政事務，但現在的職位是建築公司的紅人。表示他辛苦工作有了代價。爲了確保蓋新家的土地、爲了領取足夠的收入來完成建築計畫，先生的工作很忙碌，連星期假日也難得休息，而且很少補休。

女子停下手，坐著伸了一下懶腰，並看了時鐘一眼。已經過了十點半，心想：怎麼會這麼晚？

昨天起先生就出差了。因爲有個客人要在群馬縣北部的冰川別墅區蓋一棟北歐式的別墅，他去勘查地形。可是那個工作預定昨天就能結束，今天星期日應該是難得能夠休息的一天呀。

他說是要幹什麼來著？說是要去觀摩別墅區吧。

「冰川一帶是高級別墅區，有很多漂亮的房子。爲了我們的新家，我可以好好觀摩一下，順便拍些照片回來。」

其實她也很想一起去，但是不能丟下孩子們不管，只好留在家裡。而且她想在先生出門的時候完成這個迷你屋。這樣一來，先生觀摩許多好的範本，便能開始新的計畫，他們也就能立刻開始建造新的迷你屋。

住在公司宿舍最難過的是，不能對外面的人說出他們想蓋新家的計畫。所以先生這次出門是對上司、同事、部下說：「順便在冰川一帶找尋出售或新開發的別墅物件。」公司裡的人都知道先生工作很認眞，所以都笑著送他出門。

女子從椅子上站起來，隔著些許距離觀察即將完成的迷你屋。加上閣樓後，房子的縱長拉長了。她自己倒是比較喜歡橫寬一點的房子，所以她有點在意。

這時她又看了一下時鐘，將近十一點。

好慢呀！

出門前先生說過：放假後第二天有一大堆工

作，而且也希望聊聊觀摩過的房子，所以傍晚左右會回家。畢竟觀摩別墅得在天亮的時候進行。

也沒有打電話回來。

先生有帶著行動電話出門。她趕緊三步穿過客廳，抓起電話按了先生的行動電話號碼，她早已暗記在心。電話立刻接通。

「您所撥的電話號碼，現在沒有開機或者是在線路不通的場所……。」

又是聽多了的電話語音。女子將電話掛上。

這個時間，路上應該不會塞車才對。

她再一次看了時鐘，時間並不會因爲她多看而向後倒轉。她突然開始後悔，因爲自己專心於建造迷你屋，而忽略了丈夫晚歸的事。

會不會發生車禍了？

女子立刻甩開這個想法。最好不要有不祥的念頭；心中越想不好的事，就越有可能發生。結果她完全沒有注意到的「不祥的事」就越向她靠近。

女子站起來，決定繼續建造迷你屋。走到一半，電話響了。女子吃驚地趕緊接起電話，安心的浪潮湧上心頭。

「喂！是你嗎？」

話筒的另一頭沒有聲音。

「喂？」

彷彿話筒裡面連接了夜色的闃黑，只有一片的靜寂。

「是你嗎？」

沒有回應。女子趕緊調整聲調，以對外人說話的方式問：「喂……請問你撥幾號？」

這時才聽見突兀的聲音。就像銀行自動提款機說「歡迎光臨」的電子合成音一樣。

「木村太太嗎？」聲音問。

「是的，我是木村。」

合成音開始笑了，然後問：「妳現在還喜歡千羽鶴嗎？」

女子說不出話來，心臟跳動得很厲害。

「嗄？你說什麼？」

「爲了妳先生，開始摺千羽鶴吧！」合成音說：「摺好，然後放進棺材裡。妳還是現在就開始準備比較好！」

電話被掛斷了。話筒的那頭又是黑夜。時鐘開始晚上十一點的報時。女人吃驚地抓著話筒，抬頭看著時鐘。然後看著時針的形狀才忽然想起，爸爸過世的時候也是晚上的十一點。

結束電話，栗橋浩美爬上樓梯。還沒爬完聽見很大的聲音。是那個叫木村的男人。

「做這種事，對你們有什麼好處？你們是爲了什麼嘛？」

和平好像在說話回答他。他的語氣沉穩、聲音很小，在樓梯這裡根本聽不見。栗橋浩美看了手上的行動電話一眼，稍微笑了一下，繼續走向房間。

「根本是令人難以置信的說法！」

打開房門，木村的叫聲伴隨著活生生的畫面出現在眼前。木村抬起頭看著栗橋浩美，眼神緊迫盯人。

「你……你還正常嗎？你們兩人知道自己做的是怎樣的傻事嗎？」

他的氣勢在公司訓屬下時，應該還具有說服力吧？但是現在木村的聲音沙啞，而且也不能控制自己的音量和聲調了。

木村坐在床上。兩手被反銬在背後，所以連抬起手臂都不能。他的頭髮凌亂，太陽穴附近粘著乾涸的血跡。那是他被帶進客廳後，和平用球棒在他側頭部用力一擊所流下的血跡。要打到昏迷但還不致死的程度，的確是件困難的事。多虧和平經常翻閱醫學書和防身術的錄影帶，才能確實擊倒木村。然後兩人合力將他搬到這個房間裡。

木村雙腳銬上金屬的枷鎖，枷鎖的鐵鍊則纏在床腳上。因爲鎖鏈長約五十公分，木村既不能走動也站不起來。

枷鎖是和平在新宿一家奇怪的店買的，果然能夠派上用場。其實如果是要固定住腳，用繩子綁緊就可以了。但枷鎖有其絕大的心理效果。昏迷之後看見自己的雙腳銬著枷鎖，大部分的人一定嚇得渾身無力。

和平坐在距離床鋪約一公尺遠的摺疊椅上。所以兩人的樣子看起好像犯罪劇中的場景，被囚禁的犯人在監獄接見來訪的人。

「我剛剛跟你太太通過電話。」栗橋浩美邊出示手上的行動電話，邊對木村說：「要她幫你摺千羽鶴。」

木村瞪人的視線變弱了，好像失去了焦點。

看著行動電話，木村不知在想著什麼？或許是在想：如果能從栗橋浩美手上奪下手機，就能打電話跟外面求救了。還是想說：如果自己的行動電話還有電池，今天就不會遭遇這種事？他的行動電話上有千羽鶴的吊飾……。

「木村先生，你不能理解，讓我們很困擾呀。」

和平坐在堅硬的摺疊椅上，屁股好像很痛地移動著。彷彿他說話的聲音解除了魔咒，木村稍微恢復精神又開始大叫：「廢話！誰能理解你們。」

「討厭，不要這麼大聲說話嘛。」和平皺著眉說：「我們最討厭別人又吼又叫的。而且如果木村先生以爲又哭又叫就能改變我們的主意，那你就錯了。而且錯得離譜。」

就像訓勉不想讀書的小孩一樣，和平的語氣很平淡。

栗橋浩美很喜歡這種時候和平說話的方式。過去有許多女人在這個房間裡哭喊我不想死、救救我呀、你們一定會被抓去判死刑……。和平都是用那種平穩的口吻跟他們說話。每一次聽到，栗橋浩美就會陶醉其中。對於過往人生什麼都不知道、一點知性都沒有、只是浪費資源和時間的他們，和平和栗橋浩美這兩個優秀的人，賦予他們人生的「意義」。因此對他們說明今後該做的事，就像簽開刀同意書一樣。這感覺眞是太棒了。

「我們有一個角色要木村先生你來演。」和平說：「關於這一點剛剛我已經說過好幾次了。你是我們編的故事中，一個很重要的棋子，一個不可或缺的棋子。所以至少你的名字在現代史上會被留下，這不是一件很棒的事嗎？」

「別開玩笑了！」木村大叫一聲，接著就像斷了氣一樣，頭垂了下來。看來似乎已知道自己的對手實力太強了。

「我哪裡是在開玩笑呢？」和平禮貌地反問：「當然我們沒有在開玩笑，我們是很認眞的。因爲這是個大計畫！」

木村搖搖頭，聲音沙啞地問：「你們有什麼權利，要我當棋子。你們沒有剝奪別人生命的資格呀！」

「爲什麼你要這麼說呢？」和平認眞地反問：「爲什麼身爲別人的你，可以斷定我們沒有剝奪別人生命的權利？按照我的說法，你才沒有權利對我們那麼說話呢！」

木村激動地眨眼睛，好像這麼做就能讓眼前的和平消失蹤影。

可是和平和栗橋浩美都是眞實的個體，不是眨眼就能抹去的幻影。

「不管怎麼樣，你已經沒有退路了。」栗橋浩美說：「你是我們最好的獵物，因爲沒有人正確知道你白天的活動和所在位置。」

「我們就是要找這種人。」和平的口吻依然平靜。

「而且是個成熟的男人，有教養、有知識、有一定的社會地位。要找到這種獵物其實很難，我們差點就要放棄了。」

和平笑了一下。

「結果你出現了。看見你的車的那一瞬間，眞是美妙的一瞬間。木村先生，你相信神的存在嗎？」

冷不防被這麼一問，木村目瞪口呆地不知如何回答：「你說……神……神嗎？」

「對，神。就是左右人類命運的偉大存在。」

「你……想要說什麼？」

「我看見你在山路上不知所措的那一瞬間，心想：果然是有神的存在。我不斷尋找，但是困難得幾乎都要放棄的東西，居然出現在眼前。我心想：這就是神的恩賜。」

和平回頭看了一眼栗橋浩美，再一次微微一笑。

「我很想讓浩美嚐嚐那滋味，那種瞬間的勝利感。好像全世界都爲我們站台一樣。」

「鬼扯！」木村無力地搖頭說，腳上的枷鎖發出聲響。

「神眞的存在！」和平繼續說：「因爲我們眞的很認眞爲人們編一齣劇，也很陶醉在我編的劇情中。所以神也來幫助我。」

和平平靜的臉上浮現光輝的表情，就像小學生被問到未來的夢想，他回答「成爲足球選手」一樣的興奮卻又帶點害羞。

「你的車我已經開到冰川了。」栗橋浩美對木村說。然後木村才抬起頭看著栗橋浩美。

「車……。」木村低語：「我的車……。」

好像他已經忘記了那回事。對了，我是開車過來的。我有開車，所以這不是夢呀！

「你昏迷的時候，我開了你的車到了冰川。在高速公路的冰川交流道前面，不是有一個購物中心嗎？我停在那裡的免費停車場。說是停車場，不過是稍微整理過的空地。搞不好你的車會被偷走，到時就有好戲瞧囉！」

「你是不是也發瘋了？」

和平一臉明朗的笑容看著栗橋浩美。栗橋浩美誇張地聳聳肩膀。

「我們兩個人都很正常。」

「你們是朋友嗎？」

「是的，沒錯。我們從小就認識，對吧？和平。」

和平笑著點頭。

「從小就認識……而你們居然一起做這種可怕的事？既然是小時候的朋友，你們的父母彼此認識嗎？如果你們被抓了，父母會是怎樣的心情呢？」

和平終於忍不住大笑了。

「你還眞是奇怪耶。你的價值觀，在我們眼裡實在是令人好笑。典型的日本人想法，可有可無。這種價值觀究竟有什麼用處？不過爲了讓我編的劇情有趣，你是很重要的角色。所以我還是覺得認識你不錯。」

和平猛然從摺疊椅上站起來。

「浩美，我去做晚餐了。你好好跟木村先生談今後的計畫吧。」

他腳步輕快地準備走出房間，在門口處輕鬆地回過頭說：「對了，浩美，我要下義大利麵。醬汁要什麼呢？蕃茄醬還是奶油醬呢？」

簡直就是毛躁的狀態。就像和平自己說的，大概是看見木村這男人出現在眼前，所以太高興了吧？

「蕃茄醬不錯！」

「好吧，等三十分鐘就可以吃了。」

和平關上房門後，栗橋浩美故意不看著木村，慢慢地走動，向剛剛和平坐過的摺疊椅靠近，然後愼重地坐下。在這一連串的動作過程中可以感覺木村不斷用視線追著他。那是努力想要讀出下一步栗橋浩美要幹什麼？要說什麼？要搞什麼花樣的視線。

栗橋浩美坐穩了後，故意將眼光低垂，可以看見木村被銬住的雙腳不安地扭動著。

栗橋浩美抬起頭來安慰說：「沒關係，你不用擔心了。我很正常。」

一時之間，木村說不出話來，只是看著栗橋浩美的臉。

「那傢伙——和平說的話沒有騙人。他是一連串連續女性誘拐被殺事件的兇手。已經殺了將近二十個人。」

「可是……你……？」

「我不是他的共犯。」栗橋浩美認眞地凝視著木村的臉說：「我認爲他可能是兇手，但沒有證據。爲了尋求證據，所以假裝跟他合作。」

黑色眼瞳開始在木村眼中游泳。他屏住氣、全神貫注地看著栗橋浩美，想要確認眼前的逃生梯是否是眞的？

「那傢伙想要殺你的事，已經有了證據。請你再忍耐一下，我不會讓那傢伙殺你的。」

木村終於大大地呼了一口氣。

「這是……怎麼回事？」

「你很難相信吧？」

「簡直就像電影一樣。可是這是現實生活呀。」

「沒錯，是現實生活。和平從昏迷後醒來的你的口中，問出了很多你家和你太太的事吧？」

「是的，他問了。我居然一五一十地都告訴了他。」

「連摺紙鶴的事嗎？」

「對，沒錯。」

「過去的被害人也都是這樣被問出過去的隱私。那傢伙就是喜歡做這種事。」

「他完全瘋了！」

「我想大概是吧。」立即說完，栗橋浩美從椅子上站起來。故意瞄了一下門口，然後壓低聲音說：「總之你不要違背他的意思，先不要想著逃跑。知道嗎？請別刺激那傢伙。我會保護你的性命的。」

栗橋浩美從監禁木村的房間走出，下了樓梯。聞到蕃茄醬的香味。

探頭往廚房一看，和平正在下義大利麵。

「他相信了嗎？」和平簡短地問。

「嗯，相信了。」栗橋浩美也簡短回答。

「這樣他就不會想逃了吧。現在還不能殺他，所以必須盡量讓他安靜待在這裡。」

隔著義大利麵的熱氣，和平微笑地看著栗橋浩美。

「來，我們用餐吧。明天會很辛苦，明天才是大日子。」

栗橋浩美點頭說：「嗯，輪到和明了。」

21

十一月四日。由美子並不能確定月初的這一天，是否有電話叫哥哥出去。因爲這一天對高井家而言是混亂的開始，實在無暇能注意到哥哥的細微動靜。

和明和由美子的爸爸高井伸勝平常沉默寡言，但絕非是個十全十美的爸爸。尤其是這一天脾氣特別不好。一早起床就擺著一副臭臉，由美子跟他問早安，他連回也不回一聲。由美子從小就被爸爸告誡：「做生意人家的孩子就算不會讀書也要學會和氣問好。」所以對於爸爸的這種態度，由美子感覺很不是滋味。

家裡面的「不愉快」就像流行性感冒一樣傳染得很快。早上十點鐘打掃完店內外，一一將扣在桌上的椅子放下來時，好像不只是由美子，連媽媽文子也被爸爸的颱風尾給掃到，變得很愛發脾氣。唯一不受影響的人就是和明。

不過和明最近好像也是一副若有所思的樣子，跟家人之間的溝通本來就不很健全，所以也無法期待他能緩和不愉快的氣氛。實際上在由美子眼中，哥哥十分地遲鈍，遲鈍到完全沒有注意除了他其他人都傳染到爸爸的「刺蝟病」。

由美子從哥哥開始這種奇怪的憂鬱狀態起，便開始觀察他，甚至還跟蹤過哥哥。但是還是找不出哥哥變成這樣的理由。熱中於電視劇的哥哥，平常只會碰電視週刊，居然開始讀起了新聞雜誌，加上沒事也跟著跑到大川公園湊熱鬧，由美子不禁覺得哥哥最近煩惱的事跟現在最熱門的連續女子誘拐被殺事件有關。但是這未免太過於荒唐無稽了，由美子只認爲不切實際，並不覺得不安。

但是爲什麼我的哥哥要爲那種愛出風頭、頭腦有問題的連續殺人犯而煩惱呢？那種犯罪跟哥哥的世界完全搭不上線呀。我很清楚自己的哥哥，哥哥不可能跟那種事情扯上關係的。一定有別的原因，但問題是什麼呢？

在當下由美子剛開始摸索自己思路的時間點

上，她其實還沒有發現。沒有發現如果換一個角度，就會產生不同的觀點。例如說：高井和明知道連續女性誘拐被殺事件的兇手是誰；因為兇手是他親近的朋友，所以他不知道該不該報警而痛苦煩惱……。

由美子的內心仍殘留著小時候的刻板印象。對於這麼溫和、柔順、安靜的哥哥、這個有點不值得信賴的男人，由美子總有種輕視其做人能力的慣性。而且這種慣性正支配著現在由美子的情感，那種情感有時候會讓由美子的內心想法轉為信賴的方向：哥哥不可能跟那種事件扯上關係的；但也有可能將她帶到輕視哥哥的方向：哥哥這種人，怎麼可能跟那種事件摸上邊嘛！

因為她自己毫不自覺，所以在十一月四日的現在這個時間點，由美子對於哥哥這將近半個月來的奇怪舉止與悶悶不樂，有種半放棄的「投降」心態。

接近十一點的開店時間，伸勝大步穿過店裡，將門簾給掛在門口。平常這是由美子的工作，但是今天由美子心想：既然爸爸要做就隨便他吧，冷眼旁觀地擦拭著裝冰開水的玻璃杯。一年之中總有一兩天會發生這種事，大家的心情都不太好。

「咚！」穿在門簾上面的木桿子掉落在地面，發出一記聲響。視線瞄向門口時，伸勝就像是跟誰下跪一樣，雙手和雙膝趴在地面上。頭低垂著、額頭幾乎要碰到馬路上。

「孩子的爹！」文子大叫地從廚房裡面衝出來。由美子慢了一拍也跟著衝出來。跑到爸媽身邊，看見臉色慘白、雙眼緊閉的爸爸的臉，那一瞬間由美子才明白爸爸倒了下來。

「振作一點，爸！」嘴裡不禁發出尖叫。這時高井伸勝一臉不高興地罵起了女兒：「不要叫得那麼大聲，頭都給妳叫痛了！」

原來還有意識呀。才這麼一想，由美子整個人跌坐在地上。

「簡單一句話來說，就是年齡的關係。高井先生。」穿著白衣的醫生微笑說明。

診療所看診用的病床已經頗具歷史了，身材高大的伸勝一躺下便發出嘎滋嘎茲的聲音。大個子的爸爸頭靠在圓筒狀的舊式枕頭上，神情奇妙地仰躺著。可愛的模樣讓由美子嘴角泛起了笑意。

「我猜想高井先生的父親晚年應該也是有高血壓的毛病吧!?因爲這種體質是會遺傳的。高井先生今後必須每天量血壓，必要時得借助降壓劑。畢竟是到了這種年紀了呀。」

一副軟性說教口吻的醫生，其實才四十歲出頭，比伸勝年紀還小。但是說話神情像是對著不聽勸告的頑固父母一樣，同時看著伸勝和文子的臉說明。

「這種事一點也不丟臉，不需要隱瞞。要是早點來看醫生，就不會發生昏倒在店門口的情形了。」

「說的也是，眞是對不起呀。」文子難爲情地道歉。

「我根本沒辦法說。」伸勝看著天花板抱怨：「因爲妳們馬上就會大驚小怪！」

「大驚小怪也是正常的呀，我們會擔心嘛。」

「而且我們還有貸款要還，要是我躺了下來，那店……。」

「這種事你不必操心，該擔心的是你的身體！」醫生笑著將血壓計套在伸勝的手臂上：「放心好了，高井先生！沒有人會因爲這一點血壓高和暈眩就死掉的。」

在醫生的問話下，伸勝說明自己從幾天前起，一早起床或是坐著站起來、搬重物時，就會覺得頭暈目眩。今天早上頭尤其暈的厲害，心情不好也是這個原因。大概是自己感覺不安吧。

文子和醫生面對面坐著，由美子坐在媽媽後面。鼻子裡聞著藥品和消毒水的味道，耳邊聽著來到診療所訴說大小病情的病患說話聲和醫生們的回答。這家由地方上出錢，召集醫生開設的診療所，是高井家經常出入的場所。今年夏天由美子才因爲輕度鼻炎看過這裡的耳鼻喉科。

發現伸勝倒在店門口時，一般說起來腦海中應該浮現大型綜合醫院的急診室、穿軟鞋在走廊上奔跑的護士腳步聲、手術室前走廊上靠在白牆上的長椅等畫面。但是由美子急驚風的思路竟想到了自己和媽媽、哥哥穿著喪服站在爸爸的葬禮上，雖然只是一瞬間而已。

還好那不是現實，還好終點只是在這家診療所。儘管心裡告訴自己那種想像畫面還早著呢，但是由美子學生時代的朋友已經有人失去了父親或是母親。

由於伸勝不喜歡救護車，一家三人將他扶上車後，由和明開車將他送來診療所。一進入診療室，一臉慘白的伸勝就以家長威嚴的語氣命令和明說：「店裡不能沒人，你先回去！」和明順從了，或許也是因爲他知道爸爸沒有什麼大礙吧。僅將車子留在診療所的停車場，一個人先回家了。車鑰匙則交給了由美子。

結果伸勝躺在門診的的病床上接受點滴，結束後便獲得回家的許可，還拿了一大包的藥。回程的車子是由美子駕駛的，安心的文子笑得很開懷，連躺在後面座位上的伸勝也一掃早上的臭臉。

「今天一天店裡休息。」文子宣布：「就這麼決定了，可以吧？孩子的爹。」

伸勝還有些不滿意地表示：「我沒問題的……。」

「不行就是不行。剛剛醫生也說過了，今天得休息。」

「可是也許在我們看病的時候，和明已經開店了呀。」

「這怎麼可能？那孩子不會亂來的。」

文子說的沒錯。和明果然坐在灶火熄滅、冷冷清清的廚房裡等待。門簾也收了起來，門口貼著一張和明寫的字條「本日臨時休息」。

「什麼嘛？那些字寫得好醜。」一回家，伸勝首先就開炮說：「而且不能寫本日臨時休息，這樣對客人不禮貌。要說本日臨時歇業，敬請見諒，這樣才對。」

因爲過去長壽庵從來沒有臨時不開店的經驗，寫這種字條算是第一遭。和明一邊苦笑一邊拿出白紙，寫了好幾張讓爸爸看。一直到合格爲止，大約浪費了十幾張紙。由美子特意走到店門口看，發現和明的筆跡寫出禮貌周到的文句：「本日因個人因素暫停營業，敬請見諒。明日起照常營業，歡迎光臨。」

雖然是意外的休假，但畢竟事出有因，由美子不敢出外散心。於是只好打掃房間、看看電視打發下午的時光。文子好像也在廚房裡忙著。店裡面則有和明在，時而接接電話。所以很有可能是在這段時間有叫他出去的私人電話。

到了傍晚五點鐘，大概是因爲吃的藥有效，又睡了一個舒服的午覺，伸勝恢復了精神，竟然喊說要開店。文子的口氣十分嚴厲，才將他制止。這是由美子第一次看見媽媽罵爸爸，可見得今天的媽媽有多難過、多害怕與不安。當爸爸倒在店門口時，或許媽媽的腦海裡也和由美子一樣浮現了急診室或葬禮的畫面吧。

由美子和媽媽正在商量晚餐要吃什麼，是不是該爲爸爸煮稀飯什麼的，突然和明上樓來說他臨時有事要出門。

「有事？有什麼事呢？」文子問。

和明呑呑吐吐地回答：「沒什麼啦，就是有一些朋友臨時說要聚在一起吃個飯什麼的……。」

哥哥的神情就跟小時候尿床時一樣。在開口承認「媽媽，我又尿床了」之前，兩支手不安地動來動去，雙腳也不停地變動位置。長大的他，現在還是一樣。由美子不禁好笑地在心中問：「哥哥你怎麼一點也沒成長呢？」

「我知道爸爸的身體不好，心裡也覺得不應該……。」

「那倒是無所謂，你爸爸已經好多了。醫生不是也說這一點血壓高沒什麼大不了的嗎？既然今天店裡休息，你就出去走走吧。」

由美子知道媽媽平常爲了不能讓和明和由美子跟其他同年紀的年輕人一樣週休二日、一年有十四天的休假而感到內疚。尤其是對和明，除了休假少的原因外，他是個晚熟的孩子，又身處於跟異性沒什麼接觸機會的工作職場，加上現在的女孩子根本沒人想嫁到做生意的人家來，文子經常都會爲此而嘆息。所以當和明提說要出門，她怎麼可能反對。

由美子想起剛剛媽媽斥責爸爸的語氣，於是起而效尤說：「哥！你該不會是被栗橋叫出去的吧？」

和明大吃一驚地說：「嗄？」

果然沒猜錯。「一看見你那個表情，就知道跟栗橋有關。別去吧！你還在跟那種人交往嗎？」

和明慌張地搖頭說：「才不是呢。栗橋會來是沒錯，可是打電話來的人不是他。我不是說過了嗎？有一群朋友要聚餐嘛。」

「那有什麼關係呢。」文子笑著打圓場說：「你好好去玩吧。」

「謝謝媽。」和明一臉正經地回答，而且語氣嚴肅地讓文子和由美子面面相覷。就好像他即將上戰場一樣，令人感覺這種場面似乎只有在電影中才能看見。

和明快步地回到自己的房間，文子在他背後喊說：「燙好的襯衫放在抽屜裡！」

「哥好奇怪！」由美子說。或許是一時興起，她突然將之前放在心裡的話說了出口：「媽，妳有沒有覺得呢？最近……應該說是這半個月來，哥哥的樣子有點奇怪。」

「是嗎？」文子回答的很平靜：「妳可不要老是看妳哥哥不起哦。」

「人家哪有！」因爲被反咬一口，由美子反而不知如何說下去了。

過了三十分鐘，換由美子接聽店裡的電話。「外送嗎？對不起，今天我們店臨時歇業……。」一邊翻閱雜誌時，和明從樓梯上走下來。他穿著明亮的格子襯衫和褐色夾克，和一條膝蓋有破洞的牛仔褲。

「出門小心呀！」要不是由美子先打招呼，和明還不知道她在店裡，所以有點吃驚地跳了起來。

「我出門了。」高井和明回應後，從後門走到外面。走路的姿勢有點彎腰駝背、身體向前傾。由美子心想：哥走路的樣子跟爸爸一模一樣。

那是她最後看見活著的哥哥身影。

22

栗橋浩美打電話叫高井和明出來，是在十一月四日的下午五點以後。當時的他人在上越新幹線的冰川高原車站，使用車站裡的公共電話。

今天一天都很忙。儘管昨晚應付木村直到深夜，一早還是七點鐘起床，洗完車子、打掃過「山莊」。並將一樓客廳後面平常當作儲藏室的小房間清出來，好讓高井和明來之後可以住。

午餐是和平做的。雖然只是將罐頭濃湯加熱、烤幾片麵包，但因爲勞動過後，兩個人都吃了很多。吃完午餐後，也端給樓上的木村一樣的食物。

從昨夜起就不吃不喝的木村，似乎還是沒有食慾，壓根就不想碰盤子。這一天直到送午餐來之前，和平和栗橋浩美都丟著他不管。所以對木村而言，比起吃飯、休息、喝水更重要的是他對現在自己處於什麼狀況的「說明」與「資訊」十分飢渴，因此口沫橫飛地不斷追問。

「放心好了，我們還沒有殺你的意思。」和平若無其事地這麼說好轉移木村的注意力；卻在「還沒有」的字眼上語氣稍微用力。

不知道是死心還是累了，木村拿起了午餐餐盤上的水杯，幾乎毫不考慮就喝了大半杯水。在和平的催促下，栗橋浩美走出了房間。經過一個小時後回來房間一看，水杯和盤子都已經空了。木村伸直了栓著鐵鍊的雙腳，靠在床邊睡得很熟。整個頭斜倒在肩上，下巴深深抵在胸口，因此呼吸顯得有些痛苦。

「大概是藥下太多了吧？」和平臉色暗沉地表示：「安眠藥就是那麼難拿捏。」

他和和平兩人將木村搬上床鋪，用打包用的繩子將木村身體捆在床上。爲了避免喧鬧，栗橋浩美主張用布塞住木村的嘴，但是和平搖頭推翻了這個建議。

「因爲吃了安眠藥，在睡覺的時候有可能會吐，一旦塞住嘴巴，會被嘔吐物噎死的。這個人現在還不能讓他死，我們千萬不能冒險。」

然而栗橋浩美並沒有那麼容易就打退堂鼓，因為今天晚上和明就要到「山莊」來了。萬一讓他聽見木村在這個房間喧鬧，問題會變得更複雜。

「放心好了，我不會讓和明上二樓的。」和平說。

「可是他會聽見聲音的。」

「像這樣……」和平指著木村說明：「仰躺著綁在床上，是不可能發出太大聲音足以傳到樓下的。」然後和平又拍了一下浩美的肩膀說：「別忘了，二樓還有我呢！我雖然躲著不出來，但該做的是還是會做，一點也不馬虎的。所以不是跟你說過了嗎！一切可以放一百二十個心啦。」

結果木村沒有被塞住嘴；而且為了怕他睡著時嘔吐發生不測，還將他枕頭上的頭側放才出房間。接著兩人謹慎地巡視了電器瓦斯開關、門窗有沒有鎖好，才開車出門。

跟往常一樣，在離開「山莊」所在的別墅區之前，和平坐在駕駛座上開車，栗橋浩美則躲在後面座位裡。直到車子開上連接冰川高原車站的幹線公路上時，車子才停在路肩讓栗橋浩美坐到前面。然後兩人再度確認今後的計畫與路線，一邊往車站的方向前進。

「可是……浩美，仔細一想……。」和平說。

九月十二日，栗橋浩美將車子停在家附近的公園旁邊，坐在車裡打電話給電視台時，不巧被路過的高井和明聽見。從那一瞬間起便決定了可憐的和明悲哀的人生終點。

「和明會相信我所創造的神話嗎？」

連接冰川高原車站的公路建的很平整，一路上車子又少，開車很愉快。和平一隻手握著方向盤，嘴角浮現心情輕鬆的微笑。

「他相信的。」栗橋浩美回答。他翹著腿靠在椅背上，感覺兜風很舒服。接下來雖然有大任務要出，儘管感覺心情逐漸亢奮，但是和和平兩個人以時速超過一百公里的速度奔馳在冬天乾枯的樹林中，感覺還蠻浪漫的。

「我早已經騙得他團團轉，而且你編的故事又那麼精采。如果我是和明的話，一定也會信以為真的。」

和平聽了很高興。稍微被拒絕就堅硬如磐石的眼睛，此時就像被稱許而閃耀的寶石一樣。

和平說：「既然打電話給電視台的事很有可能被聽見，就不能隨便編派事實或謊稱是和明聽錯了。首先必須做的是承認事實，承認打了那通電話。並且告訴了電視台的記者『古川鞠子的屍體沒有出現在大川公園裡』。

接下來只要捏造爲什麼要這麼做的『動機』就好了。」

栗橋浩美聽從和平的指示對和明這麼說：「和明？你是和明嗎？太好了，你在家。能跟你聯絡上，眞是太好了。希望你能平心靜氣聽我說話，機會終於來了。當然你知道我在說些什麼吧？就是那個事件嘛。要抓出犯人的狐狸尾巴，終於逮到機會了。所以必須要和明的幫忙，你應該會幫我吧？

雖然沒有時間跟你說清楚，可是關係到今後該怎麼做，我還是簡單將前後始末跟你說明一下。一開始如同你發覺的一樣，我知道兇手是誰。跟我很親近的人。

你是說他的名字嗎？嗯……我不能告訴你。現在還不行，這一點請你見諒。對不起，只不過是和明你也認識的人，你們的交情沒有我深。

你問我什麼時候發現的嗎？那傢伙擁有一幢別墅。房子很大，普通的渡假小屋可能還比不上呢。應該是在九月初吧，當時我去那裡玩，因爲房子太大了，我居然迷路了，跑進了一間類似儲藏室的房間。

結果在那裡看見了一張舊椅子、沒有使用的電暖爐，還有那個皮包……就是在大川公園垃圾箱找到的，那個叫做古川鞠子的皮包呀。包在舊報紙裡，藏在家具的後面。我因爲想要走出儲藏室，一不留神碰到什麼東西，原來是一個報紙包的東西掉落打到肩膀。打開一看就是皮包。

嗄？嗯……對了，肯定錯不了的。因爲皮包裡面有女用的皮夾和月票夾。上面的確寫著有古川鞠子的名字。所以不是我亂猜的。

當時大川公園的事件還沒有爆發，所以我單純以爲是一個皮包，並沒有放在心上。我的朋友一向女性關係複雜，所以皮包可能是過去女朋友留下來的。我也覺得連皮夾都留下有些奇怪，但畢竟月票已經過期了。

所以從別墅回東京的路上，我突然想起來便跟他說了。我說你是不是將前女友的皮包藏在儲藏室裡；不早點丟掉，下次帶新女朋友到別墅看見就麻煩了。當然我是跟他開玩笑的。

結果那傢伙一時之間表情顯得很害怕。應該怎麼說呢，兩顆眼珠子就像黑色圍棋子一樣，簡直不像生物的眼睛。我看了也嚇到了，心想自己是說了什麼太過分的話嗎？

可是看見我被嚇到的神色，那傢伙竟笑了出來。笑得很詭異，而且還告訴我……過不久那個皮包會鬧出軒然大波，不過栗橋你還是忘了這事比較好。

我在回家的電車上冷汗直流，感覺到那傢伙不太正常。

然後過了一個禮拜左右，就發生了大川公園的個事件。

我十分吃驚，那一晚上根本沒辦法睡。隔天一早鼓起勇氣打電話給他，但是他不在東京的家裡，也不在別墅裡。我整個人快瘋了，很想立刻報警。

然而我又仔細一想：我的確是看見了那個皮包；但看見的人只有我，說不定這樣並不能構成證據吧？而且那傢伙看起來很正常，服務於有名的公司，屬於高薪資收入。雖然不是頂尖人士，但看起來不像是會作那種可怕事情的人。

所以說就算我跑到警察局說出全部情況，對方是否相信我還是問題呢？畢竟實在太奇怪了嘛！而且萬一警方相信了，這下子變成警察到那傢伙面前說你的朋友說你怎樣怎樣。事跡敗露後，我又會落得怎樣下場呢？

如果說那傢伙不是兇手，一切都是我的誤會，那我豈不是失去了一個好朋友！

話又說回來，如果那傢伙眞的是兇手，我……的立場是否十分危險呢？那傢伙知道我看見皮包的事實呀。萬一他認爲我出面作證有助於警方辦案，一定會想殺我滅口吧。因爲他是個殺人兇手，做這種事輕而易舉，眉頭都不會皺一下的。

何況他又不太正常。當時他說那個皮包將鬧出軒然大波時的表情，令人覺得他的腦神經完全鬆弛了。我眞的是感到很害怕。

但是我不知道該如何是好？沒有證據，我又不喜歡懷疑朋友。偏偏又不是件小事，而是殺人案件；誘拐和殺人的社會事件。這種事很難輕易說出口的。萬一搞錯了，會對他的人格甚至人生留下難以磨滅的傷害呀！

於是我拚命想，終於想到解決的辦法。決定假裝是兇手，打電話到電視台公開犯罪行爲。當然我是亂編的，準備看看那傢伙的反應。如果他是兇手的話，對於胡說八道的罪行應該會有異於常人的反應吧？可是如果他不是兇手，一定會生氣地表示：怎麼會有人那麼囂張，居然打電話到電視炫耀自己的殘酷行徑。我打算利用他的反應來作個區別。

所以說，和明聽見的那個電話就是這個內容的電話。

你相信我說的話嗎？」

而高井和明相信了，一如從童年以來他總是相信浩美的。只要是浩美說的話，他都相信。

愚鈍的和明從來沒有看穿過浩美的謊言；即便是顯而易見的謊言，他都照單全收。這種情形不勝枚舉，想起來就沒完沒了。只要是在感冒流行、學校停止上課的期間，浩美打電話給和明說只有我們班上明天不用上學，和明也會輕易相信，隔天便在家休息。儘管長壽庵前面就是學區附近，放學時間同學年的學生三三五五地經過，他還是深信學校停止上課，乖乖地打掃店面。這笨蛋的父母居然也完全相信和明的說法，連一通電話也不知道打到學校確認。直到傍晚導師覺得不妙前來了解情況，一家人才受到好一頓責罵。

濕冷的梅雨季節，要是浩美謊稱「今天體育課是游泳課。雖然下雨，但是水溫還是蠻高的，可以下水。」和明就會相信，立刻換上泳衣成爲全班的笑柄。連導師都忍不住大笑地罰他站在教室外的走廊上。

國中二年級的時候，浩美曾經假藉和明心儀的女孩子名義寫情書給他。偷偷藏在鞋櫃裡的那封情書，被和明緊緊抱在胸口。而且一如預料，和明跑來找浩美商量該怎麼辦。浩美一方面告訴那笨蛋不要亂回信，同時又偷偷繼續寫假的情書給和明。然後和和平兩人躲在背後嘲笑和明喜悅的神色，因爲這個班上最可愛的女生，其實就是和平的女朋友。

那一年聖誕節，和明準備了禮物要送給那女生。五顏六色的包裝紙胡亂紮捆著一隻不怎麼好看的熊寶寶，女孩連拆也不拆便將禮物退還了他。浩美和和平打賭，看和明會如何處理那隻熊寶寶。浩美賭「丟掉」，和平賭「會給他妹妹」。結果這一點浩美還是沒辦法贏過和平；聖誕節過後的一個的冬日下午，他看見高井由美子抱著那隻熊寶寶和朋友玩耍，只好付一千元給和平了。

浩美還經常將偷竊的罪名栽給和明。有一次是在車站前百貨公司偷竊女用內褲，然後偷偷塞入在附近麥當勞等待的和明書包裡。當那笨蛋打開書包掏錢買漢堡時，一件蕾絲花邊的內褲就猛然掉在櫃檯上。現在想起來，浩美依然覺得心情很爽！

和明的存在似乎就是爲了跌入浩美和和平所挖的陷阱裡去。似乎就是爲了一腳踏進浩美和和平所設計的陷阱時，飽受浩美和和平所安排的觀眾們嘲笑而存在的。

「爲什麼會這樣呢？」突然之間發出聲音自問，連栗橋浩美自己也覺得吃驚。

「什麼怎麼樣呢？」和平問。

「爲什麼和明會那麼輕易地被我們騙呢？一點疑心也沒有，也不知道受到教訓，也不會生氣。」

對於栗橋浩美的質問，和平只是微微一笑，並沒有立即作答。

車子的前方可以看見通往冰川高原車站的新幹線高架鐵路。灰色的鋼筋高架，突出於冰川乾枯的冬山前，一如遠古時代的巨大生物化石一樣。

「想一想，也眞是夠厲害的了。」和平瞇起了眼睛說話。

「什麼很厲害？」

「你看那個新幹線的高架鐵路還有這條道路，

原來都是從高山、森林、丘陵等開闢而來的。人類的技術眞是不得了呀。」

「……」

「但是並非所有的人類都很厲害。不是所有的人都有這種開發技術的。世界上的人類分爲有能力和沒有能力的兩種。」

「因爲和明是沒有能力的那種，所以才會被騙嗎？」

和平搖搖頭說：「那傢伙比沒有能力還要低下，但是有點用處。他的存在就是爲了對某人有用處罷了。」

沒錯，就是這麼回事。

所以高井和明相信。就像他小時候一樣地，只要是浩美說的話，他一律深信。打一通電話過去，說什麼他都照單全收。

然而之後的發展，卻讓浩美有些慌了手腳。因爲聽到和明在電話那頭支支吾吾地表示今天不能出門時，連栗橋浩美差點也喘不過氣來。

你爸爸病倒了？高血壓？

栗橋浩美感覺眼前漫起一陣紅霧。因爲高血壓而昏倒的人應該是我吧！爲什麼和明爸爸偏偏要選這一天病倒呢？那有這麼不湊巧的事，居然破壞了如此美好的計畫。

「長壽庵的中午休息時間是兩點到五點吧？利用這時間叫他出來。而且要他不能告訴任何人，偷偷溜出家門。當然浩美打過電話的事也要小心不能讓他家人知道。」這是和平指示的內容。

但是他爸爸病倒了就麻煩了，和明應該不方便離開家裡吧？一開始要是不能提出極具吸引力的說法，恐怕他是不會上勾的。

是不是改天再說呢？可是不能讓木村留在山莊活太久呀。他跟女孩子不一樣，既不好玩；又不能掉以輕心，萬一被逃跑可就糟了。所以最好還是在今晚之內解決掉那傢伙。

而且木村的死亡時間——之後警方可能正確推估的死亡時間必須讓和明沒有充分的不在場證明。所以無論如何今晚到明天之間必須讓和明離家才行。不管使用什麼手段，都必須讓他不在家才行。

栗橋浩美用力閉上眼睛，作出了決定。

「可是今天眞得是個難得的機會，這是我等了好久的機會呀！」

栗橋浩美強忍著嘴裡即將吐出的罵人言詞，控制住情緒繼續演戲。

「我又被那個可疑的朋友邀請去他家別墅了。說是邀請，其實我哪裡是去做客，根本就是被叫去幫忙打掃的。」

和明問爲什麼要打掃呢？

「打掃平常很少使用的別墅，是件很累人的事，需要男人幫忙才行。何況我現在又沒有工作，這麼高的日薪很吸引人的。只是那傢伙特意要我去打掃，恐怕有別的什麼企圖。可能是要讓我再一次進儲藏室，表示裡面已經沒有什麼東西了……；也有可能他想確定我會不會到其他房間調查，就像警匪劇中常有的情節一樣。」

高井和明勸他說一個人去太危險了。看來他對栗橋浩美所說的話毫無懷疑。

「這個我當然知道。我也覺得一個人去太危險，所以才打電話給你呀。和明，你能不能跟我一起去呢？我可以跟對方說，一個人打掃太辛苦了，所以帶個朋友來幫忙。好不好嘛？拜託了。你不是說過要助我一臂之力的嗎？」

和明吞吞吐吐地表示擔心爸爸的情況。

「可是你爸爸的生命應該沒有大礙吧？倒是我的性命有可能不保耶。拜託啦，你可不能讓我一個人去呀。」

你可不能讓我一個人去呀！

沒想到自己嘴裡說出的話語竟刺激了過去的記憶，栗橋浩美眨了一下眼睛。這就是所謂似曾相識的既視感，我以前好像也曾對和明說過同樣的話。

你可不能讓我一個人去呀！可是或許不是對和明說的，而是對和平說的吧？

電話的那頭，傳來和明的說話聲。栗橋浩美趕緊拉回思緒，現在沒有時間發呆。

「拜託你，和明。陪我一起去吧！」幾乎是哀求的語氣了。腳本固然是捏造的，哀求的心情卻是眞實的。他不想更改和平設計的腳本，所以無論如何都必須讓和明到山莊來。

我知道了，我跟你一起去。當和明這麼說時，栗橋浩美感到自己的膝蓋微微顫抖。

「謝謝你。眞的很謝謝你。」浩美打從心裡發出感謝的話語。對即將成爲他們替身的和明，對始終都是爲了他們而存在的和明。

「那麼，接下來你照我說的做。現在就出門到東京車站，搭乘上越新幹線。你知道有個站叫做冰川高原吧？就是很多別墅區的地方。對了，以前我們不是一去溜過冰嗎？當時還只有特快車呢。什麼？你不記得了。是嗎？眞奇怪，我倒是記得很清楚。」

一起去溜冰的人，難道會是和平？

「從東京站到冰川高原站，一個小時不到。出了車站後，你去租個車。我現在沒有車。什麼？你不知道嗎？我沒有告訴過你嗎？我現在駕照被吊銷。違反太多交通規則，缺點記太多了。所以麻煩你去租個車子吧。」

到此爲止，只要按和平腳本進行就好了。栗橋浩美鬆了一口氣，重新調整好心情，繼續一口氣說下去：

「我人在冰川高原車站附近的飯店，地點有點複雜。你租好車子，打我的手機給我。然後我再告訴你見面的地點，到時你來接我上車。至於那傢伙，我會跟他聯絡，先跟他報備一聲和明跟我一起來的事。」

高井和明重複一次交代的內容後，說出了栗橋浩美意想不到的話來：「要不要帶可以當武器的東西去呢？」

栗橋浩美不禁笑著反問說：「什麼東西呢？桿麵棒嗎？」

話說出口才發現不對。這時候怎麼可以笑呢！畢竟天秤的兩側，一邊是自己的生命、過去被犧牲的無辜女性的生命、還有即將喪命的女性的生命；另一邊則是「對自己朋友的懷疑」。身處於如此黑暗的場面，現在哪裡是說笑的時候。

「對不起，大概是想太多了，我頭腦都昏了。

不過你倒是提醒了我。你有看電視吧？犯人很可能有共犯。爲了保護我們的安全，我會準備好工具的。」

和明答應後，掛上電話。現在栗橋浩美要做的事只有等待。

道路緩緩地向左彎曲，終於可以看見冰川高原車站。一幢符合新幹線電車形象的近代化建築，使用許多玻璃建材。連接新幹線月台與一般列車月台的走道也是玻璃帷幕，可以看見其中有人群穿梭。因爲是連續假日，又是秋天的觀光季節，人潮比預料的多。栗橋浩美心想千萬不能暴露在人前。

來到車站前的馬路，和平將車停了下來。栗橋浩美手腳靈活地走下車子。

「那就一切照計畫進行！」

「好，照計畫行事。」

彼此交代過後便分手了。栗橋浩美目送和平的車子，等待它離開自己的視線，然後才走向車站。北風寒冷，不禁豎高了夾克的衣領。

經過計程車招呼站旁邊時，後面傳來小女孩的笑聲，他立刻停下了腳步。猛一回頭看時，差點就撞上了小女孩。

「眞是對不起！」跟隨在小女孩後面追上來女子連忙抓住小女孩的手，同時道歉。大概是小女孩的母親吧。

栗橋浩美報以微笑。小女孩不是幻影，而是實體。甚至還能感覺到她身上散發出甜點的香味。她不是鬼魂，也不是夢魘。

「眞是不好意思！」他對母親回話。仔細一看，對方是個美女，身上穿著高級的服飾。

「馬路上跑很危險喲。」他對著小女孩笑。突然一股衝動，伸手輕輕撫摸了高度在他腰際的小女孩頭髮，感覺到鮮奶油的芳香氣息。

「不好意思，我們告辭了。」

小女孩被母親牽著，離開了他的身旁。浩美心想眞是個乖孩子，沒想到小女孩離開一段路後，猛然回頭對著栗橋浩美扮了鬼臉。

栗橋浩美不禁笑出聲音來，手上還留著剛剛撫摸小女孩頭髮的滑膩感觸，不知道直接將那小女孩的脖子扭斷是什麼感覺？肯定會發出脆笛酥斷裂一樣的清脆聲響吧！脖子一被扭斷，香甜的氣息就會散發得更濃烈吧！因爲那是一個幼小少女靈魂的氣息，芳香的氣味一定會更加濃郁的。

下一次應該試試看，等這回的事結束後。這將是下一次和平設計的腳本內容。

沒錯，就是小孩——下一次是小孩，就是小孩。小孩很好。

23

十一月四日下午七點三十五分。一輛舊型的白色轎車開進了上越新幹線冰川高原車站北口的圓環。坐在駕駛座上的是一位微胖的年輕男子，正對著停車等待客人上門的計程車司機攤開室內地圖，詢問位於市區北側的別墅區「冰川高原綠色山丘」怎麼走。司機說明過後，微胖的年輕男子很有禮地道謝後，說聲這裡的氣候比東京冷，便關上了車窗。

之後過了十幾分鐘，一輛冰川高原車站前派出所的巡邏車目擊一輛型號舊式的白色轎車，停放在距離冰川高原車站前十字路口北邊約一百公尺的地方。停放的車子跨在平交道上，巡邏車正準備上前告誡。這時從平交道旁的電話亭跑出一位微胖的年輕男子回到駕駛座上。看來剛剛是在打電話，跑步回車上的神色很匆忙。縮著肩膀似乎覺得很冷，偶然瞥見的表情則顯得緊張嚴肅。

微胖的年輕男子急忙回到駕駛座位上、繫緊安全帶、直接開上十字路口、前往冰川高原車站北方的別墅區。因爲巡邏車在十字路口左轉，當時那輛轎車已駛離了警方視線。因爲警方認爲該車並沒有追蹤或調查的必要，又是東京練馬區的車號，心想大概是剛到這裡的觀光客，正在查詢即將住宿的飯店或民宿吧。

過了晚上八點，服務於通往冰川高原綠色山丘公路旁「銀河」咖啡廳的女服務生表示：下午六點前有一個年輕男子一直坐在窗邊的位置，坐了好久才起身走到門外。之前年輕男子就很注意窗外的動靜，感覺好像是在等人。大概是對方遲到了，年輕男子顯得很焦躁。

那是個新來的客人。這家店位於高級別墅區的綠色山丘入口，通常以熟客居多。女服務生幾乎可以記住所有的客人，所以肯定這名年輕男子是新來的客人。

而且他的長相令人一眼難忘。年輕男子長得十分英俊，身材高大，穿著都會風格的服裝。頭髮稍長、下巴微微覆上一層薄髭。看起來不像是上班族。女服務生十分感興趣地觀察他，打算續杯時跟對方說幾句話。

可是當她靠近座位時，立刻發現年輕男子的神態不是很穩定。身爲服務生，她有一種職業的敏感，錯不了的。男子不只是因爲等人而焦躁，還很憤怒，甚至有些害怕。女服務生突然認爲對方應該是學音樂的人。因爲她知道一位有名的作曲家在綠色山丘裡蓋了豪華的瑞典式山莊長住，對於許多來自東京求教的音樂界人士態度很不友善。之前就有一個年輕小提琴家被罵得很慘，回東京的路上在這家咖啡廳裡哭泣，女服務生曾經安撫過她。說是作曲家叫她來的，讓她等了好久不說，居然一開始演奏不到五分鐘便大罵「滾出去」！

所以女服務生認爲這個年輕男子應該也是同一類型的人吧。但是因爲他沒有攜帶樂器，說不定是音樂評論家或是音樂雜誌的編輯吧。女服務生擅自想像，思緒如天馬行空。就在這個時候，大概是等待的人來了，那個年輕人站起身，一個箭步衝向收銀台。

女服務生也一個箭步衝向收銀台。在等待期間，年輕人共喝了五杯咖啡。女服務生趁機就近觀察年輕男子。他身上穿的毛衣是高級品，疲憊的側臉從鼻子到下巴呈現漂亮的線條。女服務生心想：這個客人兼具知性與品味。

「看你等了好久，眞是辛苦了。」女服務生開口說。

年輕男人抓起零錢丟進口袋，正準備往門口衝出去，聽見女服務生說的話，神情有些吃驚地回過頭。

「眞是對不起！」因爲對方的反應過於激烈，女服務生也嚇到了：「我是看你一直坐在位置上等人……。」

年輕男子盯著女服務生看，然後吐出一句話說：「廢話少說！」

然後粗暴地開門而去。門外跟他擦身而過的冷空氣吹進來，讓女服務生一陣寒顫。天呀，感覺眞差！怎麼會有這種人嘛！

因爲太過於氣憤，女服務生踮著腳站在櫃檯裡面向外看。看見年輕男子跳進停在店門對面的白色轎車裡。坐在駕駛座上的微胖男子半探出身子，嘴中念念有詞。由於有些距離，聽不見聲音，感覺上兩人好像是在爭吵。

天呀！那車子簡直就是老爺車嘛。眞是要笑死人了。

女服務生果眞冷笑著離開櫃檯前往收拾剛剛那個年輕男子坐過的位置。將咖啡杯、菸灰缸放到托盤上，用抹布擦乾淨桌面，又再度瞄向窗外一眼。白色的破轎車已經消失不見了。女服務生不知道他們往哪個方向離去，反正她也沒興趣管他們了。

「爲什麼不搭新幹線來呢？不是跟你說過了嗎！搭新幹線不用一個小時，開車卻要花上三個小時，所以我才要你搭新幹線來。你讓我等了好久，你知不知道呀？」

一坐進高井和明的車子裡，栗橋浩美便大聲怒吼。氣憤得腦筋都有點不清楚了。和明居然大膽地敢不聽從我的指示！居然敢不照我說的去做！

按照計畫，本來是要和明在冰川高原車站租車，然後藉口他要在車子裡跟和明交代事情，故意讓和明開車到處亂跑。當然四處亂跑的地點包含了冰川高原一帶木村所走過的地方。

從木村嘴裡詳細問出在上和平車之前的行動，就是爲了這個目的。木村曾經去過的地方，都必須讓高井和明也去過。如此一來，假如能夠製造出對和明有印象的目擊者，日後就能出面作證了。

可是卻因爲和明沒有搭乘新幹線，浪費了許多時間。周遭已經一片黑暗，別墅地區根本沒有人外出散步。即便現在到處遊走，也無法期待有目擊者。和明眞是個大笨蛋！

「對不起嘛。我是想搭乘新幹線的話，就不能馬上回東京了。」和明嘴裡含混地辯駁，一邊將車子開進綠色山丘外側的公路上。狹窄的車道只能容一輛車通過，表面沒有舖設柏油，旁邊是鬱鬱蒼蒼的森林。因爲路燈的設置相隔甚遠，和明似乎有些膽怯，開車的速度十分緩慢。

「回去？爲什麼要回去呢？」

「我還是很擔心我爸爸呀。」

「難道你就不擔心我嗎？」

「擔心呀。就是因爲擔心浩美，所以才想說幫完你之後，不管是半夜還是黎明，只要開車就能隨時回東京。如果搭乘新幹線就有第一班車或末班車的時間限制。」

這傢伙果眞是笨蛋中的笨蛋！

「你根本就搞不清楚我的立場！難道你不知道我究竟遇到什麼樣的危險嗎？你以爲那傢伙眞的只是要我來打掃別墅，打掃過後就能拍拍屁股離開嗎？我們是要去調查的人，可能是殺人兇手耶！」

栗橋浩美完全融入了他和和平共同創造的劇情中，一時之間絲毫不自覺是在演戲。我是個善良的男人，因爲懷疑好朋友涉嫌殺人而痛苦。我是大好人，因爲太過痛苦，所以打算靠自己的力量突破對朋友懷疑的迷霧。

「浩美正陷入危險的立場，我當然知道。」車子開在顛簸的路面上，高井和明也滑稽地坐在駕駛座上跟著上上下下跳動，他說：「所以才想說開車來比較好。萬一發生狀況的話，兩個人也方便逃出。」

因爲他說話的樣子實在認眞得可以，搞得栗橋浩美差點破口大笑。爲了掩飾表情，浩美趕緊將臉轉向窗外。

看來得和和平重新商量了。

浩美在心中重新整理嚴密的計畫內容。

1.將和明從東京叫出來。這是爲了使和明十一月四日下午到五日深夜之間的不在場證明模糊不清。

2.必須讓和明去租車。

3.利用該車讓和明走過木村去過的地方。這時栗橋浩美躺在後面座位上，盡可能避人耳目。

4.將和明帶進山莊，利用調查儲藏室的藉口，讓和明的指紋沾在木村的衣物上。

5.四日的深夜，讓和明睡在山莊裡，同時殺掉木村。將木村的屍體藏在和明租來的車子裡。

6.限制和明的行動直到五日晚上，將他留在山莊裡。這之間可以告訴他事情的眞相。

7.到了晚上，利用和明租的車離開山莊。由栗橋浩美駕駛，前往赤井山中的鬼屋。在那裡將汽車廢氣從排氣口引進車裡，僞裝成「自殺」。遺書由和平撰寫。

剛開始聽到和平的計畫時，栗浩美不禁質疑讓「兇手」的和明自殺是否過於唐突，畢竟又不是被警方追得走投無路。殺死木村是爲了讓自以爲是的女評論家難堪，身爲「兇手」應該覺得很爽才對。可是卻在殺人之後自己了斷自己的生命未免太奇怪了吧？

結果和明臉上浮現很有自信的笑容表示：「連續殺人兇手的自殺並不少見。在美國如果發生連續殺人事件，兇手的身分還未被檢舉罪行便突然停止時，通常會被斷定是兇手自殺。而且這種情況很多，因爲這種破壞衝動不完全是來自外界的壓力。」

「是嗎……。美國或許那麼做，但日本的警察可能還不習慣那種想法吧？」

「放心吧。爲了讓這個案子成爲開端範例，我會寫出很棒的遺書的，你不必擔心啦。」

和平還加重聲音強調這個計畫的重點。

「一定要讓和明在冰川高原車站租車。到時候沒有租來的車子就不行。」

栗橋浩美不知道原因何在，因此和平解釋說：

「聽清楚了，因爲也有所謂的反面風險，知道嗎？萬一木村的屍體在我們的車子裡被發現了，警方一定會認爲和明使用自己車子犯案的可能性很高。這麼一來，木村之前的被害人，包含古川鞠子、日高千秋等女人的痕跡應該也會遺留在和明的車上才對。即便是一根頭髮或衣服的纖維都好。只要警方具有科學的搜查能力，就一定能找得出來。」

和平說的沒錯。

「但是實際上從和明的車子裡不會發現那些女人的痕跡。當然囉，因爲那些犯罪本來就不是在和明的車上進行的嘛。只不過我不認爲那些警察當中會沒有人想到這個方向。說不定有人會起疑：認爲高井和明在其他犯罪時用了不同的車。卻又覺得很奇怪，懷疑這傢伙眞的是兇手嗎？是不是還是有其他共犯呢？那就危險了。」

所以和平堅持必須讓木村的屍體和和明自殺的屍體同時被發現在和明租來的車子裡面。

「再怎麼厲害的警察，假設推理和明每一次犯罪都會租不同的車，應該不會追蹤全日本找出特定的租車，實際上也不可能。」

說明至此，栗橋浩美總算明白爲什麼要和明租車的重要性了。最重要的是讓警方認定連續女性殺人案件是和明一個人幹的，他才是眞兇手，跟其他人毫無關係。兇手就是他，他是一個人做的案，並非兩人共犯。

可是偏偏……。栗橋浩美斜眼看著駕駛座位上的和明，不禁咬牙切齒。這笨蛋居然在一開始的時候就要破壞我們的計畫！

「總之先到別墅去吧！」

栗橋浩美凝視著車窗外面的黑夜，心想計畫在被和明搞亂之前，必須好好約束他一番才行。

「山莊」的窗戶亮著燈火。隨著車子的接近，可以看見和平打開大門走了出來。一如像是迎接和明的到來似的，和平滿臉笑容地走上前來。那張蒼白的臉孔，一瞬間連栗橋浩美看了也覺得恐怖。

「眞是好慢，我都比你們還先到達了。房子都已經打掃好了。」和明車一停好，和平便踏上碎石子路跑上前，大聲說話。

和明迅速地瞄了一下浩美。只不過那「迅速」是和明的速度，其實早被和平都看在眼裡了。浩美面對和平視線時的狼狽表情，應該也難逃和平的觀察。

因爲遲到的關係，相信和平應該已經發覺計畫被打亂了吧。

也許和平看見逐漸接近「山莊」的破車，怎麼看都不像是租來的車子，心中早已有了譜吧。和平的頭腦就像電光石火般轉得很快。

「很冷吧？肚子餓不餓？先進屋裡再說。車子停在那裡就好了。」說時和平的臉上堆滿了笑。

「原來浩美帶來的朋友就是高井呀。好久不見了，你還記得我吧？」

和明溫吞吞地下車，溫吞吞地道歉說冒昧陪浩美來訪。和平依然很高興的樣子，招呼兩人往「山莊」裡去。

「不要杵在那裡，進去再說。先來杯咖啡吧。」

「走吧！」浩美推著和明的側邊說：「不進去會顯得很奇怪的。」

和明就像電影中的調查員一樣，斜著視線點頭說：「說的也是。不過……眞是嚇了一跳。原來浩美懷疑的對象是他。」

「還記得他的綽號吧？」

「嗯。叫做和平，對吧？」

「因爲他總是笑容滿面的。很難相信他就是殺人兇手吧？所以你應該了解我的苦衷了吧？」

和明沒有回答。和平已經打開好「山莊」的大門等著，兩人小跑步踏上碎石子路。

客廳的燈火通明，壁爐裡燃燒著柴火。空調也開著，室內溫熱的溫度讓人感覺頭昏。

「打掃得很乾淨嘛。」栗橋浩美說：「因爲遲到的關係，害我損失了這一天的日薪。」

和平在廚房沖煮咖啡，笑得很高興。

「我只是將東西塞進儲藏室，關上門便好了。所以放心吧，你們的工作還在呢。而且我暫時會離開這裡的。」

「那眞是太好了。」浩美對和明笑，並迅速使個眼色說：現在先照和平說的做吧。和明丟回一個「知道了」的眼色。看著他打算閉一隻眼睛，卻變成不停眨眼，栗橋浩美差點笑出聲音。

總之已經來到了「山莊」，把和明給帶來山莊了。這份安心感讓他喘了一口氣。

和平端出來咖啡。栗橋浩美覺得今天一天已經喝了半年份的咖啡，所以不想動手，和明則是客氣地拿在手上。現在的和明根本無暇懷疑他所設計的腳本，而是將視線不斷投注在和平身上。這樣子不停地瞄來瞄去，反而會讓人覺得奇怪，這傢伙眞是一個大笨蛋呀！

「我借一下洗手間，在哪裡呢？」栗橋浩美說完，立刻站起身來。和平也起身在前面引導。兩人穿過客廳，來到走廊。和平關上門時，迅速壓低聲音低喃問說：「和明是開自己的車來吧？」

栗橋浩美點點頭。說明完情況後，和平也點頭回答：「我知道了。沒辦法，只好改變計畫，先讓我想想再說。」

「木村呢？」

「吃了藥睡著了。之後我又給他吃了一次藥。」

「和明打算沒事後回東京去，說什麼擔心他爸爸的病情。說不定會打電話回家，該怎麼辦呢？」

和平微笑說：「放心吧。電話的接頭早已經拔掉了，根本不能通。就跟他說電話故障吧。」

然後和平回到了客廳。

栗橋浩美上完洗手間回到客廳，看見他們兩人正在聊天。好像是在商量晚餐的內容。

「晚餐我來做，只不過味道不怎麼能期待就是了。」和平笑說。

「不會呀，和平做的菜很好吃的。」

和明膽怯地看著兩人的臉提議說：「如果是煮蕎麥麵、烏龍麵或蓋飯，我也可以幫忙。」

和平聽了顯現恍然大悟的表情，誇張地高興說：「對呀！和明家是開蕎麥麵店的嘛！」

結果晚餐決定由和平做咖哩飯，和明表示要幫忙。

「還有……不好意思，電話能不能借我一用。我想打回家。」

對於和明客氣的要求，和平的表情顯得十分遺憾。

「眞是不好意思，現在電話剛好不能用。因爲房子太舊了，屋裡的管線配置出了問題。我也是很困擾，找人來修理了，可是NTT的服務實在太差了，說是要到後天才能派人來看。」

「你有跟家裡的人交代行蹤吧？」栗橋浩美問。根本就是睜眼說瞎話的詢問。他一定早就要和明不准跟家人交代；而且怕問題變大，也是他塞住了和明的嘴巴。

本來就算是和明交代家裡「我去冰川高原和浩美見面」，也沒有什麼好擔心的。如果被警察問到，按預定的說法回答就沒事了。

「是的，高井他來過。沒錯，來過山莊裡。是在十一月四日的晚上吧。我和和平從十月底便住在這裡，之後和明打電話問說可不可以過來？因爲很突然，我也嚇了一跳。

現在想起來，他當時應該已經將那個可憐的木村先生屍體塞在行李廂裡了吧。是嗎？那個叫木村的人失蹤的地點，就在離這山莊不遠的地方……。

我想和明是瘋了。在他自殺前夕，應該是瘋狂到了極點。他殺死木村，應該是想帶個伴上路吧……，這是我的感覺，不知道對不對。他之所以突然來見我們，大概是來告別的吧。我們從小就認識。我所知道的和明，是個很重視朋友的好人。所以簡直令人難以置信。」

「我沒有特別說明去哪裡。」和明的回答讓栗橋浩美回過神來。

「那家裡一定很擔心吧。」和平一臉擔心地表示：「即便很晚了，還是應該回去比較好吧？都是浩美不對，硬要拖著和明來。從以前開始浩美就有拖著和明的習慣。」

「一個人來很無聊嘛。」

「沒關係啦。」和明搖搖頭說：「我偶而也想出來走走。而且今天因爲我爸爸身體不舒服，店裡也休息。」

趁著和明檢查爐火時，和平和浩美迅速交換一下眼神，相視而笑。可是和平立刻又看著和明。

「待會兒將火調小就好了。」

和平幾乎是很體貼的視線說：「畢竟和明還是專家，所以我們有了好吃的咖哩飯。你們明天再開始整理吧，今晚輕鬆一點。」

晚餐的氣氛溫馨得很不自然。和平嘴裡不斷喊著「很懷念……很懷念」，經常提起國中時代的回憶。和明也配合著他答話，實際上連栗橋浩美也忘記演戲，眞正感到懷念而憶起許多往事。

終於話題轉到了彼此的「現況」。

「能繼承家裡的事業，很不錯嘛。」健談的的和平一邊大口吃著咖哩飯，一邊說：「在我父母的眼裡，我應該算是違背期待的兒子吧。很早以前我就宣布不想跟爸爸一樣成爲上班族，現在也還是自由業。」

和明偷偷看著和平，小心翼翼地詢問：「那你現在從事什麼工作？」

和平笑說：「你認爲我的工作是什麼呢？」

和明看著栗橋浩美的臉。浩美冷冷地表示：「原則上他是補習班的老師。一個禮拜只有三天的課，其實很閒的。誰叫他是有錢人呢。」

「這個別墅很漂亮呀。」和明也跟著附和。

「不要把我說得好像是不勞而獲，我還是一樣很努力在工作呀。」

「你沒有到公司上過班嗎？」和明問：「聽浩美說，和平曾經是高薪階級。」

栗橋浩美吃到一半的咖哩飯差點哽在喉嚨。當初告訴和明自己的好朋友涉嫌連續殺人案件時，不記得是否說過這件事了？

說謊很容易，可難的是能否記住說過的謊言。

和平若無無其事地回答說：「都是過去式了。」

「那你是辭掉公司的工作囉？」

「因爲我不想成爲公司組織下的小零件。」

「難道不會感到不安嗎？我沒有上過班不知道，但是要想離開就職的公司，應該需要有相當的覺悟才行吧！」

「也沒什麼啦。只要有能力，工作機會自然會找上頭的。」

好不容易栗橋浩美才將咖哩飯給吞了下去。因爲幾乎快噎著了，趕緊伸手拿起水杯。

一邊收拾用過的盤子，和明說：「浩美也經常說同樣的話。只要有能力，不怕找不到工作！」

栗橋浩美故意笑得很大聲說：「沒錯，所以現在我才在這裡幫和平做事呀。當這傢伙窩在這裡工作時，我就幫他打掃房子和買東西。」

「和平都在這裡做什麼工作呢？」和明問過之後才立刻加一句：「不好意思，我問得太多了。」

和平搖搖頭並輕巧地站起身來，走進廚房：「啤酒應該還沒喝過癮吧？」

他打開冰箱，提著冰涼的啤酒瓶回到座位，微微一笑說：「其實我是在這裡寫劇本。」

栗橋浩美嚇得差點打翻了手上的湯匙。一瞬之間他以爲和平將對和明說出眞相，暴露他們所寫的劇本中用了和明當一角的眞相。

「什麼樣的劇本呢？」和明問。

「大學時代的朋友搞了一個小劇團，我算是那裡的掛名劇作家；雖然賺不到什麼錢。」

他一邊倒著啤酒繼續說：「不過在戲劇界卻也蠻受到矚目的。我是用筆名寫作，你大概不清楚吧。」

和明不好意思地點點頭說：「我沒有看舞台劇的習慣，連電影都很少去看呢。」

「最近大家都是這樣的。」

「可是好厲害呀，和平也許會成爲賣座的作家耶。」

對於充滿憧憬的讚賞，和平的高興之情並非演技。於是閃著充滿熱情的眼光滔滔訴說過去寫過的作品、目前正在創作的內容、劇團演員的八卦故事、舞台劇演出時的甘苦談等。和明聽得入神，連栗橋浩美也感動不已。

一切都是謊言。和平跟小劇團毫無瓜葛，更別說是寫劇本。就連現在的這個「劇本」，也沒寫出個隻字片語。當然也不認識任何男女演員。說的全部都是騙人的，可是信口雌黃得幾可亂眞。

吃完飯後，和平問說：「累了嗎？要不要洗個澡？」栗橋浩美對和明使眼色，兩人同時拒絕。於是和平表示：「那我先告退去洗澡囉。」

等和平一離開，只剩他們兩個人後，和明立刻表示：「怪了……。」只不過態度不是很誇張，就像是東西掉落腳邊一樣地湊上來說話。

栗橋浩美不禁反問說：「哪裡奇怪？」

和明靜靜地看著廚房的方向。

「盤子沒有先泡水是不行的。」

「和明……！」

「要調查的地方只有儲藏室嗎？」

「嗯……。」栗橋浩美感到有些焦躁，感覺和明似乎變得很難搞了。這是爲什麼呢？

「等和平睡著了，我們再來調查儲藏室。如果有空房間也一起查。」

「知道了。」

和明開始清洗盤子。栗橋浩美來不及想好藉口，說聲還要上個廁所便走向浴室。和平居然眞的悠哉地泡在浴缸裡，嘴裡還哼著歌曲。

「喂！該怎麼辦呢？」出聲一問，從浴室裡傳來撥水的聲音和和平的答覆：「不連車子一起處理掉，恐怕會有麻煩。」

「連車子嗎……？」

「淋上汽油，將做案用的車子一起燒掉，僞裝成火燒車自殺。只要一燒光了，就連警察也難以詳細調查了吧！」和平聲音混濁地笑了。

「不過還必須先開車將活著的和明帶到他該死的地方——鬼屋那裡去。爲了爭取時間設計藉口，大概還是得用到安眠藥吧。」

「我知道了。」栗橋浩美回答，然後壓低聲音問：「和平？」

「嗯？」

「什麼時候要處理木村呢？」

「什麼時候都可以呀。」

「那可不可以讓我動手。精神持續緊繃著，累積了不少壓力呀，我想發洩一下。」

「當然好，請動手呀。」和平說時還伴著竊笑。

「趁我睡覺的時候，你們會去調查儲藏室吧？」

「當然，劇本不是這麼寫好的嗎？」

「那裡藏有木村的錢包，千萬要讓和明摸到，印上他的指痕。不要忘了喲。」然後他又開始哼起歌來，那是一首嘆息愛人死去的古老流行歌曲。

和平對栗橋浩美和和明說已經幫他們準備了一樓客廳旁的客房睡覺用，他自己要先行休息了，接著消失在二樓自己的房間裡。時間已經是接近午夜了。爲了裝得更像樣，栗橋浩美又再等了快一個小時才依照劇本帶著和明開始調查一樓的「儲藏室」。

之前儲藏室裡已經有過布置，看起來不像是整理過了。放有木村名片的錢包就藏在最裡面壁櫥上的高爾夫球桿袋後面。

「我就是在那裡發現古川鞠子的皮包的，就是那兩個皮箱疊放在一起的地方呀，看見沒？」栗橋浩美壓低聲音、弓著身體、神經質地搖晃著手電筒的光線表示。故意拿出手電筒，是他個人的主意。萬一和明起床上廁所，看見儲藏室的門縫透露出燈光，那豈不是完蛋了嗎？

站在紙箱堆積的儲藏室裡，和明胖大的身軀顯得十分侷促。稍微一動就會碰到什麼東西；塵埃揚起，馬上就想打噴嚏。每一次和明打噴嚏，栗橋浩美都必須誇張地跳起來警告他說：「小心一點！和平會聽見的。」

就算是再爛的戲劇，在這裡也必須加把勁。無論如何都得讓和明摸到木村的錢包才行，必須留下他的指紋。這意思也就是說，栗橋浩美十分認眞地想要完成劇本中該他的使命。

可是從晚飯的時間起，他卻突然感覺和明變得十分難搞，而且並非是錯覺。就連調查儲藏室，和明始終也沒有表現出栗橋浩美預期的反應。也不是說和明不聽從指示，或是說他的態度不夠認眞。和明一樣很老實，甚至看起來還有些膽怯。然而和明的舉止就是跟橋浩美心中認定的有些微妙的差池。

因此惹得浩美開始急躁。換做是和平，肯定能氣定神閒地引導和明繼續行動吧？如果是和平，這種蹩腳劇本應該也能讓和明深信不疑吧？可這種事似乎不太適合我吧！內心的不安與相對而起的焦躁，使得栗橋浩美的言行益發顯得戲劇性。

「說不定這裡就是殺人現場，你覺得怎麼樣？」假裝一邊探索陰暗處，栗橋浩美說：「搞不好和平曾經在這裡殺死了女孩子們？」

原本正在調查牆邊舊衣櫥的和明停下了動作遲緩的手，回過頭看著栗橋浩美說：「應該不會吧。還是不要那麼想比較好吧。」

結果反而更讓栗橋浩美焦躁了起來。爲什麼和明會那麼說呢？既然是和明，就該像個和明的呆樣子。之前的和明聽見我這麼嚇他，一定會比現在的表現驚恐三倍，半哭著聲音說：「怎麼辦？浩美。還是趕快報警吧！」然後我會冷靜安慰說：「等一下，不要急。還是再調查看看吧。找不到任何證據的話，說什麼都沒用，警方是不會相信的。」事情應該是如此發展才對，這才是我所期待的。

可是哪裡出了問題呢？

栗橋浩美一邊用手電筒四處照射，同時向藏有木村錢包的櫃子逐漸靠近。趕緊讓和明發現這個再說吧！然後離開儲藏室。但情況進行的不太順利，總覺好像我一個人在演獨角戲。大概是我多心了，只是真不希望這種情形繼續下去。

「不知道這後面會不會藏有什麼東西……？」一個人喃喃自語探首到櫥櫃後面，猛然背後傳來和明低沉的說話聲：「簡直就像是在玩少年偵探的遊戲。」

栗橋浩美不禁回過頭去，因爲他感覺到和明的語氣中摻雜著嘲笑的口吻，雖然只是一點點而已。

「你說什麼？」浩美反問的語氣尖銳，同時將手電筒光線射向和明聲音的方向。

和明站在儲藏室門邊的櫥櫃旁，雙手無所事事地垂放著。斜著一顆圓大的頭殼看著栗橋浩美，手上的手電筒光線盡落在地板上。因爲被栗橋浩美的手電筒直射臉上，感覺刺眼地轉過頭去。

「你剛剛說了什麼？」

「我是說好像在玩少年偵探的遊戲。」和明又說了一次，這次語氣中沒有嘲諷的感覺，總之就是缺乏氣力。就好像……對了，就好像陪小孩玩遊戲的大人終於累了一樣，接下來要幹什麼……玩夠了吧……可以回家了吧……。

「你胡說些什麼！拜託你正經一點，這可是殺人事件耶。」

「我知道。」和明說：「可是看起來這裡好像什麼都沒有嘛。」

「不會的，慢點……這裡！這裡有什麼東西！」

栗橋浩美伸出手，將藏著的木村錢包拿了出來。用自己的手發現證據，雖然跟劇本寫得不符，但現在也顧不得那麼多了。反正只要讓和明碰到就可以了，不是嗎？

「你看這個！是個錢包，是男用錢包。裡面應該有名片吧。」

他將木村的錢包遞到和明眼前。和明伸出右手接住，將手電筒光線靠近，仔細地觀察。

「這是哪裡發現的？」和明問。

「就在裡面的櫥櫃上面。」

「是嗎……。」和明打開摺起來的錢包檢查裡面。因為左手拿著手電筒，只能用右手手指確認錢包的內容。栗橋浩美不禁又焦躁了起來，和明這樣子根本無法好好沾上指紋的。

「真的，裡面有名片耶。」

「木村……庄司。上面也有公司的名字，日本林業住宅公司。」

「喂，和明。」栗橋浩美盡量表現出「興奮的低語聲」說：「那個連續誘拐殺人兇手在電視節目裡被女性評論家說是只會殺害女人，不是氣得說下次要殺死中年男人嗎？」

和明沒有回答，只是不停地翻弄錢包。栗橋浩美看見和明的手指頭有些顫抖，反胃的感覺竟止住了。原來還是會害怕的；我的演技這麼高明，你應該會感到害怕才對嘛！

「這個叫做木村的錢包主人，一定也已經被殺了。兇手應該就是和平，這就是證據吧！所以不是我想太多，也不是我的誤解。」

和明沉默地將錢包摺起來，發出一記聲響。

「不要發出那麼大的聲音！」浩美低聲制止

「然後該怎麼辦呢？這個。是不是當作證據交出去呢？」

「就這麼辦，你拿去吧。不要讓和平發現了。」

總算可以離開儲藏室了。兩人躡手躡腳地回到廚房，將手電筒收進餐廚的下方抽屜。然後回到兩人休息的房間。

「找到萬無一失的證據了，應該沒有必要調查其他房間了吧。」栗橋浩美終於感到心情解放，說話的語氣充滿喜悅之情：「我們雖然牽扯到這麼大的事件，可是和明，這可是樁大功勞呀！連警方都會表揚我們的，媒體也會追著我們跑。因爲可以讓那個連續殺人兇手不再繼續犯案了。」

木村的錢包如今已在和明手中。什麼都不知情的笨蛋和明已將指紋沾滿了整個錢包，應該連剛剛沾上的栗橋浩美指紋也給弄模糊了吧。眞是太好了，這個大笨蛋。栗橋浩美已經恢復了暗自嘲諷和明的輕鬆心情。雖然有些麻煩，但該做的我完成了，和平。

和明坐在整齊的客房床邊，利用房間的燈光將名片從錢包中取出進一步確認。栗橋浩美走向前來居高臨下地觀望。

「新的名片耶。這家公司的廣告，我在電視上看過，是家大公司哦。」

「要不要打這上面的電話號碼試試？」和明問。

「爲什麼？有什麼必要那麼做？」

「看看這個叫木村的人在哪裡，難道你不想查查看他是不是失蹤了嗎？」

栗橋浩美有些動搖了。像和明這種沒大腦的人，理應不會說出這種話的，這不在預定的計畫之中。

「調查那些有什麼用？能有什麼幫助嗎？」

「很重要的。沒有確認這個錢包主人的身分，就無法知道爲什麼錢包會出現在這裡吧？說不定只是和平的朋友將錢包掉在這裡罷了。」

栗橋浩美湧起一股暴力的衝動，幾乎要跳起來毆打和明了。他的手臂都已經抬了起來。你究竟在想些什麼？你應該是個什麼都不會想的笨蛋才對，不是嗎？你不是只會照我們說的去做，一個容易受騙上當的傢伙嗎？

現在這樣子根本和劇本上寫的不一樣呀。和明，現在完全都沒有照劇本來呀，不是嗎？到底是怎麼一回事呢？

「我來打電話吧，現在。」和明正準備從床上站起來。栗橋浩美衝動地推他的胸口，和明身體不穩地跌倒了。

「你以爲現在是幾點鐘？公司裡還會有人上班嗎？」

在和明抬起看著栗橋浩美的眼睛深處裡，雖然不是很強烈，卻有了第一次對抗般的光亮。栗橋浩美不禁懷疑自己的眼睛所見，這傢伙眞的是和明嗎？過去只要稍微唆使一番，他就像笨蛋一樣掏出錢來；就像小狗一樣，要它握手還是轉圈都跟著照做。眼前的這傢伙眞的是和明嗎？

「既然是大公司，晚上一定有値班的警衛吧。」和明說。大概是爲了保持鎭定，圓形的喉結上下滑動著，他說：「或許可以請教對方該公司有沒有這名員工，聽對方的說法，說不定有什麼緊急狀況……。」

和明又上下滑動了一下喉結，並搖搖頭。對他而言，這樣的說話速度很快，但他抓緊了錢包繼續說下去：「不行，這樣也是不行。現在急著處理這種事也沒什麼意義，不如先去報警要好。我拿這個到警察局去，浩美，你也會一起來吧？還是叫警察來這個別墅呢？到時候也可以跟警方說明之前發現古川鞠子皮包的事。我想警方因爲整個事件，一定會認眞接受我們的說法的。」

之前一點一滴的不安如今終於成型了。栗橋浩美做出了結論：計算失誤！他們小看了和明，和明不如他們想像的愚笨。

「你……你知道自己在說些什麼嗎？」浩美知道自己說話的聲音很心虛，也很清楚自己正在冒冷汗。他知道自己被和明嚇得開始驚慌了。

不應該會是這樣子的。爲什麼情況會演變成如此？過去我們的計畫不都是實行得天衣無縫嗎？不管是警方、被殺的「女演員」家屬、甚至是媒體、整個日本都被我們玩弄於指掌之間。沒有人知道我們的底細，大家都是在一旁起鬨的笨蛋！沒有人贏得了我們，和平和我。

可是爲什麼我們就是沒辦法操縱和明呢？

整個流程都在腦海裡。調查儲藏室、發現木村的錢包、然後沾上和明的指紋。接著告訴和明「今晚先住下來，明天觀察和平的樣子再小心行動」。並勸他說「睡不著覺，喝點酒吧」，讓他喝摻了安眠藥的威士忌。等和明睡得像個死人時，和平和我便去收拾木村，然後將屍體搬到和明的後車廂裡，找個時機將遺書寄出去，最後就剩解決和明了。在做完這些事之前，我必須保持清醒，這就是整個計畫流程。

可是爲什麼這麼容易就遭遇挫折？爲什麼這傢伙不能乖乖住在這裡？爲什麼他會想打電話到木村公司去，還說要去報警？這傢伙應該不會有這種主張才對的呀？

「浩美，你會跟我一起去警察局吧？」和明——高井和明追問般地重複說：「以前浩美說的話是眞的嗎？如果是眞的，就跟我一起去報警吧。沒時間在這裡猶豫了。」

以前說的話是眞的嗎？爲什麼從和明嘴裡會跑出這些話呢？

「快呀！還好我開車來了。」

和明推著栗橋浩美站起身來往房門走去。忘記了前後順序、忘記了計畫流程、忘記了劇本、忘記了立場，栗橋浩美緊張地喊說：「慢點！等一下！這樣是不行的！」

高井和明門開到一半，回過頭來，正眼看著栗橋浩美的臉。這也是第一次，和明居然敢盯著我的眼睛看，居然敢跟我面對面！這垃圾不如的傢伙。

「有什麼問題嗎？浩美。」和明問：「爲什麼不行呢？浩美。你告訴我呀，不然你希望我怎麼做？」

「希望你成爲我們的棋子。」出現的是和平的聲音。不知在什麼時候，和平已經站在和明打開的房門口了。臉上盡是微笑，手則握著擊昏木村時用的鐵鎚。

「我們只是希望你成爲我們的棋子，沒什麼別的意思。」說時和平已舉起了鐵棒。發出一聲悶響的同時，栗橋浩美閉上了眼睛。但是眼瞼裡面還是看見了鮮血的顏色。

木村庄司始終無法理解解決他的時候到了。之前整個人被緊緊綑綁在床上動彈不得，所以根本不必擔心他會反抗。和平將摺疊椅拉到他的床頭邊坐下，花了一個小時對木村說明即將發生在木村身上的事、事發之後的影響、這件事對和平和浩美的重要性、他們是如何高興能遇到木村……。就像醫生對重聽的老年病患仔細說明接下來的療程一樣。

儘管如此，木村還是難以理解。嘴裡盡說些孩子氣的質疑：既然要殺，明明可以早點就殺，拖到現在才動手，實在不合邏輯。於是和平耐著性子說明：爲了配合計畫必須讓木村活到現在，而今大限已到又必須讓他赴死。

「你們到底把別人的性命當成什麼了？」因爲身上的繩索纏到肩膀以上，木村就像是全身以石膏固定的傷患一樣，一顆頭只能在枕邊上下左右地晃動。但他還是以不自由的姿勢拚命伸長脖子對和平抗議。

「我們不過就是把別人的性命當作性命看待呀。」和平雲淡風輕地回答：「原則上我們是不殺自己認識的人與朋友，因爲他們死了我們會傷心。不過換成別人就無所謂了。」

「可是你們所謂的別人也有他的家人、朋友和認識的人呀！那些人一樣會爲他的死去而傷心的。」

「你說的倒也沒錯，但是跟我們一點關係也沒有。」

「做這種事，你們覺得很好玩嗎？」

「很好玩呀。如果你也來試試看，應該就能理解。不過沒有才能是做不來的，並不是所有人都能做的。」

和平還安慰木村說：「我們會將你的屍體送還給你的家人，放心好了。」

「對於絲毫不具美感的中年男性屍體，我們沒有興趣留在身邊。等警方發現你，進行解剖驗屍，調查到他們滿意了，自然會送你回老婆那裡的。她多少也知道你出了什麼事，到時候看見你的屍體回家應該不至於太過驚嚇吧。經過今天一晚，她大概也有了心理準備了吧？」

「你們……我從來都沒有不跟家裡聯絡就外宿，我太太當然會擔心的！可是哪裡那麼容易就做好心理準備呢？」

木村以「外宿」一詞來形容現在的狀況，讓和平聽了十分高興。

「別忘了還有摺紙鶴的事呀。」

「紙鶴？」

「你一被關進這裡，不是有說過跟你老婆認識的經過嗎？之後我就打電話給你老婆了，告訴她爲了老公的安全不妨摺摺紙鶴吧。所以她應該能夠預測你大概遭遇不幸了。當初就是想製造這種效果，才問出你和老婆之間難忘的回憶呀。」和平笑了。

「對於一個被擊昏、全身綑綁的男人，逼問他和老婆之間的相識過程，你一定覺得我很奇怪吧？覺得我的頭腦是不是有問題？以爲像我這貨色，大概還能應付吧？沒想到事與願違，我居然是有計畫地問出你們相識的過去。」

「你是爲了讓我太太不安嗎？」

「沒錯。你在這裡受苦的同時，也要讓你老婆難過呀。因爲這樣比較具有戲劇性嘛。我倒不是積極地想要傷害別人，我不是虐待狂；只不過身爲導演，想要營造最高的效果、完成最有劇情的腳本。所以很注重小地方的堅持。」

和平說到這裡站起身來，打開房門叫栗橋浩美進來。雙手抱著一個幾乎環抱不住的大枕頭，栗橋浩美走進木村的房間。

木村兩眼睜得凸出圓大。

「你……你不是幫我的人？你不是說這傢伙是連續殺人犯，所以要幫我逃脫嗎？」木村一臉慘白、冷汗直流，慌亂地叫喊著。栗橋浩美重新抱好枕頭對著和平說話：「人們處於這種情況下，很容易相信別人謊言的心理特質，你居然也研究過了。」

「當然要研究囉。」和平說得很輕鬆：「窒息而死並不很痛苦的，木村先生。爲了謹愼起見，等一下會用繩子將你重新綁緊，到時你應該陷入假死的狀態，所以一點感覺也沒有，我保證。」

但是當枕頭悶上臉時，木村還是喊叫了。看來這種事眞不是頭腦好的人該幹的！

浩美和和平手腳俐落地幹活。先將木村的屍體搬到浴室、脫下弄髒的衣服、暫時藏倒儲藏室裡。然後打掃監禁過木村的房間，以後再將床墊、毯子拿出去曬就成了。

他們清洗過後的木村屍體換上新的內衣褲。說是新的，也不是最近剛買的，而是從山莊衣櫃裡拿出來的備用品。忙到這裡就沒什麼好擔心的了。換好衣服，兩人將屍體搬上和明的後車廂，並將木村的公事包放進車裡。公事包裡收著木村的東西；只有行動電話，他們決定留下當作紀念品。

過去都是這樣留下每個「女演員們」的紀念品，只不過都是些首飾、皮包類的小玩意兒，行動電話則是第一次。

「我可沒興趣收集老男人的手錶或是結婚戒指。」和平笑說。

善後工作進行到一個段落，朝霞已染紅了山頭。兩人終於覺得疲倦，決定先小寐一番；但還是難以入睡，心情十分興奮。彼此並沒有事先說好，卻都在九點前醒來。這時倦意已消，決定全力以赴完成今天的主要工作。

「先吃早飯吧。」和平說：「不好意思，早上我不想做飯了。我們到外面吃飯吧。今天會很忙，得吃飽一點才行。」

出門前，他們又到儲藏室看了一下和明。

爲了不讓身上留下綑綁的痕跡，先在和明身上纏上一層薄床單，然後用透明膠帶固定。基本上是纏成木乃伊的形狀，但因和明身材肥胖，看起來倒像隻白蛆。栗橋浩美不禁覺得好笑。

和明已然從昏迷狀態清醒，眼神因爲栗橋浩美的笑聲而浮動。因爲身體右側躺在地板上，從他的角度無法抬眼看見栗橋浩美的臉。

「怎麼？你已經醒了呀？」栗橋浩美說，笑意依然未止；他實在是太愉快了。

和平的功大的確是專業水準，用鐵棒敲擊卻不會致人於死。只留下一個特大號的腫瘤，有的人腫瘤會冒血花、有的人則是流點鼻血，接著就昏迷幾個小時。不過這幾個小時的昏迷是很寶貴的，爲了能像這樣綑綁、監禁對方，這幾個小時是安全且毫無障礙的。

「你就幫我們看家吧！我們要出門吃早餐去了。」

一下山，就在連接附近國道的三叉路口有一家餐廳。平常爲了不讓人家看見和平和浩美在別墅區一起出入，他們從來沒進過這家餐廳。但是現在的兩個人餓得如狼似虎，心想有什麼關係呢？只來一次也是可以商量的嘛，就把車子開進專用的停車場裡。

兩人之間早已嚴格規定：出了山莊一步就不能提起半句事件的內容，畢竟你不知道有誰會在哪裡偷聽到了。兩人只是熱中於食物，大快朵頤。

計畫已大致完成，眼前的道路明白可見。這種高興與成就感讓兩人心情愉悅。栗橋浩美的舌頭早已經按捺不住，很想開口討論下一步動作，不知道和平是否已經寫好「高井和明的遺書」了？

一回到車上，還沒開出停車場，浩美就開口問說：「我們要在哪裡解決和明呢？遺書寫好了嗎？」

和平爲了讓跟他們錯身而過紅色跑車進入停車場，利用手勢跟眼神和對方打招呼。栗橋浩美視線瞄向對方，發現紅色跑車的駕駛座上坐著一位男生造形的年輕漂亮女性，旁邊則是她的朋友吧，一個圓臉、留著俗氣長髮、同樣年輕的女性。大概是來欣賞紅葉的吧，還眞是優雅嘛。

兩個女生對於和平讓出靠近店門口的方便停車位置，報以感謝的微笑。

和紅色跑車分手後，和平立刻高興地表示說：「眞是個謎呀。爲什麼兩個女孩在一起，肯定一個是美女，另一個就是醜八怪呢？」

「是不是因爲美女之間沒辦法做朋友呢？」

「可是成爲朋友的美女和醜八怪，從交往之際，難道醜八怪不會向美女學習嗎？學習化妝的方法、如何穿衣服打扮、減肥的密招等。如果我是醜八怪，我的好朋友長的特別可愛脫俗，那我一定會拚命學習的，我會聽取對方的建議。」

「嗯，我想和平你一定會那麼做吧。這就叫做學習心很旺盛吧。」栗橋浩美說時還聳聳肩：「但是世界上有很多人可不是這個樣子。別說要有學習心了，就連學習的能力都缺乏，天生下來就很無能。我看剛剛的醜八怪就是典型的代表吧。」

和平笑出聲音說：「你的意思是說：那種人心裡根本不可能產生像我們現在所考慮的疑問嗎？」

「沒錯！」栗橋浩美心情愉快地點點頭，同時心中想到：這說的不就是和明嗎！和明到現在壓根也不想跟我們好好學習。

和明就跟那個坐在旁邊的醜女孩一樣。可是儘管坐在我和和平這樣的「美女」身邊，更容易顯出自己的慘狀，和明卻還是不肯離開。偏偏也不肯好好跟我們學習，變得跟我們一樣。和明生性魯鈍、遲緩、肥胖又缺乏能力，所以永遠只能坐在一旁。

爲什麼和明會那樣呢？爲什麼總是被我們騙得團團轉呢？浩美經常感到納悶。然而答案很簡單，就跟美女和醜八怪在一起的道理是一樣的。這一點栗橋浩美很清楚，而和明則不明白。那傢伙缺乏學習人生的能力，答案就是那麼簡單。

即便如此，和明還是在我身邊，一如醜女孩是美女的朋友，終其醜陋的一生奉獻出友情。周遭的人不是認爲應該趁早結束這種友誼，就是覺得應該學習對方提昇自己；但本人完全沒有概念，再怎麼說明也難以令其理解。畢竟天生就是缺乏這種能力。就像兔子對魚兒剴切地說明如何在陸地上呼吸，儘管魚兒聽明白了，依然沒辦法用肺來呼吸，因爲能力和器官的功能都付之闕如呀！

沒錯，和平說的就是這個意思吧！我曾經問過和明爲什麼會一直被我們欺騙與利用時，和平不是回答說：「和明生來就是這種人嘛！」和平說的應該就是這個意思吧。

於是回到山莊，將和明從儲藏室裡拖出來——沒錯，就是抓著床單的一角，將和明從廚房地板拖到客廳，讓他靠在壁爐邊。兩人面對面時，栗橋浩美嘴裡冒出來的第一句話就是「謝謝」。「眞的，和明始終爲了我陪在我身邊，對於你的友情，我很感謝！」

被自己的話語所感動，栗橋浩美覺得眼角泛出了些許的淚水。爲了和明而哭，未免太奇怪，何況是不可以的；所以這是爲了自己擁有和明這種朋友所流下的感動淚水！

高井和明眨動著家畜般毫無知性的小眼睛看著栗橋浩美。左眼充血得十分嚴重，從右眼完全沒事的情形來看，應該不是流淚的關係，而是被鐵棒攻擊過的後遺症。或者是被攻擊後跌倒在地板上時，有麼東西傷到了左眼。

突然和明說話了，低喃的聲音顯得混濁：「我早就在想會不會是這種情形了！」

和平吹了一聲口哨，睜大了很感興趣的眼睛。浩美立刻轉過頭來。

「因爲……浩美，事情看起來就是這樣嘛！」

栗橋浩美走近和明蹲下，看著和明的眼睛。和平則是翹腳坐在客廳的沙發上，點起了香菸。這倒是少見，和平平常不太吸菸的。在自動販賣機買的淡菸，往往經過了半年大半包還是收在抽屜裡。

「你說的這種情形，究竟指的是什麼？」栗橋浩美問：「難道你一直都在懷疑我嗎？」

難道和明從來就不相信兇手另有其人的說法嗎？

「沒錯。」高井和明回答時還不停地眨眼。看來頭一動就會痛，所以無法點頭吧。他的下巴有些前傾突出，姿勢僵硬得一如烏龜。

「我說的話，你不相信嗎？」

「沒錯！」

「什麼！難道我說的話不夠逼眞嗎？」

「你說的內容怎麼可能會發生嘛。」和明的語氣始終平緩：「簡直就像是爛電視劇本一樣，沒有人會相信的啦。」

栗橋浩美感覺到長久以來消失的憤怒又被激起了，連自己都有些驚訝。從殺害「女演員」以來，憤怒的發作便跟他絕緣了。這兩三年裡，與其說是擔心自己的憤怒發作，倒是常常因爲小事傷了自尊而整個人僵掉的習慣令他在意。他甚至都已經忘了過去爲了什麼而突然發怒了。

就像是抓著方向盤，突然失去控制一樣。以時速一百二十公里的速度飛馳在風光明媚、路面平整的觀光大道上，孤獨而暢意兜風車程裡，心中一片空白沒有任何煩惱的事。猛然方向盤像是被鎖住了無法操控，彷彿手中的方向盤有了自己的意志，拒絕任人擺布。而且沒有踩油門，車子便自動加速了，一一破壞眼前的障礙物前進，還不停地加速。甚至聽見車子本身因爲撞擊而逐漸扭曲毀壞的聲響，但是車速依然有增無減。駕駛人栗橋浩美的精神根本趕不上車速，只覺得車座漸漸往後退，幾乎跟後面的座位合而爲一了，同時目光陶然地看著車子的骨架在眼前銷毀殆盡……。

「住手！浩美，還不快住手！」

再次回到現實，被鎖住的方向盤猛然鬆開的那一瞬間，栗橋浩美感覺到和平從背後緊緊抓住了他。腳邊則躺著纏成白蛆般的和明，地板上盡是斑斑血跡。栗橋浩美緊握著雙拳，並看著自己拳頭上的血漬。

他的呼吸急促，喉嚨發出乾燥的聲音。他不僅感覺到這是好久以來的憤怒發作，同時也意識到一種自由解放的快感。

「夠了，不能再打下去了！和明的屍體被解剖時，萬一被發現生前遭受過毆打、腳踢的傷痕就前功盡棄了！」

和平的聲音和鼻息、呼氣同時顯現在浩美的脖子上，和平從背後抱住栗橋浩美的手臂竟是那麼纖細。不只是這樣，兩人身體的緊密接觸也讓他有了未曾有的聯想。

那是日高千秋的身體。古川鞠子的身體。那個想喝香檳的倒楣女孩子的身體。她們的身體都很纖弱，幾乎是用力一掐就能殺死。將繩索套在日高千秋的脖子上，用力從樓梯上推下去時，栗橋浩美可以感覺她細弱的背骨在手中扭曲變形。那感觸至今仍深深留在手心之中，每一次舔舐就能回味日高千秋的滋味。

監禁古川鞠子時，興致一來浩美就會毆打她，然後侵犯她。因爲古川鞠子是他喜歡的類型，所以做愛做的事倒也很高興。但是隨著侵犯的次數一多，對方越來越沒有表情，甚至不哭也不叫時，連浩美也覺得難受。最後在勒死她之前，浩美是一邊侵犯一邊用手掐住她的脖子殺人的。等到她的臉漲的通紅，像水煮蛋凸出的白眼球浮現血絲，浩美才放開雙手。這時古川鞠子開始嘔吐，弄髒了浩美的周遭，惹得他一生氣又繼續毆打她。但是毆打時的感觸不如掐她脖子時，她那美麗纖細的脖子似嫩竹般在他手中扭曲時是那麼新鮮有趣。他雖然很想再出手掐她，卻擔心殺死她後會被和平責罵而打消該念頭。

那個到現在他連名字都不記得的倒楣女孩，大概以爲那麼做就能保住自己的性命，所以拚命想將自己奉獻給他。可是這麼一來就都不好玩了，反而是詢問對方離開這裡要做什麼？撿回一條性命將如何改變人生，如此一問一答要來得有趣許多。而女孩只好絞盡腦汁回答，說什麼想考取美容師的資格啦；或是當個保母也不錯，因爲我很喜歡小孩子；說不定會去看看音訊不通的父母，隨然他們是很差勁的父母，但我自己也有錯，今後希望能多孝順他們一點……。她想到哪裡就說到哪裡，希望這些答案有哪一句能觸動浩美心中的心弦。她相信這將是她脫離被監禁狀態的唯一鑰匙，所以不停地說話。

然而她的腦漿還是用到幾近乾涸，同樣的話語反覆再三說出，於是浩美不禁出手打她，並騎在她身上掐著她的脖子。那眞是美好的感覺！女人脖子、脊椎、肋骨發出傾軋的聲響，不是透過耳朵而是經由浩美自己的身體感受到了。骨頭傾軋的聲音由骨頭本身感應到了。

「女演員們」都是這樣。如今回想，連岸田明美的情況也不例外。栗橋浩美緊勒住她的脖子，當時是一瞬間的作爲，但也是最好的方法。「女演員們」的身體，那柔軟纖細的骨架。在栗橋浩美如此壓倒性的存在面前，輕易地就被折斷了，那麼地柔弱。

同樣的感觸，現在在和平身上也能感受到。他從小時候起便是靠那顆頭腦，從來沒有看他跟人打過架或一起玩耍，所以這是栗橋浩美第一次像這樣接觸到和平的身體。

和平的身體讓他想起了「女演員們」。不對，不是「女演員們」，不是和平的「女演員們」；而是栗橋浩美的女人，是我的女人！

甩開被抓住的手臂，浩美回過頭想掐住和平的脖子。就像一瞬間突然吹起一陣風似地他有了這種想法。栗橋浩美緊閉的心窗全都打開了，全都向著外面打開了。所的窗戶外面都是和平的臉，還有他纖弱的身體。太簡單了，打他並勒斃他，簡直是輕而易舉。這一次我不會失去控制了，我要好好抓住方向盤、踩油門……。

「你們一定會被逮捕的！」和明的聲音從栗橋浩美的腳邊響起。白蛆居然說話了。

「你說什麼？」栗橋浩美回過神來。所有打開的心窗又再度砰地一聲關上。

「不管你們多會設計，做出這種事，總有一天會被抓到的。」和明從地板上抬起頭說。他的鼻子受傷，血水不斷流出。左眼皮破了，右眼也腫了。和明呻吟地抬起頭，還想要說什麼，嘴角卻滴下混合了血絲的口水。

或許是感覺到栗橋浩美已經停止憤怒的發作，和平纏繞的雙手鬆開了。隨著身體接觸的感覺消失，浩美剛剛的衝動也跟著不見了。而且消失時不像流星一樣帶著尾巴，就像是一開始便不存在一樣。栗橋浩美甚至已經記不得剛剛的那一瞬間自己在想些什麼。

「我們不會被抓到的。」和平搶先栗橋浩美一步，蹲在和明的身旁，一邊將倒在地上的和明扶起來坐好，一邊說：「我不會被抓的，整個計畫十分完美，是個美得令人心醉的故事。而且你知道嗎？和明，最重要的是整個社會都喜歡我編織的故事，期待著故事的結局。他們期待著一個充滿最佳戲劇效果、餘韻無窮的結局。所以必須要有你的幫助，我們需要你參與演出。」

和平說話的語調跟平常一樣充滿了說服力，但和明看都不看他一眼。在他狀況悲慘的臉上，兩隻眼睛拚命將焦點聚集在栗橋浩美身上。

「浩美，你聽得懂吧？我說的話，你應該聽得懂吧？」嘴邊滴著血絲和口水，和明訴說：「和平說的話，你千萬別相信。你想想看嘛，連比你都愚笨的我也騙不過，你怎麼能上當呢？我從來就不相信浩美你說的謊言。我一直都認爲浩美是兇手，浩美殺死了那些女孩子們。」

「既然這樣……」栗橋浩美感到自己的雙手無力地垂下來了：「既然這樣，你爲什麼還呆呆地過來呢？」

「因爲我想阻止你呀。」

從一塌糊塗的鼻孔沿著斷裂的嘴唇流下血水。和明一邊吐出血水，一邊努力探出身體表達意見：「我希望能阻止這種情況，希望能盡早阻止這種事的發生。我來是打算說服浩美，跟我一起去報警。那種謊言連我都不相信，很快就被警方逮捕的。」

和平雙手叉腰，一副主人對失態的寵物斥責的口吻說：「你這個叫做一廂情願，可惜的是浩美不是一個人，他跟我在一起。而且指揮者是我，所以和明你是贏不了的。在你過去的人生中，恐怕連一秒鐘的勝利都沒有過吧，和明？」

「去報警吧，浩美。」和明從頭到尾無視於和平的存在，一心勸服浩美：「你不能一錯再錯。你本來不應該是這種人的，因爲你吃過苦，所以人生才跟著扭曲……。」

「我的人生扭曲了？」栗橋浩美大聲反問：「你憑什麼在哪裡胡說八道？」

「難道沒有扭曲嗎？」

看見栗橋浩美舉起手要揍人，和明抬起下巴拚命往牆邊靠。但是並沒有沉默下來。

「浩美本來不是可以走不同的人生道路嗎？像我這麼無能，連家裡的事業都無法好好繼承，只能算是半個人，我自己也很清楚。但是浩美跟我不一樣，從小就很優秀，做什麼都很厲害。你本來可以選擇任何你想要的人生，但現在卻變成怎樣呢？連個正當的工作也沒有，不是嗎？難道你有固定的收入嗎？朋友呢？女朋友呢？」

「少囉唆！」栗橋浩美笑了。他看著和平的方向，做出確認的笑容。但是和平沒有笑，只是搖搖頭。

「栗橋浩美本來可以更有出息的，不是嗎？如果待在一色證券，現在說不定已經是金融精英了，但現在的你依然失業中。」

「什麼金融精英？說得還眞好聽，是不是電視節目看太多學著掛在嘴上。」

和明沒有退縮，眼光始終沒有離開栗橋浩美的身上。

「是我當初算計錯誤，心想浩美不應該是做這種事的人！我心裡一向那麼認定，所以才願意到這裡來阻止你。」

「所以我才會說那是不可能的！」和平語氣嚴厲地表示：「想要破壞我們的計畫，憑你和明是沒辦法的。」

「千萬不要被和平騙了！」和明大聲疾呼：「千萬不要被他耍得團團轉，浩美。從小我就知道他是這種人，我很清楚，所以才敢這麼說。我也知道浩美一直以來都被鬼魂纏著很痛苦；可是拜託你，不要再做這種事了。趕快清醒過來吧，浩美。」

「眞是令人驚訝嘛。」和平鬆開抱著胸口的雙手，動作誇張地坐在沙發上開玩笑說：「我倒是頭一次看見高井和明說人話。原來隨著歲月經過，你也是會成長的呀，和明。」

之前始終無視於和平，眼睛只盯著栗橋浩美看的高井和明，這時才轉過頭去面向和平。

「那還用說！我當然會成長。」和明不快地吐言：「你們還以爲自己是幾歲嗎？已經二十九了，不是十九歲耶！你們已經不是小孩子了。」

和平張開嘴大笑，幾乎都可以看見喉嚨深處了。

「沒錯，我們已經是大人了。可是大人之間還是有能力差別，像你就是差勁無能的人呀，和明。」

「不對，你們不算大人。」和明毫不退縮，果敢地回嘴說：「和平和浩美都不算是眞正的大人。聽剛才你們所說的話，簡直就像是小鬼在自吹自擂，完全就是小孩子嘛。小孩子總以爲自己就是全世界。」

和明用盡全力吐出辛辣的言語：「兩個人都是小鬼。不顧前後、任意撒謊的行爲就跟小孩沒兩樣。隨便說出破綻百出的謊言就想騙住大人，這種事只有小孩才會做呀！」

「你給我閉嘴！」和平猛然發怒了。這是栗橋浩美第一次看見他大聲說話，不免大吃一驚。和平也注意到浩美的表情，竟將箭頭轉過去對他怒斥說：「還在那裡拖拖拉拉什麼，浩美！爲什麼要聽和明在那裡胡說八道，一點用處也沒有！」

沒錯……栗橋浩美心想：我是有點退縮了，不過退縮得最嚴重的人應該是和平你吧。

可是眞奇怪。過去也曾經被「女演員們」罵過、用輕蔑的言語刺激過。說什麼你一個人根本成不了事、你們只敢殺女人等，都是些聽都聽膩的說法，但畢竟是她們全心全意吐出的責難言詞。

他從來沒有看過和平因爲那些言詞而退縮。似乎在和平的心裡，連這些「女演員們」的小小反擊都在他的算計之中，所以能夠氣定神閒地接招。

然而現在的和平卻爲了和明拙劣的言詞而憤怒。和明說了什麼動搖了和平呢？栗橋浩美不得不撥開自己心中混亂的迷霧，凝視著和平的臉。

「幹什麼？」被浩美盯著，和平不禁更生氣說：「幹嘛一直盯著我的臉看？」

栗橋浩美默默地搖頭，將視線轉到和明身上。和明一如等待他的視線回來，立刻又說：「浩美，這件事就到此爲此，不要再繼續了。你可以停止不做的，浩美，只要找人幫忙。」

「幫忙？」栗橋浩美像鸚鵡般重複問說：「你說幫忙？」

「嗯，沒錯。」和明拚命伸長脖子，想要讓木乃伊般的身體向前移動。

「浩美會變成這樣，都怪一直糾纏你的鬼魂。對不對？浩美已經有很長的一段時間，被鬼魂糾纏得很痛苦了。是個小女孩的鬼魂吧？浩美之所以殺死不認識的女人，其實都是那個小女孩鬼魂的替身。浩美眞正想殺死的是那個讓你痛苦的小女孩鬼魂呀。」

「眞是太精采了！」和平對著天花板鼓掌說：「我只知道現在到處都是評論家，沒想到連高井和明也能說出犯罪心理學的台詞！」

和明不理會和平，依然面對著栗橋浩美繼續說下去：「我知道的。糾纏浩美，打亂浩美人生的是一個小女孩的鬼魂。她追著浩美，喊著還我的身體來，不是嗎？那是出生不久就死去的浩美姊姊的鬼魂。浩美的名字就是沿用活在這個人世間沒幾天的姊姊名字呀，對不對？」

和平不斷地打岔：「喂，和明，你是打哪裡聽來的這些故事？說什麼栗橋浩美想殺死糾纏他的小女孩鬼魂，所以殺死其他女人代替什麼的，這是誰教你說的鬼話？就憑你的小腦袋瓜是編不出這些話的。」

栗橋浩美看著和平，和平的眼色都變了。他是認眞地在對付和明，已經沒辦法假裝了。

「浩美……。」高井和明幾乎是哀求地低頭說：「拜託你，聽我的話。不要再被和平耍得團團轉了。和平是不會救你的，他只是在利用你。上和平的當，殺死幾個女人，並不能讓糾纏浩美的鬼魂消失呀！」

「已經消失了。」栗橋浩美說謊道：「已經消失了呀！」

「浩美，別理他！」和平怒吼說：「這種傢伙說的話不用聽！他是個笨蛋，懂些什麼？」

「懂什麼……。」

「沒錯，和明根本什麼都不懂，不是嗎？」

和明痛苦地搖頭說：「這種說法跟小孩子沒兩樣，浩美。小鬼不都是這樣子說話的嗎？」

「我才不是小鬼。」

「是嗎？可是你說的話卻跟小鬼一樣。你仔細想想嘛。」

和明充血的眼睛裡溢滿了淚水。大概是因爲如此模糊了視線，所以他必須不停地眨眼睛，但是一雙瞇的更小的眼睛依然盯著栗橋浩美。

「我……在浩美眼中，我的確是又蠢又笨的和明，幾乎跟小時候沒什麼兩樣；可是至少有一部份是改變了。我也許能力還不是很夠，但是我認眞工作，希望能讓麵店生意興隆，有更多的客人愛吃我家的蕎麥麵。這就是我的生活，我的人生呀。」

話說到這裡，和明吐出一口夾雜血絲的口水後，又繼續顫抖著嘴唇說下去：「在浩美眼裡，蕎麥麵店是多麼低俗無趣的生意吧。既不能賺大錢，也不能吸引女孩子。可是我眞的是努力在做，就算是又蠢又笨的和明，還是這樣認眞打拚地長大了。你知道嗎？」

和平在一旁竊笑說風涼話：「沒錯，笨蛋長大後一樣會生出又蠢又呆的小孩。」

「我一直都很羨慕浩美。浩美什麼都會，功課又好又會跑步、大家都很喜歡你。我沒有的東西，你都擁有。連我妹妹由美子，她從小就說過爲什麼自己的哥哥不是栗橋浩美，要是栗橋浩美是她哥哥就好了。我也這麼想過，如果能變成浩美該有多好！」

栗橋浩美問：「你幹嘛跟我說這些？」

問了之後，才警覺到爲什麼要問，爲什麼要理會和明呢？

「我是說小時候的浩美眞的是很棒，看起來就像是很特別的人。似乎是那種長大後會變成跟我遙不可及的厲害的人。可是現在卻怎麼樣呢？」高井和明以不自由的姿勢用力發出最響亮的聲音說：「現在浩美怎麼樣呢？只是個失業的人，整天遊手好閒、生活沒有目的，而且還是殺人兇手。誘拐一些女孩子、殺了她們，然後打電話給她們家人、電視台，說話的語氣自以爲是名人，這樣又有什麼意義？沒有人會認爲浩美很偉大呀。不會像從前的浩美那麼吸引人呀。你錯了，浩美你不應該做這種事的。」

「你憑什麼跟我說這些有的沒的！」

「我當然有資格。就因爲我曾經那麼憧憬過浩美，我不能看著浩美變成殘酷的殺人兇手。可是浩美之所以接二連三殺人，是受到和平的蠱惑，絕對不是浩美的錯。浩美現在也很痛苦，因爲被小女孩的鬼魂糾纏著。被鬼魂所糾纏，一心一意只想逃離，於是走錯了人生的道路。所以你眞正該做的事，就是滅除小女孩的鬼魂。」

「我不是說過鬼魂已經消失了嗎？從殺死女人之後，鬼魂便消失了。」

高井和明緊接著說：「所以說這就證明被殺的女人們其實只是小女孩鬼魂的替身。浩美其實並不想殺人，而是想逃離那個鬼魂呀。可是總不能永遠不被逮捕，不斷地繼續殺死女人吧。如果一停止殺死女人，鬼魂又會回來的。甚至會追到監獄裡糾纏你。所以這麼做一點意義也沒有呀！」

「胡說八道！」和平不屑地丟下一句，從沙發椅上站了起來。看也不看一眼對峙如決鬥般的栗橋浩美和高井和明便快步走出客廳。

和平一離開，栗橋浩美突然開始覺得疲倦和沮喪，雙膝一軟跌坐在高井和明身旁。

「不要再提到鬼魂的事了。」浩美小聲說，這是他有史以來第一次拜託高井和明：「我不想再聽到鬼魂的事了。」

「求求你！」高井和明呻吟般低訴，並滴下了淚水。原來和明也是一樣，因爲和平的存在消失，使得原本緊繃的什麼也折斷了。和明開始放聲大哭：「求求你……不要再繼續做下去了。殺人是不應該的，不可以呀。」

「可是……。」

已經沒有退路了。

「我不想被逮捕。」

「不被逮捕，這件事就不會結束。」和明搖搖頭甩去淚水，堅定地說：「爲了回到原來的人生，必須結束這種行爲，重新清算過才行。」

突然間有種辯解的心情，栗橋浩美不吐不快：「我又不是喜歡才這麼做的。雖然你說是和平利用了我，但其實不對，是他救了我呀。我殺死了明美，一個人不知道怎麼辦才好，是因爲和平救了我，才開始了這一切。」

「明美？」和明頭上的腫塊動了一下，他睜開小眼睛問說：「明美就是浩美之前的女朋友嗎？」

「你應該不知道才對。」

「我知道，曾經看見過好幾次。聽說栗橋藥局常有美女出入，在我家附近早就傳了很久。我家新店開張的時候，你不是送花來嗎？當時她不是也跟你一起嗎？」

新店開張？花？栗橋浩美的記憶模糊，有點搞不清楚了。

「浩美……你殺了她嗎？那是你第一次殺人嗎？」和明畢竟還是嚇到了，說話的語氣有些動搖：「你不是只有殺死毫不相識的女孩呀？那個明美是殺人的開頭，是嗎？」

栗橋浩美乖乖地點頭。

「所以說你怎麼可能躲得掉呢？警察一定會追蹤調查到浩美這裡的。不管你動什麼手腳也沒用呀……。」

和明的話還沒有說完，客廳的門便砰然開啓，和平威風地走了進來。他邊笑邊靠近和明，左手一把抓住和明的頭，右手握著針筒直接刺在脖子上。和明尖叫一聲，掙扎了一下，立刻就昏睡了。和平抽起針筒，輕輕呼了一口氣，笑臉依然地抬頭看著浩美說：「這種吵死人的傢伙只有讓他安靜下來最好。」

栗橋浩美感覺背部一陣寒意。「那是什麼？」

「獸醫使用的麻醉藥。大型狗一針就見效。」

「你是哪裡弄來這東西的？」

「我剛好有些門路，等藥效過身體檢查不出成分……大概需要四小時吧。在這之前只能打發時間了，沒辦法。」和平用腳尖踢和明的頭，說話的表情頗爲愉快。

「對了，我想到一個好主意，可以利用岸田明美。」

「什麼？」

「就是岸田明美呀。和明也知道那個女人吧？我聽見他剛剛說的話了。」

「……」

「乾脆就讓和明看上那個女人好了。童年玩伴的女朋友，就像是高攀不到的天鵝一樣。高井和明單戀了不該愛的人，而明美根本瞧都不瞧他一眼。當然囉，她是的男朋友是帥氣的栗橋浩美嘛。」和平微微一笑，露出來的牙齒跟針筒的銀針一樣閃亮。

「因爲愛得過火，高井和明殺死了岸田明美，從此也喚醒了他內心深處的殘忍的本性。高井和明開始對過去人生中不給他好臉色看的女性復仇，他開始獵殺女人。怎麼樣？這劇本不錯吧？簡直就是社會大眾追求的故事嘛。」

「和平……這是你剛剛想到的嗎？」

「沒錯，不錯吧？」

小孩子不顧前後任意撒謊，自以爲能騙得過大人。

和平又用指尖敲了一下和明的頭，並高興地表示：「社會要的不是什麼眞實或眞心等無聊東西，他們要的是最精采的故事。只有完美的故事架構，才具有眞正的力量。看來這傢伙根本是無法理解的。」

彈了手指發出一記清響，和平看了栗橋浩美一眼。

「和明的死亡地點，就是讓他自殺的地方已經決定了。讓他跟岸田明美一樣。我們去赤井山的鬼屋吧。」

將昏迷的和明放在他的後車廂裡，由栗橋浩美開車。車子從「山莊」出發前往赤井山，已經是下午兩點過後。

不用說，這是他們第一次從「山莊」前往赤井山一帶。查過地圖後發現開車前往所需的時間比想像要少很多。比起從東京到赤井山或從東京到「山莊」，都要輕鬆。大概是因爲北關東的山區一帶道路建設完整而綿密吧。

和平必須跟浩美仔細說明計畫，讓浩美能夠充分理解新的劇本，所以預定比浩美晚三十分鐘離開「山莊」。還得回東京到長壽庵看看高井和明家人的反應，然後準備些必要的東西，到了晚上才前往赤井山的鬼屋跟浩美在那裡碰面。

栗橋浩美在上駕駛座之前，先將自己的外套披在和明身上，自己則換穿和明的外套。接著爲了不讓和明的身體讓人透過車窗容易發現，還用毛毯、靠墊做了多重的掩飾。想像車子離開「山莊」行進在山路時，很有可人被外人目擊，所以這些細節一點都馬虎不得。本來他想戴上墨鏡的，但是因爲平常沒有戴墨鏡開車的習慣，怕視線受到影響，萬一出了車禍就糟了。於是他將墨鏡收回上衣口袋，改戴毛線帽。那是一頂手織的灰色毛線帽，樣子不怎麼好看。將帽子蓋到眉毛上端，整個人的面相也跟著一變。

熱車的時候，看見和平一邊吐著白氣一邊往車窗走來。栗橋浩美一搖下車窗，和平便靠上前來說：「聽見沒有，萬一和明想逃，還是要你一起去報警，說什麼浩美別被和平騙了等無聊的話……」和平對於「無聊」兩字還加重了發音：「就跟他說我去東京了。告訴他和平去了東京，將他的家人掌握在手中。換句話說，假如他不乖乖的，到時候就是我代替和明看著他的父母和妹妹哭泣了。」

「我知道。」栗橋浩美簡短答覆後關上車窗。

和平有些蹙眉地站起來，趕緊離開車窗，嘴裡抱怨說：「什麼嘛！」很明顯是情緒受到傷害了，連吐出來的白氣都呈現尖銳的形狀。

可是栗橋浩美還是裝做沒有聽見，引擎已經夠熱了，便決定發車。

這時和平竟張開手掌猛敲車窗玻璃，一種撲上來的緊急聲響。栗橋浩美吃驚地回過頭去，看見和平扭曲的臉孔貼在車窗上。

「你聽見了嗎？嗄？」他大聲說：「打開車窗！快點開呀！」

其實只不過是兩三秒鐘的光景，栗橋浩美很想不理會他的命令直接將車開走。隔著玻璃和和平面對面，感覺十分滑稽；但是栗橋浩美很累了，這個下午看見任何滑稽的東西也笑不出來了。何況之後還要開一個半到兩個小時的路程前往赤井山，到達之後還有活要幹，而且還不是輕鬆的活呢！

然而栗橋浩美的心中有著從小就建立的先後順序，這次序戰勝了他。和平就是排第一，任何時候和平的事總是優先。栗橋浩美打開了車窗。和明這輛老爺車的動力開關發出氣喘吁吁的聲響、緩慢地搖下了車窗。

和平還是寒著一張臉盯著浩美看。大概是在車窗緩緩降下之間氣勢已減弱不少，所以一開始他沒有馬上說什麼，而是嘟著嘴巴瞪著浩美。

「什麼事？」栗橋浩美問：「我有聽漏什麼嗎？」

和平將視線稍微降了下來，並且眨眨眼睛調整表情。一副我其實是眞的很生氣，但是這次原諒你的認眞態度。

「不要受到和明的影響。」和平說：「那傢伙說的話毫無意義。像那種沒有能力的人是無法理解我們的想法和目的的。」

「嗯。」栗橋浩美回答的很簡短。因爲戴毛線帽的關係，弄得太陽穴和額頭部分有些癢，他用手指搔了一下。

「我必須先跟你說起楚，和明對你根本就毫無友情可言，那些都是騙人的。」和平手扶著車身逐漸靠近，引擎蓋反射的午後陽光刺激他的眼睛瞇成一條直線。

「眞正的友情只有產生在同等階級的人之間。你想想看嘛，要理解優秀的人當然需要有優秀的靈魂。所以和明想對我們產生友情，就算他呼喊千百回，也只是他一廂情願的想法。和明沒有能力理解浩美呀。」

就在百萬分之一秒間，不，應該是更短的瞬間，栗橋浩美腦中閃過不同的意見。你說和明沒有能力，是憑什麼斷定的？自從把和明叫到「山莊」來，我們因爲無法照預定計畫操控和明而吃足了苦頭。這樣的和明還能說他是眞的「沒有能力」嗎？

可是這些話不能說出口。因爲懷疑和明的「沒有能力」就等於是懷疑他們自己的「能力」。假如和明並非「沒有能力」，他誠心誠意訴說的言語中有一些値得聽信的內容，而且他們也聽進去了，那麼和平和浩美構築的世界便會開始出現裂縫。

你們兩個都是小孩子！

沒錯，我們兩個都是小孩子。但不是普通的小孩子，而是偉大的小孩子。

和平好像還在說些什麼。浩美只能聽見最後的一些隻字片語。

「……明美是整個重點，知道了嗎？」

明美？提到了岸田明美嗎？

「遺書我已經準備好了。我在之前保存的遺書原文裡又增加了暗戀明美的一段，整個組織好後內容更加完整。爲了讓文字看起來像是和明寫的，不得不降低兩級的格調，眞是遺憾！」說到這裡，和平大概是滿足了，這才把手拿開。栗橋浩美心想應該不會再被留住了，於是讓車窗打開著，氣定神閒地說：「那就晚上見。」然後慢慢地踩油門加速。

從照後鏡中看見站在「山莊」前面的和平越來越小，取而代之的是昏睡在後車廂的和明鼾聲越來越如雷貫耳。

24

車子開出國道起，睡得很熟的和明開始發出呻吟，過了三十分鐘後便醒過來了。栗橋浩美忠實地按照剛剛透過地圖預習的路線，已經開了將近一半以上的路程。

恢復意識的和明就像電影中從棺材裡爬出來的吸血鬼一樣，猛然立起了上半身。於是毛毯、靠墊紛紛從他胖大的身軀上滑落。栗橋浩美經由照後鏡看見這情景，嘴裡發不出聲音來。因爲他不知道該說些什麼才好。

和明眞誠的訴說以及從他言語觸發的童年記憶，讓栗橋浩美分不清自己究竟是騎士還是馬。不管是騎士還是馬，只要自己的地位比對方居於優勢就好。如果是騎士，就是讓馬奔馳的騎士；如果是馬，就是載著騎士行動的馬。千萬別是被馬載著亂跑的騎士或是任意被騎士騎著到處跑的馬。然而此刻的心情只覺得不管走到哪裡都是一個人，根本成不了大事。

一個人什麼都做不成。

他想起以前曾經有人這麼責備過他，那是誰呢？記憶中好像是個女孩子。當時對方是說：像你這種人，一個人根本成不了氣候，跩什麼跩！

「浩美！」和明出聲說：「我的脖子好痛。」

和明的大手揉著脖子，大概是被和平針筒注射的地方吧。

「你車子要開去那裡？」和明問，神情沒有懼怕之意，也沒有困惑的樣子。或許是藥效還沒有完全散盡，感覺平靜得令人意外。

「你不害怕嗎？」栗橋浩美眼睛直視著前方問道：「難道一點都不擔心自己之後會變成怎樣嗎？」

和明晃動了一下大頭，眼睛張合著。看來是想甩去頭腦中的模糊狀態。他一邊動作一邊說：「我一點也不害怕浩美。」

「可惜的是我並不像你期待的人那麼好呀。」本來還想加一句：「因為我已經不是小鬼了。」但還是吞了回去。

「你到現在好像還是沒有搞清楚，我可是殺了很多的女人。殺人對我而言，不過是件小事情。如果你是個正常人，就應該怕我怕得要死，應該很想逃走才對。」

「我覺得頭暈目眩、昏昏沉沉的。」和明低喃，兩手在眼前伸開：「你看，我的手指在發抖。」

「那是打藥的關係，你被注射狗的麻醉藥了。」動作遲緩地晃動著身體，和明重新坐好後，小聲說：「和平眞是太過分了。」

栗橋浩美沉默不語。一輛載著年輕情侶的敞篷車，越過中線超車而過。女孩的長髮在空中翻飛。時而傳來音樂的片段聲，似乎是重搖滾。

「現在我們要開車去哪裡？」

栗橋浩美糾正和明的疑問：「不是開車去哪裡，是要載你去。」

和明毫無懼色地點點頭說：「是嗎，那你要載我去哪裡呢？」

「岸田明美死掉的地方。」

和明透過照後鏡看著栗橋浩美的臉，栗橋浩美明顯感覺到那視線。

「那傢伙會死，是不可抗力的因素，不是我殺的。我根本沒有意思要殺她。」

「嗯。」和明點頭說：「我相信你。可是你爲什麼要帶我去她死掉的地方呢？」

栗橋浩美偷偷抬起眼睛瞄了一下照後鏡中持續看著自己的大象般小眼睛，不禁嘆了一口氣。

然後開始說話，包含過去種種和今後的計畫。說來話長，時而還得回過頭去等到和明充分理解後再繼續。和明有時會要求更詳細的說明，理解之後還會催促進一步的內容。

就在這樣說明過去的連續殺人過程中，栗橋浩美有了一種奇妙的似曾相識感覺。好像在很久以前也曾經像這樣跟和明說過很長的話，雖然已經忘了許久，但的確似曾有過同樣的經驗。

「是呀，有過。」

大概是浩美不經心將心中的疑問說了出來，和明點頭說：「只有過一次，當時浩美曾經對我提到被小女孩鬼魂糾纏，吵著要還她身體的經過。」

是……嗎？有嗎？

「什麼時候？」

「國中二年級的時候。也是跟現在一樣的季節。那是全校馬拉松賽跑的隔一天，學校補假。我們在車站前的書店突然遇到。」

長談之際，車子已經開進連接赤井山的收費道路「赤井山綠色大道」入口。在穿越赤井山的彎曲道路中，鬼屋就位在八成裡面的山區。

「從這個距離看不見……」栗橋浩美低聲說。

「什麼？」和明立刻追問。

「沒什麼啦。」

左手邊就是一個加油站，栗橋浩美將方向盤往哪裡去。和平特別交代過：「即便和明完全受到控制，也不能讓別人看見浩美和和明在一起的情景。」但是現在的浩美似乎感覺和平的警告越來越遠，沒什麼危機感。而且長談過後，原本肩上的重擔已經轉移到和明身上了。

「歡迎光臨！」活力十足的女孩子大聲招呼。大概還只是個高中女生，迷你裙下露出的長腿顯得健康有勁，毫不吝惜地曝曬在秋日的陽光下。

停車的時候，浩美想起曾經和明美來過這裡。沒錯，就在她死去的那個晚上。

「加滿。」栗橋浩美低著頭對著上前服務的男生交代一聲後，便急著想下車。

「浩美。」和明叫住了他：「要讓我看起來像是自殺，絕對是不可能的。和平只會出一張嘴。用說的也能成功的話，做什麼都很容易了；但是眞實人生沒那麼簡單呀。你冷靜想想嘛，像這樣我們在一起被別人看見，浩美能夠脫離嫌疑才怪呢！」

說的倒是很有道理。栗橋浩美一手抓著門把，眼睛盯著和明直看。可是一句話也沒說，因爲和明說的沒錯。

栗橋浩美在聽和平說明計畫時，其實也抱有相同的疑問，可是和平毫不理會。他說：「所以說毫無防備地被人看見你和和明在一起是不行的。」

既然這樣，浩美認爲應該躲在「山莊」裡，直到晚上再行動比較保險。可是和平又說這樣子的演出效果不夠。

他說：「我希望自殺之前的和明佇立在關鍵人物岸田明美被殺的現場，必須讓其他人目擊才行。所以說無論如何和明一定要在太陽還沒下山之際來到赤井山的鬼屋。放心好了，浩美。只要小心保持距離，沒有人會認爲浩美跟和明在一起的。只要讓和明被人目擊就夠了。那傢伙長成那付德性，很醒目的，絕對會進行得很順利啦！」

找個目擊者有那麼單純嗎？不管他和和明保持多遠的距離，他們畢竟是坐同一輛車子前往的呀。和明「自殺」之後，這個加油站的什麼人或是來鬼屋參觀的其他遊客、綠色大道上擦身而過的其他駕駛很有可能做證說：「高井和明不是一個人來的，還有一個同樣年紀的男人同行。」

萬一有人出面做證，警方和媒體一定會愼重其事吧？因爲兇手說不定是兩個人以上。當初打電話給特別節目實在是犯了輕忽的大錯。

本來如果這次能夠成功設計和明「自殺」，警方就不會追查「另一個兇手」，被追捕的危險性自然降低不少。

和高井和明是童年玩伴的栗橋浩美，以外人的眼光來看會定位在和明這個同心圓外的第幾層呢？過去栗橋浩美總以爲自己是位於最外層，但眞的是如此嗎？他向和明勒索、到過和明家、被他妹妹警告說：「以後不要再來糾纏我哥哥了」。一個無業遊民的童年玩伴，說不定在第三者的眼中會被定位在最接近栗橋浩美和高井和明的中心位置。

提到和明，就會想到浩美。

誰和高井和明最有關聯？應該是栗橋浩美吧。有誰會慫恿高井和明做壞事呢？除了栗橋浩美還會有誰呢。

大家都會這麼想的，很自然的。

栗橋浩美一下車，立刻逃跑般地離開。但腦海中思緒不斷翻騰。

就算陷害和明成爲兇手，情況並不會改善太多，甚至於增加了危險性，不是嗎？至少對栗橋浩美而言是如此。

「我……根本逃不掉嘛！」不禁低聲地自言自語。

加油站又開進來一輛車子，那是一輛光鮮亮麗的紅色吉普車，上面坐著年輕情侶，男生負責開車。

加油服務生一靠近車身，男生跟他應對、女生則打開車門，輕巧地跳下車。迷你裙下搭配馬靴，想來這雙誘人的美腿應該是她引以自豪的財產吧。

「我去買咖啡。」女生回過頭問男生說：「你要熱的還是冰的？」

「冰咖啡。」男生大聲回答。

「OK！我順便去一下洗手間。」

女生一走動，褐色的短髮也跟著飄動。她經過栗橋浩美的身邊，散發出一股柑橘系列的淡淡清香，或許是洗髮精的餘韻吧！

留在吉普車上的男生拿出地圖，和加油服務生交頭接耳地討論些什麼。大概是在問路吧。服務生親切地應對，兩人不時發出愉快的笑聲。浩美聽見服務生說：「那個三叉路很多人迷路！不過沒關係，回到這裡就很近了。」看來這對情侶迷路了，是在綠色大道上迷路的。

女生回來了。因爲意識到自己有一雙美腿，所以走路這件事對她而言是要讓外人欣賞她的美腿。這是女生走路的方式讓栗橋浩美聯想的結論。不知道抓住那女生用繩子套住腳綁在床上，將會多麼有趣？如果將繩圈套在她瘦弱的脖子、將她眼睛蒙住、要她爬樓梯，而且要求她裝腔作勢盡量走出最漂亮的姿勢，然後嘲笑她、用力從她背後一推……。

這會有多好玩呢？正想到出神，整個人呆立在一旁時，女生也恰巧經過浩美身邊，不小心撞到了浩美。其實只是拿著兩個罐裝咖啡的右手肘輕輕碰到了浩美的肚子。

「啊，對不起！」女生趕緊收回手肘，對栗橋浩美道歉。這時兩人才四目相接，女生的眼睛受到栗橋浩美的眼光吸引，張得更加圓大。

「眞是對不起。」

女生比想像要溫順，又道過一聲歉後才快步衝向吉普車，打開車門跳上座位。男生從駕駛座的車窗伸出手付錢給服務生，因爲女生拉他的手而轉過頭來。女生將咖啡拿給他，然後縮著脖子低聲說些什麼。

男生隔著前面的玻璃快速看了栗橋浩美一眼，女生也看了一下。男生說了些什麼，女生搖搖頭。栗橋浩美不難想像裡面的情景。女生說被一個感覺很不好的人盯著看了。男生便問對方有說什麼嗎？沒有，還好啦。他有碰妳嗎？沒有，他沒有碰我，可是我們還是趕快離開這裡吧。

栗橋浩美的腳步在無意識間向吉普車靠近。他幾乎是用跑步的，但眼前的景象卻是呈現慢動作：女生的表情逐漸扭曲、男生不知又再說些什麼、男生突然發動引擎、回過頭確認背後、車身向後退、傳來加油站服務生引導的說話聲音……。

其實他的腦海裡也不清楚自己靠近對方車子要幹什麼、想說些什麼話？難道是想拉扯女生的頭髮拖她下車嗎？還是騎在她身上掐她的脖子？或是用手指挖男生的眼睛，消滅那張看起來溫和、明朗又無憂無慮的笑容呢？不然是要大聲疾呼自己並非無聊男子嗎？還是強調自己跟他們一樣都是年輕人，一樣穿著時髦的衣服開車兜風；不需要汲汲於工作，荷包依然是飽滿的；世界上所有繁瑣的工作都讓其他人代勞；其實很想凸顯自己是個上等人士……。

而這一瞬間，栗橋浩美最想要的竟是拿剩餘的人生跟那個坐在駕駛座上的男生交換。讓那個男生站在加油站的電腦洗車機前面，讓浩美和那個有著一雙美腿的褐色短髮女生一起開車揚長而去。

吉普車繞到栗橋浩美的眼前呼嘯而過，開往綠色大道。男生還摘下帽子對服務生說：「謝謝！」

引擎聲隆隆作響的吉普車消失後，原地站著一個少女。

因爲太過眞實，少女的的髮絲在午後的陽光下閃耀，微風翻飛她的裙襬，一時之間浩美以爲那是個少女的「實體」，又是另一個加油站的客人。

但是少女直視著栗橋浩美，她的腳下沒有影子。她張開扭曲的嘴巴喊說：「還我的身體來！」

栗橋浩美不知所措，只能不斷眨眼。突然間少女消失了，有人從背後拍拍浩美的肩膀。

栗橋浩美嚇得跳了起來，因爲發出很大的聲響，引得加油站的所有人都看向他。一如電線迴路故障，腦筋裡只有一個地方還能冷靜地運作一樣，栗橋浩美想著：我這麼做會引起更多目擊者的注目，大家都會記住我的長相。他們會記得我是一個奇怪的傢伙……。

他們會想起來吧，當媒體的麥克風對著他們時、當警察出示證件時。沒錯，當時他站在加油站前面，臉色鐵青地大喊一聲，然後追著年輕情侶開的吉普車跑到大馬路上。

根本逃不掉了。

「浩美，你還好吧？」

是和明，不知什麼時候起他也下車了，站在栗橋浩美背後，張大一雙擔心的眼睛關心著浩美。

栗橋浩美回過頭看著和明的臉，發現和明脖子被針筒注射的地方有些瘀血，呈現十圓硬幣大小的瘀青。到時候驗屍的檢察官一定會發現「自殺」的和明身上的瘀青。自己是不可能在自己的脖子上注射針筒的，肯定會判斷是第三者所爲吧。

逃不掉的。和平的計畫就跟和明說的一樣，稍微隔一點距離看便能發現千瘡百孔。也許過去也都是一樣，只是因爲兩個人總是關在一起，關在自己的世界裡所以看不清楚。過去之所以沒有被逮捕，不過是時候未到。只不過是警方分析和平漏洞百出的計畫所流露出來的資料，還需要一些時間罷了。

「鬼魂回來了！」栗橋浩美低喃說：「我曾經告訴過你的那個小女孩的鬼魂。殺死那些女人的時候，她一直都是消失的。」

栗橋浩美渾身顫抖，好像突然覺得發冷，手腳凍得發僵一樣。

「我們回車上吧。」和明平靜地表示：「我們回東京吧。」

栗橋浩美拚命搖頭說：「我們必須要去鬼屋才行。」

「爲什麼？」

「我跟和平約好在那裡等他，這是計畫呀。」

爲什麼我要這麼說呢？照和平說的去做根本沒用呀。我不是剛剛才發現和平的計畫漏洞百出嗎？

和明沒有抗拒，他說：「好吧，那我們就去鬼屋吧。浩美，你可以開車吧？」

栗橋浩美開車，和明坐在他旁邊。如果是根據和平的計畫行事，是不可能允許栗橋浩美做這種事的。他只需要將和明丟在後車座就可以了。

但是現在已經無所謂了。只不過他還不敢變動太多和平的計畫，兩人還是繼續朝鬼屋出發。儘管更改某些細節，浩美還是沒有能力放棄和平的計畫自己另創劇本。所以栗橋浩美就像包商業者一樣，既不想拒絕上門的工作，卻又不能完全符合業主要求的嚴格條件，工作品質自然就矛盾百出了。

車子一離開加油站，栗橋浩美便開始胡言亂語地訴說和明將死於鬼屋、和平的計畫有多麼完美等。

其實他心裡明白，他很清楚。和平的計畫根本不完美。面對現實的話，就能發現和明說的還比較切中實際。所以浩美的言語顯得空虛，越說他自己也越覺得是空談。儘管語氣狂熱地想要說服自己，言詞中卻嗅不出一點眞實的氣息。發狂般地不斷訴說，最後只搞得自己渾身疲憊，甚至連下一步路該怎麼走也迷失了，徒顯自己的情況悲慘與現實的殘酷。

和明沉默聆聽栗橋浩美的自言自語。終於栗橋浩美像電池沒電的玩具機器人一樣猛然噤口不言，和明才慢慢抬起頭，盡可能用冷靜的聲音說：「浩美，我們回東京吧。」

栗橋浩美眼光注視著前方開車。

「現在回去還來得及。浩美的心理受創，我始終都知道的。浩美會做這些事，一半是因爲心理的病所引起的。一半則是和平的責任。所以你一定要停下來，別再犯錯了。」

「你不要亂說！」眼睛炯炯發光、汗濕的雙手緊抓著方向盤，栗橋浩美說：「只有你才會說出這種濫好人的話，有誰會原諒我的所作所爲呢？大家聽到小女孩鬼魂的說法，肯定都會一笑置之。」

「不會的，我就相信你。而且那位幫我治好眼睛問題的大學醫生，他也一定會相信的。」和明說時還按著自己的眼睛：「我的眼睛也曾經讓我看到許多不該看到的東西。」

我的眼睛——和明一邊用雙手按著自己的眼睛繼續說：「因爲左眼和右眼的功能運作不協調。通常左右兩眼會相互幫助看一個東西，醫生的說法是形成影像。可是我的右眼正常，左眼卻完全不工作，所以視力就不正常了。」

栗橋浩美探索著模糊的記憶。那是國中時候的事了，應該是暑假吧，或者更早以前。和明在游泳社的指導老師，叫什麼名字呢？反正我就是不喜歡那個老師，所以記不住名字。只不過栗橋浩美跟游泳社一點關係也沒有，有一次還被叫到辦公室呢。加上又討厭那個老師，不管老師怎麼傳喚，他就是不去報到。但是有一天跟和平提到這事，和平勸他說不理會老師不行，還是去看看怎麼回事吧。他才心不甘情不願地去了，應該已經是老師第四次派人找他了。

辦公室裡，浩美被安排坐在老師身邊的椅子上。周遭有其他的老師來來往往，浩美內心嘀咕說：要是在這大庭廣眾之下教訓我，老子肯定不善罷甘休！結果對方竟提到了和明，讓浩美有種揮棒落空的感覺。原來是跟和明有關，是提到和明的眼睛……

「那個老師叫什麼來著？」栗橋浩美低喃道：「就是那個游泳社的。」

和明高興地回答說：「柿崎老師。」

「你現在還跟他有聯絡嗎？」

「過年會寫賀年片吧。人家現在可是堂堂的柿崎校長了。」

這時和明才側著頭不可思議地看著栗橋浩美說：「浩美居然也會記得柿崎老師耶！」

栗橋浩美沒有多說，只是沉默地回憶。

柿崎老師之所以傳喚栗橋浩美，其實不爲什麼，只因他和高井和明住得近，從小學時代起便認識之故。柿崎老師說：「高井的眼睛有些問題，現在要讓專門的醫生治療。你從小和他來往，有沒有發現那裡不一樣呢？具體來說，比方說有沒有你會讀的字，而他不會唸？還是說高井的方向感特別不行什麼的？因爲你們從小玩在一起，應該比較容易注意到吧。爲了進行正確的治療，不只是個人的自覺症狀，還必須要有周遭親朋的觀察資料，所以得跟高井以前認識的朋友一一請教。」

柿崎老師熱心又親切地對栗橋浩美說明，始終表現出「請爲高井幫忙」的誠意。栗橋浩美內心思忖：我一向瞧不起和明、整天欺負他，看來這個笨蛋老師完全都沒發覺。但是又頗讓人羨慕和明，老師這麼熱心幫他……，沒錯，我的確很羨慕。當年的心情又再度湧現。

因爲羨慕，所以跟柿崎老師見面之後，就更追著和明欺負他。栗橋浩美也想起了這些記憶。

一連串過去不被重視的回憶，一如被收放在從來沒有打開過的抽屜裡面。但是因爲抽屜沒有上鎖，一但打開，回憶便紛紛飛出。來勢洶洶且印象鮮明的回憶，讓栗橋浩美目眩神迷難以招架。

那個夏天，沒錯，就是國中二年級的那個初

夏。我和柿崎老師見面是在暑假前，梅雨季節剛結束的下課後。天空像洗過一樣的藍，整個校園灑滿了夏日強烈的陽光。籃球架的陰影清楚地映在校園的沙地上。

夏天到了。一種浮躍、難以按捺的心情；屬於那個年紀小孩特有且難以言喻的興奮，隨著回憶歷歷湧上心頭。

那時我跟柿崎老師談過話，知道和明視覺障礙的事。而且因爲記得這事，所以在夏天過後的秋季馬拉松賽後遇見和明時，才會跟他提起自己看見「鬼魂」的事。也許當時自己是認爲看見「鬼魂」說不定也是因爲視覺障礙的緣故。

對，我還記得，我想起來了。不知道爲什麼，在那個馬拉松賽的前後，和平有很長的一段時間沒有上學。好像有兩個禮拜，還是應該更久吧。老師好像知道原因卻不肯說明，和平本人也完全不提。

長期缺席後再度恢復上學，和平顯得瘦了，笑容也減少許多。浩美問他是否瘦了，和平答說：「因爲長高了，所以看來比較瘦吧。」浩美又問他那麼久沒上學，都在做些什麼呢？他冷冷地回說：「我家裡的事跟浩美一點關係都沒有！」

可是經過一兩天後，和平又恢復成原來的樣子。因此浩美也就沒有放在心上。和平和浩美又成了死黨，生活回復到原來的安定。

安定。沒錯，只有在和平和浩美兩人在一起才成立的「安定」。所以那段和平不在的時光裡，栗橋浩美感覺十分孤獨、寂寞，也因此經常會遇到女孩鬼魂的騷擾。幾乎每個晚上都會夢到，就算醒了還是會看到。仔細一想，那個女孩的鬼魂掙脫夢的枷鎖自由在白天出現，不就是從和平離奇缺席的時期開始的嗎！

我當時十分寂寞。栗橋浩美想起來了，寂寞得難以忍受，所以才會一遇見和明就忍不住跟他說起心事。你不是也看見奇怪的東西嗎？那是怎樣的感覺呢？現在正在接受治療，不是嗎？我看見奇怪的東西，是不是也可以接受醫生的治療呢？

沒錯，的確是有這麼一回事。怎麼之前我會忘得一乾二淨呢？

車子飛快地行駛在綠色大道上，爬上赤井山陡斜的山坡，經過一個又一個的轉彎，在第三個轉彎處猛然看見頭上出現鬼屋群的骨架。這一瞬間，手握方向盤的栗橋浩美不禁感覺渾身起了雞皮疙瘩。好可怕，我覺得好可怕！我害怕去那裡。因爲在那裡……在那裡有……

（因爲那裡有岸田明美呀……。）

明美在那裡，在等著栗橋浩美。

自從埋葬她之後，這是第一次有這種感覺。不只是明美，那些被他殺害的女人的鬼魂，從來都沒有對他造成過威脅。

這也難怪，因爲和平和浩美不僅支配她們的肉體，也完全控制了她們的靈魂。不論是生前還是死後，從她們落入和平和浩美之手，她們就完全被支配了，她們只不過是奴隸、玩偶，根本就不必擔心會被她們的靈魂所脅迫！

然而這樣的信心已開始動搖，岸田明美就在那裡，她的鬼魂躲在鬼屋後面，躲在那個洞口，等著將栗橋浩美拉下去，拉到她所處的黑暗之中。岸田明美正拱手等待著。

「不要！」他突然出聲說：「我不要！我不想去鬼屋。」

栗橋浩美用力踩住煞車。車子猛然停住，沒有繫上安全帶的高井和明順勢前傾，差點就撞上前座的玻璃。

還好後方沒有來車。可是這裡是轉彎處，一不小心就容易出車禍。高井和明趕緊伸出手，用力搖晃幾乎是緊抓住方向盤的栗橋浩美的手臂說：「浩美，振作點！必須趕快發動車子才行。」

栗橋浩美張開雙眼，呼吸急促地仰望前面的鬼屋。他的眼光渙散，耳朵根本沒有聽進高井和明說的話。

高井和明拚命搖晃栗橋浩美，同時轉過頭看著後面。側視鏡中出現一輛又一輛的汽車。

「浩美，我們走吧！」

栗橋浩美的全身僵硬。

「浩美！」

高井和明冷不防打了栗橋浩美臉頰一拳，栗橋浩美的頭像木偶一樣順勢偏倒。不行了！不行了。高井和明也慌了。不行了，浩美完全不行了。看來我得開車了，可是要怎麼樣將浩美從駕駛座移開呢？

「浩美！」他再一次叫得很絕望。這時栗橋浩美的眼睛一亮，他的眼光隨著後面正在轉彎的車子，接著立刻踩油門前進。發出巨大聲響的汽車好像什麼事都沒發生一樣繼續行駛在綠色大道上。

感覺冷汗逐漸收乾，高井和明依然不敢將視線從後方跟上的汽車移開。緊跟在後面的是一輛計程車，看不見乘客的臉孔，但好像有兩個人。司機是個微胖的中年男子，大概是沒有意識到高井和明的視線，一副毫不關心的冷淡表情開自己的車。

「你還好吧，浩美？」

就跟他說話，栗橋浩美看也不看高井和明。依然身體僵硬地縮著脖子，看著前方。終於聲音僵硬地說：「我們不去鬼屋了。」

高井和明自然沒有意見。

「好呀，不要去了。看看哪裡能夠倒車回去？」

轉進下一個彎的時候，綠色大道成爲向上緩升的坡道，在中間的位置有一個供緊急狀況停車的空間。栗橋浩美直接將車開進那裡，等引擎熄火後，整個人趴在方向盤上。

高井和明安心地呼了一口氣，抹去額頭上的汗水。這才發現自己手一直是顫抖的。

高井和明心想：在這裡跟浩美交換開車，然後將他連人帶車開回東京吧。

「浩美，我來開車吧！」高井和明將手搭在栗橋浩美肩上，溫和地表示說：「我來開車，浩美你休息一下吧。」

但是他抬起頭轉過去一看，栗橋浩美卻搖搖頭說：「不用，我開就好。」

「可是……」

「你要開車，難道是想把我帶回鬼屋嗎？那可不行，還是我來開車。」

高井和明感到疑惑。近在眼前的栗橋浩美眼瞳深處，迴旋著混亂與害怕的黑暗漩渦。在這種狀態下讓他繼續開車，著實令人擔心與不安。

但是硬要使栗橋浩美屈服，將車子從他手中奪走，也不見得能將情勢扭轉到希望的方向。高井和明迫切希望的是將栗橋浩美帶離和平的影響，讓煩惱痛苦、失去控制的浩美能夠不再受到傷害，同時又能安然回到東京。回去之後，先不回栗橋藥局，而是將浩美帶回家，讓他休息、吃些東西、換好衣服後，再到警察局。到了警察局後才說出所有情況。

爲了達到這個目的，千萬不能刺激栗橋浩美繼續開快車或想逃跑。既然他說要開車，或許還是順他的意比較好吧！

「好，那就麻煩你了。」高井和明一臉微笑地點頭答應。

「可是拜託你小心點。我想浩美應該也不希望在這種地方出車禍，和我一塊死吧！」

「那還用說！」說完，栗橋浩美用雙手撫摸一下臉頰，他的手也微微顫抖。

「和明，身上有沒有菸？」

高井和明從夾克的內袋取出七星淡菸的紙盒和十圓打火機遞給浩美。栗橋浩美焦急地將紙盒內的香菸散落在膝蓋上，好不容易取了一支菸點好火。然後像餓了好久的災民看見食物一樣猛啃似地拚命吸菸。

25

高井和明將散落在栗橋浩美膝蓋上的香菸收回紙盒，並努力克制住幾乎快要流出的淚水。

爲什麼會變成這個樣子呢？

從很早以前，栗橋浩美就是高井和明最重要的朋友。他從幼稚園的時候就認識浩美。兩人一起爬過鐵架、一起溜滑梯。東京下大雪的日子，他們還一起滾雪球、堆雪人。雪人的眼睛是用商店街燃料行的大叔給的木炭做的，所以剛做好的雪人睜著一雙四角形的眼睛，看起來好像很生氣。結果把由美子給嚇哭了。沒辦法他只好將木炭取下來，但是由美子又說好像沒臉的鬼一樣，還是怕得哇哇叫。高井和明很氣這個任性的妹妹，但栗橋浩美卻沒有生氣。他說：「只要將雪人的臉轉到由美看不見的方向就好了。」於是要高井和明一起動手幫忙移動雪人。」

媽媽那時也說：「栗橋眞是個溫柔的孩子。爲了由美子，爲了不讓由美子哭，只是這麼單純的理由，居然紅著一張臉，不顧雙手冰冷，努力搬動那麼重的雪人！」年幼的高井和明在一旁點頭稱是。雖然很羨慕被媽媽稱讚的浩美，覺得有些不甘心，但還是十分感動浩美的溫柔行徑。

的確是的，小時候的栗橋浩美一直都對和明很好。如今看來，雖然令人難以置信，但浩美總是維護和明、幫助和明、自動補充和明的不足。打棒球的時候，爲了幫緊要關頭因三振被同學欺負的和明，浩美會及時來個全壘打扭轉頹勢。和明的漢字聽寫小考不及格，被罰放學後留在教室裡，也是浩美背著老師的眼睛偷偷教會他的。甚至和明怎麼學都學不會的漢字，浩美乾脆就幫他寫好。

回憶如繁星點點不可計數，而每一顆星星都明亮。在高井和明回憶的小宇宙裡，許多往事連結成星座，俯拾皆是。

可是究竟從什麼時候開始這一切都變質了呢？從發現最初轉變的徵兆到童年玩伴的栗橋浩美完全變一個人爲止，因爲時間發生太快，就連今天高井和明還是探索不出變化的起點。

然而，即便不清楚變化開始的時期，多少還是知道變化發生的原因。

是和平！

和平是轉學生。他就讀浩美和和明的小學，是在小學四年級的春天。身材瘦瘦高高、一臉明朗笑容的他，看起來是個很老實的男孩。

轉學生看起來都像是資優生，感覺上都很會讀書，但和平卻是貨眞價實的資優生。和平頭一次遇到比浩美功課好、比浩美跑得快、比浩美更能擊出遠距離全壘打、比浩美更具有女孩子緣的少年。

而仍像個小鬼、反應遲鈍、動作緩慢的我卻從來沒有想過浩美對那樣的和平有著怎樣的看法。

和平和浩美基於本能的直覺，認爲對方是自己的對手。所以一開始爲探索對手，彼此保持距離，從周邊開始下手。至少在和明眼中看到的是這樣，也因此他認爲：既然是對手，就永遠也不可能走在一起。

偏偏現實情況相反。等到和明發現時，和平和浩美已形成一對好搭檔，而且不論是和明還是其他人都無法介入其中。爲什麼會這樣，他不知道。究竟是什麼原因讓他們兩一下子成爲了「好朋友」呢？甚至連老師們也摸不著頭緒。

浩美和和明童年玩伴的蜜月期從此結束。不知從何時起，高井和明之於栗橋浩美，就像是遺落在路邊的蟬蛻一樣，毫無價值可言。

和平和浩美開始對和明做出狡猾陰險卻不顯眼的欺負行徑。他們兩就像是陰陽電極，結合在一起就可能產生未知的電流。爲了釋放出與生俱來的能源，他們的目標或許就選定了和明，或許理由就是那麼單純。

於是高井和明痛苦的少年時代開始了，小學生到了四年級，學習能力的差異逐漸明顯可見。受到當時誰也無法理解的視覺障礙所害，高井和明身上被貼了「劣等生」的標籤，連學校方面也這樣對待他。儘管高井和明很用功、努力想聽進老師說的話，偏偏功課成績就是不行，他開始有種無力的絕望感：爲什麼自己總是被打叉叉呢？

閃爍著童年記憶的星空裡，浮現一朵烏雲遮蔽了所有的光華。光鮮亮麗的浩美再也不是和明的朋友了；和明就像是被老師們放逐了一樣，成爲縮在地底的鼴鼠。

但是和明依然不恨浩美，也無法討厭他。浩美爲什麼會改變呢？逐漸離我遠去的浩美，從前對我是那麼的好呀！他是我的好朋友，我無法忘懷過去的一切。爲了穿越痛苦的學校生活，至少只有留下回憶，才能苟延殘喘度過。

所以儘管被欺負，遭遇許多屈辱，和明都能忍受。

歲月過去了。

終於在國中二年級的那個夏天，高井和明遇到了救星——柿崎老師。開始接受視覺障礙的治療，也改變了他的人生。

假如當時他勇往直前，斷絕和栗橋浩美的交往，被同學欺負的記憶勝過對童年玩伴往昔美好的追念，或許高井和明將開始和栗橋浩美毫無瓜葛的人生路吧。說不定和明的個性會轉爲堅強，一點也不輸陰險愛欺負人的浩美呀！

但是現實人生卻不然。因爲當時兩人偶然在書店前遇見，栗橋浩美眼眶帶淚地詢問他：「我會看見鬼魂，是不是眼睛有問題呢？如果眼睛接受治療，是不是就不會被鬼魂追趕了？」

就是當時浩美膽怯的神情，他那副疲憊、走投無路的樣子，彷彿經年累月飛奔在逆風中的倦容，深深打動了童年玩伴的和明心靈。

可是在這突然的告白後一個禮拜，浩美又恢復成原來的浩美。開始和和平搭檔欺負和明，開始若無其事地啃噬眞心想幫浩美分擔煩惱的和明。狗改不了吃屎呀！

而和明一旦聽見對方告白自己的祕密，就無法再回到從前。他永遠無法忘懷浩美那張害怕的臉孔。他無法抹去藏在浩美若無其事的表情下，藏著分分秒秒害怕鬼魂纏身的眞實。

就算被欺負、被嘲笑、被怎樣對待，我可以忍受，我可以鎭靜地微笑面對。這麼一來，相信總有一天浩美會對我敞開心胸的。到時候我會接受他，一起幫他解決問題的。浩美眞的需要朋友時，我一定得幫助他才行。

少年和明當時便下定了決心。

儘管決心面對這一切，但是隨著欺負弱者、偷東西、欺騙大人的行爲日益增加，總有一天旁人也會明白的。發生許多事情之後，終於和明的雙親對浩美的看法有些不同，他們要和明不要再跟栗橋浩美接近。就連一向崇拜栗橋浩美的由美子從那時起也開始討厭起他來了。

可是在學校、住家附近的人們卻依然故我。在這些沒有發現異狀的人眼中，和平和浩美這一對搭檔就跟天使一樣。開始覺得有些異狀的人則認爲他們是一對表裡不太和諧的少年。就在這樣的評價聲中，他們上了高中，也在和明眼前消失了一段時間。

不過和明始終沒有忘記浩美，深信終有一天浩美會需要他的。到時候，就像童年浩美保護他一樣，他也要保護浩美。

和明始終抱持這樣的想法。

栗橋浩美成爲大學生後，周遭鄰居對他的看法從過去的資優生急轉直下。說他用錢太浪費、經常換女朋友、就算是大學生，也不能這樣子遊戲人生。

對浩美不好的評價，在他突然從一色證券離職，開始遊手好閒過日子起到達了頂點，而且深植人心。

仔細一想，就在不好評價流傳之際，也是浩美回到和明的時候。很明顯浩美是來勒索和明、欺騙和明的。畢竟社會的眼光比起少年時代要嚴厲許多，騙人越來越不容易、更不好計算他人，浩美當然覺得很不是滋味。所以會回到故鄉，找無條件「甘願受騙」的笨蛋和明出氣吧。但是這樣也好，因爲高井和明並不想放棄浩美呀。

浩美似乎還是繼續跟和平交往，不過既然和平又沒出現在高井和明的視線裡，浩美嘴裡也不會提到他，對高井和明而言夫復何求。和明只想拯救童年玩伴的浩美，誰管和平會怎麼樣呢！

他想起來了。長壽庵改裝開幕的那一天，浩美抱了一大盆蘭花過來。媽媽客氣地收下了這份祝賀的禮物，卻不想裝飾在店裡。由美子甚至追出來警告浩美說：「不要再接近我哥哥、不要再跟他要錢了。」儘管由美子想隱瞞住這件事，但高井和明其實早就發現了。

對了，當時浩美開的鮮紅跑車裡，坐著一個光鮮亮麗不亞於跑車、甚至比跑車還花錢的女生。那個女生就是傳說經常在栗橋藥局附近徘徊的女生，這是媽媽說的。當時媽媽還批評說就像「特種營業的小姐」，可是不知道她叫什麼名字。對高井和明來說，記住長相容易，記住名字就困難了。

從昨晚到今天，在聽見浩美和和平的告白之前。不對，應該說是「自以爲傲」的所作所爲吧。和明還不知道岸田明美的姓名。

栗橋浩美坐在駕駛座上，瞇著眼睛呑雲吐霧。因爲手指顫抖，點點菸灰散落在膝蓋上。高井和明眨眨眼睛好掩飾淚水，然後重新坐好，將香菸盒放在儀表板上。

浩美說所有的開始都是因爲岸田明美的死。他殺了明美之後，不知道該如何是好，於是找和平商量。和平爲了幫他隱瞞一個人的死，設計了這些連續殺人的腳本。

而且和平和浩美共同實現了這個腳本。

高井和明很清楚自己不是很聰明，因爲視覺障礙流失了許多原本輕易可以獲取知識的機會。爲了彌補流失的知識，他花了比旁人更多的時間。儘管認眞學習，升學對他而言依然困難，這一點他也能接受。

人家不也說過：「學習不一定要在學校裡，社會就是個大學！」但那是對「一般人」而言，我可就不一樣了。高井和明頗有自覺，他的人生始終在父母的庇蔭下，幫父親開店做生意。他沒有自信將來也能夠跟父親一樣自己管理一家店面。

他還算頭腦清楚，沒有昏了頭。就連戀愛，至今也從來沒有過。從來沒有跟女性一對一交往過，媽媽和妹妹應該也注意到這一點了。搞不好這一生，他得孤家寡人過了。

究竟是自己本來就這麼沒用？還是因爲視覺障

礙讓自己變得內向呢？他不知道。就算知道原因，如今也沒什麼幫助了，高井和明心想。這就是自己的人生，只有安分守己過吧，在自己的能力範圍內。

可是就算是像我這麼不聰明、反應遲鈍、缺乏常識、一點經濟、藝術、哲學的素養都沒有的人，也知道和平的計畫有問題、危險得行不通、到處看得見破綻。和平自以爲是天才，但從旁邊觀察，他畢竟只是個自大狂罷了。

居然想殺了我，僞造遺書，陷害我成爲連續殺人的兇手！

高井和明固然很膽小，聽到這計畫卻一點也不覺得害怕。因爲太可笑，太孩子氣了。警察哪裡會照和平所想的行動呢！

長久以來一直希望浩美能夠回心轉意，而今高井和明明白是他錯了，他應該早點出面將浩美從和平那裡接出來的。

在高井和明的眼裡，現在的和平不過是個愛作怪的小鬼。心靈受傷、飽受鬼魂糾纏的浩美當然不應該跟和平混在一起。

「浩美，你沒事了吧？」他輕聲關懷吸完菸、兩手趴在方向盤上俯臥的栗橋浩美。

「我們該出發了吧。」

接著他發現浩美正在哭泣。

高井和明的意識瞬間又被拉回過去。幽暗的書店裡面，周遭全是堆滿書的高大書架，腳邊有門口吹來的落葉和霉濕的空氣，眼前是童年玩伴蒼白的臉孔。

「我會看見鬼魂，是因爲眼睛有問題嗎？」

當時問完這個問題之後，浩美也哭了。雖然背過臉去不想讓別人看見，但是高井和明還是清楚地看到他眼中充滿了淚水。

和明可以感受到和當時一樣的心痛。不，隨著歲月的增長，現在更感覺到難過。他不能不管浩美，早就應該伸出雙手幫助浩美的。不管會被怎樣欺負、嘲笑，他都不應該退縮的。瞧不起和明的浩美只是表面裝強的浩美；眞正的浩美其實從當年起就一直躲在幽暗的書店裡，含淚等著和明來接他。

「沒事了。」高井和明伸出手拍拍栗橋浩美的肩膀說：「你可以不用害怕了。只要老實說出一切，相信警方會理解的。繼續逃避或隱藏是不行的。」

高井和明說：「我會陪著你的。」這是他第一次對其他人表示：「有我在你身邊，你不必害怕。」

高井和明突然明白了，就像濃霧散盡視野逐漸開闊一樣。過去總以爲自己不值得依賴，所以也不准自己對別人張開手臂。但這是錯誤的想法，原來我犯了基本的錯誤。

對著別人伸出雙手說：「一切有我在，跟著我你可以放心。」從那一瞬間起人就成爲值得依賴的存在。沒有人一開始就是值得依賴的，沒有人一開始就是很有能力的。每個人都是因爲決心接受對方的依賴而成長的。

栗橋浩美的淚水滴落在大腿上，聲音哽咽地喃喃道：「車子的行李箱裡載有屍體呀。」

高井和明不禁回過頭，隔著玻璃注視著行李箱。

「那是爲了陷害你入罪所載來的屍體。」

栗橋浩美斷斷續續哽咽地說明殺死木村的經過。高井和明逐漸感覺到膝蓋傳達上來的怯意，但是盡量不讓它表現在臉上。

「另外在初台我租的房間裡，還有一具預定在這個屍體之後被發現的女性屍體……說是屍體，其實早已成白骨了。」

「那個女性屍體之前都藏在哪裡呢？」

「埋在山莊的庭院裡。」栗橋浩美回答，並用手背擦了一下鼻子說：「在院子裡還埋有很多屍體呢。」

高井和明深呼吸一口氣好調整情緒。殺人。掩埋屍體。那不是浩美做的，浩美只不過是被利用了，一切都是被和平設計了。

「既然這樣，就必須早點跟警方報案，趕緊將他們挖出來。」

高井和明再一次將手放在浩美肩膀上。這一次他用力緊握，每說一句話就用力搖晃，他說：「一切都已經結束了。只要這些事結束，鬼魂也會消失的。」

栗橋浩美吸吸鼻子說：「我可不這麼想。現在鬼魂越來越多了。」

「嗄？」

「不是只有那個小女孩，我還看見明美的鬼魂。我甚至覺得那些被殺的女人鬼魂都會出來。」

「那是你想太多了。」

栗橋浩美緩緩地抬起頭，最後看著高井和明的臉。

「是你想太多了。」和明再一次強調：「我認爲是浩美有了犯罪的意識後，那些鬼魂才會出現。過去沒有感覺的，現在有了感覺。但這不一定是不好的，因爲浩美又恢復成一般人了。」

栗橋浩美就像躺在床上的病人抬眼看著主治醫生一樣看著和明。

「趕快發動車子，我們走吧！」和明一催促，浩美總算發動了引擎。

和明嘴裡說：「沒事的。」他說沒事的……他說沒事的。

車子開回綠色大道，離開赤井山的途中，栗橋浩美的心裡不斷反覆這句話。

和明說要幫我。和明他說他會幫我的。

他還說鬼魂出現，不是因爲我的錯。

和明坐在旁邊，我可以感覺他的體溫。大概是因爲他的身材比較胖吧。過去有那麼多女人坐在我旁邊，和平也坐過，可是我從來沒有這樣感覺到別人的體溫。

而且這麼說來，我好像也很久沒有意識到自己的體溫了。

我已經跑不掉了。還是不管和平的劇本怎麼寫，直接跟和明求助吧。可是警察會怎麼對我呢？警察會相信鬼魂的事嗎？相信我爲了躲開鬼魂才殺死那些女人嗎？這些事警察能夠理解嗎？還是會認爲只是我的藉口？

下坡的山路很空，開車一點也不辛苦。雖然手有點抖，只要抓好方向盤就沒關係。比起無所事事坐在車上，還是像這樣駕駛比較好。

道路開始迴旋，眼前是一個急轉彎。栗橋浩美緊緊地握著方向盤。每一次轉彎，山壁就或近或遠。不知不覺之間或近或遠的山壁竟跟栗橋浩美心中的錯亂連成一氣。山壁一接近，浩美便心慌；山壁一遠離，浩美就……

爲什麼我不乾脆就都栽贓給和明，自己一個人一走了之呢？

眼前一陣迷眩，栗橋浩美又回到現實。

行李箱中的屍體，那個叫木村的男人、那個喜歡摺千羽鶴的男人。

殺死他的人不是我，是和平動的手。

不對，是和明動的手。

「是和明。」浩美不禁說出聲音。坐在旁邊的和明側著頭問說：「怎麼了？」

栗橋浩美的眼光從行進方向的正面移往身旁，途中經過了照後鏡。浩美不禁看了照後鏡一眼，發現裡面有一雙眼睛盯著他看。

他嚇得雙手離開方向盤，眼睛卻不敢移開照後鏡。

「浩美！」和明發出短促的警告聲。栗橋浩美只是激動地眨眼睛，盯著照後鏡看。

「放慢一點速度比較好吧。」和明說：「浩美，不要心急。我們慢慢走，路也很空嘛。」

栗橋浩美放慢了速度。車子開在和緩的下坡山路上。遙遠的前方可以看見前面車子的車尾。就跟著前面的車吧，心中只要想著這件事就好了。

這時視線的角落又出現一對眼睛。

栗橋浩美緊張地回過頭去，車頭也跟著轉動。和明連忙按住栗橋浩美的手，扳正方向盤。

「你還好吧？浩美。」

浩美用顫抖的聲音回答和明的問題：「後面好像有人，有人在後面瞪著我。」

我們逃不開死人的眼睛。

「沒有人的，浩美。」和明的聲音很冷靜：「沒有鬼魂的。鬼魂不會糾纏浩美的。沒有鬼魂會糾纏到警察局報案的浩美。」

栗橋浩美試著集中精神開車，眼前又是連續彎道。山路都是這樣子嗎？爲什麼沒有直一點的道路呢？

山壁近在眼前，瞬間又跳開了。

「浩美，速度放慢點！」和明邊說邊抓著方向盤上浩美的手。浩美可以感受到那觸覺，同時又覺得照後鏡中出現一雙眼睛。

這一次栗橋浩美沒有轉過頭去，而是眼睛直盯鏡子看。這是錯覺、是我的妄想，只要盯著看馬上就會消失的。

一雙眼睛並沒有消失，還對著他眨眼睛。然後便一直注視著栗橋浩美。

栗橋浩美緊緊閉上眼睛，同時車頭又閃了一下。

他打開眼睛一看，鏡中的雙眼消失了。

「我要去警察局。」栗橋浩美大聲說：「這些都必須讓它結束才行！」

和明凝視著栗橋浩美的側臉，神情顯得十分緊張。你的表情爲什麼那樣，和明？我不是說要去警察局嗎？那是說給後面的鬼魂聽的。這下他就不會糾纏我了。

「浩美，我來開車吧。」和明鬆開安全帶，一邊看著栗橋浩美的臉一邊看著前面的路況提議說：「浩美也累了，繼續開車不好吧。」

「沒關係的。」浩美搖頭拒絕。

「可是……」

「沒關係，我才不會輸給鬼魂呢。」浩美發出打嗝般的奇怪笑聲後又說：「長期以來和鬼魂來往，如今我可不認輸呀。」

「你說的女孩子鬼魂。」和明低喃道。但不知爲什麼突然好像很痛苦地低下頭去：「對了，應該是嬰兒時期過世的姊姊的鬼魂吧。」

栗橋浩美笑得很開朗。多好，我還可以笑得這麼開朗。沒問題的，一切都沒問題的。

「可是很奇怪吧？我姊姊出生不到一個月就死了。爲什麼她出現在我面前卻是小女孩的樣子。難道鬼魂也會長大？」

「還我的身體來！」

「如果出現的是嬰兒的鬼魂還能理解，因爲死了之後就不可能長大呀。所以我所看見的鬼魂或許不是姊姊的。過去我一直以爲是姊姊的鬼魂，一點懷疑也沒有。」

心情越來越激昂，那些迷惘、煩惱、害怕等就像被強風颳去一般消失無蹤。沒錯，就是這麼一回事。

可是爲什麼又想逃離追上來的什麼東西，而不得不加快速度呢？

「和明，給我香菸。」

高井和明小心翼翼地一如拆解定時炸彈一樣取出一根香菸，放進浩美嘴裡，拿出打火機點火。

深深吸一口煙後，眼眶溢滿了淚水。快點，速度加快點。用力踩油門，這一次一定要擺脫掉那傢伙。

「浩美，你有沒有聽你媽媽提過死去姊姊的任何事呢？」和明確認般地低聲詢問。

「任何事？你在說什麼？」

「就是關於你姊姊過世的經過什麼的……。」

「聽說是嬰兒常見的夭折。」栗橋浩美叼著菸、聳聳肩說：「睡覺的時候死掉的，沒什麼道理。所以我媽不死心，用姊姊的名字幫我命名。」

居然是女生的名字，栗橋浩美不屑地表示。

「我……」和明吞吞吐吐地說：「我聽你媽媽說過。」

「說什麼？」

「你媽媽上個月吧，不是因爲受傷住院嗎？」

「嗯，沒錯。」

「雖然是輕傷，但是你媽媽的精神狀況好像不太穩定。」

栗橋浩美大笑出聲，嘴裡的香菸也跟著滑落；但他本人好像沒有感覺。高井和明也因爲眼睛看著車窗外，沒有看見香菸滑落的那一幕。

「我媽老是吵著說姊姊就要從那個世界來接她了。」栗橋浩美邊說邊笑，但可以感覺他又熱淚盈眶了。媽媽對姊姊依然不死心，依然希望她復活。她要的不是我，是姊姊。

「所以我對她說：『既然那麼喜歡姊姊，就早一點到那個世界跟姊姊在一起，不更好嗎！』」栗橋浩美說話的氣勢像是要爆炸一樣，但是和明卻搖搖頭說：「你媽媽之所以忘不了你姊姊，並不是因爲愛。」

和明用雙手手心擦抹臉頰，然後好像確認手上是否沾了什麼東西似地看了一下後繼續說道：「你媽媽其實害怕你姊姊。一直以來都很害怕。浩美會看見姊姊的鬼魂，說不定要怪你媽媽。也許是小時候的浩美感應到媽媽內心的害怕，所以才創造出鬼魂來。」

和明握緊手心，抬起頭說：「你千萬別嚇到，浩美的姊姊不是夭折死的，是被你媽媽殺死的。你媽媽用雙手殺死了自己的小孩，這是她說的，我親耳聽見的。」

栗橋浩美的視線裡又出現逐漸逼近的山壁。山壁壓迫他而來，幾乎要擠垮他。

他感覺兩手之中的方向盤似乎在跳舞。

「浩美，小心！」

和明從旁伸出手來穩住方向盤。搖擺的車頭幾乎要被山壁所吸引過去，但是和明一抓住方向盤，便立刻往相反方向轉過去。

「你還好吧？」

和明一隻手抓著方向盤，同時拚命轉過頭去看著浩美的眼睛。兩人在狹隘的車裡共抓著一副方向盤，就好像正在玩相撲的遊戲一般。

「嗯……我還好。」栗橋浩美低聲回答，並舔了一下乾燥的嘴唇。他的嘴唇慘白無血色，眼眶則紅腫濕潤，或許是因爲流淚的關係。

「對不起，我不該在這種時候說這些話。我眞是多嘴。」

和明小心翼翼觀察浩美的臉色，並將手移開方向盤，皺著臉表示：「回到東京後再說就好了。」

「沒關係的。」

栗橋浩美重新在駕駛座上坐好。沒事了，我可以繼續開車。放心吧。他對自己打氣。我很正常。

「別道歉了，還是跟我說清楚吧。你說我媽害死了我姊姊，爲什麼你會知道？這跟我媽住院有什麼關係嗎？」

和明搖搖頭說：「我也很想告訴你，但還是以後再說吧。等回到家再說囉。」

「不行！心裡面掛著一件事才會影響開車，趕快告訴我吧。」

「浩美……」

「叫你別擔心了，我不會再開車失誤了。」

栗橋浩美又舔了一下嘴唇。爲什麼嘴唇會這麼乾燥呢？

穿過綠色大道兩旁的山壁，車子左手邊的視野突然開闊，眼前是赤井市的街景。形形色色的房屋一如玩具積木般堆疊，景象十分美麗。

這樣的光景讓栗橋浩美感到心安。已經沒有山壁逼人了，不會有被擠壓的壓迫感了。

「告訴我吧，和明。我很想知道。」

高井和明在催促下，先用雙手抹了了一下臉頰。用手擦拭臉頰，然後仔細觀察手心的動作，似乎是他的習慣。但是小時候的他並沒有這種習慣。大概是在從小孩變成大人的過程中，從哪裡學來的吧。那是浩美所不知道。也就是說，即便是浩美，也不見得知道和明的一切。沒錯，不知道的事還很多，所以這次和平的計畫才會失敗。

「我去醫院探望你媽媽時……」和明開始娓娓道來。

「上個月……那是幾號呢？」

和明去的時候，栗橋壽美子正熟睡在床上。整個頭安然地仰躺在枕頭上，嘴巴半開著，很不莊重。

「因爲看她睡得很熟，我心想還是立刻告辭吧。可是就要離開病床時，你媽媽說了什麼話，好像是在叫我。於是我停下腳步，試著呼喊你媽媽。」

結果栗橋壽美子仰躺著突然睜開了眼睛，高井和明嚇得差點要衝出病房。

「你媽媽的眼睛充血，眼光無神地飄動著。然後突然伸出手抓住我的手臂大叫：『救命呀，有人要殺我……。』」

和明好不容易讓栗橋壽美子安靜下來，自己早已一身大汗。但是栗橋壽美子依然緊抱住他，簡直快要將他推倒在床。

「你媽媽跟我說她做了惡夢。說是因爲住院環境改變，所以會做奇怪的夢。」

壽美子開始滔滔不絕地說話。提到浩美追趕她、浩美怨恨她、還有浩美想殺死她的事。

「我故意笑著安慰她說：『伯母，浩美怎麼會殺妳呢？他是妳的獨生子呀。也是我的童年好友。浩美不可能會殺伯母的。』」

沒想到壽美子就像第一次看見高井和明一樣，眼光懷疑地盯著他看，放開緊抓著他的手，然後抱著頭、發出呻吟般的聲音重複唸著：「你什麼都不知道。沒有人知道。因爲大家都不知道，所以我一定會被殺死的。」

最後她好像沒辦法，只好放下手站起來，對著高井和明說出一切：「浩美的姊姊其實不是突然夭折的。是我殺了她，將她的頭埋在枕頭裡。」

開車的栗橋浩美感覺一陣寒冷，不禁縮了縮肩頭。同時膝蓋也因爲什麼反射作用動了一下。結果包裹在骷髏球鞋裡的右腳腳尖踢了一下剛剛滑落在地板上的香菸，香菸消失不見。

「我媽爲什麼要殺死我姊姊？」栗橋浩美小聲問。和明也小聲回答：「用現在的說法，應該是產婦憂鬱症吧。」

「這種病三十年前也有嗎？」

「有啊。只不過不是這種病名吧。」高井和明說，圓圓的小眼睛悲傷地眨著：「我的視覺障礙也是一直沒被認定呀。」

好像對著周遭不存在的人指責般，和明又簡短地補充說明：「現在還有很多人爲尚未認定的疾病而受苦呢！」

生病……產婦憂鬱症？可是栗橋浩美不這麼認爲。他想起外祖母和男人殉情的往事，而這個過去曾讓爸爸怎樣地謾罵不已。

爸爸曾經大喊：「居然欺騙我，硬將壽美子塞給我！」

說不定爸爸也懷疑過媽媽？剛生下沒多久的長女弘美。小嬰兒的弘美。眞的是我的小孩嗎？他是否責怪媽媽呢？

還是爸爸曾經發作喊說：「我不要小孩！是妳要生的，妳自己養吧。我才不要沒有自己血緣的小孩。誰要有妳淫蕩血統的小孩呢！還是個女孩，長大後肯定跟妳一模一樣。」

於是被逼得走投無路、憤怒加上絕望之餘，自暴自棄的媽媽只好將沒有出口的情緒發洩在嬰兒身上，要了嬰兒的命！

嬰兒就這樣窒息而死。三十年前的社會並不太認識母親故意殺害自己小孩的情況，所以醫生認定是夭折。

壽美子保持沉默，從不承認自己殺死了嬰兒。而且又懷了第二胎，生下後以死去的嬰兒名字命名。

浩美。

浩美活在世上，被養大了。所以弘美也沒有死，所以我沒有殺死弘美。

壽美子企圖這樣子掩飾過去。

這麼說來，爸媽倒是從來都沒要我出席姊姊的法會。我還以爲他們偷偷辦了，但其實根本就沒有辦法會的必要，不是嗎？

「浩美……」和明擔心地出聲詢問。

車子在赤井山的山腳離開了綠色大道。轉過下一個緊鄰山崖的陡降坡後，就都是平緩的下坡路。

「和明，給我香菸。」浩美說。他很清楚自己的臉跟死人一樣慘白，握著方向盤的雙手也很冰冷。

和明幫他將香菸塞進嘴巴，點上火。栗橋浩美深深吸了一口煙，嗆到了，趕緊又吐了出來。

這時在照後鏡中又出現了一雙眼睛。

栗橋浩美身體僵硬了。視線離開前方的轉彎，被照後鏡所吸引。不自覺地腳底用力踩油門，車速猛然加快了。和明吃驚地回頭看著浩美。

照後鏡裡又出現了什麼東西。

還我的身體來！

是那個小女孩。小女孩的兩隻眼睛從照後鏡裡瞪著栗橋浩美。

栗橋浩美感覺自己眼睛溢出了淚水。他的手顫抖、背部發寒、頭腦逐漸發熱。過去從來沒說過的字眼、甚至想都沒想過的字眼，突然從胸口冒了出來：「姊姊！」

栗橋浩美看著鏡中的兩隻眼睛呼喊：「姊姊，我的姊姊。」

那個被媽媽親手殺死的可憐嬰兒。

就算是這樣，說不定姊姊反而是幸運的。因爲姊姊的死是一瞬間，而我卻是在二十幾年裡一點一點地被殺死。

照後鏡裡的眼睛消失了。取而代之的是理應看不見、早已遠離的鬼屋輪廓一瞬間明顯浮現眼前。

栗橋浩美嚇得跳了起來，使得點著的香菸又從嘴裡滑落，掉在腿上。

「怎麼了？」和明詢問。

車子行駛在最後一個轉彎。因爲浩美受到驚嚇又踩了油門，車速正在遞增當中。

車子即將衝上彎道的防護欄。

「危險！浩美，放慢速度！」和明說時又伸出手來抓住方向盤。

這時栗橋浩美緊盯的照後鏡中又出現一對眼睛。不是「姊姊」的眼睛，也不是岸田明美或古川鞠子的眼睛。栗橋浩美一時困惑地注視著那雙眼睛，試著讀出那眼中的深意。

下一瞬間，他大聲驚叫。

照後鏡中出現的是栗橋壽美子的眼睛，而且正瞪著浩美看。她盯上了浩美，因爲已經知道媽媽祕密的浩美，對媽媽而言儼然是個危險的存在。

於是栗橋浩美十分確定且絕望地明白了。我的人生遭到詛咒了，至始至終都被詛咒了。詛咒我的不是小女孩的鬼魂，而是媽媽。小女孩的鬼魂和我一樣，其實都是被害者，都被犧牲了。

浩美覺得腿上發熱，聞到一股燒焦的味道。還能聽見和明在一旁吵鬧。

但是栗橋浩美只是死盯著照後鏡中的那一對眼睛，心想眼光一移開就會被殺。自己和姊姊一樣都會被殺。一如姊姊的存在消失一樣，到時栗橋浩美的存在也會重新設定，他悲痛的呼喊將沒有人會聽見，因爲他將被自己的親生父母給封鎖在墓碑下。

他不應該殺死那些年輕女孩的，該殺的是自己的媽媽。他一直害怕那些女孩的鬼魂是不對的，早知道就該拉著那個小女孩的手一起逃走。逃到不會被爸媽殺害的地方。

「浩美，香菸！燒到你的襯衫了。」和明的叫聲將他拉回現實，那一瞬間易燃的化學纖維襯衫已經著火並包住了栗橋浩美。他感覺火焰燒到了脖子，接著頭髮也跟著燃燒起來。

車子已經完全失去控制。

有了撞擊。和明一方面拚命想控制方向盤，可是整個人撞上了前面的玻璃而大叫。栗橋浩美被火焰包圍著，卻依然緊盯著照後鏡。那裡清楚地浮現媽媽壽美子的臉孔，媽媽的臉在笑著。因爲栗強浩美和鬼魂們將一起被埋葬而高興吧。

車子突破了防護欄，畫出一道優雅的弧線衝向山崖之外。

眼前玻璃的視野呈現整片的天空，晚霞的顏色和栗橋浩美身上的火焰相互重疊。他聽見了和明的驚叫聲，也看見和明的一雙大手緊貼在玻璃上。

照後鏡中媽媽的臉孔消失在火焰裡。

車子正在下墜。速度十分緩慢，下墜的軌道令人心曠神怡。栗橋浩美的嘴角泛起了笑意。感覺即將帶著照後鏡中的媽媽同歸於盡，相信姊姊應該也會高興吧。因爲我幫她復仇了！

車頭朝下地撞擊在山崖下的地面，照後鏡也應聲破碎。那一煞那，栗橋浩美看見了鏡中映射的畫面。

那是另一對新的眼睛，笑得很開懷。那不是壽美子的眼睛。

是和平的眼睛。

不會吧！

聲音在喉嚨呼叫時，刺穿車玻璃的岩石撞碎了栗橋浩美的頭蓋骨。

人在垂死之前都會回想過往人生的種種，一幕幕景象像跑馬燈般鮮明地在腦海中掠過。

栗橋浩美想起了十三歲那年的夏天，在悶熱且消毒藥水味濃厚的游泳池邊，他將和明推下了水，還好幾次將和明伸出水面的頭按了下去。就在後面，和平冷眼看著這一切，其他同學則嘲笑不已。但是到了最後一旁起鬨的同學們聽見拚命想浮出水面卻又立刻被按回去的和明發出悲慘的叫聲時，他們突然變得很不自在。有人開始小聲說：「栗橋，夠了吧。不要再惡作劇了，會死人的。」

但是栗橋浩美沒有停止，他沒辦法停止。因爲他實在很想溺死和明，他感覺到興奮狂喜，快樂得無法自持。

終於有人從背後靠上來，趁栗橋浩美不注意，跳進游泳池拉起了和明。和明氣急敗壞地喘著氣趴在池邊，神色慌張地想要上岸。栗橋浩美突然覺得掃興，二話不說就走往淋浴室的方向。這時可以感覺背後同學的眼光如針刺般難受，同時他也發現和平不知何時消失了。不過淋完浴、走到更衣室前時，和平已經靠在門邊等他。晒黑的臉上依舊是一臉笑容。

「大家都在的地方做那種事不太好吧！根本是戰略性的失敗。」和平露出白色的牙齒笑說。

栗橋浩美的腦海裡又浮現了別的光景。他還小，抱著腿坐在一個黑暗的角落。因爲哭過，眼眶是熱的，臉頰是濕的。他想去上廁所，卻得拚命忍住。因爲他知道走出黑暗的地方就會被媽媽罵。

沒錯，小時候常有這種事。他常被生氣的壽美子關在儲藏室裡。儲藏室的空間只有半個榻榻米大，而且堆滿了有的沒有的雜物，栗橋浩美進去的時候不得不雙手抱著腿、縮著頭、蜷成一團。這樣的姿勢呼吸困難，經過約三十分鐘，頭便開始疼痛。但是在媽媽沒說可以之前，他是不能出去的。

爲了什麼被責罵呢？媽媽爲什麼那麼生氣呢？我的脖子好痛，尿又好急。萬一在這裡尿了出來，肯定又會被罵的。就像上次爸爸做過的一樣。

記憶又飛到別的地方。栗橋浩美又被壽美子罵了。他坐在廚房的椅子上，垂頭喪氣地搖著小腿。壽美子不斷數落著什麼，栗橋浩美什麼都聽不進去。因爲他才不想聽這些囉唆的話，只想趕緊到外面玩耍。

如果長大一些，他心想，如果身體長大一些，更有力量的話，就算媽媽生氣，他也不覺得害怕。如果她太過囉唆，就給她拳頭嚐嚐。只要栗橋浩美在這個家裡最強，就沒必要聽誰的命令，到時也不需要低聲下氣地忍耐了。

媽媽還在罵人。眞是囉唆，吵死人了。這時坐在浩美旁邊、不停吸菸的爸爸一臉不愉快，好像跟浩美一起都被媽媽數落了。他突然間抬起頭大罵：「吵死了，就是妳一個人嘰哩呱啦罵個沒完沒了！」

同樣的事囉哩叭嗦好幾遍有什麼用，小孩子要就一次教會。爸爸口沫橫飛地表示意見。可是媽媽立刻譏諷說：「像你這樣能教好孩子嗎？」爸爸一聽，馬上臉紅脖子粗，馬上抓起浩美細小的臂膀扭轉過去，露出內側滑嫩的皮膚，用剛吸過的菸頭，火熱地捺了下去。嘴裡說：「妳給我看好！教小孩就是要這樣，看清楚了……。」

栗橋浩美想起來了。那個手臂上的燙傷痕跡很難消失。因爲不甘心，他也想對和明那麼做。可是帶著香菸到長壽庵時被和明媽媽發現，反而惹來一頓好罵。

回憶、回憶、回憶。人就是一場回憶。他的內心深處猛然閃過這樣的人生洞察。許多的回憶包裹在一張皮膚裡面，這就是人呀。從小到大，隨著身體的成長，包裹其中的回憶也跟著增加。

而今栗橋浩美這個人的皮膚破裂，於是包藏的回憶開始外流。起初是點點滴滴，流勢逐漸增強。等到回憶流得差不多了，栗橋浩美就像洩氣的皮球一樣當場倒下。

如此一來，不就可以重新來過嗎？栗橋浩美這只扁塌的容器裡裝進新的回憶，逐漸飽滿後，就是新的栗橋浩美。一個新生的栗橋浩美。

一定可以的，現在就可以。因爲始終跟我在一起、是我眞正的好朋友——和明就在身邊。我一點都不了解和明。

和明、和明、和明還活著嗎？

希望他活著，我也希望能活著，而且是重新活過。再也不要被和平騙了。

他感覺強烈的決心讓身體發熱了。但其實那只是神經中樞停止功能之前的最後作用罷了。

我死了還有誰能拆穿和平的謊言呢？思考停留在這裡，回憶已流盡了。栗橋浩美死了。

高井和明在車子衝破防護欄、飛出空中之際，張開雙眼目睹了整個經過。一瞬間像無限延長的慢動作鏡頭一樣，他經驗了整個車禍的過程。

沒有繫安全帶的他的身體，順勢衝破前面玻璃飛了出去，那一瞬間他的皮膚感覺到外面的空氣。從晚霞色彩逐漸轉變成夕陽餘暉的天空在眼前鋪展開來。然後他慢慢地頭朝下，意識到自己正在墜落。

和明心想：我還不能死。我不能死在這裡。好不容易才找回浩美，今後還有許多事等著我們一起去解決、重新來過、重新想過。還有許多事等待他們去面對。

他不覺得害怕。強烈的意志力支撐著他。怎麼可以因爲車禍就死去！浩美，浩美他還好吧？

高井和明墜落的軌道前方，有著汽車廢氣、灰塵和一處枝幹瘦弱、就像吵吵鬧鬧的孩子們聚集在一起的雜樹林。那叢薄弱、看起來不甚健康的樹林，枝頭竟是那樣的尖銳。

高井和明緩緩地畫著弧線墜落。他墜落在樹枝高舉向天，一如在迎接他的樹叢中間。當雜亂的樹枝插入他柔軟的肉裡、刺穿了他的頸動脈時，他還在尋找浩美的蹤跡。

26

殺人兇手。
殺人兇手的背影
追著殺人兇手跑
不論到天涯海角
總有一天要殺死殺人兇手
只爲要將他埋葬

好久好久以前的回憶了。爲什麼到現在又想起來了呢？

栗橋浩美駕駛的車子奔向死亡的瞬間，和平感覺好像有人叫他而抬起了眼睛，並回頭看了一下客廳牆上的時鐘。下午四點十八分。同時又好像跟誰約好了似的突然腦海浮現回憶，那首令人懷念的詩——〈殺人兇手〉。

寫下這首詩時，應該是在小學六年級的時候。上國語課時，導師要大家寫詩。在下次上課之前寫好一首詩，內容自由發揮，隨個人喜歡。

和平是個不爲功課辛苦的孩子。他知道媽媽嘴裡雖然不說，但很爲他的好成績而驕傲。

他的記憶力很強，解讀文章的理解力也很好。即便不聽老師講解，光是讀課文也能知道內容在講些什麼。當其他小孩還在爲二位數計算、分數問題傷腦筋時，和平則是盡量讓自己不要太過輕易解開練習題，訓練自己努力配合同學們的學習腳步。

因爲他善於閱讀大人的心思，所以能當場感受到老師現在要的是什麼。他總是調整自己在團體裡只超出一點點，不多也不少地只超出一點點。

老師很期待像和平這麼聰明的小孩將會帶來怎樣的詩句。幾乎可以看見一個又圓又大的「期待」像汽球般浮現在老師的腦海裡。因爲和平不僅聰明，也是很感性的孩子。這是老師對和平的評價：「那孩子寫的讀書心得報告眞是精采，眞想讓全校師生瞧瞧！這樣的小孩一定能寫出非常棒的詩句！」

和平當然也希望能符合老師的期待，希望讓老師感動、讓老師高興。何況他本來就很喜歡作文。

聰明的他知道寫什麼樣的文章會讓大人們高興、讓同學們感動。需要的文字，放眼四周俯拾皆是，有時還會自動飄到眼前。只要信手一抓，挑些精采的詞藻排列，就是一篇文章。所以他常常看見不會寫作文的同學愁眉苦臉的樣子，覺得他們愚蠢得不可思議。

這是他第一次寫新詩。跟作文不同，文字必須簡短，說不定比較困難。所以他頭一次想要挑戰一下。

不過對著稿紙三十分鐘左右，詩句便浮現出來了。他輕鬆地完成作業。

那就是〈殺人兇手〉的詩。

寫完後，仔細欣賞文字，心想自己爲什麼要寫這種東西呢？這不是好作品。老師看見了或許會讚嘆，但同時身爲資優生的和平內心卻有所擔心。他本能地察覺到危險，於是立刻拿出新的稿紙重新再寫。

可是腦中一片空白，心中念念不忘的是剛剛寫好的〈殺人兇手〉的段落。

放下鉛筆，和平拿起那首〈殺人兇手〉的詩。深呼吸一口氣後，將稿紙撕得粉碎，丟進垃圾桶裡。

但是一句一句的詩句還是停留在他的腦海中，不肯消失。

結果新的詩寫的是春雨的溫柔，一首極其可愛的詩。老師讀過後，隨然還是稱讚他，但不是滿足期待的眼神！

從此和平便開始討厭寫詩。他認爲寫詩很危險。他也完全忘記了〈殺人兇手〉那首詩。

可是爲什麼現在是個成熟的大人，又在這特別的時候，突然又想起這首詩呢？和平不禁苦笑。

告訴浩美的計畫是騙他的，和平在這裡度過了悠閒的下午。他說自己要回東京，到東京監視「長壽庵」高井家的人。還威脅說萬一和明跑到警察局報案，立刻要殺死高井家的人們，但其實他才不想那麼麻煩呢。和明膽小，根本不會抵抗的。只會聽浩美說的做，像個笨蛋東奔西跑，最後在鬼屋被殺死吧。所以和平只要在跟浩美約好的半夜十二點前到達鬼屋就好了。

和平內心十分輕視高井和明，所以豪不在意因爲和明捲入計畫使得腳本內容逐漸起了變化的事實。也完全沒有想到栗橋浩美可能因爲和明的言語舉動而動搖，甚至讓栗橋浩美不穩定的精神狀況爲之崩潰的危險性。

但是在另一方面，和平又很清楚和明的危險性，意識到整個計畫逐漸脫序。就好像順潮而流漸漸迷失航路的船隻一樣。和平受到和明存在的影響，使得他對浩美的支配力逐漸削弱。

但是那又怎麼樣？和平一個人笑了起來。這不是更有意思嗎？出了狀況，才能看得出領導者的實力。腳步亂了套，這才能讓我發揮本領。直到目前爲止，實在是太無聊了，從現在起才有得好玩……。

在分成兩半的內心縫隙中，時間慢慢地流過。和明會怎麼做？浩美會怎麼做？今晚的結果將會如何？想著這些問題之際，竟回憶起〈殺人兇手〉的詩句。

啊，我現在明白了！小時候的自己爲什麼會寫那種詩了。那是自己內心所捕捉到的字詞。作文可以隨手拼湊文字寫成，寫詩可就沒那麼容易。寫詩的工程，等於是將內視鏡塞進內心深處，切取一部份的組織做成標本，排列在眼前。

所以說寫詩很危險。

晚霞變成了黑夜，時鐘敲打著時間。和平沉醉在自己的思緒中，陷入半睡半醒的狀態。突然因爲打開的電視聲音而回過神來。

插播新的新聞報導，畫面是赤井山和綠色大道，現場轉播的記者一臉嚴肅地說明情況。

出車禍了。車上的兩名年輕男子死亡，車後行李箱內還發現一具別的屍體……。

記者報導說：「他們會不會是連續殺人事件的兩名兇手呢？」

報導的內容不只如此，這個節目是HBS的新聞播報。他們花了整整一天獨家對打進「田川一義秀」節目裡的電話進行聲紋鑑定，現在結果出來了。

「根據聲紋鑑定，打電話給新聞特別節目的應該是兩個不同的人，因爲聲紋顯示兩種不同的形狀。這是HBS的獨家報導。連續女性誘拐殺人事件的兇手推測不只一人，到目前爲止還不能斷定綠色大道上車禍致死的兩名男性就是打電話進來的兩名兇手。但是……」

記者和主播越說越興奮，彼此都漲紅了臉。

是嗎？腳本方向轉到那裡了嗎？

就像固體的油脂慢慢融化，和平的表情緩緩露出笑容。終於他開始笑出聲音，笑聲越來越大，連埋在「山莊」庭院裡不能說話的屍骨們都要驚醒發抖了。

第三部

「如果有辦法能對父母隱瞞眞相就好了，眞希望可以不要說出這種事。」

——希拉蕊・渥

《案發當夜下雨》

1

隨著歲末到來，寒風益發地刺骨。

每一次門口的自動門發出聲音開關時，夾帶著落葉的冷風便順勢侵入。來店的客人一個個都縮緊了脖子，似乎很怕冷。

「有沒有昨天臨時增刊的《日本時事紀錄》呢？」一個剛進來、裝扮像大學生的年輕男子走近收銀台詢問。半天之中，這已經是第八個客人問同樣的雜誌了。不對，我去醫院的時候應該還有其他客人來過，所以詢問的人更多吧。塚田眞一停下拖地的手勢，抓著拖把的長柄，伸長脖子探聽收銀台的情況。

「眞是對不起！」店長道歉說：「本店沒有販賣《日本時事紀錄》。一般便利商店多半是擺《週刊現場》之類的雜誌吧。」

「是嗎……。」年輕男子遺憾地抓抓臉，害羞地笑說：「中午過後我到處去找，幾乎所有的書店都賣完了。」

「聽說好像是的。車站的販賣部也沒有嗎？」

「沒有，他們也沒擺這種雜誌。」

「大概本來的發行份數就不多吧，因爲平常也不是很暢銷的雜誌嘛。」店長有點聊開了，繼續說：「這次的臨時增刊，出版商大概也沒預想會賣得這麼好吧。」

「大概是吧。」年輕客人說聲對不起後，什麼也沒買便離開了。大概還想多找幾家書店和便利商店吧，看他快步地穿越門口的斑馬線。

一對年輕情侶站在店裡面的冷凍櫃前面，從剛剛起就邊聊天邊討論買什麼冷凍食品和冰淇淋好，或許是聽見收銀台的對話，這會兒竟問起：「《日本時事紀錄》是什麼呀？」

眞一發現有人居然什麼都不知道，不禁有些驚訝。

「會是電視新聞節目嗎？」女生說。

「新的節目嗎？」男生依然注視著冷凍櫃中的商品。

「剛剛他們不是提到車站的販賣部嗎？」
「那就是雜誌了。」
「既然快賣光了，不買是不是太落伍了？我也好想看哦。」
「要不要去書店看看？」
「還要去書店眞麻煩，這裡沒賣嗎？」
眞一忍住笑，繼續開始拖地。不久前一個帶著小朋友來買牛奶的少婦，不小心打破三瓶汽水，害得眞一的工作增加。
聽見別人的對話，擔心趕不上流行、希望也有同樣東西，但其實對說話的內容卻一點也不了解。眞一心想這一對年輕情侶與其作爲《日本時事紀錄》的讀者，更適合當作被採訪的對象吧。標題就像是「現代遊手好閒男與一搭就上女的最新戀愛觀」。不過自稱是專業時事報導的《日本時事紀錄》才不會寫出如此聳動的標題吧！
自動門又開了，這次進來的是一位穿著圍裙、約四十歲上下的女性，也是開口詢問《日本時事紀錄》。店長只好再次道歉，女性轉身便離去了。還以爲剛剛的年輕情侶終於要離開冷凍櫃，又看見他們在日用品的貨架前笑鬧嬉戲。眞一擦完地，注意不讓抹布拖在地上地走進辦公室。
「辛苦了！」店長溫和的眼神隔著眼鏡、伴著招呼聲投射過來。
「我收拾好後就幫忙收錢。店長還沒吃午餐吧？」
快要兩點半了。因爲眞一提早用餐，所以繼續工作也沒關係。
和店長交班站在收銀台前，馬上又有客人來問《日本時事紀錄》。店長說同樣的話跟客人道歉。這個客人是年約五十的老頭，應該是在附近的工廠上班吧，穿著油跡斑斑的工作服，身上都是機油味。因爲香菸沒了，順便來買雜誌。是嗎，沒賣呀，眞是可惜。工廠的收音機整天開著，新聞廣播提到說《日本時事紀錄》的臨時增刊很好看，把這次的殺人事件的兇手寫得跟小說一樣容易看。因爲這個老頭看起來很親切，眞一差點就說溜嘴，說出：「這次的臨時增刊雜誌是我認識的人寫的報導。」相信這個老頭一定會高興地說：「眞的嗎？原來是小哥認識的人寫的呀。眞是厲害嘛。」

前畑滋子的報導決定刊登在《日本時事紀錄》，早在該案件還在進行的期間。當初滋子寫好最初的完稿時，因爲兩名嫌犯因車禍死亡，整個事件迅速開始收尾。編輯部乃召開編輯會議，決定在十二月一號發行以連續誘拐殺人事件爲專輯的臨時增刊。原本預定放在《日本時事紀錄》的滋子的報導也將改到臨時增刊裡。

兇手死亡後已經過了一個月。連日連夜像發了瘋似地製作特別節目的電視台，大概也找不到話題了，這一個禮拜頂多只是在白天的社會新聞中提到後續狀況、在晚間新聞裡整理十分鐘的迷你專題報導吧。等下一個大新聞進來，媒體又將追著新話題跑，該事件就會被遺忘了。

爲了挽回報紙、雜誌等平面媒體劣於電視媒體的速報性，持續以審愼的態度詳細報導一個月事件經過，平面媒體還是擁有許多讀者。他們並沒有放棄這個事件，只是因爲報紙、週刊等雜誌的版面有限，苦於不能完整報導同一事件。

所以說《日本時事紀錄》的臨時增刊出來得正是時候。電視台已經放手了，報章雜誌又報導不完；有名的時事評論家、非文學類作家出專書還要一段時間。利用這個空檔，爲了滿足想更了解案情的讀者，提供他們現況進行到什麼程度，於是推出這本臨時增刊。

銷售情況超乎預期，並非不可思議的現象。社會大眾都很想知道那兩個兇手做了什麼、心中想法、他們的生平、事件的詳細過程、如果不是因爲車禍死亡還會做些什麼等……。雜誌社只是幫讀者整理已知的事實，讓他們安心。

「因爲《日本時事紀錄》是週刊，所以還會有續集的。」

「眞的嗎！」

「當然。聽說他們將繼續追蹤報導那個事件，而且有一個女作家正在全力調查呢。」

「那眞不錯，希望他們好好努力。我眞想知道是哪裡出錯了，社會才會養出這種怪胎！」

收回香菸和找的零錢，穿著工作服的老頭依然一身油臭味地走出店門。眞一對著他的背影大聲喊說：「謝謝光臨。」心中想：「滋子，妳算是出頭了。」

一種淡淡地、有些溫暖、有一點「結束」了的輕鬆感在眞一心中湧起。

這一陣子滋子很忙，連坐在一起吃飯都很難。過去都是吃滋子做的飯，這些日子眞一和昭二只好從超市買來便菜和豆腐味噌湯應付晚餐。不過現在第一次的連載已經出刊了，這個禮拜至少會有一次前畑夫妻一起坐在廚房的餐桌上吧!?說不定就是爲了慶祝連載成功出擊的慶功宴呢！

到時候眞一將對前畑夫妻道謝，感謝他們過去的照顧，他決心要離開他們家了，爲此他已經偷偷問過幾家提供住宿的工作機會。

會不會被挽留還很難說，或許滋子會挽留，但昭二絕對不會。

當連載確定，打樣送來校正時，滋子一個人窩在書房裡奮戰。昭二曾經偷偷對眞一說：「眞一，你不覺得討厭嗎？」

眞一本來以爲會被滋子問到這種問題，沒想到對方竟然是昭二，讓他有些吃驚。

「討厭什麼？」他反問。

昭二一手摸著後腦杓，難以啓齒地說：「因爲滋子寫的是犯罪文章。雖然不是你們家的事件，但是殘酷和不人道的程度沒有差別。滋子又不是關係者，也不是警察，更不是研究犯罪心理的學者或是報章雜誌記者，不過只是個自由業的作家，跟事件一點接點都沒有。可是她卻到處調查寫成文字，關於兇手也是憑著種推測下筆，當然我倒不是說這種事沒有意義。除了滋子以外，今後還會有很多人就該事件寫出很多東西吧，這也是一種必要吧。畢竟是集思廣益探討爲什麼會發生這種事、今後該如何防範悲劇重演。」

「也許吧。」

「可是結果你看……寫的東西廣被閱讀，對滋子而言算是好成績吧？算是一件成就吧？說不定收入會多一點。但是眞一不覺得討厭嗎？沒有受到任何傷害的第三者受到這種待遇，不是很奇怪嗎？你不覺得是利用別人的不幸來賺錢嗎？」

眞一以爲會被滋子問到同樣的問題，所以早有了答案。他回答說：「我的確是這麼認爲。」

昭二心中早有覺悟，但聽見眞一的回答還是露出痛苦的表情。那表情好像是說心中早做好了準備，卻沒想到對方回答得那麼直接。

「是嗎？原來你也這麼想。」

「是的。所以我認爲滋子的文章開始連載後，我就不能繼續待在這裡了。」

昭二一副了然於胸的樣子，一邊點頭一邊用手撫摸著臉頰說：「你會氣滋子嗎？」

「當然不會，我沒有生氣。我很感謝她。」

「可是滋子之所以讓你住在這裡，就是因爲你是那個事件的最初發現者，不是嗎？她是把你當作採訪來源，在利用你呀。」

「我覺得不是只有這樣。滋子和昭二，你們是爲了幫助有困難的我，這一點我眞的很感激。」眞一努力找出詞語表達。他心意已決，沒有任何困惑了，但是要對別人說明自己明白的事，他不是很在行。

「就像昭二說的，爲了探討爲什麼會發生這種事、今後該如何防範悲劇重演，所以調查犯罪經過、推測兇手的想法等是有其必要的。所以滋子的工作很有意義。而且不只是滋子，因爲女性從事這樣的工作，更顯得意義非凡。因爲殘酷犯罪的犧牲者大多是女性，不是嗎？可是到目前爲止女性出來發言或寫文章的，叫做評論家的是嗎？這社會上卻還很少。」

「是嗎，說的也是吧。」昭二一臉疑惑的樣子。

「所以我希望滋子繼續努力。但是在她身邊又會覺得難過。會想東想西想太多，甚至認爲什麼評論家嘛，因爲評論的是別人的事所以很輕鬆。這樣一來我不好受，滋子也會因爲我在身旁而不好過。」

「嗯，我也是這麼認爲。」昭二慢慢地點頭，並回頭看著滋子的書房繼續說：「可是眞一會難過是正常的，因爲難過所以想保持距離也是應該的。但如果是因爲害怕滋子不好受而逃避就不行。本來就該做好心理準備，難過是必然的。所以說，如果眞一自己難過得受不了，我不會說什麼，也沒有資格說什麼。但要是眞一本身沒問題，只是爲了滋子才那麼做，那就不對了。你不需要對滋子過分在意，沒有必要寵壞她。」

昭二的話意外的尖銳而嚴厲，眞一不禁重新看著昭二的側臉。他依然凝視著滋子的書房，沒有注意到眞一的視線。這樣反而更能讓人看透他的內心世界。

昭二不設防的側臉似乎對眞一訴說：一如他剛剛說過的，大家爲了探討爲什麼會發生這種事、今後該如何防範悲劇重演，所以滋子做的工作有其必要。但是問一百個人關於犯罪報導的看法，大概一百個人都會說出同樣的話。對於這種標準答案，昭二本人似乎不能完全認同。自己安慰自己必須要這麼想，但內心深處還是有些不太能釋懷。那些不能釋懷的部分，說不定比眞一還要嚴重。那種難以言喻的不舒服感，或許比眞一在旁看著滋子工作還要更難過、更麻煩吧。

滋子以前說過，當初沒有發表的刊物、也不是哪家出版社委託她寫失蹤女性的專題時，最鼓勵她的人就是昭二。滋子妳一定能寫的！這報導只有滋子才能寫得出來，加油。

如果當時他的鼓勵是眞心的，那現在退縮的姿態就算是卑鄙了。說什麼失蹤和連續殺人的程度不一樣，這種藉口是說不通的。報導就是報導，悲劇則是悲劇，不應等同而論。

但是那樣支持鼓勵滋子的昭二，和現在卻浮現不安表情的昭二，究竟哪一個才是眞正的昭二呢？不是說哪一個說謊，哪一個是眞心的。只是因爲兩者只能有一個，所以他才會這般的苦惱。

突然間眞一不禁想到：「他們兩人之間沒有問題吧？」

是我太多心了，眞一丟掉這種想法。如果滋子的文章受到好評，昭二一定也爲她高興，而且引以爲傲。這麼一來現在所說的這些話，就算沒有忘掉，也會收在心中的角落吧。

之後昭二再沒有提起這件事。一如眞一的預測，《日本時事紀錄》的第一回連載大受好評，昭二果眞十分高興。在書店買了好幾本回來，分給工廠員工。在眞一面前也毫不掩飾愉悅的心情。那時說不要寵壞滋子的嚴厲表情，簡直已不復想像了。

離開這裡吧。眞一的決心越來越堅定了。自己已無法跟前畑夫婦一起住了。

眞一手放在收銀台上，隔著窗玻璃看著外面，不禁嘆了一口氣。我也有自己的將來要考慮呀……必須好好想想未來的事。

自動門又開了。眞一反射性地喊說：「歡迎光臨」，視線同時移向新進來的客人。

眼前站著的人是樋口惠。

2

離開石井夫婦家裡到現在租的地方住下，已經過了數十天。這之間眞一經常會夢到樋口惠。有時候是晚上做的夢，有時候則在大白天。大概就是所謂的白日夢吧。

夜裡的夢，不管場景如何變化，總是眞一拚命逃跑，樋口惠緊追在後。現實生活殘酷地反映在夢中，眞一只有咬著牙、冷汗直流、渾身顫抖地逃離她。醒來的時候，一如啓動了緊急脫逃裝置似地從夢境中跳開。有時候醒來了，被子下的雙腳還在前後移動，似乎還想繼續逃跑一樣。

相對地，白天做的夢時間較短，幾乎都只是一瞬間。例如在站牌前等公車時，車子沒有準時來，眞一身後的隊伍已成長串。眞一隨意一回頭，發現樋口惠就站在隊伍的最後面。或是前畑滋子拜託他到超市買些晚餐的材料。在寬闊的店裡面，眞一一手拿著小抄一手推著推車在貨架中穿梭，突然一轉彎就會看見樋口惠擋在前面的走道上。

在白日夢的場景裡，樋口惠沒有追蹤眞一，甚至沒有發覺眞一就在附近。只是眞一單方面發現對方，心想必須在沒被發現前趕緊離開現場，所以十分恐慌。但是用力呑一呑口水、眨一下眼睛，一瞬間後樋口惠便消失在等公車的隊伍後面或是超市內的走道上。不過是他看錯了，因爲他內心將根本不存在的樋口惠想像成形。其實只是他的幻覺。

然後會有一段時間，他的心情沮喪。爲什麼我要這麼害怕？爲什麼我會害怕到看見不存在的影像？

所以當他隔著便利商店的收銀台看見樋口惠站在面前，一時之間還以爲又是幻覺。不過又是一種新形式的白日夢，眨一眨眼睛就會消失的。

但實際上，他不但眨眼睛甚至連呼吸都快停止了。眞一就像個傻瓜般地盯著樋口惠的臉直看。印象中的她的臉——比起出現夢中或幻覺裡的樋口惠，現在眼前的少女似乎比較豐滿、頭髮也剪短了。白色蓬鬆的毛衣搭配藍色牛仔褲，一身新衣服。在店裡燈光的照射下，毛衣的纖維閃閃發光。

「你好！」張開塗抹了淡粉紅色唇彩的嘴唇，樋口惠打招呼說：「原來你在這種地方，總算讓我找到了。」

眞一的胸口開始作痛。因爲一直閉氣，倒也難怪。相對地，一股想要大聲叫喊的衝動呼之欲出。他希望大叫著衝出收銀台、穿過自動門逃到外面，從此再也不要回來！

就在這時，剛剛的那對情侶來到收銀台，幾乎要推開樋口惠，將商品丟進收銀台上的置物籃。如果商品沒有掉進籃子裡的話，男生大概就眞的動手了。而眞一倒像是被打了一巴掌似地清醒了過來。

男生一臉不耐煩地看著眞一，女生纏住男生的手臂也是盯著眞一看。樋口惠看了一眼那對情侶，然後退到一旁。

「歡……歡迎光臨。」

眞一將商品從籃子裡取出來開始敲打鍵盤，由於手指顫抖，爲了不要打錯價錢，他的動作放慢。男生在一旁不耐煩地晃動身體，女生則靠在男生身上，哆聲哆氣地說：「待會兒要不要上賓館呢……。」

不管是怎樣的惡夢或幻覺，都沒有出現過樋口惠站在一旁盯著眞一在便利商店打工的情形。而現在眞一的心情恍如置身夢境。因爲是作夢，所以身體無法自在的活動；因爲是作夢，所以雙腳抖個不停。

遞出商品，低頭說聲：「謝謝光臨」。等情侶走出店門離開現場，眞一便不得不直接面對惡夢。

「好久不見。」樋口惠回到收銀台正面說話，語氣就像暑假期間沒有碰面的同學在開學時打招呼的輕鬆口吻。而且她還面帶笑容。

眞一將視線移開，目光固定在收銀台上。身上一陣寒意。

「我不想和妳說話。」還來不及思考，話便說出口了。

「可是你不能不跟我說話呀。」樋口惠說話還是那副語氣，而且笑出了聲音。

「我不想跟你說話，我跟你沒有話說。」說到這裡，怒氣總算壓過害怕，眞一抬起頭說：「我已經要求妳的律師叫妳不要再糾纏我了。妳的律師也說了：『這樣做根本幫不了妳爸爸。』所以妳還是回去吧，回去是爲了妳好。」

令人吃驚的是，樋口惠反而笑得更開懷。眞一這才頭一次發覺她的臉簡直可說是長得很漂亮。

不對，她本來就是很可愛的女孩子。只是因爲她的情況，讓她的魅力盡失。所以儘管憔悴，但本來就是美女。一如眞一要不是處於這種情況，又怎會被同年紀的女孩追得走投無路呢？他可不是膽小鬼呀！

不過現在的樋口惠看起來眞的很美，很平靜。和過去不斷追著他跑的樋口惠簡直是判若兩人。跟那個歇斯底里、又哭又叫的女孩，好像有什麼根本的差異嘛。

那個「什麼根本的差異」，讓眞一武裝了起來。對方換了戰略，我得小心應付。

「律師沒有跟妳說嗎？繼續纏著我也沒有用的。我根本沒打算聽妳的，我不會去見妳爸爸的。

妳的律師也說了：『要被害者家屬去見被告，那是不可能的。』」

「不是不可能。」樋口惠就像嚴格的國文老師一樣，挑高眉毛糾正眞一的語病。她說：「如果你堅持要去的話，自然就能見面。」

「我才不想去呢！」

裡面辦公室的門開了，店長走了出來。他對著樋口惠喊「歡迎光臨」。眞一就像找到一條救命纜繩一樣，看著店長的臉。

店長向收銀台走來，用眼光詢問：發生什麼事了？可是該怎麼說明才好呢？

正當他猶豫該如何做之際，樋口惠以明朗的語氣大聲問說：「對不起，你是店長嗎？」

「是的，我是。」

「眞一讓你多照顧了，我是他的堂妹。」樋口惠禮貌地鞠躬致意。

店長笑說：「原來是這樣呀。」同時擺出「你害羞個什麼勁」的表情嘲笑眞一。眞一的話梗在喉嚨說不出口。

店長雖然是前畑昭二的朋友，但並不知道眞一的遭遇。如要說明，就得從頭說起。

「店長，眞一其實是個令人頭痛的孩子。」樋口惠以親切又帶點口齒不清的口吻說話。這是她第一次嘗試這麼說話。「這個人居然離家出走耶，就因爲他爸爸媽媽吵架。我是來帶他回家的。」

「什麼，眞的嗎？」店長吃驚地回頭看眞一，但眞一只是看著樋口惠。滿口謊言的她，竟然神情可以那麼自然無邪！

但是她的眼睛是不變的。靠近仔細一看，就能發現一點都沒有變。儘管她沒有大哭大叫，但本質是一樣的。樋口惠抬起下巴一笑，燈光落在她的眼睛裡閃爍。光是看到這一幕，眞一已經不需要任何說明了。

如果就這樣斥退樋口惠，不知道她會做出什麼事來。何況眞一也不想拖店長下水。

「眞一，是眞的嗎？」

眞一面對一臉擔心的店長，立刻搖頭說：「對不起，現在我說不清楚，情況有點複雜。不好意思，我可不可今天做到這裡呢？」

店長看了一臉高興自以爲獲勝的樋口惠一下，又看看眞一僵硬的表情後說：「嗯……沒辦法，既然你堂妹都來接人了。你可以回去了，明天會來上班吧？」

「會，我一定來。」

眞一走出收銀台回到辦公室，立即脫掉便利商店的制服。因爲太過慌張了，袖口的部分纏在一起。樋口惠站在收銀台前跟店長有說有笑的。

拿起平常帶著走的小型提包、背在肩上，眞一大步走進店裡。抓起樋口惠的手臂就往自動門的方向前進。

「我們先走了，店長。」

「眞是不好意思。」樋口惠還在裝客氣：「眞一麻煩你了。」

眞一拖著她穿過馬路，在街腳轉彎，往前畑鐵工廠、前畑家相反的方向走去。他記得這條路一直走下去有個公園，心想先將樋口惠帶去那裡再說。

「喂，這樣手會痛耶！」樋口惠抱怨，但聽在路上行人的耳中，她的聲音明顯是在撒嬌。一種親密、愛嬌、狎玩的語氣。眞一不禁覺得害怕。

「不用拉我也會跟你走的，因爲是我來找眞一的。眞要拉人，也應該是我拉眞一吧。」

「不要叫我的名字！」

「爲什麼？」

「叫妳別叫就別叫！」

目的地的公園逐漸接近了，眞一繼續向前。樋口惠眼尖地發現公園邊有一家小咖啡廳，手指著那裡說：「你看！好可愛的店，我們去那裡吧！」

與其和樋口惠走進店裡，面對面坐在一起喝咖啡，眞一寧願去死，自然不從。

所幸公園裡人不多。雖然學校已經下課了，但現在的小孩才不愛在公園裡玩耍。眞一拉著樋口惠到公園中心點的樹叢旁邊後，用力甩開她的手。

「很痛耶，你幹嘛嗎？」樋口惠故意摸著手臂，吊起白眼看著眞一說：「何必那麼粗魯嘛。」

眞一整個人頭腦沸騰、喉嚨乾燥、氣喘如牛地呆立在一旁。這傢伙瘋了，不太正常，腦筋終於開始出現問題了。她已經無法接受現實狀況，一味地逃避，神經線已經完全鬆了。

「妳……妳到底想怎麼樣？」眞一好不容易吐出一句話。

「什麼怎麼樣嘛？」樋口惠故意裝傻：「我只是不管什麼時候都在找眞一，而且最後一定會找到。」

「要我說幾次才行？我不會去看你爸爸的，永遠都不會。我不會原諒妳爸爸的所作所爲，絕對不會原諒的。我期待看妳爸爸被判死刑！」

一聽見死刑的字眼，樋口惠身上的少女模樣整個瓦解，突然又變回原來的樋口惠。這裡沒有便利商店的燈光，而且天空陰霾，但是她的雙眼射出寒光，原本微笑的臉頰僵硬了，白色牙齒像獠牙般從尖起的嘴唇裡露出來。

「我不會讓爸爸判死刑的。爸爸是無辜的。」

「才不是無辜呢。」眞一也大聲反擊：「妳爸爸是殺人兇手。他殺死了我所有的家人。不管說一百次還是一千次，我都要說。妳爸爸爲了錢當強盜，還殺死了三個人！」

樋口惠一瞬之間退縮地眨眨眼，旋即又恢復作戰的姿勢。

「沒錯，他是殺了人。殺了你那個笨妹妹，和你裝模作樣的媽媽和沒用的爸爸。我爸爸是殺了他們。」

接著就像盯上獵物的猛獸一樣，更加大聲地尖叫說：「可是慫恿他殺人的人是你，都怪你自己的慫恿呀！」

眞一被狠狠地一擊，整個人都僵住了。樋口惠很清楚自己的攻擊效果有多少，她的臉笑開了像一大朵花。

「不都是你自己慫恿的嗎？」或許是爲了壓抑過於興奮的說話聲，樋口惠一隻手按著嘴唇說：「因爲你到處吹噓你家有鉅款，所以爸爸才會起了那個念頭。責任在於你，所以你當然應該跟爸爸道歉！」

肩膀上的背包掉在腳邊，眞一感覺一陣暈眩。

「對不起，我對你大聲說話。」一如確認形勢對自己具有壓倒性的優勢，樋口惠探身看著眞一的臉說：「我也不想說這種話，眞的，我不想說的。可是因爲眞一不肯見我爸爸，所以我一氣就說出來了。」

她撒嬌般觸碰眞一的手臂。

「好不好，去看我爸爸嘛。跟他見面談一談，你一定會原諒爸爸的。然後你也能夠放鬆，畢竟我們都是同一悲劇下的犧牲者呀。」

眞一閉上眼睛。眼瞼裡面一片血紅，鮮紅的色彩翻攪著眞一的心。

我要殺了這傢伙！

殺死她，現在我就能殺死她。毫不猶豫地我能空手殺死她，將她碎屍萬段。

眞一的手動了。他低著頭、視線緊盯著道路、身體僵硬得肩膀不能動、腳也無法移動；只有手，只有手指在動。就像沉睡中的野獸，聞到了獵物的氣味而醒來。爲了想要觸碰獵物，五隻手指便開始蠢蠢欲動。如果其中一隻手指碰到了樋口惠，相信其他四隻也會群起攻擊她的……。

這時在公園的那頭有人呼喚眞一的名字。

「眞一！」

眞一張大了眼睛，他馬上就知道是誰的聲音。這聲音解脫了束縛眞一的咒語，他立刻重新掌好自己的舵。

回過頭看著聲音的方向，看見水野久美揮舞著手逐漸靠近。她臉上浮現明朗的笑容、腳步輕盈，眼中幾乎無視於理應一同出現在視線裡的樋口惠，只是專心注視著眞一。讓眞一感覺她似乎是在沉默地鼓勵眞一：我知道發生什麼情況了，所以你等我來救你。

「哎呀！」樋口惠一邊的嘴角挑起，嘲笑說：「這下換女朋友出場了。」

水野久美走到公園的圍欄附近，開始加快腳步跑到眞一面前，拍了一下他的手臂說：「怎麼了？我去店裡，店長說你今天早退。」

「嗯。」眞一回答。他知道自己的表情還很僵硬，身體還在顫抖，也知道水野久美大概發現了這一點，但卻無法說得明白。

「既然今天沒事了，我們去看電影好嗎？」說時，水野久美拉起了眞一的手臂。她的眼睛從頭到尾都沒看過樋口惠一眼。

「喂！這個人不會太失禮嗎？」樋口惠笑著對眞一說話：「完全不跟我打招呼，究竟是什麼意思？喂，我正在跟眞一說話耶，請不要隨便插進來！」

眞一還來不及表示什麼，水野久美已經迅速回應。她故意表現吃驚的表情，側著頭看著眞一而不是樋口惠說：「你剛剛說什麼？怎麼了？我們走吧。從剛剛起就一個人待在這裡嗎？不冷嗎？」

水野久美假裝這裡只有眞一存在，她的眼中根本看不見樋口惠。她開心地拉著眞一的手臂往車站的方向走去。

「走吧。」

「開什麼玩笑！」樋口惠大叫，跳上去想制止眞一。眞一立刻避開了，而水野久美的反應比眞一更加迅速。她為了保護眞一，擋在樋口惠面前，並舉起手毫不猶豫地打了樋口惠臉頰一巴掌。

突然間陷入一陣沉默。樋口惠連呼吸都忘記了，只是睜大眼睛呆立在那裡。蒼白的臉頰上浮現水野久美紅色的手痕。

水野久美以眞一頭一次聽見的嚴厲聲音告誡樋口惠說：「不要再糾纏眞一了。妳這個笨女人！要說幾次才會懂？妳的頭腦裡面裝的是漿糊嗎？還是說裝的都是餿掉的豆腐呢？」

樋口惠說不出話來的樣子也是眞一頭一次目睹。她的嘴唇不斷張合，卻發不出聲音來。紅色的手痕像奇特的化妝一樣，顏色鮮明地裝飾著她的臉頰。

水野久美繼續說下去：「我是眞一的女朋友。雖然案發的時候我們還不認識，對於那個事件不是很清楚，但至少知道妳爸爸殺了眞一的家人，現在正在審判中。所以妳可以停止小孩子的惡作劇了，就算妳一個人頭腦壞掉地大吵大鬧，也改變不了事實。妳爸爸也不會高興妳做這種事的，不信妳親自去問問他。妳應該談談的對象不是眞一，是妳爸爸呀！」

一口氣說到這裡，水野久美重新抓住眞一的手臂毅然決然地大步走路。眞一有股衝動想回頭看看樋口惠，但心中自己告訴自己不可以，於是配合著水野久美的步伐離開。

「我不會放棄的。」樋口惠發出柔弱、顫抖的呼喊。眞一和久美無動於衷。

「我不會放棄的，我一定要讓你負責任。該對爸爸道歉的人是你，因爲是你害的。我家會變成這樣，都是你一個人的錯。」

那些話語像芒刺在背，眞一不禁想說些什麼。或許是想對水野久美說明剛剛樋口惠口出穢言的意義何在。但是久美輕輕搖頭，溫柔地說聲「待會兒再說」，加快腳步離開現場。

後面傳來了跑步聲，是樋口惠追了上來。「不可以回頭！」水野久美說，眞一點點頭。兩人已經走到公園門口。

樋口惠的腳步聲漸漸降低聲勢，終於停了下來。取而代之的是大聲呼喊：「我出賣了我的肉體！」

身邊的水野久美立即皺起了眉頭，眞一的步伐也亂了。但兩人還是同心一意，沒有停下來，繼續前進。

「你聽見了嗎？我在賣身呀。跟老男人簽了契約，不然我沒辦法生活。因爲我沒有爸爸呀。你知道嗎？我能夠安慰那些老男人呀。」樋口惠的聲音逐漸尖銳，幾乎已經是在喊叫了。

「你知道那是怎麼一回事嗎？每天被那些骯髒的男人脫光衣服、要求做的心情，你懂嗎？大白天將整個臉貼在老男人胯下的滋味，你明白嗎？」

眞一感覺冷汗從身體兩側冒了出來。水野久美面無表情地緊緊拉住了眞一，並靠過頭去輕聲說：「眞是不幸！」

聲音小到樋口惠聽不見，她其實只想讓眞一聽到。

兩人又開始走路。公園內外經過的行人，有人笑著、有人皺著眉頭看著繼續哭叫的樋口惠。眞一感到十分懊惱，好像自己做了殘酷的事，只好緊緊閉上眼睛。

「對不起。」眞一低喃道。水野久美伸出手用力抓緊眞一的手一下，馬上又放開了，並微微一笑說：「沒關係的，你不用道歉。」

兩人從公園出來便拚命走路，一如想甩掉什麼似的。等到回過神來，竟已經走了一站的路，好不容易走進路邊的速食店休息。這家店頭一次來，位置很空。大概味道不怎麼樣吧。但是兩人還圍著一張桌子，並慶幸周遭沒有其他客人。

「這紅茶不好喝。」水野久美舉起茶杯，皺了一下鼻頭說：「不過是熱的，就算了吧。」

「是呀，身體好冷。沒想到我們走了這麼長的路。」

水野久美又喝了一口紅茶，然後縮一下肩膀說：「我才應該跟眞一道歉。剛剛用那種嚇人的態度說話，你嚇到了吧？」

眞一微笑說：「我頭一次看見那樣的水野久美，不過……」

「不過？」

「沒有，算了。」

「討厭，說出來嘛！」她不高興地說：「你一定覺得我很可怕吧。沒辦法，誰叫我們家的女生都比較強勢。」

水野久美各有一個姊姊和妹妹。姊妹三人的感情很好，經常交換彼此的衣服、鞋子、裝飾品使用。

「我媽媽和姊姊經常會對態度不好的服務生、電車上不規矩的醉漢大罵。連我妹妹都曾經踢跑色狼！」

聽說她妹妹才國中三年級，從小學起就在家附近的武館學習柔道。所以水野久美也跟妹妹學習基本的防身術。

「要不是水野來，我還不知道會發生什麼事！」眞一說的很認眞。但水野久美好像還不想進入嚴肅的話題，故意擺出嘻皮笑臉。

「你是說我像正義的使者，路見不平的花衣女俠來也！」

眞一微笑地搖搖頭說：「我在想如果繼續下去，我可能會殺了她。」

水野久美臉上的笑容立刻消失了。

「別怪我說不好聽的話，但這是眞的。那種氣急了殺人的心情，我眞的能懂。」

「她今天來說些什麼？」

水野久美問話的方式不同於平常，有一種客氣，似乎在害怕什麼。眞一知道她完全聽進去了樋口惠喊叫的內容。「都是你害的！」樋口惠那樣說的。

「啊，對不起。不想說的話，就不要說了。」

「不，沒關係。反正以後也是要說出來的，只是我沒有勇氣。」

水野久美其實早就知道樋口惠爲什麼糾纏眞一和所有的事情。但是……

「水野，你看見過去的我，固然覺得樋口惠那樣做很可惡。但是會不會覺得害怕她而到處躲的我很沒用呢？」眞一問得很正經，但水野久美很難始終保持嚴肅表情，只好眨眨眼睛回答：「不會呀。」

「是嗎。可是我自己認自己很沒用。」

「其實有一點啦。可是你已經跟對方的律師抗議過了，也很努力要求到禁制令，不是嗎？」

「話是沒錯。我自己從來也沒給她過狠狠的反擊，像久美今天做的一樣。我居然一次也沒做過！」

這時眞一發現水野久美的表情逐漸柔和，低垂的雙眼顯得有些害羞。他心想怎麼了，看著對方的臉才猛然想起：這是我頭一次叫她名字「久美」，而不是「水野」。

「我從來沒有像久美一樣跟她戰鬥！」像是再一次確認一樣，眞一重複說：「那是因爲我有些心虛。心虛的原因，就是她所說的『都是你慫恿的』！」

「什麼意思？是眞一慫恿兇手到你們家做案的嗎？」

「就結果而言，是的。」

樋口惠的爸爸樋口秀幸的目的是錢財。他想找到錢來幫助自己快要倒閉的公司重新站起來。

所以一開始他和他的部下計畫搶劫銀行的運鈔

車。據他對檢察官供述說：「因為一般民宅，沒有闖進去搜索根本無法事先得知有沒有錢財。」

但是現實問題是搶劫銀行的運鈔車，哪有那麼容易！被逮捕就什麼都沒了，所以樋口秀幸遲遲沒有動手。結果就在這時，樋口的一個部下在住家附近的電動遊樂場中聽見一群高中生一邊玩電動遊戲一邊聊天，其中一個人提到自己的爸爸繼承了遠房親戚的遺產，家裡可說是飛來一筆橫財！

「那個高中生不是別人，就是塚田眞一。」

水野久美眼睛動也不動地凝視著眞一。

「是我，就是我說的。我太輕浮了。」眞一搖頭說：「遺產的事當然是眞的。爸爸從一個幾乎沒有聯絡的遠房親戚那裡可以獲得扣除稅金後將近一千萬的遺產。爸爸和媽媽都交代過我這件事不能在外面亂說，所以我也很小心。可是那時候是和小學起就很好的朋友在一起，心想只有我們兩個在，電動遊樂場又很吵，應該不會有人聽見，一時之間便大意了。爸爸說一千萬進來後，先要買輛大型的休旅車。於是我才會跟朋友說：『到時候你也可以暑假跟我們家一起去旅行。』當時的情形是這樣的。」

水野久美像是逃避般將視線移到手上。以前也曾經看過她這種神情，兩人剛認識的那一天，也就是在大川公園的垃圾箱發現女人右手腕的那一天，儘管覺得該事件很可怕、很悽慘，但對於自己成為發現者而言，她表示：「你不覺得有些興奮嗎？」但是眞一只是沉默地看著對方。當時她的眼神就跟現在是一樣的。這是她內心感到羞愧的表現，也正是她正直善良的證據。眞一突然想到：也許我比自己想像的還要喜歡她也說不定。

「所以樋口惠的理由是，」眞一繼續說明：「塚田眞一說出那些賣弄家裡有錢的大話可能聽進了正好缺錢的她爸爸耳裡，因此塚田眞一是一切錯誤的開始。當初如果沒有說那些大話，她爸爸就不會殺人，所以她主張爸爸不是加害者，而是受害人。」

喘了一口氣，可是幾乎還來不及呼出來，他又急切地說完想說的話：「我也覺得她說的有些道理。雖然只是一點點，但她說的沒錯。就是因爲這種事讓別人聽見了不好，所以當初爸爸媽媽才會要我們千萬不能在外面亂說。可是我卻不聽大人的話，結果變成那樣的悲劇，我當然也有責任。所以一旦被樋口惠追著跑，我只有拚命逃了。」

水野久美端起紅茶杯，一臉難喝的樣子喝著變溫的茶湯。認眞的眼神看著紅色的液體，一如虔誠地相信茶湯表面顯現出神聖的宣言一樣。

也不知道是怎麼回事，現在咖啡廳裡面就只有她和眞一。別說是其他客人，連服務生也不見人影，大概是在櫃檯後面吧。沒有播放音樂的咖啡廳是那樣的安靜，面對面坐在同一張桌子，水野久美甚至認爲安靜到對方沒有呼吸似的。而眞一也覺得在寂靜之中，自己幾乎能聽見內心所想的事。

膽小鬼，塚田眞一！你這個膽小鬼。爲什麼你要跟水野久美說這些事？你眞正的目的是什麼？

你不過只是希望她否定你的說法。你要的是她安慰你、鼓勵你說：「不是你的錯，錯的是殺人的樋口秀幸。樋口惠的說法是她一廂情願的藉口。」你希望她站在你這邊幫你說話，你其實是在裝可憐惹人同情。你和外面的世界，和其他人之間，如今只能以這種形式連接了。你應該很清楚吧？塚田眞一。你手中只剩下一台收音機，除了同情和鼓勵，接收不到外界的訊息呀！

「我……」水野久美凝視著紅茶的表面低聲說。眞一吃驚地抬起頭問：「什麼？」

對方抬起了頭，彷彿已經讀夠了茶湯的訊息，將茶杯放在桌子上，看著眞一的眼睛說：「我今天沒有事先約好就來找你，會不會不太好呢？」

眞一有些失望。所以妳現在想回家了嗎？

「我突然很想跟眞一見面，有些話要跟你說。因爲我讀過了《日本時事紀錄》。」

「是嗎……。妳居然買得到呀。」

「是我爸爸公司的人買的，爸爸跟他借回來的。因爲爸爸認爲我會想看吧。」

水野家因爲女兒是發現者之一，所以對該事件表現出強烈的關心。他們不會息事寧人地責怪女兒老是想著那件事；反而在一旁守護著女兒，等待成爲右手腕發現者的經驗逐漸在女兒的心中沉澱下來。

「滋子採訪得很辛苦吧。必須跟許多人見面說話吧？還必須記錄警方的消息，就跟新聞記者一樣。」

水野久美也認識前畑夫妻，所以跟真一一樣直接稱呼前畑滋子的名字。真一只是單純地不想弄混昭二和滋子的稱呼，所以用名字比較簡單。但是水野久美則是認爲以「前畑先生的太太」來稱呼以自己名字工作的職業婦女是不禮貌的。

「滋子本來也不是寫那種嚴肅的報導文字，聽說這是她第一次嘗試。所以應該也有很多困惑吧，只是因爲這是個好機會，所以就很努力。犧牲了不少睡眠時間呢！」

「這個連載有幾回呢？」

「看稿子有多少就連載多久吧。」

聽滋子說，《日本時事紀錄》的總編輯已經做好心理準備，就算要花十年也要好好調查栗橋浩美和高井和明，做出詳細的報導。

「那麼現在刊登出來的不過只是剛開始的一小部份囉。」

「嗯。滋子是從他們死之前就開始寫關於被害人的故事，可是當知道兇手是他們兩個人後，整體架構便跟著改變了。」

臨時增刊的第一次連載是從滋子到赤井山中的「鬼屋」採訪開始寫起。那裡原來預定要建大型綜合醫院，因爲資金不足而停止建設。只剩下地基和鋼筋骨架的廢墟任憑風吹雨打，於是成了當地有名的「靈異景點」。

綠色大道發生車禍時，據說兇手們的車子走在開下赤井山往東京方向的車道上。而且確知在車禍發生前的一個小時，他們在綠色大道靠近東京出口的加油站加過油。也就是說，當時他們花了一個小時往返於綠色大道上，結果在回程的路上出了車禍。

當時在他們車子的行李箱裡已經躺了一具屍體，因此包含警方和媒體，大家都認爲他們沿著綠色大道前往赤井山中，應該是在找棄屍的地點吧。

實際上，屍體並沒有棄置於赤井山中，而是放在行李箱中又載下山了，大家又猜測是不是到「鬼屋」其實是在勘查地形，兇手原來打算將屍體丟在那裡的。

「行李箱的屍體叫做木村，是在川崎的上班族。他之所以被殺，是因爲兇手打電話到電視特別節目時，被上節目的女性評論家批評只敢對力量薄弱的女性動手，一氣之下就拿他開刀了。這是眞的嗎？滋子在連載上是這麼寫的。」

「正確說，什麼才是眞的，根本沒人知道。沒人知道兇手心裡在想些什麼，因爲他們已經死了。」眞一愼重地選用言詞，因爲當初他也問過滋子，滋子是這麼回答他的：「不過事實是，過去他們只對女性下手，被女性評論家嘲笑後才選擇男性殺人。因此才會做出這種推論。」

木村庄司這個最後的犧牲者是到冰川高原的別墅區出差，好像在回程上的路上不幸地遇到兇手才受害的。警方已經循著木村的路線調查，但還是掌握不到他是在那裡失去行蹤的。也沒有發現他的錢包、行動電話等失物，不知道是被丟掉了，還是被兇手們藏到哪裡了？

提到電話，當兇手綁架木村之後，曾經打過電話給木村太太。發現木村的遺體時，木村太太也立刻跟警方陳述該事實。兇手故作親切地跟她說話，最後還交代說「幫妳先生摺千羽鶴祈禱吧」。木村太太說：「木村很會摺紙，兩人剛認識的時候，紙鶴是個重要關鍵。」大概兇手知道這個典故，所以要她摺千羽鶴祈禱吧。

從被害人口中問出個人資訊、尋找對家人最大打擊的手法，跟日高千秋的屍體讓其母親發現的做法如出一轍。木村身上攜帶的東西被奪去也讓人聯想到事後送回家人手中的古川鞠子的手錶。假如沒有發生車禍，兇手還活著的話，到時候木村太太應該也會收到亡夫的領帶、手帕或手錶之類的吧。

打給木村太太電話的聲音跟其他受害者一樣，都是使用了變聲器。木村太太看過女性評論家挑撥犯人情緒的那個電視特別節目，卻沒有想到會跟經常出差的先生產生關聯。大概全日本的上班族也想不到，他們的太太也是一樣吧。沒有人會認爲災難將發生在自己頭上，也不願意這麼想。所以當木村太太接到變聲器打來的電話時，並沒有想到按下電話的錄音按鈕好錄下與兇手的對話。因爲事出突然，所以想到要是有錄音就好，已經是掛上電話後的事了。自然也就無法比對打給木村太太的電話跟打給HBS特別節目的聲音紋路是否爲同一人了。

栗橋浩美和高井和明，兩人都是二十來歲的年輕人。他們死在綠色大道上時，全日本人都發出驚叫。眞的嗎？他們眞的是兇手嗎？告訴我是不是呀？

這種事件，不論其規模大小，事後總會有模倣犯的出現。一開始警方也不敢斷定，表現出審愼的態度。前一兩天，因爲有木村庄司「成年男子」的屍體出現，所以有很多人表示栗橋浩美和高井和明未必就是殺害古川鞠子的兇手等意見。那些以殺人爲興趣的變態犯罪者，通常不會隨便改變選擇被害人的口味。儘管電視上有人挑撥，過去以殺害女性爲樂的他們也很難立刻就改變喜好吧。所以那兩個人很可能是看了電視特別節目，心想趁著一連串連續女性誘拐被殺事件的熱潮，才做出傻事，想要一舉成名！

但是之後警方公布在栗橋浩美初台的住處發現欠缺右手腕的女性屍體後，模倣犯的說法便一掃而空。而且從該房間找到許多物證，雖然不若屍體那樣具有衝擊性，但肯定和一連串的事件有關。警方發現了許多的照片。

現在全日本沒有人會懷疑栗橋浩美和高井和明不是兇手了。可是他們已經死了，再也不會犯案了。年輕女孩不需要擔心暗夜，惡夢過去了。

所以前畑滋子的報導基於兩人是兇手的「事實」打開序幕，一開頭從「鬼屋」寫起。提到他們被嘲諷是「只敢殺女人的膽小鬼」，爲了打敗這種說法，那就計畫殺害「成年男子」吧。爲了丟棄達成目的的「成年男子」木村庄司的屍體，他們想了很多細節以增加舞台效果。他們之所以到「鬼屋」去，其實就是去查勘地形，也就是彩排吧。看看那裡是不是讓木村庄司的屍體與世人相見的最佳場地？

前畑滋子從他們站在「鬼屋」的廢墟前開始寫起。報導開頭的文字是這麼寫的：

那裡不是被遺棄的場地，而是一開始就爲他們準備好的場地。

一如爲了一齣舞台劇而組裝好的一個場景。那是一個完美的廢墟場景，效果十足。之後只待劇本完成，演員們按照文字演出、賦予劇本生命。

而現在劇本完成了，這裡將演出戲劇。這是一齣陰森詭異的戲劇，但精采絕倫。而且是一齣眞實得無以復加的好戲。

然而戲劇終有結束的時刻。結束之後，再完美的廢墟的布景也毫無用處了。因爲這是那麼美麗的廢墟，破壞了著實可惜。有沒有人可以寫出適合這布景的劇本來呢？有誰可以利用這布景，讓這布景再一次復活呢？

廢墟等待著，等待著合適的劇本出現。廢墟相信自己並沒有被遺棄，於是耐心地等待著。

終於一個和最初的劇本一樣美好的劇作家出現了，現在他將賦予廢墟新的生命。

他爲這廢墟寫了新的劇本。如果說之前的劇本是慾望與幻滅的故事，之後的劇本就是支配與絕望的故事。前者是描寫泡沫時代在此地建設的金錢故事，後者就是兩個年輕人在此地對著社會展現一具屍體，企圖要讓世人明白殺人的禁忌在現代社會已經不復存在了。

前畑滋子漫步在「鬼屋」群裡。仰望著因風吹雨淋而變色的鋼筋鐵架，走在滿地垃圾的工地上，偶而坐在斑駁污穢的水泥地基上。在十一月五日的午後，一個天空橙紅的傍晚。想像著那兩個年輕人以舞台藝術家的眼睛審視布景、看看這裡是否是適合「公開」木村庄司屍體的地點。他們完全沒有想到就在一個小時後，即將面臨死亡的命運。

「感覺很悲哀。」水野久美悄悄說：「與其說是悲哀，應該說是悲痛吧！」

讀過前畑滋子的報導，當然眞一也有相同的感受。滋子看完第一回的連載，自己也嘆了口氣。因爲這是一個支配與絕望的故事呀。

「我也覺得很悲哀。」

水野久美再次避開眞一的視線，看著窗外說：

「怎麼個悲哀法？」

「要怎麼說呢？」

「比方說滋子是對什麼感到悲哀呢？」

「原來妳是這個意思呀。」眞一有點鬆口氣地靠在椅背上：「當然是對犧牲者囉。」

水野久美立即反問說：「是嗎？」

「沒錯。」眞一反射性回答，同時發現了久美的表情十分嚴肅，甚至是有點生氣的樣子。

「我覺得滋子是因爲發生這種事而感到悲哀。感覺她是爲了引起這些事件的人們感到悲哀。」

「那……」眞一說不出話來。本來他想說「那是當然的」，但這麼一來聽起來到像是跟她對立似的。

「沒錯。人就是有做出那種事的部分存在！」

水野久美說得斬釘截鐵：「聽起來很悲哀，卻是事實，沒有辦法的。那種犯罪並不是第一次，過去不就出現過很多嗎？就連戰爭也是因爲人類的邪惡而引起的。所以人會悲哀地感覺竟會做出那種事，也是很自然的。但是……」說到這裡，水野久美咬了一下嘴唇。像剛剛眞一說不出話一樣，她似乎也在擔心接下去說的話會不會讓她跟眞一吵架，或傷了眞一的心。

「但是？」眞一溫柔地質問，他不是在催促。

水野久美深深嘆一口氣，然後才面對眞一，微微一笑說：「我想這是因爲我是女生才有的感覺。所以你聽了不能生氣。」

「嗯。」

「我其實希望滋子應該更悲哀才對。不是對所有人，而是對被殺害的人們。也希望她對兇手生氣。不是用這種一開始就遠遠看著事件，描寫一個犯罪的寫法。我希望她披頭散髮、搥胸頓足地吐口水大叫大罵呀。」

眞一睜大了眼睛，因爲他從來沒有那麼想過。的確滋子的文筆壓抑，甚至可說是冷靜，但是悲悼犧牲者的心意完全能夠傳達出來。

「報導這種事件的文字，難道不能感性一點的表達嗎？」水野久美安慰自己，邊吐舌頭邊笑著說：「不對，如果是過於表現感情的人，恐怕一開始就不適合當記者吧。我也跟爸媽說過同樣的話，因爲他們書讀得比我多，他們也說：『過於感性的記者顯得很怪異，而且眞的很怪異的人也很多。』他們一致稱讚滋子寫得很好，也很期待下一回的連載。」

可是妳卻不太認同……這句話眞一沉默地放在心裡。

她幾乎要說出：「因爲我是女生所以才會這麼想吧。」水野久美對日高千秋、古川鞠子的感覺比眞一要親近許多。所以對於發生在她們身上的災厄也氣憤不已。自然十分憎恨兇手，也對同樣身爲女性的前畑滋子居然能壓抑激情俯瞰整個事件，感到有種冷漠！

「而且我還想過。」水野久美還有話說；但眞一以爲她要說的話應該已經告一段落，所以又睜大了眼睛問：「想過什麼？」

「犯罪總是會被這樣寫成文章。已經發生過的事，像這樣被分析、解讀。」

「就像因式分解一樣。」

「嗯，如果眞的可以就好了。」

久美又沉默了。眞一看著她乳毛未脫的臉頰，總算明白她想要表達什麼。一開始我們談的是什麼話題呢？不是樋口惠的事嗎？

似乎是下定決心，久美迅速眨了一下眼睛又繼續說：「總會有人來幫塚田家的事件做因式分解吧？」

「嗯。」

「到時候也是那種寫法吧？不是責備怪罪犯人，也不是爲死去的塚田家人悲傷哭泣。而是一開始便下了結論，認爲那種人就是笨就是悲哀的寫法嗎？」

「……」

「所以在那種因式分解下，樋口惠就成了悲哀的受害者囉？特別是她什麼壞事都沒有做。的確因爲她爸爸犯罪，整個家庭毀了，她的人生步調亂了，所以她很可憐。但就算是這樣，她今天對眞一做的行爲，在我眼裡看來卻很邪惡。偏偏在因式分解裡面，她還是屬於悲哀的因子。」水野久美想說的是這些。所以才會突然說想跟眞一見面、突然將話題轉到滋子的《日本時事紀錄》。

「我要說的是，如果說那些算是正確的分析，那什麼狗屁說法都能說得過去。好像不好的事都消失了，只剩下可憐的人。剩下的都是被害者，邪惡的人都從指縫中滑過了。那不是很奇怪嗎，根本不對嘛。所以眞一不能被樋口惠的說法給打敗了。她說的是她自己的想法，不需要眞一幫她背書。」

沒錯，我不是爲樋口惠的說法負責，而是因爲自己的悔恨。

「我以爲眞一讀了滋子的報導會很生氣。氣她爲什麼不爲被害者大聲說話？因爲眞一就在她身邊呀。」

但是眞一沒有生氣。

我爲什麼不生氣呢？不像水野久美一樣。因爲我不是女生？只因我是男生嗎？站在「性別」的立場，我比較容易將感情放在兇手這邊而不是大部分的被害者身上嗎？

不是的。絕對不是這樣。眞一不生氣，是因爲與其感嘆人類的愚昧，他更強烈地爲被殺害的古川鞠子、日高千秋的家人感到悲傷，他們不知有多自責、苦於罪惡感的內疚、悲嘆過去的時光不在。

眞一製造了失去家人的原因。不管誰來安慰他，都改變不了因爲他的一時大意，讓疲於追錢的樋口秀幸找到機會，否則他的父母、妹妹現在還在人世。所以他很自責，而且不斷責備自己，他承受應該接受的懲罰。

可是眞一也想到：那鞠子的外祖父、媽媽和日高千秋的父母又如何呢？他們應該不像眞一犯了錯吧？畢竟不可能是鞠子的外祖父或千秋的媽媽不小心說錯話，才招來殘酷的兇手下此毒手吧？

可是他們現在一樣會自責吧。如果當初那麼做就好了，他們對著無法挽回的時間想像成千上百的救贖情節。

想到這一點，眞一就難過得受不了。

眞的是因輕率而鑄下大錯的自己，本來就爲事件負一部份的責任，根本不能跟鞠子或千秋的家人混爲一談。但是大家所受的地獄之苦是一樣的。不單是閱讀滋子所寫的報導，只要一想到這些事件，眞一的感受只有這些。就連這一瞬間、現在的這一時刻，那個看起來很頑固的賣豆腐老人、那個在葬禮上哭得死去活來的媽媽，一定也還在自責自己如果這麼做或許鞠子就不會死了、自己如果這麼做千秋就不會被殺害了……。

不管怎麼調查、如何報導、任何分析都不會提到這一點。

眞一希望能靠近被害者的家人，抓著他們的手說：不是你們的錯。我才是因爲粗心而害得家人遭到凶殘殺害。比起我你們都沒錯，你們沒有罪呀。所以你們不須自責。別人也許不能斷然這樣對你們說，只有我才能這麼肯定告訴你們。

滋子的文章，就她的工作而言當然有意義。但是那意義一開始就無法傳達給眞一理解。因此就算希望滋子生氣、哭叫，對眞一而言也是外人的事，與我何干。而這一點水野久美不明瞭，她會說要生氣哭叫，就是因爲她根本不明瞭呀。

爲什麼會發生這種事？爲了避免悲劇再次發生，應該怎麼辦才好？這是社會大眾關心的焦點。

眞一猛然醒悟了。所謂的「社會大眾」，應該也包含水野久美吧？但是不包含眞一、鞠子和千秋的家人。

一想到這裡，剛剛才感覺久美傳遞過來手的溫暖，竟又顯得更加寂寞了。兩人之間隔著鴻溝，久美完全沒有注意到。所以她才會輕易跨過，想要抓住眞一的手。但是看見牽在一起的雙手下面橫著一道深淵，眞一動也不動。

「眞一……」

眞一聽到呼喚，於是抬起頭一看。眼前是水野久美凝視著他，一如關愛病人的眼神。

「不對！」她說。

「嗄？」

「現在眞一所想的是不對的。」

「妳哪裡知道我在想什麼？」他故意擺出吵架

的氣勢。

「我知道。」久美無懼地點頭說：「我知道。因爲我們不是一直在談嗎？」

「一直在談？」眞一的語氣挑釁，這一次已經不是剛剛的「故意」了。他說：「我們有在談嗎？」

水野久美眨眨眼睛，一如她的畫像開始毀壞了一樣。

「我們從來就沒談過。妳是妳，我是我。就連怎麼應付樋口惠，也是我的問題，跟妳沒有關係。爲什麼我必須跟妳談呢？何況妳根本就不了解我有什麼問題，因爲妳沒有處在我所面臨的立場呀。不是嗎？」

這種修辭性的質問，意外地得到久野水美迅速的回答：「沒錯。」接著又小聲地道歉：「對不起。」

眞一裝著沒有聽見。瀰漫在他們身邊的沉默似乎想出來打圓場一樣，緊緊包圍著兩人。

終於眞一開口說：「我們走吧。」

「嗯。」水野久美回答。於是在送她到最近的公車站牌路上，兩人始終一言不發。

一個人坐上公車，至少在距離塚田眞一一個站牌的路程裡，水野久美忍著不讓自己哭出來。因爲過於壓抑，神經繃得太緊，即使過了可以大哭大叫的距離，她反而一滴淚水也滴不出來。

她想起昨晚跟姊姊的對話。水野久美生長在一個家人和睦相處的家庭，即便到了少女轉爲大人的青春期，大多數的心事還是會跟家人說。可是關於戀愛的話題，她只會跟十九歲的姊姊表明。

久美從開始跟塚田眞一「交往」的時候起，姊姊便爲她擔心兩人的將來。姊姊說他們一定會吵架，而且是很嚴重的吵架，以致彼此受到傷害而怨恨分手。

姊姊還說：「眞是可憐！妳們相遇得太早。在他還沒有完全消化自己和自己家人所遭遇的悲劇，療傷不到一定程度前，你們是不會有好結局的。所以現在一定不行，不管怎麼做都不行。」

「我跟他一定不行嗎？」

「不是只有妳，誰跟他都不行。普通的女孩子都不行。必須是成熟的女人，像媽媽一樣的女人，他才能接受吧。或者是那種頭腦空空，整天只想到自己的笨女人，他或許還能接受。妳哪一種都不是，當媽媽太年輕沒有經驗；而且又是我們三姊妹中最聰明的那一個。

我不想說得太難聽，妳還是趁早放棄吧。」

聽到這樣的忠告，水野久美還很憤憤不平。姊姊只好苦笑說「隨便妳」，自己蒙上被子轉頭便睡。

看來姊姊說的沒錯。乾涸著一雙眼睛，抱著碎裂的心，水野久美呆然地想著。

3

武上悅郎走出三樓的小會議室，經過短廊，便快步走下樓梯。懷裡抱著的紙筒裡面收有九月十二日大川公園事件案發以來重複描繪的地圖。

到了年底，連續殺人誘拐事件的特別共同搜查總部也從墨東警署二樓的大會議室移往同一樓層北端的小會議室。武上負責的內勤業務則是將桌子搬到三樓原來是資料室的小會議室裡。於是一天之內爲了些小事情，也必須來來回回二樓三樓地跑。

特別共同搜查總部舉行記者招待會正式承認十一月五日傍晚在群馬線赤井山中因車禍身故的兩個年輕男子就是追查的殺人兇手，是在十一月七日的早上。記者招待會的情形透過電視轉播到全國，車站附近也送出了號外。但是記者會一開始，國民的普遍反應沒有想像的激烈。或許應該說大家對這兩個人的情緒爆發與資訊流通量已達到臨界點，無法更興奮下去了。警方終於肯承認了，其實我們早就知道了。警方連承認都要花這麼長的時間，民眾自然有些不耐煩的感覺。

人們應該已經受夠了衝擊。十一月五日的晚上，正在悠閒觀賞電視時，畫面上突然出現兩個年輕人開著後車箱裝有屍體的轎車，因爲車禍翻車致死的新聞快報。臨時插播的新聞節目取代了電視連續劇，報導中指出其中一個人的住處裡找到了一些推測是連續女性誘拐殺人事件被害人的照片和錄影帶。於是媒體開始了炒新聞的大戰，都將死亡的兩個年輕人當作確定的眞凶看待。

所以從五日深夜到七日早晨的記者招待會，許多抗議的電話不斷打來責備特別共同搜查總部爲什麼還不公開聲明？他們氣憤的是，爲什麼讓媒體先行報導？當然總部不可能沉默以對，只要關於翻車事故、裝在後車箱的屍體身分等資訊一確定就陸續對外發表，但還是很難獲得社會認同。

在正式公開之前有一天的猶豫期間，倒不是特搜總部有所躊躇。因爲就狀況推斷，死於赤井山中的兩人是連續殺人事件的兇手，大概是錯不了的。

但是從栗橋浩美住在初台的房間裡發現的物證太多，全部確認一遍至少需要四十個小時才夠。

武上第一次踏入栗橋浩美的房間是在記者會開始前的兩小時，也就是七日的黎明。當時鑑別搜查已經結束、現場照片也都拍攝完畢。武上之所以到那裡，是爲了比對跟房東及建設公司借來的藍圖與隔間圖，好製作出更正確的實況調查地圖。

房間在七樓。搭乘電梯上樓的途中，他想起赤井山中車禍事故消息傳出時，篠崎曾經結結巴巴地報告說：「聽……聽說是空……空氣清淨器。」他還想起神崎警長無言地握著武上的手，然後低聲說：「發現屍骨了。」

栗橋浩美的房間很亂，一開門就有廚餘惡臭傳出。鑑識人員應該將垃圾筒裡所有的東西都帶回去檢驗了，但臭味還是久久不散。也許是融合了這裡發現的屍骨臭味吧。

「該不會是我的西裝發出來的臭味吧？」同行的秋津敏銳地讀出武上的臉色，蹙著眉解釋說：「這幢公寓的垃圾場，所有垃圾都被帶回警署了。

我剛剛也去幫忙他們清理垃圾。」

秋津想要打開窗戶，但武上制止了他。畢竟臭味很快就能適應，武上希望能感受到留在房間裡的人的體溫。

房間約十個榻榻米大，放置了鐵架床、電視機、音響和到處亂放的衣物收納箱，幾乎找不到落腳的地方。其中有一個紙箱大的空間鋪有木質地板。

秋津手指那塊地方說：「這裡放著兩個紙袋，一個裝有女人的衣物、另一個則是化成白骨的屍體。」

武上看了周圍一下，試圖尋找篠崎說的空氣清淨器，但已經被帶回去，送到音響研究所進行聲音鑑定。根據看過實物的秋津表示，是一台高價位高性能的機器。生活在這麼雜亂的房間，卻使用高價的空氣清淨器，武上覺得是一種黑色的幽默。

長期的警察生涯中，武上看過太多犯罪者的巢穴。當制服警察時是親眼目睹實景；當便衣從事內勤業務時，則是看照片。

不管什麼巢穴，共通的印象是給人雜亂無章、寒冷陰森的感覺。而且隨著罪犯犯下惡行的嚴重度，雜亂程度也跟著成正比。

當然可以解釋說：犯罪的人在金錢和情感上都有所壓力，生活空間便無暇整理得清潔舒適。但武上印象中的「雜亂無章」，並非單指物質面的呈現。

雜亂的感情殘渣就像漂浮在浴室廢水上的微小塵埃一樣，到處都能看得見，而且黏上了來訪者的肌膚。武上不是那種容易迷信的人，卻也相信靈魂與靈異事件的存在。根據經驗法則也相信犯下殘虐罪行的人，在案發前後生活的地方會留下某種邪惡的「東西」。他曾聽過一個熟識的不動產業者說過：「那些有人自殺過或被強盜、被殺害的受害人住過的房間，雖然不幸但不至於危險。真正危險的是兇手住過的房間。」

「照片和錄影帶就放在床鋪底下。」秋津說，並蹲下來將手伸進床底。

「塑膠製的收納箱，高約二十公分的那種，共兩個。藏在床底的最裡面。打開之後簡直嚇死人。錄影帶沒幾支，但是照片一大堆。」

「照相機呢？」

「就是找不到。在栗橋浩美的老家裡也沒有發現。也許是放在別的地方；也可能在車上，翻車時不小心掉了出去吧。那裡是雜樹林，又是懸崖峭壁，不太容易發現的。」

「總之要在記者會之前找到是不太可能的。我們開始吧。」

武上拿出藍圖和捲尺，秋津將袖子挽了起來。還是無法適應臭氣，只好用口呼吸。武上心想發臭的應該不是秋津的西裝，同時默默地開始工作。

經過一小時後，兩人到走廊上吸菸。秋津一臉嚴肅地咬著濾嘴，看看手錶。

「快要開始了吧。」他說，嘴裡吐出白煙：「咱們頭上的炸彈要爆發了。」

武上發現秋津挽起衣袖的兩隻手臂起了許多雞皮疙瘩。

於是秋津嘴裡所說的「炸彈」，在記者會開始十五分鐘後，也就是十一月七日上午七點二十二分爆發了。

從栗橋浩美的房間起出記錄被害人們的照片和錄影帶等物證的消息，在正式公布前媒體早就知道了，電視新聞也報導了。但是當時資訊被巧妙地限制，只能曖昧地透露說是「已確知的被害者記錄」。

但實際上不是這樣的。藏在栗橋浩美房中的照片、錄影帶出現了許多不是古川鞠子、日高千秋，更不是木村庄司的女性影像。假設其中一個人是目前還身份不明的女性右手腕死者，那其他還有七名女性的影像出現其中。

這次召開記者會的目的就是要公布這項資訊。可以想見的是：已經展開大戰的媒體和期待事件完全解決的收視民眾，聽到這資訊會受到莫大的衝擊。

什麼！還有七個人受害？她們的遺體在哪裡？警方是說不能確定她們已經死了嗎？怎麼可能，那是你們希望性的觀測吧？

栗橋浩美和高井和明前後對十個人下了毒手。爲什麼他們要這麼做？除了這七名找不到遺體、無法確認被殺害事實的女性外，是否還有其他受害者呢？這七人的遇害是在古川鞠子、日高千秋之前還是之後呢？

更重要的是：栗橋浩美和高井和明爲什麼要留下這些記錄？

對於這些疑問，一個文字感傷的作家在八月份的晚報上這麼寫著：毀滅他人的精神，是在自己的內心深處潛藏著毀滅自己的想望。栗橋浩美和高井和明，他們在下意識中希望自己的死亡，而且預視到自己的死亡。促使他們行動的是希冀破壞人我的一種接近人類本能的衝動。所以他們死後，留下來幫他們說話的證據。

武上不屑地認爲：文字也許很文學，但都是些狗屁文章。他們之所以將照片、錄影帶藏在房間裡，只是因爲好玩。隨時看看被害者們生前最後的樣子，就能再一次回味自己給予她們的苦痛、她們乞求饒命的慘狀、自己握有她們生殺大權的喜悅。因爲覺得好玩，也根本不認爲自己會被逮捕，所以將照片等證據留在手邊，絲毫不會覺得不安。

因爲是兩人共犯，更加氾濫了彼此的嗜好、感情發洩。一個人的力量薄弱，即便是犯罪，一個人還是弱勢。但是只要有同伴，感情起了共鳴、思考有了交流，犯罪意識便更加強固。栗橋浩美和高井和明就是這樣相互共振、逐漸瘋狂。

這種情況豈容感傷介入，哪裡有什麼文學的要素。什麼叫做破壞人我的本能？用武上的話來形容，根本都是狗屁！

如果太過習慣爲野獸冠上人性的理由，連猴子抓體毛都能說出一番深遠的哲理了！作家從遠處旁觀犯罪本來無可厚非，只是距離現場警察的體驗和感受當然也失之千里了。

打開面積縮小的二樓特搜總部門扉，武上猛然想起今天早上篠崎揉著愛睏的眼睛翻閱手上的雜誌，告訴他《日本時事紀錄》這本專業的報導雜誌也出了增刊號連載該事件的詳細專題。這麼說來，之前秋津也獲邀接受採訪，但是他拒絕了。

聽說雜誌賣得很暢銷，究竟是寫了些什麼呢？大概又是「文學」吧。武上覺得有些不耐煩的同時，依然保持冷靜的看法。這種文字的出現，代表社會對該事件的熱度已開始退燒。晚報、電視新聞大家都會看，但是買雜誌、看連載追求眞相的人畢竟不多。當然現在或許還很熱絡，但應該持續不久。

然而儘管社會大眾如此，武上卻依然埋首於這個事件中。一如墜落在地獄血池的亡者一樣，偶而也必須潛入池底找出眞相、調查那些女性的身分與確定她們的安危。

隨著特搜總部的縮小，實質動員的人數減少了一半；但依然擠滿了這個面積只有原來大會議室三分之一的新辦公室。電話此起彼落地鳴響。武上跳開兩張椅子，卻躲不開第三張，指甲有些刮到。他以眼神對著坐著接電話的年輕刑警道歉，連忙衝向目標的桌子。

鳥居也在電話中。因爲辦公室裡太吵雜，他一隻手按著自己的耳朵。在他的位子旁邊拉著兩張椅子，坐著一對五十來歲的夫婦，緊握彼此的手、看著接電話的鳥居的側臉。武上覺得心痛，不管刑警做了多少年，他始終不能習慣這種場面。

規模雖然縮小，但特搜總部的狀況依然活絡，當然是因爲那些照片上的女性，找出她們所有人的下落是眼前最大的目的。而且綿密調查留下一堆證據死去的兇手們的做案動機，也是因爲從他們的行動範圍中找到未發現屍體的可能性極高之故。

但是當十二月一日發布特別共同搜查總部縮編的消息，一時之間媒體還是群起而攻。民眾抗議的電話和信件也不停殺到。事件還沒有結束，爲什麼可以放慢搜查的工作！武上心想：以那種方式公布，難怪給人那種印象。警察實在是不善於自我表現呀！

然而實際情況也難以配合。就警視廳而言，無法繼續調派那麼多人力在該事件上也是事實；何況要找出七個女性的身分，單靠警視廳的能力亦難以達成。

記者會後，特搜總部一公開他們的相關資訊，立刻就查明其中一人的身分。接著過兩天，又確定另一人的身分。一位住在前橋市，另一位則是住在田無市的女性。已經確知栗橋、高井兩名共犯的殺人動機，但卻無法推測剩下的五個人來自哪裡、在哪裡失蹤。所以與其增加位於墨東警署特搜總部的人手，不如在首都圈留下調查工作必須的最少人力，並與關東地區的所有警方聯絡、請求協助搜索更為有效率。特搜總部縮編的意義其實在此。

照片上最早查明身份的女性是住在群馬縣前橋市，名叫伊藤敦子的三十歲粉領族。失蹤日是一九九四年三月十五日左右，比古川鞠子的失蹤要早兩年。

伊藤敦子出生於前橋市，在東京的短大畢業後就回到地方的電器銷售公司上班。工作態度認眞，在公司內頗受好評。她和父母、小她兩歲的弟弟住在市區的家裡。很喜歡狗，每天上班前帶著家裡養的兩隻柴犬散步是她的日課。

出事的一九九四年三月十五日，那一天是平常日，敦子跟公司請了休假。大約是一年前，她開始在公司附近的繪畫教室學習畫畫，學得很有心得。尤其喜歡畫風景畫，所以一到週末就經常到野外寫生。一個人沒有同伴，只是帶些隨身衣物、畫具、畫架，開著迷你轎車便出門了。這一天十五日早上，她跟母親說要到澀川一帶寫生，因為發現一處鑿石場的感覺不錯可以入畫。母親幫她做了些三明治當作午餐，並交代她記得打電話回來通知幾點到家。通常一早出門的寫生旅行，伊藤敦子是不外宿的。澀川距離前橋的車程不遠，因此敦子也說晚飯前應該會回家。

那一天下午兩點左右，敦子從寫生的鑿石場打電話回家，語氣興奮地說：「這裡的景觀很棒，寫生得很盡興。只是因為天空有些烏雲，想在下雨前回家。下次再找個機會來這裡寫生。」

「這裡簡直就像是我一個人租下來的，隨便我怎麼畫。平常總是有旁人上前批評什麼有的沒的，但今天眞的是很安靜、畫得很高興。」

聽見女兒這麼說，做媽媽的腦海中浮現女兒一個人處在停止開採的荒涼鑿石場中，不禁感到有些不安。母親問女兒在哪裡打的電話？女兒回答：「就在鑿石場下方兩公里的便利商店外面。」因爲女兒沒有行動電話。母親叮嚀女兒盡可能早點回家便掛上了電話。

之後就再也沒有接到電話，伊藤敦子直到深夜也沒有回家。母親等到隔天十六日的清晨，立即衝往前橋市的警察局報案。

當初前橋警署認爲這不是失蹤事件，判斷可能發生意外事故。停止開採的鑿石場不是安全的場所。一不小心腳步不穩滑落，說不定就會動彈不得、無人發現。經由母親提供的線索，詢問澀川一帶的鑿石工廠，才能立即找到已經停止開採的鑿石場。鑿石場位於離上越線澀川車站北邊五公里的山中，路上有一家便利商店門口設有綠色公共電話。那裡的店員表示還記得昨天下午有一個年輕女性來買過飲料，她說要換零錢打電話，結完帳便在門口的公共電話愉快地和某人通電話。

但是到了該鑿石場，依然不見伊藤敦子的蹤影。也沒有看見她的迷你轎車。爲了預防萬一，擔心她可能跌落在不易發現、無法回答搜索人員呼叫的地方，在石材公司人員的導引下、加派警犬，入夜後使用探照燈繼續搜索到深夜，還是連一根敦子的毛髮也沒能發現。

第二天加大了搜索範圍。這一次不只是尋找敦子，連她的迷你轎車也列入搜索目標。因爲她總要停車吧。假設她的車停在某處，就表示她個人很可能發生什麼意外。另一方面，車子不見了，那這種可能性便降低了。當然也可能連車帶人被綁架了，但這只是相對性的猜測。

敦子的車子沒有被找到，但有了一件目擊資訊。十五日下午四點半，在接近澀川車站的停車場裡，一個年齡、服裝和敦子很像的女性從停好的車子裡走出來，前往車站前的商店。這是車站旁邊加油站店員的證詞。店員不記得車子是否是迷你車種，但確定車子裡只有一個人。伊藤敦子的打扮不會太時髦，年紀雖已三十，但外表看不出來，是個身材高䠷的美女。這個男店員被她的美貌所吸引，所以才會注意她是否有男朋友同行。可是他卻說不知道敦子什麼時候離開那家商店、開車離開停車場。理由是：看見美女只要吹一吹口哨，就心滿意足了。不過光是這個證詞就能確定伊藤敦子並沒有在鑿石場遇害。謎題是她離開澀川車站的停車場後去了哪裡？究竟是在哪裡失去消息的？

結果在一個星期的訪查後，發現了意外的事實。一個和敦子很熟的公司女同事透露：敦子和她的直屬上司有很長一段時間的婚外情。該上司目前在其他分公司上班，兩人的關係在一年前曾結束過。但是根據該名女同事的說法，敦子最近好像爲那名上司再三要求她回心轉意而十分困擾。

「她開始學畫畫，剛好是在兩人分手的那段時間。她說過一開始是爲了轉移注意力，之後竟畫出了興趣。覺得這樣子作畫，有種從惡夢中清醒的感覺。敦子說她再也不要犯同樣的錯了，她已經完全改過自新了。」

伊藤敦子的父母和弟弟聽見她和上司的不正常男女關係，簡直是晴天霹靂。驚訝的母親調查女兒的貼身物，竟然發現一本詳細記錄兩人交往經過的日記。根據日記的記錄，一開始是該名上司主動勾引她，而且從頭到尾對方都握有主導權。該上司還以結婚爲餌，好幾次假藉各種名義騙她的錢。敦子之所以決心和他分手，與其說是受不了這不正常的男女關係，應該說是發覺自己只是被騙錢男人的甜言蜜語耍得團團轉！

於是敦子的上司成爲前橋警署注目的焦點。一開始調查他的周遭，就像從冰箱裡面掏出髒東西一樣，很輕易就蒐集了許多不利的傳聞。例如到處舉債、生活奢華、因爲女性關係複雜經常和老婆吵架、老婆甚至好幾次帶著小孩離家出走等。獲得這些黑色資訊的同時，警方知道這不是一件失蹤案件，而是當作一件潛在性的殺人案件處理。伊藤敦子的父母也不得不做好心理準備：自己的女兒可能遭到這個男人的魔手，屍體不知被棄置何處。

然而找不到證據。涉嫌的上司於十五日當天一整天在公司上班，敦子被認定爲失蹤的時間點也有不在場證明。下班之後的不在場證明雖然是片段的，但也不能就此逼他自首。伊藤敦子失蹤案件就此懸宕，只有時間不斷經過。

但是當從栗橋、高井可能下過毒手的七名女性資料中，找到符合伊藤敦子的個案時，她的父母還是震驚萬分。

特搜總部將七名女性的資料公開時，遇到一個兩難的問題。栗橋浩美房間裡的照片都拍得很鮮明，每一張的女性容顏都可以清楚辨認。但是卻無法直接公開。她們都被綑綁，裝有手銬、纏著鐵鏈，身上的衣服被剝光，有些臉上或身體還明顯留有被打的痕跡。武上整理這些照片時心想：就算她們沒有被綑綁、沒有被毆打、沒有被剝成半裸，光是那一張臉也無法對外公開呀！

而且更令人絕望的是，比起栗橋和高井過去種種罪行更邪惡的部分。

照片中的她們除了難以忍受痛苦而尖叫的情形外，居然都是笑著臉。有些是微笑，有些則是露出牙齒笑。當然那些都不是發自內心的笑，而是被命令才有的笑。被人要求強顏歡笑而做出來的笑臉。

大多數的笑臉都是悲慘地牽動著嘴角，儘管嘴巴是笑的樣子，眼睛卻是死的、沒有表情。有些照片的臉頰上還留著淚光。

張開被打得青腫的眼皮，忍著即將哭喊而出的哀嚎，不得不裝出只有和情人一起拍照時才有的笑容……，或許是因爲她們相信唯有這麼做才能保住性命。只要聽從兇手說的話去做，也許自己就能得救。因爲栗橋和高井故意誘使她們抓住這僅有的一線希望！

將被害人玩弄於指掌之間，剝光她們的自尊，然後從被害人口中問出她們自身的資訊，這就是兇手一貫的伎倆。他們要我說自己的事，他們想知道我的過去。既然這樣，只要我說了，說不定能有所幫助。說出自己的事、強調自己是個活生生的人、也有關心自己安危的家人和朋友、或許能提醒他們知道對我，他們沒有生殺大權，好讓自己能得救。那些被害人就是被誘導這麼想，才會說出自己的一切。

這種自欺欺人的希望，比絕望還要邪惡。因爲它不過是製造更多絕望效果的調味料罷了！

結果特搜總部想到一個妥協方案，根據那些照片畫出詳實的肖像圖以便公開。至於看了肖像畫，根據警方提供的推測身高、體重、身體特徵等資訊，認為那些失蹤女子中或許有自己親人的家屬，在確認他們能夠接受相當程度的精神打擊後才讓他們目睹照片。

伊藤敦子的父母也是在相當確信後才看了照片。似乎在接觸栗橋和高井留下的個人記錄之前，敦子的母親已經知道那就是自己的女兒。

確認完敦子的身份後，武上瀏覽過一遍前橋警署負責處理敦子案件的石田刑警送來歸檔前的報告書。石田是他在風紀課的屬下，這份報告歸類於失蹤案件。有關敦子和原上司的男女關係則是列作附件，只是在報告中稍微提及，畢竟缺乏證據吧。

他也和石田刑警通過電話，卻感覺出對方的幹勁不足。對方一方面對伊藤敦子的事件竟然以這種形式解決有些驚訝，卻又抱怨這案件如此草草結束是因為前橋警署擔心該名上司會以侵犯隱私為由告到民事法庭。言下之意是：反正因為伊藤敦子被栗橋、高井所殺害，使得警方陷入目前的窘境。既然人都已經死了，不如動手的人是原來的上司會好一點吧。

伊藤敦子的父母來特搜總部看照片時，不像現在坐在鳥居旁邊的那對夫婦一樣，緊握著拳頭、一臉膽怯。大概在女兒失蹤的這兩年之間，已經用盡了擔心害怕的力量吧。

等待失蹤者歸來的家人心中，絕望、希望一如邪惡的兩人三腳遊戲一樣長相左右。這一天滿腦子都是絕望的陰影，揮不去各式各樣忌諱的想像畫面；隔一天希望又張開翅膀飛過來，眼前出現女兒在廚房裡煮咖啡的幻影。而這些都可說是想像力的自我中毒。

特搜總部內設置被害者對策小組時，鳥居志願加入，引起了諸多的意外。連武上也大吃一驚。

但是經過一段時間，武上知道這是他自我反省的表現。大川公園事件案發後，因為他的粗心態度致使古川鞠子的母親陷入精神錯亂的狀態。對他而言是個心理重擔，他大概是想藉此償還吧！秋津不懷好意地瞇著眼睛批評說：「鳥居之所以後悔想還債，是要洗清影響他晉升的污點。」武上認爲這種說法太過分了。

武上發現鳥居終於放下電話，於是對那對夫婦道聲歉，將手上的紙筒遞給鳥居說：「這是你要的地圖。只要大川公園的部份就夠了嗎？」

鳥居道聲謝收下地圖。然後指著那對夫婦說：「這對夫妻是來確認是不是半年前離家出走的女兒，說是他們女兒經常在大川公園一帶出入，失蹤當天也去了公園，所以爲了謹愼起見才需要地圖的。」

武上點點頭，心想鳥居或許是在幫那對夫妻爭取一點鼓起勇氣看照片的時間吧。收集大川公園案件失蹤者情報畢竟很重要，武上爲自己打斷他們的談話而道歉後便迅速離開。他之所以特意走過去送地圖，是因爲擔心鳥居的情況。看見他很努力的樣子，倒也放下一顆心。

回到三樓小會議室的路上，看見篠崎從走廊對面走來。大概是去上洗手間吧，甩著一雙滴水的濕手，也不用手帕擦乾淨。他的態度悠閒，神情卻顯得有些消沉。

說到擔心，武上的確頗在意這幾天篠崎沒什麼精神。本來他就是個不多話的青年，感覺有些柔弱文靜，連走路的樣子都有點內八。難怪刀子嘴豆腐心的秋津給他起外號叫「小妞」。即便這陣子沒什麼精神，卻也不是那麼引人注目。大概其他內勤業務的同事，誰也沒注意到這現象吧？武上開始覺得不對勁，是因爲自從這個殺人事件起在他底下工作的篠崎，任何指示或命令只要說一次就能辦好，最近竟接二連三出現同樣的錯誤。交代影印四份的資料，只影印了一份；要求整理歸檔的文件，始終躺在桌子上的卷宗夾裡。雖然只是一些小錯，但都是過去的篠崎不曾犯的毛病。

的確大家都累了；尤其在基地的特搜總部裡，士氣眞的不能說是太高。兇手死了，留下一堆尚未發現的被害人。不管是否查得出剩下五名受害者的身分爲何，能否找到遺體，對士氣已然造成傷害。

當然對家屬而言則不同，就事實確認方面也有一定的意義；但是要說這些刑警頭上沒有漂浮空虛的烏雲，則是騙人的。

「篠崎，你還好吧？」武上一開口，篠崎吃驚地跳了起來。神經質地扶了一下銀質的眼鏡框，說聲：「對不起。」又沒有做什麼壞事，立刻開口道歉是他的習慣，似乎也是年輕一輩的通病。

「是不是吃壞了肚子？」武上一邊打開小會議室門時，一邊說得很豪爽：「看來得換一家便當買了。」

「我沒事的。」篠崎說完，跟在武上後面走進會議室門。不同於樓下特搜總部的吵雜，這裡十分安靜。瀰漫著一般公家機關的氣氛，連電話鈴聲聽起來都很安詳。唯一的雜音要算是墨東警署配備的影印機氣喘如牛的送紙聲了。

篠崎現在負責整理特搜總部蒐集到的失蹤女性資訊。不論是直接問訊所獲得有關照片上失蹤女性的消息、還是來自電話或匿名信件的投訴等可信度較低的情報，都會先彙總過來，經由武上指示後重新歸類，鍵入電腦製作資料夾。還好篠崎本來習慣使用電腦，打字的速度也很快。

如果只是爲了調查出剩下五名女性的身分，其實不須如此大費周章。但是認眞整理排山倒海而來的大量資訊，以便隨時可以取用，或許對於其他的殺人或失蹤案件也能起意想不到的作用。於是武上要求神崎警長添購一部這裡專用的個人電腦。趁著社會大眾還抱持著高度的關心，周遭親友拚命回想那些像煙霧般消失的無數男男女女的蛛絲馬跡，警方應該盡量收集所有的資訊，並設置一個保管的場所。

於是篠崎從記者會引爆那天起，每天埋首於不斷湧入的失蹤者名單、有關失蹤者的故事、各式各樣的奇怪狀況、家屬們的聲音……中努力工作。一如陷入流沙之中，武上擔心篠崎是否對每一個案例都考慮太多，以致神情逐漸黯然消沉。

如果眞是這樣，這情況應該早已改善。實際上武上認爲篠崎可能在最初的一個禮拜後便掛不住，所以早已經準備了接班人員。但是篠崎依然工作態度認眞，絲毫不見疲態。武上也就讓他繼續負責到現在。結果在幾天前，篠崎像汽球漏氣一樣，顯得意志消沉。似乎不只是因爲能源耗盡的關係。

緊接著前橋市伊藤敦子被確認出身份的是住在東京都田無市、在家幫忙的十七歲女孩三宅綠。她和父母、大她兩歲的姊姊一起住，失蹤的日期是一九九三年六月一日。嚴格說來，她的父母表示最後見到女兒面應該是在六月一日的上午。三宅綠到離家走路約五分鐘、她父母經營的咖啡廳「奇拉哥」露面要零用錢。媽媽給了她兩萬塊，她塞進皮包後便走了。究竟離開店就出去了，還是有先回過家，她的父母完全不知情。也沒有想過要問問女兒出門去哪裡。這就是他們一家子的生活。

她的姊姊表示：三宅綠在這個家裡根本是多餘的。從小學高年級起功課就跟不上，國中時已經完全是個壞學生，上學染頭髮、身上鑽孔打洞，樣樣都來。父母不知被學校叫去訓話多少次。雖然也參加了高中聯考，結果沒有考上志願的學校，而是吊車尾。然後讀了三個月便休學在家，這就是她在家幫忙的眞相。

上下學校的生活習慣一旦破壞了，更加速了三宅綠日常生活的墮落。根據姊姊的說法：三宅綠經常跟朋友熬夜在外面鬼混，凌晨才回家，大白天關在房裡睡大覺。幾乎跟父母和姊姊都沒有話說，開口頂多只是爲了要錢。因爲她的電話總是晚上打來，干擾到家人的生活，爸爸便買了個手機給她，從此三宅綠跟家人說話的機會更少。難得坐在一起吃飯，三宅綠也是臭著一張臉，姊姊一臉厭惡地表示感覺很不愉快。偏偏這個時候手機一響，三宅綠卻高高興興地接電話。好像藏在手掌裡面的對方比起眼前的家人，前者跟她的距離更爲接近。

對三宅綠而言，夜不歸營是家常便飯，她的父母也懶得罵她。經常連著兩三天不回家，只要錢花光了自然就出現人影。她父親冷漠地表示：事到如今再說教也是白費唇舌、浪費體力！而母親則是很早以前就不知道該如何維繫和三宅綠的親子關係。從平板枯燥的報告內容不難讀出他們絕望的心情，反而是姊姊直接釋放的怒意，還能讓人感受到家人的情感。

因為是這樣家庭，所以在六月一日接近中午的時候於「奇拉哥」交給三宅綠兩萬元後，不見其蹤影，全家人也不怎麼擔心。經過了五天，儘管家人開始擔心她該回家了，卻還是沒有什麼動作，當然也不可能報警處理。

直到三宅綠離家一個禮拜後，媽媽終於覺得不太對勁。可是她從來沒有掌握過女兒的交友情況，何況三宅綠的「朋友」大多是前一晚在新宿小劇場前跟她搭訕的男孩子，既不知道姓名也不知道住址，知道只是長相和外號，而且這樣的朋友一大堆。

煩惱了老半天，最後和大女兒商量的結果，還是決定上警察局找少年課幫忙。裡面有去年三宅綠半夜在路上跟人起打架傷害衝突時認識的刑警。

聽完整個狀況後，該刑警勸她們提出失蹤者搜索申請。通常像三宅綠這種案例，警方並不會立即開始進行搜索。然而經過一個禮拜沒有回家，畢竟非同小可；將搜索文件傳給居家附近或鄰鎮的派出所，說不定還能增加其他巡警找到本人的機會。只不過就過去的經驗和家人的相處關係推斷，與其說三宅綠是因為牽扯什麼事件而消失蹤影；應該說是離家出走到朋友家居住、或是在新宿、澀谷一帶流連忘返的可能性比較大吧。因此該刑警的建議是：現階段或許還不需要把事情鬧大。

「那個警察先生人很親切老實，還說綠其實並不是壞小孩。」姊姊說：「只是在家裡找不到自己的定位，很寂寞。因為不知道該如何表達自己的寂寞，所以生活的步調開始墮落。警察先生說提出搜索申請，是等妹妹回家後，可以讓她知道爸爸、媽媽和姊姊因為擔心她所以報警處理。而且妹妹回家後，也可以知道這一次家裡真的是痛下針砭看待她的問題。」

聽完刑警建議回家的母親和姊姊，並沒有提出搜索申請。姊姊表示是因為她的反對。

「過去家裡總是被妹妹搞得團團轉。每一次都是妹妹胡作非為，爸媽只知道關心她，根本無視於我的存在。儘管嘴裡唸著：『小綠真是糟糕！』，但心裡還是關心妹妹。妹妹的隨意任性，爸媽都肯聽從。於是我總是孤單一個人。而現在她居然又搞出離家出走的把戲，讓全家人為她擔心。事後她無所謂地回來，我們還得圍上去說：『妳看，全家人有多關心妳！』開什麼玩笑。需要有人關愛、有人擔心的人是我呀。小綠這種人就該讓她回家時，跟她說妳離家出走沒人在乎、妳為什麼還要回來？不給她冷言冷語，她是不會覺悟的。不這樣對付她，她是不知道清醒的。所以我警告爸媽說：如果他們還要繼續寵小綠，為了她提出搜索申請，到時候離家出走的人會是我！」

結果就這樣沒有提出搜索申請。

過了一個月，三宅綠還是沒有回家。過了半年，音訊杳然。因為大女兒的激烈反對而退縮的父母，隨著時間經過，儘管內心掛念卻不好開口說要提出搜索申請。在沒有任何證據支持下，他們一家只有內心抱著觀望的態度，認為小女兒的離家出走是跟朋友一起住在東京都裡。

另一方面，地方的少年課刑警因為知道三宅綠失蹤的經過，也透過之前打架傷害衝突事件一起被輔導的少男少女進行若干搜索，但效果不彰。其中一名少女提到三宅綠失蹤當時曾經常有賣春行為，主要地點是在新宿。雖然也問出了賣春的夥伴，或者應該說是居間仲介的男人，但是該名少女無法提供具體的名字等資訊，線索到此便告中斷。

假如沒有從栗橋浩美房間起出三宅綠等人的照片，她大概永遠被認為是離家出走而已吧。而且這種平穩的假像將持續下去。

三宅綠大概還算很上相，七個人的照片中，她的數量最多。其中不乏穿著衣服、頭髮整齊、坐在椅子上正面拍攝的照片。所以自然能夠讓前來警局確認的家人們指認這種照片。她的父母立刻就認出來是自己的小女兒，並詢問刑警女兒生存的可能性。既然留有這種正常的照片，或許表示三宅綠跟兇手間有某種關係，所以可能只是一般的搭訕對象，還不至於成為誘拐殺人事件的受害者吧？

負責受理的刑警也看過其他三宅綠的照片，知道這種可能性僅有千分之一。只好盡量說得迂迴婉轉，但實在難以形容。究竟該如何適當的說明：也有令嫚身上只穿著內衣褲、脖子上套著項圈、趴在地板上的照片。她的臉正面對著照相機，看得出來被揍得鼻青臉腫。如果只是被搭訕，怎麼會落得這種下場？

她的父母一聽，失望地悲泣。但是大女兒卻不能認同，吵著要看到其他的照片，而且自有她的說法。她說：「既然妹妹能讓那麼殘暴的兇手們拍出如此安詳的照片，表示妹妹可能跟他們是共犯。」這種說法讓刑警也嚇了一跳，不禁反問：「難道妳是說妳妹妹有可能幫忙兇手們誘拐其他女性嗎？」姊姊一臉蒼白堅持地說：「沒錯，不然怎麼會有那麼多的女性輕易受騙呢？難道不是因爲兇手之中也有女性才讓她們失去戒心嗎？我妹妹很有可能做這種事呀。」

拗不過姊姊的氣勢，最後還是將所有三宅綠的照片讓她看了。照片分裝在五本相片行贈送的迷你相簿裡，姊姊花了三十分鐘才全部看完。

然後衝進警察局的廁所嘔吐。

當時武上正好人在特搜總部裡，看見女警扶著搖搖晃晃的姊姊從廁所出來。事後詢問整個經過，不僅讚嘆姊姊的聰明，並擔心如此聰明能否爲她帶來幸福！

總之就這樣確立了第二塊墓碑，伊藤敦子和三宅綠。武上摘下老花眼鏡，用手指搓揉鏡架壓過的痕跡，嘴裡喃喃念著兩人的名字和失蹤的日期。

如果說三宅綠失蹤是在一九九三年六月，當然比古川鞠子的失蹤及住在前橋市的伊藤敦子一九九四年三月十五日的失蹤更早。目前還不知道其他五名照片上的女性是什麼時候失蹤的，但是說不定這五名女性都是在古川鞠子失蹤前被誘拐殺害的。武上的直覺如此在他耳邊低訴。

畢竟這只是直覺，並非基於有力證據下的推測。但是武上認爲包含這五位身份不明的女性和失蹤當時狀況已確知的伊藤敦子、三宅綠共七名女性，會不會只是栗橋浩美和高井和明正式演出大川公園事件之前的「彩排」犧牲品？因此她們全部都被誘拐殺害，而且發生在古川鞠子的悲劇之前。

理由之一，這些留下的照片和錄影帶，並沒有古川鞠子和日高千秋的影像。也就是說，當大川公園事件熱鬧登場，對栗橋和高井而言，這些個人的記錄便不再具有意義了。他們的興趣已經轉向更好玩的事。所謂「好玩的事」就是透過殺人和誘拐傳遞訊息給社會；打電話給電視台大放厥辭，玩弄跟事件相關的人士、激怒警方。

說起來他們兩人這麼做，是想對社會發表自己的所作所爲，看看社會對他們的「作品」有什麼反應？在達成目的之前，必須要有事前的階段：構思自己的「作品」、設計細節、補充不足、不斷實驗……。然後檢查成果，進行兩人之間的評價，或滿意或反省，接著創作下一次的「作品」。如此反覆再三，就能建立他們完成「作品」所需的技術和技巧。一但熟練之後便心生某種倦怠，而有更進一步的慾望。

因爲興趣而寫小說、畫漫畫、拍攝電影的人，除非有極度的自信，一般不太有勇氣將自己的處女作對外公開。剛開始會偷偷讓自己跟伙伴欣賞，稍微自我滿足一下。這種自我滿足將成爲下一件作品的創作能源。等到累積一定程度的經驗，有了自信之後，便開始希望讓其他人也來看看自己的創作。栗橋和高井應該也是走過同樣的心路歷程。

兇手沒有打電話或送遺物到伊藤敦子、三宅綠家裡，也沒有對媒體透漏她們被殺害的消息。就是因爲對栗橋和高井而言，她們還只是「練習」的對象。「練習」這字眼聽起來也許很殘酷，你也可換其他詞形容。反正對兇手來說，就是擁有絕對性的支配力，誘拐女性、虐待她們、最後加以殺害，以達到自身的滿足。

武上認爲人類引發的災厄，基本上都根源於支配與被支配的關係；但是像這個事件表現得如此露骨，卻還是少見。追蹤調查栗橋和高井的所作所爲，就像露天挖掘人類的邪惡一般，散放惡臭的黑色礦脈綿延無止境地呈現在眼前。不難想像他們如何從自我滿足到要求社會喝采的膨脹過程，因爲他們以最迅速且具破壞力的形式實現了一般人內心都有的慾望。

每個人在自己的小小幻想國度裡，都是頭戴小王冠、端坐在寶座上。擁有這種想法，其本身並不邪惡，也不是什麼大罪過。甚至於要想生存在挫折遍布的現實世界中，這種想法是不可或缺的。

只是坐在寶座上的國王也會憧憬君主專制，這也是無可厚非的人性指向。不管是男或女，早晚都會面對外面的世界，希望擴張領土、爲自己開拓的城市增加人口。經過一定程度的反覆「練習」，到了亟欲一試自己戰力的時候，國王便決心要出征了。

然而出征的結果不盡相同，因人而異。究竟什麼樣的成果能讓這些男男女女獲得滿足呢？他們想建立多大規模的王國呢？他們將會實施德政還是成爲獨裁者呢？總而言之這就是他們的人生吧！武上心想。或許有的女人想成爲溫柔恭順、善解人意的好太太，甘願當作一個男人的女王，掌握人生的幸福。或許有的男人企圖成爲某一區域人人稱頌的企業家，統領著數百員工的企業王國。也有的女人想當明星，擁有該時代所有女人的夢想和男人的憧憬。有的男人則願意當個學者、埋首於研究之中，儘管無法累積財富、無人知曉，但在專業領域自有成就，這就是他個人的王國。

人們就是這樣子在生活。就連武上也希望在從事的內勤業務上獲得周圍正面的評價，建立自己的小小王國。而且至少還有他的妻子是其子民，同時他也是妻子的國民。彼此一旦無法忍受相互的壓制就有可能移民。這種關係固然有些危險，但互爲國民卻是肯定的。在這個只存在於幻想中國土的人們分分合合、彼此搶奪或共同開拓地生活著。所以有句話說人類是弱者，武上認爲就是這個意思吧。

然而一旦少掉了商談、爭戰、和解、情投意合、相親相愛等手續，出現了一位只知道擴大國土、硬留下希望移民的國民、拚命只利於增加人口的國王時，這種國王實際上可能成爲觸犯法律的罪人，也可能不是。但不管怎麼說，總是一個具有破壞性的人。

具有破壞性的人絕對不肯成爲他人的國民。他一心只想稱王，所以是孤獨的。因爲孤獨，自然極其希望找到不會背叛自己、絕對忠誠的永久國民，於是有的人不惜以物理方式殺人，有得人則是以精神方式殺人。物理方式殺人的極致，就是連續殺人兇手，栗橋和高井不過是這種孤獨國王的一員。他們行軍過後，沿途只留下堆積如山的屍體和血河。

而且他們爲了讓社會大眾也知道自己是這種國王，於是製造了大川公園事件。要不是因爲車禍身亡，殺人事件還會繼續發生吧！因爲國王的行軍才剛開始，他們還在意興風發的情緒當中。因此那些被拍照、攝影的女性們只是過去記憶；說不定栗橋浩美在引發大川公園事件之後，至少是在該事件之後，早已經將那些藏在自己睡臥床鋪下收納箱裡的記錄給處理得一乾二淨了，武上心想。

連續殺人兇手通常是一個人犯案，很少有共犯的。在美國固然有些實例，但在日本這種連續殺人案件本來就少見，而且像栗橋浩美、高井和明這種雙人組合的案例應該是首見吧？所以武上認爲這一點是全案最耐人尋味之處，整個特搜總部也抱持相同意見。

爲什麼是兩人的組合？一般青少年的犯罪常出現集體共犯的情形。儘管罪行重大，其犯罪的根源多半是類似暴徒的群眾心裡作祟。但栗橋和高井的情況卻又另當別論。既然是兩人，也可能還有更多的人參與其中。

主其事者是誰？不太可能兩個人是對等關係、平起平坐地行軍。就算是半步，一定有誰是走在前頭的。

他們兩人的組合有些奇妙。就照片的印象，栗橋浩美是個高瘦英俊的年輕人，相對地高井和明則是矮胖粗壯的體格，在鄰居口中幾乎沒甚麼值得一提的話題。而栗橋浩美不管走到哪裡都很醒目，頗受到女孩子歡迎。聽秋津說，當確定栗橋是兇手時，他的一個女同學居然在大家面前哭了出來。

栗橋和高井從小學以來便認識，一向玩在一起。通常是栗橋浩美帶頭，高井和明跟在後面。聽他們國中時的導師說，高井和明有一段時間經常被栗橋浩美和他的同伴們欺負。老師因爲擔心高井和明的情況，特別私下叫他出來聊聊，沒想到和明卻回答：「浩美其實很怕寂寞的，這件事只有我知道。現在他這樣子對我，可是我相信總有一天他會回心轉意的。因為只有我才是眞正了解他的人。」

「性格老實、反應有些遲鈍」是國中的導師對高井和明的評價。聽見和明這番回答，老師除了驚訝也有些擔心——會不會是和明一廂情願的想法。但是不管怎麼說服他，和明還是堅持自己的看法。

聰明與遲鈍。前鋒和守門員。這就是栗橋和高井的關係給人的印象。所以說，兩人之間誰是主事者？答案不言而喻了。

神崎另外成立新的小組調查兩人的少年時代。上個禮拜起秋津便被編列其中，所以武上不僅可以讀到書面報告，也可以直接從他口中獲得資訊。秋津表示：雖然沒有新的事實出現，不能立即斷定；但根據過去兩人的朋友關係來推論，主犯是栗橋，高井是從犯的推理應該錯不了吧。

當初神崎警長另外設立小組時，武上不太能了解警長的用意何在。因為要想了解事件的眞相，這種做法顯得迂迴。說不定神崎警長是在懷疑他們兩人的共犯關係吧！

實際上進行調查的結果，對於高井和明的行動仍有很多不明確的疑點。不像栗橋浩美的罪行，幾乎找不到高井涉案的證據。

首先在整個事件的過程中，高井的所在位置就很不明確。唯一留在白紙上的墨跡是：十一月四日晚上八點過後，距離上越新幹線冰川高原車站車程約十五分鐘的別墅區，在靠近「綠色山莊」高級別墅區的「銀河」咖啡廳裡，有人作證看見很像栗橋浩美的男人和很像高井和明的男人互相約好見面。這是咖啡廳女服務生的證詞，她還說很清楚記得兩人的長相。

下午六點左右，先是栗橋浩美進來，坐在靠窗的位置。一開始在選座位時，他就表示在等人，待會兒還有一個朋友會來。等不到三十分鐘，他便顯得焦躁不安。女服務生說她剛好不經意地看到了這一幕。一直到八點過後，高井和明總算出現了。

十一月五日變成一具屍體被發現藏在高井自用轎車行李廂的川崎市上班族木村庄司，在那前一天的十一月三日晚上，就在冰川高原的別墅區一帶失去了訊息。一個人在家的木村太太接到變聲器打來提到摺紙鶴的電話是在那一天的晚上十一點左右，所以說木村庄司被綁架應該是在那之前。這麼說來，栗橋和高井在三號的晚上十一點之前綁架了木村、將他監禁在某處，然後兩人到「銀河」會合好商量今後的計畫囉？

只是令人想不透的是，三號那天高井和明人在東京。他離開東京是在隔天的十一月四日下午五點左右。然後在三個小時後跟栗橋浩美於「銀河」會合。

那一天早上，高井的父親因暈眩跌倒，被送往醫院。高井不僅陪同上醫院，中間還回家拿換洗衣物。等到他父親看診完畢、取得出院許可回到家，已經是過了中午。高井和明的家「長壽庵」是賣日本蕎麥麵，他也在店裡幫忙。這一天爲愼重起見，所以臨時停業。高井家是幢三層高的小樓房，一樓是店面，二、三樓自家居住用。

高井和明有一個小他三歲的妹妹由美子。以下是妹妹的證詞：晚上五點半左右，我正在和媽媽討論晚餐的菜色時，本來在店裡的和明上來家裡的廚房說他馬上要出門了。和明沒有個人專用的電話，打給他的電話都會打到店裡的那支電話。由美子知道有人從外面打電話給哥哥叫他出去，她也知道那個人應該就是栗橋浩美。

高井一家人也很清楚栗橋和高井的關係就像主僕。由美子爲此感到很不高興，好幾次都勸哥哥跟栗橋斷絕往來。她也知道栗橋似乎跟哥哥拿了不少錢。

突然跑來說要出門的高井和明，顯得十分慌張。光憑這一點，由美子就能確定打電話來的人是栗橋浩美。高井和明沒有回答和誰有約，急匆匆便開自己的車出門了。之後在赤井山中綠色大道上死亡之前，究竟他做了些什麼？他的家人完全不知道，也沒有他的音訊。根據他媽媽的說法，高井和明從來沒有這樣離家過，所以他們打算五號早上去報警。結果因爲爸爸要大家再觀察一天看看，沒想到就發生了綠色大道車禍事件。

十一月三日，高井和明整天都在家裡，所以不可能在冰川高原的別墅區參與綁架木村庄司的行動。他的家人都能作證。從東京到冰川高原單向車程就要三個小時，如果是晚上時間就能縮短一些。實際上，十一月四日高井和明花了同樣的時間從家裡前往「銀河」。如果硬要說十一月三日晚上，高井和明背著家人開車外出，然後在天亮前偷偷回家也不是不可能的。

可是如果要在木村太太接到兇手來電的晚上十一點前到達冰川高原一帶參與綁架木村庄司的行動，至少就必須在晚上八點前離開東京。「長壽庵」的營業時間到晚上八點，那一天除了家人外，還有打烊前仍留在店裡的顧客可以作證高井和明確實有在工作。所以這種推理根本無法成立。

那麼關於綁架木村庄司的行動，應該就是栗橋浩美單獨的犯案囉。他獨自一人綁架、打電話給木村太太、和木村共度一個晚上，隔天而且是在下午將近傍晚才叫出共犯的高井和明。

這種的共犯關係似乎顯得十分奇怪！

此外還有一個重大的疑問。什麼都不知情的高井和明在東京照顧父親時，栗橋浩美和木村庄司究竟在一起做了些什麼？

結論只有一個。栗橋浩美除了東京初台的房子外，還有一個用來綁架、監禁和殺人的祕密總部。包含拍照、攝影都是在那裡進行的。

這是目前特搜總部的一般見解。找出栗橋和高井的祕密總部，是現階段特搜總部的另一項使命。在調查他們的人際關係、事實關聯，重新組合整體事件眞相的至上命令中，這項使命佔有極大的比重。

那麼這個祕密總部在哪裡呢？線索有兩個。

一個是木村庄司被綁架的地方，冰川高原一帶的別墅區。十一月三日星期天，他對太太說要去「勘察一下」而前往的地點，大概就是他被兇手們綁架的地點吧。

那一天，木村庄司本人在下午一點左右曾經打電話回家給他太太。當時他人還沒有到達冰川高原的別墅區。而是在前面六公里處的收費道路入口，吃完午餐、休息之餘順便從餐廳跟太太聯絡，並說明那一天的行程。這件事木村太太記得很清楚，從餐廳內設置的公共電話通聯記錄中也被確認出有木村庄司家裡的電話號碼。

木村庄司有個人用的行動電話。不是公司給他的，而是自己簽約購買的。但是當時他卻使用了餐廳的公共電話。關於這點，他對太太解釋說：「行動電話有點怪怪的。大概是電池沒電了吧。最近太忙，常常忘了充電。」

到現在爲止還沒有找到木村的行動電話。既不在屍體附近、也不在高井和明的車子裡，所以無法確認行動電話的實際情況。但其實這一點他本人沒有說謊的必要；他太太也表示木村自從有了行動電話，過去也有好幾次因爲電池沒電而困擾的經驗。木村太太還勸丈夫乾脆換一支充電一次，使用時效更久的新型手機；但木村還是因爲太忙而沒有行動。

那一晚十一點左右，兇手們打電話到木村位於川崎的家裡，是木村太太接的電話。在當時的對談中，兇手並沒有明說「在哪裡」綁架了木村。自從下午一點來自本人的電話之後，木村太太再也沒有跟丈夫有所聯絡。所以不知道木村被綁架時，是否人在他跟太太報備的預定前往地點——冰川高原的別墅區。

然而在栗橋、高井車禍身故後的第二天，也就是十一月七日，在冰川高原別墅區北方兩公里、前往新潟線的雜樹林裡發現了木村庄司的車子。於是又獲得了一部份的事實。他的車子設有路況導引裝置，被發現時電源是關著的。打開開關，畫面出現冰川高原別墅區東北部的地圖（但還是沒有看見木村庄司的行動電話）。

別墅區東北部是冰川高原別墅區中標高最高的地區，因此開發也較晚。根據木村太太的說法以及公司同事的形容，木村庄司是個工作認眞的業務員，所以專程跑來勘察開發較遲的區域，倒是一點也不奇怪。雖然天黑之後沒什麼好勘察的，但只要道路舖設有柏油，木村回程就會順便走走看，他就是那麼好奇心旺盛。

特搜總部認爲木村在那天下午爲了自己家預定新蓋的房子做參考，在別墅區一帶四處觀摩，太陽下山後便繼續開車踏上歸途，可能在冰川高原東北部附近迷路了。那附近沒有什麼人家，有的只是沒人住的別墅。加上行動電話不太對勁，沒辦法接通，只好憑藉車上的路況導引裝置前進。或許是在這種狀況下遇到了栗橋浩美。

當時應該時間還不是太晚才對。因爲從栗橋浩美將木村帶回自己的祕密基地、限制其行動、晚上十一點打電話給木村太太之間，他必須問出有關木村的許多資訊。而且不是隨便說說的資訊，因爲栗橋不懷好意地在電話中對木村太太提到了他們夫妻相識的關鍵。要問出這種資訊，想來需要一段時間吧？而且要讓木村說出這些資訊，也必須要有相當的事前準備功夫？應該不可能是在移動中的車子裡，也不會是在有可能被他人目擊的場所；而是對他們最安全的祕密基地，且必須讓木村確實知道自己現在的立場如何。換句話說，如果不能讓木村確實明白栗橋已經掌握了他的生殺大權，不好好回答兇手們的問話自己的下場將很悲慘，否則很難讓木村說出這一切吧。

另外，不管是在打電給木村太太之前還是之後，栗橋浩美還必須將木村的汽車丟在冰川高原別墅區外的森林中。儘管森林裡沒什麼人煙，放上一整天，木村的車子還是有被森林巡邏隊發現的可能性。所以大概是在三號晚上棄置的吧。這一天深夜長壽庵打烊後，假如高井沒有迅速地往返於東京和冰川高原別墅區之間，栗橋就必須一個人完成這許多行動。結合這兩個看法，自然會讓人認爲他們的祕密基地距離冰川高原東北部應該不遠。

還有一項佐證此一說法的證據，就是行動電話的通聯證據。

栗橋和高井好像都不知道行動電話也能有逆探測的功能。實際上，行動電話是無法像有線電話一樣瞬間探測出來電的號碼；但是還是可以從轉接基地台查出是來自哪個訊號台打來的特定電話。如果沒有這種系統，那電話公司就沒辦法跟消費者收費了。

九月十二日，栗橋浩美打給ＨＢＳ新聞台的電話是經由練馬的轉接基地台。二十三日，栗橋浩美打給有馬義男的電話則是經由新宿西區的轉接基地台。新宿西區轉接基地台所涵蓋的範圍，也包含了栗橋浩美初台的住所。練馬轉接基地台的範圍內，除了有栗橋浩美的老家栗橋藥局，還包含了高井和明家的長壽庵。十月四日，咳嗽不停的栗橋浩美打給有馬義男的電話，也是經由這個轉接基地台傳送的。

其他還有很多。

十月十一日，發現古川鞠子遺體的當天下午，有馬義男因爲前去認屍不在家，栗橋浩美打電話到豆腐店來，是店裡員工木田孝夫接的。這通電話不是來自東京都內，而是從位於群馬縣中部的中原區轉接基地台傳送過來的。中原區轉接基地台涵蓋的範圍是冰川高原別墅區和其周遭方圓十公里的山林地區。

十一月一日，打給ＨＢＳ新聞特別節目的電話（包含廣告前與廣告後）及節目結束後打給有馬義男的電話，也都是來自中原區轉接基地台。

祕密基地應該就是在這個區域吧。

其實只要不塞車，從冰川高原開車到東京只要三個小時就能到。東京都內有許多行動電話的轉接基地台，每個基地台管轄幾公里的區域，畫分細密、交錯複雜。但是人口稀少的山林地區卻不一樣，一個轉接基地台管轄的區域極其廣闊，所以中原區轉接基地台的轄管範圍很大。於是特搜總部以木村庄司車中路況導引裝置的地圖爲祕密基地的搜索起點，重點搜查半徑五十公里之內區域。其中冰川高原別墅區一帶自然是特別重點搜查區域。一連串的罪行很有可能是使用或租用這裡的別墅爲舞台進行的。剛開始一步一腳印實施此一地毯搜索的作戰時，武上根據戶籍登記簿的資料製作冰川高原別墅區建築物的一覽表。只是這類的不動產光憑登記簿是無法一窺究竟的，許多詳細的資料還需要群馬縣警方的協助才能補足。

到時候唯有發現他們的祕密基地，才能解開栗橋和高井奇妙的共犯關係之謎？反過來說，要想追蹤他們兩人的瘋狂舉動從哪裡開始、有著怎樣的過程？都必須先找到祕密基地才能水落石出。

栗橋浩美初台的住所一如深海裡的淤泥一般，到處布滿了他陰暗的惡夢，卻感受不到高井和明的氣息。儘管做了徹底的詢問調查，依然得不到高井和明出入該公寓的證詞。只有一個送報紙的不很肯定地表示：曾經在今年的十月初，看見一個年齡、體格類似高井的人站在栗橋住的公寓前面。當時高井和明抬起頭看著位置頗高的公寓窗戶，一個人杵在那裡。送報紙的人因為他的站姿怪異，所以記憶深刻。

另外還有一些關於高井和明的目擊證詞。許多人表示在十月中旬的時候，看見類似他的人在大川公園走動。他們看見沒有明顯目的的高井就在塚田眞一和水野久美發現右手腕的垃圾箱附近徘徊。

這種重大事件的嫌疑犯一旦被確定，立刻會有來自四面八方的目擊證詞。其可信度已超越了現有單位衡量的標準。人類的記憶其實很容易變換，想太多或是錯覺並不會像說謊一樣帶有心虛或罪惡感，因此很難辨別眞假。搜查人員必須像老練的古董商一樣，盤起手臂、壓低下巴、冷靜判斷顧客們拿出來的「證詞」。在此情形下，不管對方是如何誠實的人、態度有多熱心，都不應該影響「證詞」鑑定的結果。

武上認為初台的公寓前和大川公園的目擊證詞都是通過嚴格鑑定，具有一定的可信度。特搜總部負責調查高井的小組中還注意到一些可信度頗高證詞，都是些暗示在高井和明乍看之下毫無害處的面具背後，其實包藏著獸性的說法。聽起來很刺激，但武上卻無法全盤接受，只是照規矩將這些搜查記錄和書面報告歸檔。如果武上不是負責內勤業務而是現場的指揮官，肯定會要這些寫報告人的提出疑問，命令他們重新調查清楚。

栗橋和高井的交往關係，究竟是什麼形式？這種交往形式是在什麼情況下開始扭曲，致使兩人的行徑日益瘋狂呢？這是他最想弄清楚的地方。只要弄清楚這點，整個事件才算落幕，才能看出全盤的始末。

栗橋浩美和高井和明平常都聊些什麼？兩人的往來十分頻繁嗎？都是誰跟誰聯絡的呢？

高井和明的家人表示高井沒有個人專用的電話；以前栗橋常常會打電話來，有時也會親自到長壽庵找人，但最近這種情況減少了。如果說大川公園事件案發後，也就是十一月四日讓高井和明沒有說明理由就外出的電話是栗橋浩美打來的話，那眞是他長久以來難得打來的一次。而且在家人所知的範圍內，高井打電話給栗橋只有在十一月三日聽說栗橋的媽媽從樓梯上摔下來住院了，他曾經打電話過去致意問候。據說當時的電話還聊了很久。

家裡的人跟誰、什麼時候、在哪裡打過電話？這種小事反而很難記得清楚。固然高井沒有個人專用的電話，但是沒開店的時候可以使用店裡的電話，就在家附近也有公共電話亭。如果說高井是栗橋的手下兼共犯，只要事先說好，要想不讓家人知道他們的聯絡手段也並非難事。

那麼栗橋浩美這一方又是怎樣呢？

當初從屍體、發生車禍的車子裡和綠色大道的車禍現場都沒有發現行動電話。於是特搜總部除了繼續搜索現場外，同時也對栗橋藥局和栗橋浩美初台的住處進行搜索。

結果立即找到一支行動電話。在初台的住處裡，跟專用的充電器放在一起。從廚房的抽屜裡也發現了契約書和收費通知單。

但是調查該行動電話的通聯紀錄，卻沒有發現HBS新聞台、有馬義男家、日高家和木村家的電話號碼。其中有很多和高井和明的通話，也有跟其他朋友的聯絡，就是缺乏與關鍵地點的通聯記錄。

這究竟是怎麼回事呢？

應該還有另外一支行動電話的存在。

也就是說，栗橋分別使用兩支不同的行動電話。但是這支特搜總部亟欲發現的行動電話，不僅找不到收費通知單、購買時的相關文件，當然也沒發現機子。大概是栗橋隨身帶著，在車禍發生時迸出了車窗外。之後也繼續進行搜查，但畢竟東西太小，很難說能否找得到。

以栗橋浩美的名字和住址比對全日本行動電話

公司的顧客名單，也只能找到初台公寓的電話號碼。由此可見「另一支」手機應該是採用預付式吧，而且很可能用完好幾支，每一次用完額度就換新機子。甚至可能是爲這次的事件才買的，知道電話號碼的除了栗橋本人就是共犯的高井和明。

今後辦這種手機的手續可能會改變，但目前購買預付式的行動電話，根本不需要特別的身分證明，用假名字、假地址也能買到手。所以很難調查出栗橋是在哪買的這支行動電話，如果沒有調查機子本身，也無從取出存在裡面的通聯記錄。

不知道行動電話也有逆探測功能的栗橋，爲什麼會爲了做案而另外使用預付式行動電話呢？搜查會議中大家意見不一，大部分人認爲他是怕自己涉嫌時，可以立刻處理掉該機子，消滅通聯記錄等物證。但武上不認爲他會想得那麼遠，而只是擔心行動電話遺失或忘了帶的時候有所備用。

遺失行動電話的情形其實常常發生。武上的女兒平常不是健忘的人，偏偏就是行動電話，一年總要掉個一兩次。有時候則是在月台上撿到別人的手機。這種時候，撿到手機的人爲了尋找失主的線索，雖然無意探索別人的隱私（而是基於一種善意），但會查看記錄在手機裡面的電話號碼或訊息。如果對方的手機和自己的機型不同，不知道如何操作，一不小心可能會叫出失主輸入的電話簿或看見通話、發話的記錄。

這時候如果看見HBS新聞台的電話號碼會怎樣？

雖然只是萬分之一的危險性，但栗橋浩美還是不敢輕忽對此的事前準備。

整個事件還有許多難以理解的部分，已知的部分其實很少。在這之中，武上閱讀堆積如山的資料，加以整理之後，發現了兩個怪異、不可理解的疑點。其中之一是，該事件中有極其纖細、用心的一面，也有放手一博的衝動面，彼此交織在一起。使用預付式行動電話是纖細的一面，打電話叫有馬義男出來戲弄一番則是一時興起的最佳例子。

高井和明和栗橋浩美，誰負責細膩的那一面，誰又屬於粗獷的那一面呢？兩人之間的力量關係如何分配？看起來每一種想像都有可能，但是總有些細微的拼圖碎片跟任何一種想像或假設無法密合。而且每一次突出來的部分都有些不同。

高井和明在這個事件中究竟扮演什麼樣的角色呢？隨著事件的進展，他的角色是否也跟著產生變化呢？

還是說栗橋的共犯其實不是高井？

這種突如其來的想法，經常會出現在他的腦海裡。每一次武上都搖搖頭揮去此一想法。從兩人一起因車禍身故的狀況來推理，高井不可能對此一事件毫不知情。固然他所扮演的角色內容是個謎，但他在其中參與演出已是既定的事實了。

發生車禍之前，他們曾在綠色大道入口的加油站加過油。關於這點，有加油站的員工和當時在場的其他客人可以做證，所以可信度很高。其中最吸引特搜總部注意的是坐在男朋友旁邊，車子和栗橋、高井幾乎擦身交錯而過的二十三歲女性的證詞。

她不僅看到栗橋浩美的臉，還記得栗橋跟她說話的聲音。她趁男朋友跟加油站員工問路的時候去上洗手間，然後在自動販賣機買了罐裝咖啡回來。半路上撞到了栗橋浩美的身體，於是她趕緊說聲「對不起」。這時兩人的視線正面相對。

對於刑警詢問印象如何，她這麼回答：「看起來好像是嗑過藥的人的眼神。」

因爲感覺很不舒服，她立刻跳上車子，跟男朋友說了這事，兩人便離開現場。結果：「那個人好像要追上來的樣子。」

她說看見栗橋浩美往他們車子的方向走來。女子說時臉部表情害怕，眼睛還含著淚水：「我一直回頭看著那個人，直到看不見加油站爲止。他站在路邊，身體半蹲準備衝出來的樣子。然後有人跑過來抱著他的肩膀，好像是在安撫他，我不是很清楚。」

根據目擊同樣場面的加油站店長說法，栗橋浩美跟在情侶開的紅色吉普車（正確說來他們開的車是伽洛奇），一直追到了馬路邊，至此兩邊的說法一致。但是之後，栗橋好像被什麼嚇到開始後退，然後背對著吉普車前進的方向轉過身去，似乎在逃避什麼。這時高井和明制止了他，並抱著他走回他們的車上。

「因爲當時不知道他們就是那個事件的兇手，所以沒有很留意。不過我還跟其他人說他是不是嗑藥了。那傢伙叫做栗橋浩美嗎？比較瘦的那個男人。他的腳步搖搖晃晃的。另外一個男人的臉色也不怎麼好。我只記得這麼多，不是很清楚。」

值得注意的是，兩人的證詞中都異口同聲提到「他是不是嗑過藥」。因爲兩人對於「過去是否有具體接觸過藥物中毒者的經驗」的詢問，都表示否定的答案；所以他們的推理主要是來自電影或電視劇中藥物中毒者的印象。但很重要的是，至少人在這個加油站時的栗橋浩美，從第三者的眼光來看，他的精神狀態不是很平衡。而且是高井和明在撫慰他、保護他。

連續殺人兇手殺人成癮，因此而精神崩潰的例子並非少見。根據警方搜查的經驗，也知道這種人過了某一階段就有迅速趨於自殺的傾向。栗橋浩美是否也開始進入此一危險期呢？說不定綠色大道上的車禍也是在這種精神狀態下發作的自殺行爲？

解開所有謎題的關鍵在於高井和明。特搜總部也贊同這個想法，武上更是比誰都強烈相信這一點。究竟高井是以什麼形式參與該事件的呢？爲什麼他會跟栗橋浩美擁有共同的瘋狂行徑呢？

只要能發現祕密基地，應該就能找到答案。在其他地方找不到線索，但是在祕密基地一定能找到顯示栗橋浩美和高井和明角色分擔的證據以及解開整個事件的蛛絲馬跡。

自從十一月四日高井和明被叫到冰川高原車站以來，這一兩天他和栗橋一起行動，而且高井和明還扮演支持他的角色。單從這一點來看，就很難認爲他是完全無辜的第三者。也不可能說是被威脅才參與行動的。他應該是知道整個事件經過，並積極與栗橋浩美共同行動，並作爲身心逐漸脆弱栗橋浩美的精神支柱。

究竟高井和明自身的目的何在？不對，應該說他是從什麼時候開始和栗橋浩美一起行動的呢？從哪個時間點開始的？

武上認爲不管時間點再怎麼早，應該是在古川鞠子被綁架監禁之前吧？而且之前的殺人罪行，應該都是栗橋浩美一個人幹的。這從大量留下的記錄照片可以想見。在那個階段，記錄殺人等罪行還是栗橋浩美個人的興趣。

那麼是在怎樣的機緣下加入高井和明這個外來的因素，才喚起他對社會挑戰的姿態；從本來只是嗜殺成性的興趣發展成一種帶有訊息意味的戲劇性犯罪呢？這才是武上認爲的「瘋狂二人組」犯罪形式。而在栗橋浩美過去那種有點輕佻隨性的殺人方式及不夠成熟的腦袋瓜裡，是不足以構築如此高次元的犯罪形式。

如果不是對社會具有根深柢固的自卑感、憎恨和疏離感的話，是不會做出這種事的。光是栗橋浩美這種人，根本超越不過那種藩籬。所以才會有高井和明存在的必要，他發揮了跨越吃水線時的平衡作用。

過去從來沒有被世人認同過，周遭根本無視於他的存在。從小就被同學們輕視、老師也疏遠他。生活在父母的保護下，日子一成不變，渾渾噩噩長大成人。這樣的他在看見同年玩伴沉溺於殺人這種非日常面具下的眞面孔時，會發生怎樣的故事呢？

無論如何都要找出他們的祕密基地！武上的鬥志已經燃燒爆發了。

「武上先生，你的電話。」

武上聽見有人叫他，猛然抬起頭看，於是嘴裡叼著菸頭也跟著抖落了菸灰。武上一邊拍去落在桌上像蚯蚓屍體的菸灰，一邊抓起了話筒。

「喂，武上嗎？」話筒傳來聽過的聲音：「好久沒聯絡了，眞是不好意思。是我啦，『建築師』呀。」

武上將旋轉椅扳正坐好，並將菸蒂捺熄，緊握住話筒。坐在對面敲打鍵盤的篠崎不禁停下手看了一下武上。

「謝謝你，我一直在等你的來電。」

聽武上這麼說，對方笑了。

「我還沒有答應。其實我還在猶豫呢……。」

「那就沒辦法了。」

「我是很有興趣，就怕胃又穿孔出血呀。而且我太太很反對。」

「那是一定的。」

稍微咳了一下，「建築師」又繼續說：「儘管結論是拒絕，但我還是想跟武上見一面。你跟我拜託這件事，應該沒跟太太提起吧？」

「沒錯。」

「照片也是沒經過允許就私自帶出來的吧？」

「我就是打算那麼做，所以另外做了一個備份的檔案。」

「萬一被知道了，搞不好武上得自行離職吧。過去辛辛苦苦做的成績將全部泡湯，難道你想改到保全公司上班嗎？」

「當然是不可能像你生活得那麼悠然自在囉！」

對方一聽笑了，笑聲有些陰沉。

「一個小時後，我們老地方見？」

「沒問題。」

「帶著檔案過來。」

「……」

「我想親眼看過資料，看過再判斷自己能否幫得上忙。」

「我知道了。」

「現在再強調也沒什麼意思，不過我懂的只有建築物。這樣夠嗎？」

「當然。」

告別之後，「建築師」掛上了電話。聽完對方的聲音，完全靜止後，武上才放回話筒。

猛然抬起眼，看見篠崎對著他投射出疑問的眼光。仔細看過去，才發現篠崎的兩個眼圈都已經黑了。武上心想這傢伙也嗑藥了嗎？

「篠崎，跟我一起來吧。」武上推開椅子，起身說：「我們出去散個步。」

武上所謂的「散步」，其實是帶著實況調查書到實地勘察之意，如今所有內勤業務的同仁都知道這句話的涵義。所以沒有人會覺得奇怪，實際上篠崎也有所準備，才會問說：「要帶捲尺過去吧？」

「裝裝樣子帶著就好。」武上回答：「我是眞的想去散步。而且有些話想問問你。」

篠崎吃驚地眨眨眼睛。武上想起他太太形容見過幾次面的篠崎說是「好像一整年都睡不飽，一副剛睡醒的小孩子的臉」；還說「這種人反而容易受到年紀大女性的喜歡」。如果說這代表篠崎看起來沒有防備、很需要別人保護，表示他的特質不適合當刑警囉。

武上趁著篠崎去準備整套散步用道具的空檔，已經在墨東警署大門口抽完了兩根香菸。呑雲吐霧之際，突然想起了一些事。大川公園垃圾箱發現那隻右手腕的當天，他曾經和塚田眞一坐在這裡一起聊天。記得當時隔著菸霧，他看見少年一臉疲憊的神情。

那孩子現在怎麼樣了？兇手們已經死了，事件也大致開始收尾，那孩子應該可以安心了吧。

回溯模糊的記憶，當時想對少年說卻說不出口的話語湧上了胸口。

儘管武上安慰少年說：「這不是你的責任。對於家人的過世，你沒有罪過。」但少年似乎完全都聽不進去。武上固然沒有直接受理發生在少年家的悲劇，但對於案情十分清楚。也知道強盜襲擊少年家，是因爲聽見少年對朋友說「家裡最近獲得一筆鉅款」。所以他才對少年強調說「責任不在於你」。而且在這句話之前，他其實很想說的是：「你將來有沒有意願當刑警呢？」

與其背負罪惡感、恐懼人生的邪惡過日子，不如選擇積極奮戰的立場，人生的道路或許會更寬闊。就像早年失去父母的小孩子立志長大後當醫生一樣，武上也是希望帶給塚田眞一一種悲壯且崇高的霸氣。

但是當時說不出口。因爲少年看起來是那麼的絕望和疲倦。

「讓你久等了，不好意思。」

篠崎跑了過來。武上內心苦笑地想：又來了一個累壞了的少年！

4

「剛剛不是有人打電話給我嗎？」離開墨東警署大樓，在第一個十字路口轉彎時武上開口說。

篠崎像個害羞的小情人落後半步跟在後面。武上打算晃到大川公園轉一圈再回來，這麼長的時間應該可以把話說完。

武上說那是「建築師」打來的電話。

「事實上，我要拜託他做一件事。」

「你還要蓋新家嗎？」篠崎機械式地反問。

「怎麼可能？」

「是嗎。對方是什麼人呢？」

「是我以前的同事。」

他們來到大川公園前的大馬路，武上朝公園入口的方向移動。

「十年前我們一起在總廳工作過。他是個好刑警，結果卻因爲胃穿孔而倒了下來。」

「胃壁破了洞嗎？」

「嗯。掛急診動手術，而且已經是第三次了。也不知道是否本身體質胃壁就比較薄？他太太又哭又鬧，說他總有一天會被警察給整死，終於說服他離職了。」

「剛剛說是十年前，不就才四十歲嗎？」

「沒錯。不過對他來說，生活沒有太大問題。他們只有兩夫妻，太太是學校的老師，鐵飯碗。所以犯不著兩個人都爲國家賣命。」

「難怪說生活得悠然自在！」篠崎說。

武上心想這傢伙果然偷聽我剛剛的電話。

「大樓租賃的工作基本上不是很忙。」武上繼續說。因爲交通號誌轉爲綠燈，他大步跨越馬路；篠崎則在後面小跑步跟著。

「等到身體狀況一好，他便開始覺得無聊；於是開始讀過去有興趣的東西。他很喜歡建築，據說從小就立志當個建築師。」

「那又爲什麼會當警察呢？」

「我也不知道。說不定在職業訓練學校的索引上，警察學校和建築學校排在一起吧。」

篠崎一笑也不笑地老實回答：「是嗎。」與其說他很認眞地聽武上說話，倒不如說他有些心不在焉。武上不禁猶豫是否該先進行帶他出來散步的另一個目的。他很想問：篠崎你究竟在煩惱些什麼？看你很沒精神，出了什麼事嗎？

兩人穿越大川公園的入口走進園區。該事件的餘波已不再蕩漾，但因爲是寒風颼颼的冬季，公園裡遊客不多，顯得冷風更加刺骨。

武上掏口袋取出香菸，在室外抽的香菸別具一番好滋味。

「經過三年的用功，他考上了一級建築師的執照。」武上吐著煙，繼續說下去：「可是他並沒有因此開事務所或另外找工作。因爲他太太怕他又過於投入工作而胃穿孔，於是堅決反對。對著老公大聲罵說『不准工作』的，全世界我只知道他太太一個人！」

一邊走路時，篠崎打了個噴嚏。

「所以他只拿建築當作興趣，首先開始設計改建自己的家。來祝賀他們新居落成的朋友看見他的成果十分喜歡，也請他幫忙設計。就這樣憑著口碑接案子，加上生活本來就不虞匱乏；所以那傢伙只接有興趣的案子，工作得很愉快。眞是令人羨慕的人生。」

「那倒是眞的。」篠崎有口無心地回應。

「不過他在某部分也是個『怪人』！」

「怪人？」

「嗯。比起人，他比較喜歡建築物。而且從當刑警的時候就是這樣。我們不是會到現場採樣嗎？可是他多半是在觀察現場和周圍的住家、建築物，而不是聽相關人士的說詞或檢查屍體。他說從建築物獲得的資訊比起說謊的人要可靠許多！」

公園的噴水池缺乏活力，與其說是噴水，應該說是冒水。武上坐在噴水池邊，繼續說：「比方說吧。有一次我和他在總廳一起當班，都內一戶獨棟的人家，太太被殺死了。案發於星期五的半夜兩點過後，因爲加班和應酬而夜歸的丈夫，一身疲倦地回到家，卻在一樓的廚房看見太太被人用毛巾勒斃的屍體。丈夫整個人陷入慌亂，打一一〇報警時簡直是語無倫次。

睡在二樓房間的兒子，還是國小學生，平安無事。兒子說沒有聽見尖叫或什麼聲音。歹徒的進出似乎都是從浴室旁邊儲藏室的窗戶；玻璃從外面被打碎了，鎖也被打開了。因爲住家四周都是水泥地，無法發現足跡。只有在室內找到兩個二十六公分長的膠鞋足跡。

據說丈夫回到家時，家裡只有廚房的燈開著。因爲廚房沒有窗戶，從外面看不見亮光。丈夫打開大門時，心裡還想原來太太還沒睡覺；可是看見屍體後大吃一驚。屍體穿著睡衣、外面披著薄毛衣，一雙赤腳只套著地板鞋。四月底的天氣，這樣穿不會冷嗎？被害者的床上沒有躺過的痕跡。

廚房和客廳的家具抽屜都被拉開、收納箱也被翻倒在地，但整體室內並沒有被弄得太過雜亂。只有放在餐具櫃抽屜裡的五萬現金不見了。作爲凶器的毛巾則是原來放在浴室裡的。

警方接獲通報立刻趕來時，被害者的身體還有一些溫度。犯案應該是在一兩個小時前吧。屍體沒有從廚房移動到其他地方的痕跡。但是好像發生過爭鬥，地毯扯亂了、調味料等瓶瓶罐罐散落地上。被害人似乎背對著兇手想要逃跑，被打倒在地後，毛巾從後面圈住脖子窒息而死。好，篠崎你對這些狀況如何判斷？」

停了一下子，篠崎才回答說：「應該是小偷進來偷東西，被女主人發現才動手殺人的吧。」

「你不認爲一開始就是爲了殺人而潛入這個家裡的嗎？」

「如果是這樣，就應該事先準備好凶器，而不是使用浴室的毛巾。兇手大概是認爲這戶人家都睡著了吧，沒想到女主人還醒著，等待遲歸的丈夫。不知道她是關心丈夫還是要責備丈夫，總之兇手一看見她便慌了手腳，最後殺死了她。然後搜尋了一眼就看到的餐具櫃抽屜，拿了現金就跑。因爲沒有上樓，所以小孩子沒有聽見。」

「那收納箱呢？」

「應該是被害人反抗兇手的時候碰倒的吧？不對，爭鬥是在廚房裡。那就是兇手逃跑時，慌亂之際踢倒的。」

「可惜的是，到儲藏室的窗戶，不需要經過客廳。」

篠崎摘下眼鏡，揉了一下好像小孩子的雙眼。武上不禁笑說：「除了收納箱爲什麼翻倒在地這一點，當時我們的想法也跟你現在的推理一樣，認爲這是偷竊的一貫伎倆。剛好當時在同一區域也經常發生同一犯人或犯罪集團闖空門的竊盜事件。該地區還被指定爲警車重點巡邏區域呢。」

篠崎將眼鏡掛回鼻子上，問說：「到底謎底是什麼？」

武上笑了一下才說：「當然我們沒有忘記已婚女性被殺害時，首先懷疑丈夫的鐵則，何況這個事件的第一發現者是丈夫。所以很仔細地詢問了他們的夫妻感情如何？有沒有經濟上的問題？案發當晚丈夫的行動有無可疑之處？但完全沒有發現疑點。他們的生活富裕，又是附近有名的夫唱婦隨。而且就我的觀察，案發當晚丈夫的精神混亂不像是說謊或是做戲，而是眞情流露。最後結論還是認爲是該地區常出現的竊盜慣犯或強盜殺人犯所爲。

但是我們之中唯有他，我們的「建築師」力排眾議，一開始便主張是丈夫做的案，一定是丈夫殺了人。

我問他爲什麼知道？他回答：「看這個家就知道。」

「爲什麼會蓋這種房子？住在這種家裡，所以才會殺死妻子。」他竟然這麼說。

還說他們夫妻的生活富裕，因此這個家不是買現成的，而是根據個人需求蓋的。所有同事聽了都一臉苦笑，只有我對想法獨特的「建築師」意見感到興趣。於是我和他前往當初幫這對夫妻蓋房子的建築事務所調查，結果發現了令人意外的事實。當初蓋這個房子時，表示意見的完全是男主人一人。被害的女主人只是唯唯諾諾聽從丈夫的意見，幾乎從未表達過自己的希望與意見。事實上，負責設計的建築師除了一開始打過招呼外，幾乎也沒聽過女主人說話。」

「這種事很令人意外嗎？」

「當然很意外，甚至可以說是異常。等你娶了老婆蓋自己的家時，你就會知道。」

篠崎低著頭，一副還是不能理解的神情。

「家不應該是丈夫的，而是完全屬於太太的。所以說，再怎麼安靜的女人，到了蓋自己家的時候也不會閉著嘴巴不說話，這才叫正常。更何況這對夫妻在鄰居口中的感情是那麼的好！做丈夫的不問問太太的意見，怎麼說都覺得奇怪。根據設計師的說法，他太太只是沉默地坐在一旁，每次丈夫說什麼就跟木偶一樣只負責點頭。」

武上手指頭夾著香菸，直接就在半空中比劃出房子的形狀。菸頭牽著白煙，飄飄然出現一個三角形的屋頂形狀。

「我和『建築師』又一起去了該現場的家。之前到公司找男主人表示可能需要到他家搜證，他二話不說就把鑰匙給了我們。『建築師』說：這男人很有自信，以爲自己是兇手的事實，沒有人知道。所以才會暗自竊笑地交出他們家的鑰匙。『建築師』一站在該房子門口就說：『這個房子蓋得太低。既然是花錢設計的房子，一樓和二樓的天花板高度居然跟一般現成蓋好的房子沒有兩樣。』他還說：『沒有預算限制考量的人蓋自己房子，總希望盡可能將天花板蓋高點，這是自然的人性心理。如果不喜歡太高的天花板，一開始就不會蓋樓房，而是蓋平房了。但是這個家的二樓一樣也是蓋得太低。代表出男主人的內心想法，他想把太太和小孩關在家裡，就像將剛出生的小鳥包在手掌心一樣，緊捏住他們直到快要窒息。』『建築師』說。

走進屋子裡，感覺更明顯。低矮的房子卻配上極陡的樓梯。樓梯下面是客廳，設計成挑高的樓中樓格局。樓梯上去的第一間他們夫妻的臥室。緊接的是丈夫的書房，從那裡可以一覽無遺整個廚房。也就是說，丈夫站在二樓的樓梯間，就能從上面觀察站在廚房工作的太太。簡直就像是在監獄看守犯人一樣嘛！家裡蓋成樓中樓的人，通常不會設計成這樣吧。例如客人來時，帶他們參觀房子，有誰會帶客人上樓俯瞰整個家裡不爲人知的一面呢？這是『建築師』的說法。

我們走進了男主人的書房。書桌正面有一扇窗，向下看正好看見儲藏室的天窗。『建築師』要我坐在那裡，他自己下樓到儲藏室裡。果然『建築師』微禿的頭頂立刻出現在我的眼前。這是一個監視窗口。

『建築師』回到書房，繼續說明：『這個家的窗戶都很小，與其說是不想讓外人看見家裡，應該說是爲了不讓外人看見太太的身影，故意將窗戶做小了。』接著我們到一樓的車庫，從丈夫停車的位置有一個可以看見客廳的小窗。小窗設計得很漂亮，是船的造型。所以乍看之下很像裝飾窗，其實就窗戶存在於那裡的意義判斷，『建築師』說他覺得寒毛都要豎起來了。」

當時「建築師」說：「你看！這個家的每個房間都有電話分機，連浴室和廚房也不例外。廁所裡有，樓梯間也有。這可不是爲了方便才放置的電話，其實就是一種遠距離監視裝置。說不定丈夫一天在外面要打好幾通電話回家查勤。當然也可能不打，但就算是不打，還是給人一種無聲的壓迫感——如果我打電話回家，你們就得立刻接！」

武上再次在半空描畫該房子的簡圖。

「我們回到屋裡，整個又看了一遍，還抬頭觀察天花板和牆壁。我只是漠然地觀察到牆壁是用兩種壁紙組合的，對於牆壁的線條和房間格局，感覺設計得很有流線感。但『建築師』卻表示另有見解：這房子到處都是銳角。銳角是一種咄咄逼人的角度。這個家到處被監視、被逼迫、被追得喘不過氣、很封閉。如果說這房子是根據男主人的喜好所蓋的，那麼男主人是什麼樣的人，我已經可以輕易猜出來了！」

他是個善妒的暴君。殺人的一定是丈夫，除了他沒有別人。

「換句話說，『建築師』只要看房子就能看出住在裡面的人的心理。人的心理直接表現在他的住處裡。殺人兇手的家呈現出殺人兇手的臉孔；騙子的家就是騙子的長相。『建築師』可以看得出來。」

篠崎手扶著鏡框，直瞪著武上的臉看。武上只是微微一笑，又繼續說：「當然不是說這樣，他就什麼都看得出來。『建築師』自己也很愼重表示：『我能看得出來的是從那個人生活空間的建築物看出他個性的一部份。』但這已經是很重要的搜查資訊了，不是嗎？他就是十分喜歡建築物，看過的數目也不少。例如像這樣在路上走，一發現造型奇特的房子，儘管毫不認識，他也會去按人家的電鈴造訪。能夠觀察內部時就觀察，不行的時候也會確認住在該房子的主人是誰，甚至祕密調查。所以才會被我們叫做是怪人！」

武上舉起右手的食指敲敲自己的太陽穴說：「過去他的頭腦裡面就是這樣累積了許多軟體。如今怎麼可以不好好利用一下呢！」

「武上先生，你是要……？」說到一半，篠崎竟咳起嗽來。因爲一直默不作聲，突然說話喉嚨有些沙啞。

「你是要將栗橋浩美留下的照片讓『建築師』過目嗎？希望透過他找到兇手祕密基地的線索。」

武上點點頭。

「可是他是一般老百姓，就算以前是同事，也已經退職了。」

「沒錯。」

「所以不是透過正式手續請求他協助調查，純粹是武上先生私人的拜託囉？」

武上再一次點點頭。

「可是你要將一般不能公開的照片給他看嗎？所以才會另外製作一個備份的檔案嗎？」

篠崎說完，爲了不想看到武上可能繼續點頭的畫面而將眼光低垂。

「你可以跟我說這種事嗎？難道不怕我跟頂頭上司告密嗎？」

「你的上司是我！」

「我還有其他上司。」

「你想告密嗎？」武上點了一根新的香菸。

「我在想是否有不得不告密的義務呢？」

「笨蛋，義務當然是有。那還用說嘛。」武上吐著白煙，話說得很乾脆。篠崎抬起眼睛看著他。

「可是你會想告密嗎？應該不想吧。」

篠崎的表情顯得很難過，讓武上不禁笑了出來。結果反而被煙給嗆到了。

「你肯定是不會告密的。但理由不是因爲尊敬我，或是願意跟我同歸於盡，而是你有興趣。不對嗎？你也想知道吧？如果『建築師』眞的具有那麼獨特的鑑視能力，看了那些照片，會給至今還掌握不到栗橋浩美祕密基地任何線索的我們怎樣的意見，你一定也很想聽聽看吧？所以你不會去告密的。」

「武上先生，你可以看透我內心的想法嗎？」

「不好意思，我可以。」

篠崎嘿嘿一笑。就像從腳踏車上跌下來，害羞而笑的小孩子一樣。

「可是你爲什麼要告訴我這些呢？武上先生明明可以放在心裡不說出來的呀。」

「那可不行。如果是十五年前，我可以自己一個人知道。但現在不行，我已經五十好幾了。」

「嗄？」

「很有可能哪一天腦血管破裂，說倒就倒呀。人一上了年紀，就不可以自己一個人守著祕密。之後可能會很麻煩，必須得讓年輕人知道才行。」

「說這些不吉利的話……」

「這不是吉利不吉利的問題。而是『建築師』就跟你說的是老百姓，沒有退休年限；我時間一到就得辭官。可是如果你和『建築師』和得來，他就能成爲你的資訊來源。不是很好嗎？」

「那倒是。」篠崎不是應付說說，而是充滿誠意地點頭贊同：「可是武上先生，從那些照片就能判斷出祕密基地嗎？我雖然沒有全部看過；但就我所看到的，好像沒有什麼背景拍到特定的攝影場所嘛。」

這一點武上也知道。栗橋浩美拍攝了那麼多的個人收藏，然而拍照攝影始終還是外行，內容多半都是拍照對象的特寫。當然他的目的是拍攝女性，自然也就呈現出這種結果。

但是許多照片還是拍到了女生背後的房間壁紙，有些照片可以看見陽光照在她們坐的椅背上或鐵鍊纏著的床柱一角。雖然都只是些片段的資訊，但武上還是期待『建築師』能夠發掘出什麼線索來。

以前在不同的案件裡，『建築師』從犯罪現場的一張照片提出讓武上吃驚的意見。首先從房間照明和落在地上家具的陰影長度推算窗戶的位置和天花板高度、窗框大小，並計算出大概的地板面積。接下就像玩戲法一樣，他一一說出自己推理：「這個房間不是獨棟建築而是公寓房子，但是樓高不過五層。從室內顯露的柱子形狀判斷應該是昭和六十二年（一九八七年）以前蓋的建築物。過去至少有過兩次轉賣或出租的記錄，兩次居住的時間都超過一年以上，其中一戶人家擁有兩個以上低於就學年齡的小孩。」而這些推論都與事實相符。

「我認爲他値得期待。『建築師』肯定能從那些照片找出祕密基地的線索。」

「希望他看了那些照片，不會再犯胃穿孔的毛病。」篠崎說完嘆了一口氣：「倒是居然還沒辦法查出是哪家店沖洗了那些照片！」

不管怎麼調查他們的過去，都沒有發現栗橋浩美或高井和明對攝影有興趣，所以他們應該沒有能力自行沖洗照片。底片一定是拿到哪家店付錢沖洗的才對。

一般的相館發現來店的年輕客人沖洗的照片中是這些女性時，會如何處理呢？首先可以想見的是，他們會說「本店不受理這種類型的底片」而予以拒絕。不管付再多的錢，街上的照相館絕對會立刻退回這種底片吧。

接下來的做法就因人而異了。有些店家感覺到底片內容的犯罪性而會報警。有些店家則是考慮到萬一，會留下年輕男顧客的名字和電話號碼。有些則可能和附近的同業聯絡，詢問有沒有拿這種底片上門的男顧客或是警告他們可能有這種客人上門、還是商量該如何處理等等。

不管哪一種，只要栗橋浩美透過一般照相館沖洗照片，當召開那個具有衝擊性的記者會將照片公諸於世時，幫忙沖洗照片的店家——而且應該不只是一家，而是透過好幾家，理應跟警方聯絡才對。

然而到目前爲止，完全沒有這方面的資訊。收放那些照片的好幾本簡易相簿，就是照相館送給顧客的迷你相簿。雖然也曾經就這條線索進行詳細的調查，但畢竟流通在市面的數量太多，加上相簿是否是栗橋浩美在送洗這些照片時取得的也未可知？搞不好是拿家裡現成的用。因此這條線索幾乎等於沒用。

目前特搜總部認爲栗橋浩美那堆山一樣的照片，應該是高價請專門處理這種「危險」底片的業者沖洗的。就算是外行，其實還是可以很容易找到專門處理「危險」底片的業者。只要翻開色情雜誌，就能找到許多廣告。當然上面並非露骨地表示「我們受理一般照相館所不能沖洗的底片」，但有心者自然能看得懂。

而且這種照相館和普通業者不同的是，遇見任何狀況也不會跟警方聯絡。因爲隨便一查就能找出一堆問題，又何必沒事自找麻煩呢？不過遇到這種事，在這業者的世界裡一樣會形成話題吧？特搜總部除了耐心地到處追蹤探訪，也沒有其他對策。一個和武上經常喝酒聊天的老刑警是追蹤照片來源的小組長，他就宣誓要在半年內找出栗橋浩美使用的業者。

「總有一天會找到的吧。」武上說完，好整以暇地起身說：「我們再慢慢晃回去吧？」

篠崎跟著起身，拍拍雙手後大步走路。武上悠哉地跟在他後面說：「到時把檔案交給『建築師』時，你也一起來吧。」

「於是我就成了共犯囉。」

「這樣你就更不好告密了。」

篠崎抓抓頭表示很困擾，武上趁機追問說：「對了你最近在煩惱些什麼？是關於女人的事嗎？」

武上當然也知道這是篠崎第一次參與這麼大的案件，卻是個缺乏戲劇性逮捕兇手情節的案件。整天埋首於電腦畫面中，連打個瞌睡都會夢見畫面中被殺害女性的悲傷神情，難怪他會無精打采了。讓篠崎如此難過的其實是這個案件本身的殘酷性。所以武上故意問說「是關於女人的事嗎」，是因爲這和目前的情況最不相干，而且能製造輕鬆的氣氛。

可是篠崎卻因此停下腳步、一臉發白。武上也吃驚地站住了，甚至還嚇到右腳鞋跟踩到左腳。

「怎麼了嘛？喂。」

因爲武上的緊張神色，才讓篠崎領悟到自己的反應太過直接。於是趕緊將眼鏡戴好，嘴裡喃喃說聲「沒事」，快步走了起來。

「喂！慢點。」武上抓住他的手臂不讓他走：「氣氛不太對勁哦。你是想掐著我的脖子不讓我好好呼吸是嗎？最近我看你就是怪怪的，所以才故意問你。你究竟在煩惱些什麼？這是上司對屬下的質問。」

篠崎再次停下腳步。就像在教室裡尿濕褲子，以爲身體不動同學就不會知道的小學生一樣，身體僵硬地縮在椅子上。篠崎整個人僵直不動。武上覺得既好笑又生氣、又可悲，因爲一次無法表現太複雜的情緒，只好嘟著嘴沉默不語。

「其實……我去相親了。」篠崎低聲說：「不，不是去了，應該說是吹了。」

原來他眞的是爲戀愛問題而煩惱呀！武上吃驚地反問：「什麼時候的事？」

篠崎小小的喉結上下游移。在他還沒回答前，武上已經猴急地追問：「最近的事嗎？我看你有些不對勁，是從最近半個月前。所以是那個時候相親的囉？你看上了對方，但對方不喜歡你嗎？還是因爲相親的事，跟你女朋友鬧翻了？」

「我沒有女朋友。」篠崎難爲情地眨著眼睛說：「每次談戀愛都被甩，根本沒用。這樣子下去肯定一輩子單身，所以親戚才會介紹給我相親的對象。就是我嬸嬸。」

「哈！偏偏這種三姑六婆介紹的都沒好事。」

篠崎的臉色更加發白了。武上還讀不出這件事的重點，只是有種不好的預感。

「那你去相親是什麼時候的事呢？」武上又問了一次。

「九月十二日。」篠崎回答。

武上吞下了本來想接在篠崎語尾的話語。心想：什麼！九月十二日？

「就是大川公園找到右手腕的那天。」篠崎說時還將頭轉往該垃圾箱的所在的方向：「那一天如果沒出事，本來該是我休假。我已經請好假，為了相親被迫請假。」

「結果因為發現右手腕，相親也泡湯了？」

「沒錯。」

這又有什麼問題嗎？值得他臉色不對勁。

「我因為對相親沒興趣，所以連送來的照片、履歷看也沒看。一方面也是因為很忙。我想當天到了現場只要擺出一張臭臉，這件事就結束了。換句話說，我還很高興因為出了事被召回。只要說是工作，大家也會死心的。於是我打電話跟嬸嬸說明後，根本就忘了相親的事，立刻回到警署報到。當然對於對方女性的名字、長相、家庭狀況等也一概不清楚，幾乎是白紙一張。」

一如自我激勵一般，篠崎吸一口氣後繼續說：

「大概是在兩個禮拜前，嬸嬸又打電話給我。又是相親的事。這一次我跟她說時機不對，斷然回絕了，但是她不斷跟我道歉。說上次她錯了，沒想到會出那種事。這回她一定會好好調查過對方的家世背景。我問怎麼回事？結果……」

武上就像剛開始感冒一樣，背上感覺一陣陰寒。

「沒錯。」篠崎看出了武上的臉色點頭說：「我自己也不相信。和我相親的女方，叫做高井由美子。就是練馬區蕎麥麵店的女兒。」

也就是高井和明的妹妹。

「原來如此……所以你……。可是那次的相親不是取消了嗎？你也沒有必要跟對方見面，不是嗎？」

儘管這是個可怕的巧合，但事情已經過去了，沒有必要太過在意。然而篠崎卻摘下眼鏡、揉揉眼睛，然後很沒精神地搖搖頭說：「要是這樣就好了……。」

「還有後續發展嗎？」

「聽我嬸嬸說，女方現在反而想跟我見面。」

「什麼意思？」

「當初相親時，對方好像以為我只是個『地方公務員』。之後發生那件事後，可能是我嬸嬸說溜了嘴，告訴她我是墨東警署的刑警，又被分配到大川公園事件的特搜總部。」

武上也很難想像篠崎的嬸嬸對這種事的口風會很緊，至少也會跟高井家表示：「人生眞是諷刺呀！」

「自從高井和明死後，他們家便陷入一片混亂，所以根本沒空想起我的事。最近總算比較安定一點了，話是這麼說沒錯，但聽說蕎麥麵店始終關著、他爸爸病倒了住院、他的媽媽和妹妹爲了躲避媒體而到處躲藏。」

任何統計報告或新聞報導都不會公布兇殺案件的兇手家人們所遭受的二度傷害。偏偏現實人生的嚴厲就在這裡。這次的案件，犯案的兇手一起死亡，留給活著的家人更痛苦的立場。因爲本來該由兇手背負的重擔都得由他們承擔了。

「栗橋浩美的老家是開藥店的吧？」

「沒錯。就在高井和明家的蕎麥麵店附近。他們從小就玩在一起。」

「他家也停業了嗎？」

「好像他的父母都行蹤不明。我看過調查報告和搜索紀錄，他媽媽好像在兒子死後，精神狀況就出了問題。」

武上重新端詳篠崎的臉。

「高井的妹妹……是叫由美子吧？她的情況應該也很難受。可是她現在卻想跟相親告吹的對象見面，這是怎麼一回事？」

篠崎抬頭看著天空說：「聽嬸嬸說，她一直強調她哥哥不可能是兇手。」

武上沉默地拿出香菸，一隻手玩弄著十元打火機。

「聽說她是這麼說的：『我哥哥是無辜的。車禍時他和栗橋浩美在一起，一定是有什麼不得不的理由，但是跟殺人絕對沒有關係。他一定也不知道自己車子後面的行李箱載著木村庄司的屍體。』」

「也就是說他哥哥不是那種人囉。」武上低喃道，並點燃了打火機。微弱的火焰一下子就被寒風給吹熄了。

「所以她才會想跟我見面，因爲我是刑警。假如我是報紙或電視台的記者，她應該也會想要見面吧。就她的立場而言，不管是警察還是媒體，總之只要有人肯聽她的說法，讓她能夠有所宣洩就好！」

「所以你打算跟她見面嗎？」

這一次換篠崎沉默不語。

「你打算跟她見面吧？所以才會這麼沒有精神。因為你不知道見了面該如何說話？該怎麼去因應？我說的沒錯吧？」

篠崎的眼光四處游移，不知為什麼看見了武上手中的香菸，於是問說：「不行嗎？」

「不行！不准跟她見面，這是命令。」

「可是……」

「你見了她又能怎樣？你能幫高井由美子做些什麼呢？」

「或許能夠說明整個狀況讓她接受呀！」

「接受？接受什麼？說什麼蠢話。」武上不屑地說：「任你說破了嘴，也沒有辦法讓別人接受。只要高井由美子認定她哥哥是無辜的，外人根本莫奈她何。這種事就是這樣，沒得說的。懂嗎？」

「可是如果不能正式面對事實，今後她的人生也會走偏的。」

「又不是寫作文，話別說得那麼好聽。」武上覺得越聽越氣，隨手將夾在手指上的香菸丟棄在地。

「你給我聽清楚了！人類要面對事實，本來就是不可能的事。沒有人能面對事實。當然事實只有一個，也的確存在；但對於事實的解釋因人而異，相關人士說法都不相同。大家都認為自己看到的就是正面。畢竟人們只看他想要看的那一面，只相信他願意相信的部分。」

不知道是因為寒冷還是興奮，篠崎有些微微顫抖。

「高井由美子相信什麼，那是她的自由。她認定她哥哥是無辜的，就隨便她也無妨。到了必須面對現實的時候，她或許會改變想法吧。也許她會改說哥哥固然不是無辜的，但卻是被栗橋浩美所利用的犧牲者。也或許會開始認為她哥哥身為栗橋浩美的朋友，想要阻止對方的所作所為，只是力量不夠。甚至她也可能一百八十度大轉變，生氣地認為哥哥是個懦弱、沒用、陰險狡詐的罪犯，因為他害得自己的人生也跟著受苦！任何一種情形都有可能，也都無所謂。只要高井由美子自己能夠接受就好。

如果說她始終認為哥哥是無辜的，為了堅持主張而申請訴訟或傷害其他人的肉體與精神。那麼也必須先成為她訴訟的對象才能讓她停止這些行為、對她提出忠告。但能做的也僅止於此，卻不能深入她的內心，也不應該。儘管你是善意的，也只能說是雞婆多事。

我很能體會你關心相親甚至可能會結婚的對象的心情。這種關心在我們的工作上，其實十分必要。但是篠崎你去見高井由美子，卻是一點好處也沒有。只會讓她受傷更深、更加確信自己認定的『事實』。反而會讓她更加容易走偏人生路，不是嗎？」

一個穿著風衣、豎起衣領的年輕上班族快步走過武上和篠崎身旁。踩著落葉發出沙沙聲響經過時，還以一付「你們在爭執什麼」的眼神看了武上一眼，並對篠崎投以同情的眼色。

篠崎慢慢地一開口，隨著白色的呼氣，吞吞吐吐地說出：「我……我或許是錯了……。」

「沒錯，你錯了。」武上盛氣凌人地回答，並叼起了一根新的香菸。因為太過用力，香菸都彎曲了。

「她會……認為她哥哥是無辜的，也是沒辦法呀。畢竟情況就是這樣，對於高井和明的調查還有很多曖昧不清的部分。因為缺乏像栗橋浩美那些照片一樣的鐵證。究竟在這一連串的罪行中，他扮演什麼樣的角色？特搜總部也還沒有定論，不是嗎？」

武上一邊吸著香菸，一邊按捺住怒氣看著篠崎。篠崎的眼睛開始害怕地猛眨，但嘴巴卻不打算閉上：「我聽嬸嬸說，高井由美子懷疑警方一開始就認定她哥哥是栗橋浩美的共犯，所以沒有全力調查。」

「所以我就說是她自己那麼認定的呀！」

「你別生氣嘛！」篠崎不死心繼續說下去：「高井和明和栗橋浩美一起坐在裝有屍體的車上是事實。而且從他們在綠色大道加油站被目擊的情況判斷，他不是被迫在一起，而是主動積極配合栗橋浩美的行動。」

「是呀，這是不容忽視的重要事實。」

「你說的沒錯，的確很重要。而且我們的調查人員根據打給電視台的電話進行聲紋鑑定，推測連續女性誘拐殺人的兇手應該是兩個人。就在這時一如飛蛾撲火地，跑出來栗橋和高井這雙人組。所以她才會懷疑是否造成了一種思考停止的狀態，警方眞的認定栗橋和高井是眞凶，而不再進行嚴密的調查？比方說打給該電視節目的電話，做過聲紋比較後也只確定了栗橋浩美一個人，不是嗎？」

這一點篠崎說的沒錯。有關栗橋浩美的部分，因爲在他初台住處的電話留言是自己的聲音，所以和打給HBS特別節目的電話比對之下，可以斷定是出自同一個人。而且聲紋一致的部分是特別節目前半段打來的電話，也就是那通因爲廣告而中斷，致使對方憤而切斷的來電。

那麼另外一通重新打來的電話又是誰的聲音呢？能夠斷定是高井和明的聲音嗎？不行，沒有辦法。事實上也沒辦法鑑定，因爲缺乏他聲音的範本。一般人如果不是播音員或演員，很少有機會錄下自己的聲音。錄音在電話答錄機裡，則是難得的例外。但是高井和明家沒有電話答錄機，他甚至連專用的電話都沒有。

所以關於聲紋鑑定，絕對不是警方故意怠慢不做，而是根本沒有材料可進行。然而就是因爲情況如此，高井由美子才會心生那種悲切的無辜夢想。篠崎不善言詞想要表達的就是這些，武上當然也知道。

「高井由美子曾經聲嘶力竭地強調，如果打給HBS特別節目的電話，前半段說話的男人是栗橋浩美的話，後半段就應該是高井和明。但是我哥哥說話的方式不是那樣子。他在那種情況下不可能還那麼鎮定，他不是對著全國實況轉播還能掌控全局的人。所以一定另有其人。嫿嫿聽她這麼說，不禁感到吃驚，所以我才不得不想跟她見面說說話。」

「你是說你要代替本來負責處理這件事的刑警，重新再聽聽她的說法嗎？」

「所以我不只是去聽她的說法，而是要說明警方有好好在做調查，並沒有一開始就認定事實、不做查證。我是基於這個意思，希望她能夠接受我的說法。」

「所以我說那麼做一點意義都沒有！不管你怎麼說明，她還是認爲『警方的搜索很隨便』。在她根深柢固這麼認爲的時候，你還是別費唇舌，說那些一點意義也沒有的。」

武上說完便開步走人。

被丟下的篠崎，原地呆立了好一會兒。如果不能將剛剛你來我往的對話好好放在心裡，恐怕就會像重心不穩的小船一樣，稍一風吹便會搖晃不已。

武上一個人漸行漸遠，落得篠崎只能在後面追趕。但他實在無心追上去跟他並肩齊步。

武上說的話很對，篠崎是應該聽從他的建議。高井由美子目前的心境，應該也如武上推斷的一樣吧。她如果堅持哥哥是無辜的，不管旁人說什麼，她還是相信自己吧。就算錄影上出現高井和明在現場殺人的決定性畫面，她還是不肯承認吧。

篠崎也知道，腦筋裡很清楚這點。但是他還是十分猶豫。

「對方說三十分鐘還是一個小時都好，請跟她見面聽她說話。」嬸嬸在電話那頭，語帶嘲諷地表示：「你不覺得不乾淨嗎？雖然說未來的事情還不知道，但是推薦給你那種女孩，我眞是對不起你呀。所以我很小心，絕對注意下次要介紹給你更可靠的對象。」

三十分鐘還是一個小時都好。篠崎想像高井由美子透過電話跟自以爲位高權重、神經線特別大條的嬸嬸溝通，最後在自尊心受損的情況下還是得低聲下氣；不禁感覺很對不起對方。於是開始關心對方的長相，從衣櫃中找出棄置很久的相親照片，重新仔細地端詳。

看起來很老實，篠崎心想。那是穿著長袖和服的照片，臉上浮現的笑容不很自然、有些害羞，單眼皮底的眼眸也缺乏笑意。令人感覺到對方對於拍攝相親照片一點也不怎麼熱心。

篠崎不禁對著照片中的高井由美子問說：「妳哥哥過世了、妳哥哥是連續女性誘拐殺人事件的嫌犯，是誰一次將這兩個噩耗通知妳的？他是否正常對待妳們一家人呢？在對妳們進行問訊或對妳們說明狀況時，他表現的態度是否適當呢？現在在妳的周遭是否有人能夠聽妳訴說內心的苦悶呢？」

篠崎根本無法嚴詞拒絕對方三十分鐘還是一個小時都好的要求。他做不到。

眼前可以看見警署的大門，武上踏上階梯走進去。這時從署裡走出兩名特搜總部的刑警，擦身而過時不知跟武上說了些什麼。武上點點頭，停下腳步目送兩名刑警出門。

等篠崎追了上來，武上冷淡生硬地表示：「已經知道第三個女孩的身分了。聽說剛剛鳥居接見的那些人，已經確認出是自己女兒的臉了。」

5

離下一次截稿，時間還很充裕；但前畑滋子這一個禮拜幾乎全心全意都在寫稿。三餐都是在外面吃或買回來；家裡也沒有打掃，東西丟得亂七八糟。只有洗衣服一項，不洗的話家居服恐怕不夠穿，反正又是自動洗衣機代勞，就勉強做做。

昭二面對這種情況也不生氣，反而很支持滋子。還會牽制動不動就嘮叨的婆婆，幫滋子掩護說：「滋子現在做的事對社會具有很重大的意義。大家都在看著滋子的表現。前畑家能娶到這麼厲害的媳婦，妳應該覺得驕傲才對。一點家事，我會幫忙做的，不用太計較。」

他還對滋子說：「妳知道嗎？爸媽其實對妳在《日本時事紀錄》上的連載受到矚目感到很驕傲！還影印了好幾份拿到民眾活動中心分發呢。我在一旁看了都好笑。」

昭二的溫柔，又一次讓滋子深深感受。他無邪的熱誠毫不虛假；讚美滋子的興奮神情也不帶絲毫的自誇。深夜滋子一個人泡在浴缸理，想起昭二種種的好，不禁微笑了起來。

然而昭二一早便出門到工廠，就不會有人跟她囉唆些有的沒的，滋子可以不用聽見哪裡的誰又在稱讚她的連載或是關心她現在的寫作進度如何。從現在起至少有十小時，她的腦中只要想著文章如何繼續，只需要一個人靜靜地面對自己。想到這一點，滋子就覺得很輕鬆。總算沒有人會妨礙她的工作了！

這個時候的昭二就像站在一對希望能夠獨處的恩愛情侶身邊卻不解風情的友人一樣。好不容易這個感覺遲鈍的友人終於離開了，於是獨處的情侶四目相對，臉上浮現難爲情的笑容。滋子打開電腦面對正在執筆中的文章，不禁相視一笑。終於我們又能獨處了。

這是進入十二月後的第一個星期五。昭二出門前很高興地說：「今天會晚點回家，因爲附近的酒友約他出去喝一杯。」

「他們都說想要見見我的才女老婆，可是我說妳很忙給拒絕了。」

眞是謝謝了。幸好昭二不是那種喜歡跟好奇心旺盛的朋友炫耀自己太太的丈夫。滋子心想反正是週末，也該讓昭二輕鬆一下，因此叮嚀一句「別喝太多」，同樣高高興興地送丈夫出門。

剩下自己一人後，首先重新沖泡一杯咖啡。正當咖啡發出香氣時，電話鈴聲響了。這是今天早上的第一通來電，滋子心想：到底是誰呢？

電話響了三聲，滋子才拿起話筒。原來是平常疏於聯絡，頂多寄個賀年片問候的同學打來的。大概是從同學會的通訊錄上找到滋子的電話號碼吧。對方興奮地尖叫著自顧自說話，說是前天晚上看見滋子上的電視節目了。

電視節目是晚上十點開始播映的新聞節目，主持人是跟滋子同一年代的女性，內容主要都是談些嚴肅的話題。滋子參加的是該節目中的特別專題，大約只有十五分鐘。形式是：她一邊走在大川公園裡，一邊談論對連續女性誘拐殺人事件的看法。沒有記者採訪她，只有攝影師在後面跟拍。所以當初聽到這個企畫案時，她以一個外行要在鏡頭前自言自語太困難爲由而拒絕；但是在《日本時事紀錄》的手島總編的強力說服下，她還是答應了。

實際上場時，她覺得自己的表現不錯；還聽說電視台的人也稱讚她的演出。大概對方也不只是客氣，因爲昨天才又接到電視台的邀請，希望今後每一次《日本時事紀錄》有新的連載時，都能以同樣形式在該節目上演出。當然她也會答應吧。

只不過電視台認爲只是和連載同時進行，似乎沒有什麼特色，好像另有他們的想法。就在昨天新聞節目製作人提出的邀約中，包含了由滋子訪問被害人家屬，直接問出他們心聲的企畫內容。首先考慮採訪的對象就是古川鞠子的外祖父有馬義男。

訪問被害人家屬是滋子在撰寫連載時既定的計畫，儘管努力想要實現，卻很難達成。站在家屬的立場，當然不希望對媒體說些什麼，這一點她能理解。更何況要他們在電視鏡頭前說話，簡直是天方夜譚。而且感覺已經是很遙遠的事了，但是她心裡還記得和坂木達夫的約定。

趕緊結束和同學的電話後，滋子邊喝咖啡邊看著電腦，閱讀到昨天爲止寫好的文章。滋子的寫作進度比雜誌連載的速度快很多，目前正在著手的是第四回的部分。開頭第一回是探訪赤井山中綠色大道的車禍現場，並說明滋子開始寫失蹤女性報導文學的動機與連續女性誘拐殺人事件的關聯性。第二、三回則是以時間順序記錄從案發到栗橋浩美、高井和明車禍死亡的經過。將整體事件做一概要性說明。這篇報導正式開始深入專題將從第四回開始。

終於開始要對栗橋浩美和高井和明這兩人——探索藏在他們內心世界裡的黑暗。滋子必須根據自己的想法串聯所調查來的資訊。因爲是連載的形式，採訪和執筆必須同時進行，所以比較辛苦。但是手島總編輯卻說：「滋子必須走過這個暗中摸索的過程，找出通往該事件核心的通道，這篇報導才有意義。將所有難解的部分削除，像篇法院判書一樣只記錄事實部分的文章根本毫無用處。」

第一回的稿子，滋子吃了不少苦頭。因爲無法勾勒出栗橋浩美和高井和明這兩個年輕人的具體形象。而手島總編輯卻說這樣就可以了，而且還說過好幾次。對於滋子的這篇報導，他強烈主張這樣的程度就夠了。

「處理這種破天荒的事件，如果作者一開頭就擺出『我什麼都知道，所有謎底我都已經解開了』的態度，或許讀者第一次肯看，但是讀過之後一定會將雜誌丟到垃圾桶，心想『憑什麼自以爲是全天下就妳知道實情』，還不是想利用這個事件打自己的知名度！豈不是自討沒趣。」

「可是雜誌的報導，不就是要提供讀者資訊嗎？」

滋子一反擊，手島總編輯便冷笑說：「資訊？那我倒要問問妳，什麼叫做資訊？像妳過去寫的那些美食介紹、新的解肥妙方嗎？沒錯，介紹台場時髦漂亮的熱門約會景點、還是某個日劇拍攝現場的浪漫飯店、或是推薦讀者閱讀哪本書並飲用英國進口的香草茶就能讓自己更加感性等等，像這些風花雪月也可算是一種資訊。因爲有讀者喜歡接受，處理這種資訊自然也就很簡單。所以說女性雜誌的執筆人很好當，不需要做什麼調查，只要隨便問問，甚至是人云亦云就能寫成文字刊載。而讀者不管這些東西是胡編還是瞎扯，只要是雜誌上刊登的就認爲是『資訊』而甘心接受。關於這一點，只要我們什麼都不說，反正他們就是想要獲取『資訊』，隨便我們投什麼球他們都會接的。」

滋子一時之間說不出話來。臉頰開始發熱，太陽穴附近隱隱作痛。一股怒氣逐漸湧現，氣得她無言以對。

「太侮辱人了！」身體顫抖的滋子好不容易擠出話來：「你現在說的話不是對我，而是對所有女性雜誌執筆人的侮辱！」

總編輯不爲所動地表示：「我只是說出事實罷了。」

「我們從來沒有不經調查就推薦商品或是人云亦云地介紹商店。我們都會好好地親自確認過！」

「確認？怎麼確認？妳們吃過那店的菜嗎？還

是穿過那家名牌的衣服?」

「可以的話就會那麼做。」

「我就說嘛。那樣子還算簡單,何況妳們也樂於接受。可是減肥妙方呢?妳們也會嚐試嗎?確實試用過十天還是半個月,確定自己瘦了兩公斤,不,還是發現這種減肥法根本沒效!妳們試用過嗎?另外眞情與假愛的分辨方法呢?妳是眞的試過,查證之後才當作『資訊』寫出來的嗎?還是說妳是這樣子分辨戀情,於是才很幸運地跟妳先生結婚的呢?」

「這……」滋子咬著嘴唇說不出話來。

《莎布琳娜》才不會有那種無聊的報導。她其實很想這麼回話,但說不出口。因爲她的確寫過幾次那種類型的文章。可是那是她的工作呀,她是被要求寫的。因爲編輯說讀者們想看,她便相信了。

當場質疑讀者眞的想看這種東西嗎?這不是她的責任。如果眞的考慮該做與否,那恐怕一個工作也接不到了。

她很想這麼說。可是她也知道越說越會被嘲笑是藉口,所以只能用力咬著嘴唇忍耐。

「妳知道一直幫我們雜誌寫文章的西澤小姐嗎?」總編輯又問。

「當然知道。」

大概在半年前曾就都市裡日益增加的虐童事件發表詳實的報導,獲得很高的評價。之後出書成爲非文學類的暢銷書,銷售紀錄創下紀錄,還獲得非文學類新人獎的殊榮。年紀比滋子小五歲,工作表現十分傑出。

「最近她的名氣大增。過去女性雜誌對這種枯燥的非文學類作品連書皮也不會翻一下,現在卻頻頻跟她接觸。之前就有個雜誌要她『列出五本成爲知性女性必讀的書』,西澤說她覺得很蠢,幾乎都要笑不出來了。只是想到如果自己的推薦能讓更多人閱讀書籍的話,還是提供了五本書名。到了雜誌出版,剛好遇到負責該單元的編輯,於是西澤便問對方是否讀過她所列的五本書?沒想到對方笑說『怎麼可能讀過?我要有時間讀書就不必麻煩西澤小姐了。』」

手島總編輯發出急促的爆笑聲。

「妳認爲這種工作『帶給讀者資訊』吧？也希望繼續以這種方式寫這篇報導。但其實是不必要的。關於兇手們的心理背景與動機，羅列警方的說法、著名犯罪心理學專家的意見、女性主義的評論家的看法等，是毫無意義的。如果想寫這些東西，就請妳到別的雜誌社投稿吧！」

滋子從事文字工作已經十年了，這中間不乏有許多好事，不愉快的經驗也不在少數。但是生性好強的滋子可從來沒哭過，尤其是在人前懊悔地落淚。但此時她的眼眶不禁泛紅，淚水快要滴落下來。因爲不甘心在手島總編輯面前哭泣，她想抬起下巴好噙住淚水，但又擔心淚水噙不住會滴下來，趕緊低著頭不停地眨眼睛。

照理說都已經是這個歲數了，內心沒有柔弱到被人家說兩句重話就輕易受傷的程度。但還是有如椎心刺骨的感受，都怪手島總編輯根本不了解與贊同過去滋子的工作和人生，完全拿她當用過即丟的垃圾一樣看待。

決定這篇報導要上《日本時事紀錄》之前，其實有一段迂迴的過程。其間滋子也很困擾過，最後還是落得忘恩負義的結局。最早勸滋子出書寫失蹤女性報導文學的《莎布琳娜》前主編板垣一定會認爲滋子背叛了他。他介紹的連載媒體是他學弟擔任總編的女性雜誌，才創刊不久，性質和《莎布琳娜》很接近。因爲經常會談論社會時事的專題，如果能刊登滋子的連載，對彼此都有好處。但是滋子對於板垣的提議考慮了一整晚還是拒絕了。因爲她還是希望找一個更專業的時事媒體。

「滋子，妳是因爲對方是女性雜誌才拒絕的嗎？」

被板垣這麼一問，滋子立刻加以否認；並說明是因爲對方提供的篇幅太小，不夠連載一次的份量。一般的女性雜誌有廣告、贊助商的關係，無法給予這類的報導太多的頁數。

最後板垣前總編放棄了，但似乎不太相信滋子的說法。當第一回在《日本時事紀錄》的連載刊出時，他打電話過來詢問這件事什麼時候決定的？滋子據實以答，但接這通電話令人難過。因爲她知道將失去一個曾經信任、尊敬、依賴的戰友、同志兼導師的總編輯。

可是歷經這段痛苦的掙扎，好不容易來到《日本時事紀錄》，沒想到滋子的工作和想法竟被全盤否定。怎麼會有這麼過分的事呢！

「要哭要叫是妳的自由，但請到我不在的地方做！」手島總編輯起身離開。

「不會用自己頭腦思考的人，自然也寫不出好的報導。這是我根據經驗法則所獲得的信念。對不起，我不打算做任何妥協。」

滋子一個人被留在會議室的一角，聽見砰然的關門聲。

發行《日本時事紀錄》的是飛翔出版社，可以說是一間小得不能再小的出版社了。這裡固然是出版社名下蓋的大樓，但年久失修，到處殘破不堪。

滋子帶著這篇文章所找的出版社，都是曾經合作過的女性雜誌或畫報，換句話說就是有點關係的地方。每一個都是大出版社，旗下擁有兩本以上的雜誌。結果在那些雜誌都沒有具體答覆她之前，耳聞滋子手上有這篇文字的手島總編輯竟不請自來，雙方立刻達成協議連載。

滋子當時純粹就只是很高興，心想對方是專業的新聞雜誌。她還跟昭二兩個人握著手分享快樂。可是一旦獨自一人置身於這間又髒又陰暗的小會議室時，不禁開始懷疑當初的選擇錯誤了嗎？心裡越想就越難過。我究竟在這種地方幹什麼？被人如此對待還能忍受，我眞的有那麼強烈的寫作動力嗎？

但是滋子還是開始撰寫報導，因爲事到如今也不得不堅持下去。滋子的文章總是不合手島總編的意，儘管她也希望連載的企畫取消，彼此落得輕鬆；但是沒寫出第一回的文字也沒得商量。於是字裡行間反應出自己「到底在幹什麼」的情緒，反應出「事情都已經發生了，如今寫這些也不能挽回被害人的生命；偏偏又必須在摸不著頭緒的情況繼續寫這篇報導」的無奈。

沒想到手島總編輯反而認可了這篇文章，不禁讓滋子覺得對方是不是被狐仙附身了。

「我現在總算是有些明白了。」滋子微笑對著電腦螢幕上自己的身影，心想。

手島總編輯想要說的其實就是「老老實實寫出整個過程」。不是徵詢專家學者的意見後，照本宣科毫不咀嚼就寫成文字；而是要將滋子不斷摸索、逐漸理解的心路歷程報導出來。

第四回連載的開頭，讓滋子陷入了困境。栗橋浩美和高井和明，究竟該讓誰成爲主軸，如何下筆呢？根據過去採訪得來的資訊，資優生的栗橋浩美一向功課好、又是運動好手；高井和明則是正好相反的放牛班學生。兩人從小玩在一起，在他們二十幾年的短暫人生當中，都是相互扶持幾乎不曾悖離，最後還攜手犯下重大罪行。到底是誰牽引著誰呢？誰給對方的影響比較大呢？該怎麼寫才能正確描述他們的故事呢？

過去已經有許多報章雜誌提到一個事實：少年時代的高井和明有視覺障礙的困擾。視覺的功能完全正常，但其實左眼球根本沒有發揮作用，完全是靠右眼球認識外界環境。所以認知上產生偏差，導致不能正確讀寫文字，顯得比其他小朋友的學習能力低落。乍聽之下，這種說法令人難以置信；實際上只是這種功能障礙在日本還未受到重視；在美國早已開始研究，甚至設置了專門恢復功能障礙的訓練機構。

將高井和明從這個煩惱救出來的是他國中二年級參加游泳社時的顧問柿崎老師。滋子很希望能採訪柿崎老師，也不斷聯絡對方，但始終沒有獲得面談的機會。因爲也知道柿崎老師目前的住處與任教學校，好幾次還試著直接突擊，但都被躲開了。滋子相信高井和明的視覺障礙對他日後的影響以及他與栗橋浩美之間的關係有著深遠的意義，所以不能採訪到柿崎老師著實令人扼腕。

取而代之的是她訪問到當地小學在二年級和三年級時擔任高井和栗橋兩位小朋友導師的女老師。女老師目前已五十歲，當年擔任他們的導師還是三十出頭的中堅老師。可是她說完全不清楚高井和明有視覺障礙的問題，對自己的粗心大意感到很慚愧。

根據她的說法，當時的高井和明是個聽話但反應遲鈍的孩子。另一方面栗橋浩美則靈敏機智、十分可愛，是班上最受歡迎的學生。而且當時的兩個人看起來感情並沒有特別好。

「說起來似乎栗橋同學還經常欺負高井同學呢。」

高井和明是個孤獨的少年，好像沒什麼朋友。當時學校一年會對學生做一次問卷調查。內容不外乎是「你最尊敬的人是誰？」「你喜歡爸爸還是媽媽？」「你最要好的朋友是誰？請寫出他的名字」等項目。塡答的人必須寫上自己的姓名。回收的問卷再經由導師和學年主任分析檢討，作爲家庭訪問、個人面談時的重要參考資料。

但是二年級和三年級時，沒有一個同學在「最要好的朋友」上塡寫「高井和明」。當時的高井和明兩年都是塡答「栗橋浩美」。而栗橋浩美從來沒有寫上高井和明的名字。女老師還記得曾和學年主任討論過這件事。

「高井和明塡寫最尊敬的人是爸爸和媽媽，在說明原因的欄位上則回答『因爲他們認眞工作』。我想妳也知道，他們家是開蕎麥麵店的。這答案看了令人會心一笑；只是他的字寫得太醜，不仔細辨認根本看不懂。所以我把他本人叫來罵了一頓；還請他媽媽來學校，特別給了他一本練習簿，請他們回家練習寫字。」

和高井和明一樣有視覺障礙的人，通常可以輕易地寫出複雜的反向文字。事實上，對他們而言反向的文字才是他們眼中所看見文字的正常狀態，所以毫無困難可以寫出來。因此只要再有美術方面的天賦，就能利用此一「特長」，長大後成爲設計方面的專業人士。這些人對於自己有異於常人的視覺障礙，似乎也就不太在意了。

總之這種視覺障礙，並非眼睛的功能失調，而是頭腦的問題。左眼之所以「無法辨識東西」，就等於右腦主宰左眼的功能停止了。如果是右眼的問題，就是左腦停止機能。所以只要做適當的復健訓練，喚起停止作用的腦部功能，恢復的效果十分驚人。尤其是小孩子，只要周遭的人及時發現，這不是太過困難的復健工程。

但問題就在於「周遭的人及時發現」。高井和明在國中二年級柿崎老師發現之前，一直被當作是遲鈍的小孩。因此在他柔弱的心靈應該刻下不少的傷痕才對。這些傷痕是否讓高井和明與跟他幾乎是對照存在的栗橋浩美——一個少年時代活在陽光下、備受謳歌的男孩之間，產生了奇妙而扭曲的關係？這是滋子的想法。

越想像下去，就越覺得恐怖。人們都以爲自己眼中所見和別人看到的是一樣的。別說是意識中的「以爲」，只要內心決定是這樣子，就幾乎不再對該想法重新思考。例如寫出一個「朝」字。一但自己認識這個「朝」字後，很自然便認爲坐在旁邊一起上過課的同學眼裡看到的「朝」字，也許不完全一樣但形體應該類似。

這種說法對無法將「朝」字辨認爲「朝」的同學亦然。大家都能輕易地記住這個歪七扭八的漢字，作夢也沒想到只有自己覺得十分困難。於是只好自認大家都很厲害，我的頭腦大概很笨吧。而現實生活中，周遭人也開始罵我是「笨蛋」，經常嘲笑我……。

高井和明被柿崎老師解救時，回過頭來看著自己長期以來被囚禁的透明監牢，大概會不寒而慄吧！自己眼中所見居然和別人看的是不一樣的。原來不是自己愚笨；而是看的和別人不一樣，自然反應也就不同了。想到高井少年發現這一點時的安心感，滋子就覺得心痛。內心感到安心的同時，卻也挽不回過去的時光。過去那段善感的幼兒期與少年期，被嘲笑是笨蛋且不受到重視，在憐憫同情中存活的高井和明，不難想像其心中應該還留有無法治癒的傷痛吧。一如被破壞的可能性、短路的線路板，視覺障礙或許能在復健訓練下消失，但無法恢復成原來的狀況。還是會留下一些疙瘩的。

他會那麼執著於童年玩伴，如「明星」存在般的栗橋浩美，是否就是因爲無法撫平的疙瘩、傷口呢？栗橋浩美擁有高井和明挽不回的幼年與少年的黃金時光，所以高井跟他無法相離。

青年時期的栗橋浩美，在滋子眼中不過是個自尊心肥大的喪家犬！或許進了不錯的大學，但卻什麼也沒學到。之後茫茫然進了一色證券這種大公司。在社會大學中，過去從未戰敗過的他吃驚地發現周遭有許多比他優秀的人。甚至發現他必須對比自己能力差（至少看起來是這樣）的上司低頭、必須做些小孩子也能做的雜事才能領到薪水，在公司組織之下他和其他年輕未知數的員工不過只是稱不上戰力的小小零件、根本得不到任何特別待遇時，他感到生氣。然後在「老子才不想做這種事」的夜郎自大心態下離開了公司。這種情況在現代社會中司空見慣。認爲自己不是做平凡工作的料，想要脫離無聊的「日常」生活也無妨；但這些人最後卻無所事事，開始過著遊手好閒的日子。滿街都是這種「優秀」的年輕人！

但是高井和明對那樣的栗橋浩美沒有幻滅的感覺。儘管栗橋浩美成爲無業青年，對高井和明而言還是個英雄，所以依然跟在其後，願意協助他。如果高井和明的意志稍微堅定一點的話，或許他人生的路會有不同的開展。或許高井和明能在某個時間點跳離這個危險而暴力的遊戲、主動報警也說不定。

不管看任何報導或採訪，可以找到許多關於栗橋浩美的物證，但是有關高井和明涉案的證據卻異常短缺。聽說這個事實讓搜查總部也感到頭痛。

木村庄司失去聯絡後，在家裡等候丈夫回家的木村太太接到變聲器打電話過來的那個晚上，高井和明人在東京的家裡。這麼一來，怎麼想應該都是栗橋浩美一個人幹下的罪行囉？而高井和明到了第二天才離開家裡，沒有告訴家人那一晚他在哪裡度過。又隔一天到了十一月五日才和栗橋浩美一起死在赤井山中的綠色大道上。車禍身故之前，在他們去過的加油站裡，高井和明安撫神情異常的栗橋浩美，這一點已經被證實了。

滋子心想他們之間的「合作關係」是否都是這種型態？總是栗橋浩美在前面橫衝直撞，高井和明拚命追在後面擦屁股呢？

一開始應該只是栗橋浩美一個人犯案的吧？就是那些遺留在他房間中的照片和錄影帶裡的女性

們。栗橋浩美誘拐了她們，將她們監禁、拷打虐待、殺害之後棄屍。不斷經由殺人的過程來滿足他內在的自尊心。雖然他的理性部分也知道這些行爲有多骯髒、卑鄙與可惡，但是栗橋浩美「憤怒的自尊心」超越了理性，不希望他停止那些罪行。

既然社會不肯接納他、給予他所期望的地位，與其卑微地努力，還不如自己建立小王國，自立爲王要來得快些。成爲國王就能掌握眾人的生殺大權，想做什麼就做什麼。當時那些成爲犧牲者的年輕女性，其實不過是身爲年輕男人的栗橋浩美男性本能所選擇同年齡的女性對象罷了。如果他有戀童癖就會鎖定小孩，如果是同性戀就會對年輕男孩下手吧。因此滋子對於有一部份女性將這次的事件歸咎於「以女性爲消費物的大男人社會風潮下的產物」，她其實不太贊同。日本是大男人主義的社會是個既定的事實，男性之中將女人視爲玩具的想法也的確根深柢固，自然不可否認這是醞釀性暴力犯罪的溫床；但如果硬要如此以偏蓋全，不禁令人懷疑是否有見樹不見林的缺失呢？

栗橋浩美的動機其實很簡單，就是他對不能滿足其所求的既有現實所表現出來的憤怒！而高井和明只是盲目地跟隨其後，除了幫他安撫情緒外，卻不知如何消弭他的憤怒。於是兩人無法停下腳步。這是滋子的想法，也許錯了，但目前只能這麼認爲。她也決定將該想法寫成文章。

正當開始敲打鍵盤時，電話鈴聲響了。滋子順手拿起話筒，隨便答了一聲：「喂」

「請問……？」是女人的聲音，感覺很年輕。《日本時事紀錄》的編輯部裡沒有年輕女孩呀。

「喂，請問哪裡找？」

滋子不甚客氣的語氣讓對方吸了一口氣，接著對方趕緊問說：「請問妳是前畑滋子小姐嗎？」

「我是。」

「妳是寫報導文章的人吧？」

「對，我是。」

「我……」猶豫了一下子之後，對方聲音顫抖地繼續說：「我叫高井由美子，是高井和明的妹妹。」

滋子不禁將話筒拿離開耳朵，眼睜睜地看著。話筒依然只是個話筒，不可能咧嘴露牙突然冒出一句「我是開玩笑的」。這是眞實人生，並非在夢境中。

「喂、喂、喂？前畑小姐，電話掛斷了嗎？喂、喂、喂？」年輕女孩的聲音不斷呼叫，滋子趕緊將話筒放回耳邊。

「對不起，我有點吃驚。」滋子老實說明：「電話還接通著，我沒有掛斷。聽得很清楚。」

這時聽見對方安心的嘆息聲，聲音有些顫抖。

「還好……。突然打電話給妳，也許很失禮。但是我實在很想跟妳說說話，眞是對不起。」

「沒關係的，妳不必在意。只是妳怎麼知道這裡的電話號碼呢？」

「哦，一開始我是打《日本時事紀錄》的編輯部，就在雜誌後面有雜誌社的直撥號碼。然後是總編輯接電話，他要我直接跟前畑小姐聯絡，給了我這個電話號碼。」

滋子不禁苦笑，的確很像是手島總編輯的做法。不管高井由美子什麼時候打電話給編輯部過，他也不會事先通知滋子一聲的。

「我不是惡作劇亂打電話，我眞的是高井由美子。我想要告訴前畑小姐的是……」

滋子打斷對方一股腦的傾訴說：「高井小姐，電話中說不清楚，我們能不能見個面呢？」

對方聲音驚喜地表示：「妳願意跟我見面嗎？」

「當然，我也一直很希望有個機會能跟妳和妳的父母談談。」

繼續撰寫這篇報導和進行採訪的過程中，本來和栗橋浩美、高井和明家人見面應該是最困難的一環。因此現在的情況對滋子而言，簡直是天外飛來的幸福。

正因爲是這樣，就必須更加審愼看待這個幸運。高井由美子的目的何在？一開始她爲什麼要打電話給《日本時事紀錄》呢？

只不過現在質問這些問題，很可能破壞了難得的機會。到時候再詳細追問就是了，滋子保持她輕鬆自然的語氣說話：「高井小姐，我們在哪裡見面好呢？妳來指定對妳方便的地點吧，我哪裡都能飛奔過去。」

「地點……哪裡比較好呢？」

「要我到妳現在所在的地方嗎？」

「不，這裡不行。因爲這件事我沒有讓我媽媽知道。」

「妳跟令堂在一起嗎？」

「嗯……。這裡是媽媽老朋友的家，我們借住在這裡。」

「在東京都內嗎？」

「不是，都內太危險了。在埼玉，妳聽過三鄉市嗎？」

「我知道那裡。我就住在葛飾區，離那裡不遠。妳父親呢？」

「爸爸的高血壓更嚴重了，現在住在之前住過的醫院裡。雖然離家不遠……但是我和媽媽都沒辦法去照顧他，因爲媒體追得太凶了。爸爸那裡，儘管醫院的院長嚴格不讓外人進去，但是聽說電視台的人還是闖了進去。」

「眞是過分，又不是妳們的錯。妳們一定很擔心令尊的病吧？」

高井由美子發出哭泣的聲音，好像說了些什麼，但是聽不清楚。

「那我去找妳吧。我開車去接妳，妳現在的位置附近有沒有明顯的建築或公園什麼的適合碰面的場所？」

「明顯的建築……？」

「車站或飯店不行，妳應該也不想在那種地方等我吧？」

綠色大道車禍以來，經過幾天高井和明的屍體被送回家屬身邊。高井家沒有通知外人，舉辦了小型葬禮，結果卻被八卦新聞的報社拍成照片刊登了出來。住在殯儀館附近的學生還將告別式的過程拍成錄影帶賣給了跟該事件關係密切的ＨＢＳ電視台。社會新聞裡播出的影像，雖然將高井夫婦、由美子的眼睛部分打上霧塊，但是外型還是很好辨認。報紙方面則是完全沒有這方面的顧慮，儘管照片的焦距不是很清楚，但之後某家週刊還將同一張照片放大刊登。所以說高井夫婦、由美子的長相根本是對社會大眾公開了。

實際上該報導已經過了一個月；加上又不是有名的電視明星，路上行人應該不會特別注意到高井由美子的存在。只是對由美子而言，內心承受的壓力依然不減。只要擦肩而過的十人、五十人、或是一百人之中有一個人表現出驚覺的神色，那一瞬間她便要崩潰了。

討論半天的結果，因爲離由美子寄居的地方約五分鐘車程有一個高速公路巴士站，兩人決定在車站大廳見面。那裡白天出入的人不多，又方便滋子停車接由美子。又因爲高井由美子沒有手機，滋子要她到了車站大廳，立刻找公共電話，打電話到滋子的手機，並告訴滋子該公共電話的號碼。

「妳最好能盡量在那個公共電話旁邊守候。有什麼事我會打那支電話的。」

「我知道了……。」

「妳有墨鏡嗎？」

「有個便宜貨……。」

「沒關係，妳就戴上它吧。這樣我好當作目標找妳。我呢……我會穿上黃色的毛衣。黃色圓領，胸口縫著一隻很大的泰迪熊。那是去年聖誕節我先生送我的禮物，只是那麼花俏可愛的衣服不是我這種歐巴桑可以穿的。沒想到在這個時候竟派上用場了。」

爲了鼓勵對方，滋子故意說笑，但對方似乎不爲所動。於是滋子保持正經繼續說下去：「妳放心好了，我一定會去接妳的。回程我也會用安全的方法送妳回家。或者萬一今晚談到太晚，妳也可以住在我家。總之安心出門就對了。就先跟令堂說聲要到朋友家吧！事後再跟她說明情況，我想她就不會擔心了。」

一口氣說到這裡，內心擁起一股情感，讓滋子不得不溫柔地追加說：「謝謝妳打電話跟我聯絡。」

高井由美子好像還說了些什麼，但是聽不清楚。滋子確認過見面的地點後，掛上了電話。

滋子心跳得很厲害，想到這或許是個獨家，不禁拍拍自己的額頭笑了出來。我又不是記者，算哪門子獨家嘛！

但是過去只有警方才能夠直接和栗橋浩美、高井和明的家人問話，而且還只限於特搜總部的刑警。關於兇手家人對他們所作所爲的意見，警方絕不會對社會大眾以及媒體透露出隻字片語。滋子或許是單槍匹馬突破了封鎖線，當然會覺得興奮莫名。

6

放下話筒之後，高井由美子偷偷看了一下四周。走廊上一片寂靜，沒有其他人。豎起耳朵傾聽，也沒有聽見任何聲響。勝木阿姨剛剛出去買東西了，媽媽應該還躺在樓上的房間裡。

根據這間位於埼玉縣三鄉市郊外的古老木造房屋屋主勝木阿姨的說法，「房子唯一的優點就是古老，其實早已經被白蟻蛀空了」；但對高井文子和由美子這一對母女來說，這裡是最近一個月來唯一安全的避難場所，是她們的藏身之處。

由美子稱呼爲「勝木阿姨」的勝木宏枝是媽媽文子的童年好友，兩個人的交情已經將近半個世紀了。大概是因爲勝木夫婦沒有小孩，由美子記得從小就特別受到他們的疼愛。宏枝的丈夫是個手藝不錯的木匠，因爲心臟病而猝死，剛好過了五年。之後宏枝守著丈夫留下來的寬闊木造樓房，一個人靜靜地與回憶共同生活。而現在在她的羽翼下，又多了文子和由美子可保護。

自從十一月五日和明車禍身故以來，高井家已不再有平靜可言。只有家人三個爲和明送別的葬禮也被拍照，更加速了爸爸病情的惡化。當和明燒化成骨時，媽媽抱著骨灰罐，整天低垂著眼睛坐著不動，既不吃飯也不洗澡、換衣服、睡覺，就像一具有些骯髒的人體標本一樣。母女兩人躲在門窗緊閉的家裡，「長壽庵」的招牌也拆了下來，但每天還是有從外界打來的電話、上門騷擾的電鈴、石頭和雞蛋敲打窗玻璃、叫罵的聲音不絕於耳。尤其是在栗橋浩美初台的住處發現七個女子的照片和錄影帶之後的那幾天，由美子根本無法安心躲在家裡。總以爲馬上就有人踢破門板闖進來，押著文子和由美子到外面去。然後她們母女被動用私刑、凌虐後的屍體還被電線纏繞著倒掛示眾。

可是她們之所以沒有離家出走，一來是因爲沒有去處；最重要的理由是，葬禮之後，爸爸被送往醫院時曾握著由美子的手，不斷低語說「店裡就交給妳了、店裡就交給妳了」。這些話語依然猶在耳畔。還好連續幾天閉關自守，有些看不過去的鄰居會在半夜偷偷送吃的東西過來，或是幫她們趕走來湊熱鬧的粗暴民眾。這些都讓她們感動得淚流滿面。

鄰居還告訴她們：栗橋夫婦早就關上藥局逃走了。地方上早就知道栗橋浩美的素行不良，都會強調栗橋浩美的不對，表示「和明就是好好先生才會被帶壞的」。但是他們游移的視線始終不敢跟由美子正面相對，言下之意暗示著：「最可惡的栗橋浩美的父母都已經逃跑了，妳們還是盡早離開這裡比較好吧。」換句話說，這才是她們的眞心話：「我們固然不忍心看妳們落得如此下場，但是妳們窩在家裡對我們還是造成困擾。」由美子或多或少能明白他們不言而喻的要求。

鄰居們會說「和明是被帶壞的」，卻沒有人肯說「我相信和明什麼都沒有做」。這個事實一層一層地削去了由美子內心最柔軟的部分。一片片削落的心的碎片，沉入身體的最深處。每當午夜夢迴時，由美子赤足踏進堆積如山的碎片之中，總因爲冰冷與刺痛而尖叫跳起，醒來發現早已淚流滿面。

在那樣的日子之中，大約是十一月中旬以後吧。在一個午夜過後，勝木宏枝突然來訪。那是個下著小雨的深夜，屋外總算不見記者和湊熱鬧的民眾。或許勝木阿姨也在等待這樣的天候上門。

「由美子！由美子！我是勝木阿姨，開開門呀。」

敲擊窗戶的聲響和呼喚聲，讓難以成眠的模糊腦袋一下子清醒了。由美子飛奔衝下樓梯。打開大門一看，宏枝全身包覆在連帽的大衣裡，顯得十分寒冷。由美子確認是勝木阿姨來了，不禁淚如雨下。聽見聲音的文子也跟著下樓，一瞬間愣住了，旋即放聲大叫抱住了宏枝。由美子一邊抽搐一邊看著兩人緊緊相擁、放聲哭泣的畫面。

好不容易大家情緒穩定後，宏枝開始迅速明快地交代他們母女收拾衣物、準備行李。

「總之先離開這裡再說，來我家吧。到了我家，妳們就不必顧慮誰了。對不起，沒能早點來接妳們，因爲實在不好靠近妳們家。好幾次我來看看情況，可是妳們家外面總是包圍一、二十圈的人呀！」

由美子提起精神打包行李，但意外的是過去始終像個活死人的媽媽卻在這時表示反對意見。她說不能不告訴爸爸行蹤就丟下店裡不管。一時之間由美子焦急、氣憤與困惑的心情雜陳，忍不住聲音尖銳地斥責媽媽：「現在我們連去醫院照顧爸爸都做不到，就憑我們兩個人也沒辦法照顧好店裡，不是嗎？這會兒最要緊的是保護好我們自己才對呀！」

儘管如此，媽媽還是不肯離開家門。幾經說服，才不得已答應。由美子這才眞心感覺這個家和店面對爸媽而言，一如一座刻滿他們人生經歷的金字塔一樣重要。

經過約一個小時後，由美子雙手各提著一個旅行包、宏枝背著一個大型登山包走出門外。抬頭看見街燈的光暈瀰漫一股白色的雨霧。文子雙手緊緊抱著和明的骨灰罐，保護著不讓它遭到雨淋。

「來！我們走吧。」在宏枝的催促下，三人出發了。媽媽沒有回頭看，但由美子卻忍不住回頭，因爲她要確認背後是否有人跟蹤。

果然不出所料，高速巴士的公車站裡不見任何人影。倒也難怪，公車站本身就沒有營業嘛。由美子吃了個閉門羹。

冷靜下來想想，其實很正常。這裡是前往東北、上越地區的深夜高速巴士發車站，平常日子沒有發車運行的白天，根本沒有必要開放車站。購票處和候車室所在的建築入口大門鎖著，怎麼推也推不開。隔著骯髒而千瘡百孔的窗玻璃，可以隱約看見裡面三排長椅的椅背和綠色的公共電話。

由美子舉起右手扶著墨鏡，慢慢地環視四周。公車站裡不見人影，寒風吹動落葉和垃圾，摩擦走道發出沙沙聲響。

公車站出口、就在走道盡頭，還有一個綠色的公共電話亭。沒辦法，只好在那裡等吧。由美子慎重跨出步伐。平常沒有戴墨鏡的習慣，感覺視野陰暗而狹隘。似乎一不小心就會跌倒。

就在由美子慢慢走向電話亭之際，一輛汽車駛入公車站入口。她以爲是前畑滋子而仔細一看，發現那是一輛灰色舊型的箱型車，隔著車窗裡面坐著一對年輕情侶。於是她失望地將視線移開。

箱型車在入口附近暫時停車。由美子並非有意窺伺，只見男生從駕駛座跳了下來，立刻衝進旁邊的公共廁所。男生穿著花俏的毛衣和鬆垮骯髒的牛仔褲。坐在車裡的女孩則搖下車窗抽菸。

由美子走進電話亭拿起話筒，將電話卡插了進去，卻聽不見訊號聲。試了幾次都是一樣。於是懷疑地檢視電話亭裡，終於在腳邊看見一張用黑色麥克筆寫著「故障」的瓦楞紙片，早已經被踐踏得殘破不堪。大概已經壞了好一陣子了，眞是屋漏偏逢連夜雨！由美子不禁怒火中燒，用力將話筒掛回。

由美子走出電話亭，倚靠在緊閉的門邊時，剛剛的男生從廁所回到了車上，握著方向盤駛往出口。由美子低著頭，不經意地轉過身讓汽車開過。灰色的汽車逐漸靠近時，可以聽見裡面音響發出的聲音。

左轉的方向燈閃爍，汽車在由美子的身邊暫時停車。這時半開的車窗伸出一隻白皙的手，迅速地丟出了什麼東西。而且直接飛向了由美子。

由美子反射動作舉起右手保護臉頰，但是手背還是被丟到了。感覺一股被咬齧的刺痛。仔細看著落在腳邊的東西，是一根長約兩公分、還點著的菸蒂，是女孩丟出來的。

灰色箱型車左轉離開公車站，絲毫無視於由美子的存在。沒有聽見對方的笑聲，想來應該不是故意的；而只是單純將吸過的菸蒂丟出車窗。女孩應該沒有看見由美子，也沒有意識到她的存在吧？

箱型車走遠了。由美子爲了查看一下手背的燙傷，隨意拿下墨鏡。雖然有些刺痛，但外觀上倒是沒什麼大礙。看來傷得並不嚴重。由美子嘆了一口氣，一邊用左手搓揉右手背，一邊用腳跟用力踩熄滾落在走道上的菸蒂。

這時她注意到距離電話亭一公尺遠的前面有人站在那裡。可以看見四隻穿著球鞋的女人的腳。舉目一看，兩個身材一樣矮胖的中年婦女正盯著由美子看。

由美子立刻將視線移開裝做不知道，但想到墨鏡竟然在自己手上，不禁感覺不寒而慄。連忙戴上墨鏡，但剛剛的女人們依然注視著她。兩人意有所指地相對一看，然後開始向由美子靠近。

由美子趕緊右轉，走向候車室所在的建築物。感覺好像聽見背後有人呼喚，當然她沒有回頭。跑步回到上鎖緊閉的大門口時，從門板的窗玻璃可以看見兩名中年婦女的身影向這裡走來。由美子繼續移動剛剛放慢速度的腳步，前往公車站的入口處。

這時不知從哪裡又傳來汽車引擎的聲音。又是誰來了？又是來追趕由美子的嗎？

走吧！離開這裡。我不喜歡待在這裡。

經過公共廁所門口時，差點撞上從裡面走出來的男人。由美子整個人向前傾倒，對方驚叫出聲，生氣地舉起手看著由美子，並大叫說：「喂！妳幹什麼呀？」

好不容易控制住身體保持平衡，由美子繼續咬著牙快步前進。被發現了！被認出來我是高井由美子啦！不知道會有什麼下場，總之必須快逃，先逃離開這裡再說！

「喂！小姐，妳的墨鏡掉了。」從公共廁所出來的男人撿起了由美子的墨鏡大聲呼喚。但是由美子什麼都沒聽見，也不知道男人在說些什麼；唯一知道的是男人說話的聲音很大聲，而這就足以嚇到她了。

「什麼嘛！虧我好心幫她撿起來。」

男人感覺最近的年輕女孩撞到別人也不道歉，又不愛惜東西。其實墨鏡的右邊鏡片已經破裂了，男人沒辦法只好將由美子的墨鏡順手丟進廁所旁邊的垃圾桶裡，然後離去。那個女孩究竟是怎麼回事呢？男人的眼瞳裡閃過逐漸朝公車站出口離去的一對中年婦女影像。看起來她們很和善，不知道那個女孩為什麼要那麼慌張？

由美子離開公車站，越過一個馬路，腳步依然停不下來。這裡本來就是她不熟悉的地方，慌忙逃走之際更加迷失了方向，只是胡亂地看見街角就轉、看見紅燈便停止綠燈一亮就過馬路，儘管搖搖晃晃幾乎要撞上行人，還是拚命向前走。

墨鏡沒了，脫走之際突然發現這一點，更令她陷入恐慌。一張臉什麼都沒遮就走在路上，簡直就像在做惡夢一樣。路上交錯的行人都一臉驚訝地看著由美子。其實他們只是對一個年輕女子頭髮蓬亂地滿街亂跑而吃驚疑惑，但看在失去冷靜判斷能力的由美子眼中，根本不是這麼一回事。大家都認出我來了，都在對我指指點點。我必須逃離開這裡才行。

一腳踩在人行道上的裂縫，左腳上的鞋子應聲脫落。一股刺痛從腳踝上傳上來，但由美子還是繼續前行。因為不好走路，她乾脆連右腳上的鞋子也脫掉，結果更引人側目，惹得路上行人都停下來看著她。

一對迎面走來的上班族情侶指著由美子。女生問：「你看，怎麼回事呀？」男人側著頭不知所以然。一輛停在路肩準備載客人的計程車司機，吃驚地從車窗探頭出來看。一名準備騎上單車的學生，一腳踩著踏板、啞然望著由美子。原本忙著將貨物堆上車的快遞人員看見奔跑的由美子蒼白的側臉，不禁停下手看著她的背影。怎麼了？究竟是什麼傢伙在追那個女孩嗎？

不，沒有人在追她。後面看不見任何人。根本找不到有人在她後面窮追不捨。一臉木然的快遞人員望著由美子離去的方向，只看見一輛箱型車開過。

由美子來到新的十字路口，可以通行的號誌正在閃爍。她想衝過馬路，因爲她停不下來。於是只穿著襪子的雙腳從人行道踏上馬路，這時一輛小卡車趁著號誌還在閃爍正準備左轉。

一陣緊急煞車的聲響。沒有發生車禍，但突然轉彎的小卡車充塞了由美子的整個視野，一時之間身體失去平衡，由美子跌坐在地上。小卡車車門打開，司機探出上半身。看來是個缺乏耐性的粗魯男人。

「搞什麼鬼！找死呀。」

怒罵聲在由美子的腦海中迴響，讓她不敢透氣，也說不出話來，只覺得雙腿無力。由美子張開一雙大眼、兩手抱著蜷縮的身體，像個惹禍的小孩子只知道渾身顫抖。她流不出淚水，彷彿所有的感情線路都斷了，只能聽見自己急促的呼吸聲。

交通號誌轉爲紅燈。一個看不過去的三十多歲女性走上前，果敢地扶起由美子說：「妳還好吧？已經是紅燈了，這樣子很危險。」

小卡車司機粗暴地關上車門，繞過手腳軟弱的由美子和幫助她的女子，左轉彎離開現場。只留下一長串黑色廢氣，害得攙扶由美子的女子咳嗽不已。

由美子的眼睛雖然張開著，但似乎已失去意志渾身無力。距離人行道不過一公尺遠，但女子一人根本扶不動由美子。周遭並非沒有其他男性，但大家都裝做沒看見不肯伸出援手。

這時一輛箱型車停在剛剛小卡車緊急煞車的位置。車門打開走出一位男子，快步靠近由美子和幫助她的女子身邊。

「謝……謝謝你。」攙扶由美子的女子對男人道謝。兩人各攙著由美子一邊的肩膀來到人行道上。由美子依然癱軟，似乎無法自己一個人站立。

「是不是叫救護車來比較好呢？」女子詢問陌生而親切的年輕男子。青年細長的眼睛透露出知性，嘴角則顯得意志堅定，令人印象深刻。頭髮有些長，但整理得乾淨俐落，整體而言給人清爽的感覺。

「不，應該沒有必要。」他回答，聲音堅定，值得人信賴。「她是我的朋友。因爲身體有些不舒服……我正要帶她上醫院。」

「哦，是嗎？」

女子重新仔細觀察高井由美子。當然她並沒有發覺對方就是高井由美子，而是覺得由美子很可憐。現在的由美子簡直就像是電影上的僵屍一樣，狂奔脫逃用盡了全身的氣力，所以現在大概聽不見也看不見外界的物事。眞是可憐呀。

號誌又變了。無視於他們存在的行人等待號誌燈亮起，面無表情地穿越馬路。

「謝謝妳的幫忙。」年輕人對前來幫忙的女子低頭道謝，然後讓高井由美子靠在他肩上，攙扶著往箱型車走去。前來幫忙的女子眞的心腸很好，過馬路的時候還不時回過頭關心，看見青年溫柔地對由美子說話並扶她上車。由美子依然毫無反應，安全帶也是男生幫她繫好。女子心想：不知道他們是什麼關係？接著又微笑搖頭想說：又關我什麼事呢！事實上她突然想起約會的時間快遲到了，這次輪到她疾步行走。

「由美子！」坐上駕駛座，年輕人對著高井由美子呼喚：「妳還好嗎？腳會痛嗎？妳在這裡幹什麼呢？」

高井由美子失魂落魄地注視著前面車窗。男生還是繼續說話：「我經過公車站時，看見由美子拚命在路上跑，所以趕緊追了上來。路上還追丟了一次，以爲找不到妳了。究竟出了什麼事？有誰對妳做了什麼嗎？」

高井由美子輕輕眨著眼睛，低喃說：「公車站。」

「沒錯，就是公車站呀。」男人將手放在由美子腿上的手背上，溫柔地搖晃說：「妳在等誰嗎？還是準備搭乘巴士呢？」

高井由美子又眨了一下眼睛。這一次的眨眼有所意義，她是想讓頭腦清楚，甩開眼前視野。

「公車站！」她大聲重複說，好像打開開關，恢復了精神。我究竟出什麼事？這裡是哪裡？爲什麼我會在這車上？我不是和前畑小姐約好了嗎？

「糟糕！我必須回去。」

「喂！妳怎麼了？」年輕人吃驚地按住她的肩膀說：「由美子，妳還好吧？」

由美子轉過頭看著他，突然大聲尖叫。連忙扳開旁邊的車門，想要衝出車外。但是因爲身上有安全帶無法如願，年輕人抓住她的肩膀不讓她走。

「慢點……請等一下，別跑嘛！是我，我是網川呀，妳哥哥的朋友！」

「哥哥」、「朋友」這些詞語吸引了一頭混亂的由美子。她緊靠在門邊，慢慢地回過頭去。

「網川先生……。」

「是的，我是網川浩一。還記得我嗎？我記得曾經到過你們店裡玩過。」他說時還做出笑臉，企圖讓由美子安心。他的笑臉有著男人少見的嬌柔。

「也許比起我的名字，妳可能記得我的外號吧？」網川浩一有點害羞地搔了一下鼻子說：「妳哥哥和其他朋友一向都叫我『和平』。」

7

高井由美子跌坐在十字路口被親切的女子攙扶時，前畑滋子已到達約定的高速巴士公車站。發現車站大門上了鎖，舉目四望也看不到類似高井由美子的身影，於是當場咋舌頓足，十分氣憤。

「到那邊去找找看吧？」一臉疑惑地環視四周，塚田真一提議說：「滋子姐妳留在這裡，我去繞一圈找找看。」

「真一，你知道她長什麼樣子嗎？」

「應該知道吧，報紙上有看過。」

看著離去的真一背影，滋子不禁嘆了一口怒氣。運氣真是不好……。

一開始就失算，浪費許多時間。臨出門卻找不到跟由美子說好要「穿去」的泰迪熊毛衣。明明收放在壁櫥裡的毛衣收納箱中，可是翻箱倒櫃就是沒找到。最後放棄決定穿其他衣服打開衣櫃時，竟看見那件毛衣還好好躺在昭二當初送她的包裝紙中。

換好衣服，連綁鞋帶的時間都捨不得花，立即衝往停車場。這一次平常開著到處跑的昭二的老爺車引擎竟然發不動了。不論她怎麼轉動鑰匙，引擎只是溫溫吞吞低吟了幾聲而已，完全不上火。本來這輛車是朋友慶祝昭二和滋子結婚將他開了五年的車子免費送給他們的中古車，滋子一開始還抱怨：「既然要送就送全新的嘛。」車子或許也能閱讀人心，每次昭二開車就很好開；輪到滋子駕駛，不是臨時熄火就是像今天引擎發不動。

「快呀！快發動呀，笨車。」滋子斥責車子：「我有很重要的約會，你給我趕快發動！大笨車。」

可是車子就是不為所動。滋子只好打開車門跳出，趕緊衝向昭二工廠所在的方向。

「快！車子借我。」滋子像恐龍般口吐白煙飛奔至工廠辦公室時，正在接電話的昭二吃驚地回過頭問說：「怎麼了？啊……對不起，我是在跟這裡的人說話……。」

穿著制服的婆婆隔著桌子，一臉怒色看著滋子：「幹什麼呀，大聲小叫的。」

「對不起，我想借有空的車子。因爲現在有急事必須出去一下。」

「你們的車子呢？」

「有點問題，無法發動。」

「可是工廠的車是工作要用的，萬一隨便拿來開……」

眼角看著念念有詞的婆婆，滋子同時往牆壁的鑰匙櫃接近。前畑鐵工廠有兩部營業用的車子，其中一台其實是昭二父母平常在用的轎車；另一台則是迷你箱型車，車身旁邊印有「前畑鐵工廠」的字樣。不巧的是，現在空著的是那台迷你箱型車。轎車大概是公公開去跑銀行了，畢竟現在年關將近了。

看來只有背水一戰，滋子一把抓起了迷你箱型車的鑰匙，然後對著身穿工作服還在唯唯諾諾講電話的昭二背影說聲：「我去去就來！」，衝出了辦公室。

「滋子妳去哪裡？怎麼可以這麼隨便！」婆婆大聲叫罵，但根本聽不進滋子的耳朵裡。滋子耳畔迴響的是高井久美子越來越微弱的呼救聲。

因爲太過匆忙，在家忘了先查看道路地圖。昭二平常喜歡兜風，但滋子並不是那麼愛開車。前往三鄉市的路況大致有印象，但是怎麼走最有效率，一時之間滋子的頭腦理不出頭緒。

心想先開到飯塚橋的十字路口再說吧。一如天賜，竟看見塚田眞一走在前面的人行道上。大概是打工回家的路上吧，但是步伐看起來無精打采，臉色也很沒有精神。這孩子平常固然很憂鬱，但這情況還是有什麼事吧？滋子趕緊將車停在路邊，按了幾聲喇叭。

「眞一！眞一！」大聲揮手呼喚，總算眞一看見了滋子。滋子探身過去打開左邊座位的車門：「上車！快上車。」

眞一吃驚地拚命眨眼睛：「嗄？」

「沒關係啦，先上車。待會兒再跟你說明原因。」

眞一被拉上車，才關上車門，車子便發動了。因爲被後面的計程車按了好幾聲喇叭。

「滋子是要幫工廠做業務嗎？」大概是看滋子開前畑鐵工廠的迷你箱型車，眞一一臉正經地詢問。

「怎麼可能！對了，你幫我看地圖。現在該怎麼樣才能到達三鄉市？直接走水元公園的方向嗎？還是上高速公路，叫什麼……六號高速公路嗎？」

「地圖在哪裡？」

「就在你的屁股下面。」

眞一從屁股下面拿出破破爛爛的地圖翻頁尋找。

「三鄉市很大，妳是要去哪裡？」

滋子回答是高速巴士的公車站。眞一點頭說：「沒錯，就在六號高速公路附近。」

「你知道那裡嗎？」

「我搭過一次，所以我知道。不過妳要是想從這裡上六號高速公路，那就錯了。繼續開下去才不會繞遠路。」

「我知道了，麻煩你好好帶路囉。還有待會兒可能手機會響，響了就幫我接，然後讓我說話。」

「誰會打來呢？」

於是滋子開始說明情況。

在眞一回來之前，滋子已經吸完了兩根香菸。覺得又氣又難過，又很擔心。兩隻腳不安地動來動去，卻又不能離開這裡。沒辦法只好在車子四周打轉。

眞一來到公車站入口，雙手擺出一個很大的叉號。滋子也舉起手回應他。等到眞一走到聲音能及的距離，滋子開口道謝說：「謝謝你，辛苦了。」

「是因爲我們來得太晚，她等不下去了嗎？」

「我不知道，也許一開始她就沒來吧。」

「是嗎……。打電話的時候她應該眞的很想跟滋子姐見面，可能是後來鼓不起勇氣吧。」眞一也很擔心的樣子。

滋子盤起手臂，再一次嘆氣。這時才猛然意識到剛剛在趕路的過程中無暇注意的事實，於是警覺地問：「眞一？」

「嗯。」眞一還在觀察四周。

「剛剛在路上看見你，心想眞是天助我也，不管三七二十一就把你給拖來了……。」

「沒關係啦，反正我今天也沒什麼事要做。」眞一說完後苦笑了一下又說：「其實一向也沒什麼事要做。」

「可是眞一，我雖然不知道那個叫做高井由美子的女孩想跟我說些什麼，但是她可是高井和明的妹妹耶。」

「那倒是，而且是親妹妹。」

「眞一，你不覺得討厭嗎？」

「討厭？」

「就是說……對方是加害者的家人呀。我因爲工作……我因爲工作上的關係，自然很高興能夠直接和她說話，所以沒有反感；但是眞一不一樣呀。如果是我一個人去找她就算了，卻要眞一來幫忙。」

滋子厭惡自己，感覺眼前一片漆黑。我爲什麼老是這樣？緊要關頭總是不顧前後就行動呢？

「說起來還眞是奇怪耶。」眞一的語氣好像在談論別人的事：「過去我從來也沒有想過這種事。」

「眞一，你有讀我的報導嗎？」

「有呀。」

「你不覺得生氣嗎？我的寫法並沒有痛懲加害者，而是將整個事件描述成一個悲劇。這種寫法站在被害人和被害人家屬的立場來看，應該會覺得太過寬容吧？」

我是怎麼了？爲什麼事到如今才問這種問題？要問早就該問了，不問就該放著永遠不問。或許滋子本身就沒有詢問的權利。也許塚田眞一具有回答問題的權利，但滋子只能被動接受該答案。

眞一沉默不語。北風吹動了他的頭髮，露出光滑的額頭，感覺特別可愛。滋子不禁又想到其他地方：眞一該剪頭髮了……。

還有，如果自己是年輕媽媽，十、五六歲便結婚生子的話，自己應該也有眞一這麼大的孩子吧。但現實人生滋子選擇了現在的路，和毫無關係的塚田眞一以這種形式牽扯在一起。固然她有心作爲保護者照顧眞一，但也不得不當場承認完全無法理解少年的心情。

「水野小姐。」眞一突然看著滋子問說：「妳認識吧？」

「嗯，她不是眞一的女朋友嗎？」

「其實我們吵架了。」眞一說完低下頭。

「哎呀呀。」

「她有點生氣，因爲讀了滋子姐的報導，理由就跟滋子姐剛剛說的一樣。」

「……」

「她咬牙切齒地問我爲什麼不生氣？」

「……是嗎？」

「老實說受到你們許多照顧，但是我也在考慮已經不可以繼續住在你們家了。」

「什麼時候開始有這種法的呢？」反問的同時，滋子心想：不是「不可以」，而是「住不下去」吧，眞一。

「一開始我就認爲總不能一直住下去吧。但下定決心是在寫出這次的文章，確定要刊載的時候。」

「原來如此。」

「我還是覺得不太好。」說完，眞一搖搖頭說明：「不，不是這個意思。我不是說事情好不好，而是我不想跟滋子的報導扯上關係，因爲很難受。」

那是當然，滋子沉默地點點頭。

「對不起。我本來不打算在混亂之中提起這件事的。」

「沒有的事，是我隨便拉你上車，我才要跟你說對不起呢。」滋子低頭致歉：「接下來我一個人處理，眞一你先回去吧。眞的很不好意思。我已經認識路了，謝謝你。眞一應該不想跟高井和明的妹妹見面吧，我眞是個糊塗大笨蛋。」

「別這麼……」

「但是有個要求，千萬別趁我們不在的時候，偷偷搬離開我家。這麼一來我們可沒臉面對石井夫婦了。」

「當然，我不會的。而且我也不想先回去。我要跟妳找到那個叫高井由美子的人後，再一起回家。」

「可是……」

眞一的目光憂鬱卻很堅定地看著滋子說：「那個打電話來的女人有些奇怪，不管她是眞是假，我想知道她接近滋子姐的目的什麼？雖然我不知道她會說些什麼，聽過之後我肯定會很生氣，但是不聽我也會覺得生氣，因爲我很在意。」

滋子沉默地點點頭。

「我要拜託滋子姐一件事。」眞一調整一下呼吸後，看著自己的腳尖說：「吵架的時候，我也跟水野這麼說……」

一如害怕現在說出的話語會趁空檔突擊自己，眞一一臉嚴肅地迅速道出家人遇害事件中自己所犯的過錯，當初自己不小心說漏了嘴的經過。

滋子什麼都不能說，只能張大眼睛聽眞一說話。

「因爲這樣子，我會十分自責以及樋口惠以『都是你的錯』來逼迫我，也是沒辦法的事。」

「不對！」滋子不禁用力抓住眞一的手臂，搖晃說：「你錯了，眞一。千萬不能認爲是沒辦法的事！」

眞一被搖得身體晃動，但依然搖頭表示：「沒關係，無所謂啦。」

「那可不行！」

「我不是只對滋子，跟任何人我都不想爭論這件事。我不想討論我有沒有責任！」

滋子就像被責罵似地鬆開了手。

「只是……」

「只是？」滋子小聲詢問。

「那些被那兩個人殺害的女性的家人們，一定跟我一樣，感到很自責。或許他們不會像我一樣，找出自責也沒辦法釋懷的原因，而是以無關緊要的理由自責。因爲無所根據，所有的理由便混爲一談，任何事都能成爲自責的藉口。說不定這樣的他們比我還要更痛苦呀！」

寒風又起，滋子感覺寒意打從心底發出。

「我希望滋子姐的文章裡面能夠多少提到遺族

的這種心情。他們或許感到生氣與悲傷，但在這之前先會被罪惡感所擊垮。我希望妳能提到遺族也有這種的痛苦。這就是我惟一的要求。」

「嗯。」滋子點頭，除此之外她不知該如何回答。

「如果那個叫高井由美子的人是眞的，我還是會說同樣的話。不管她想跟滋子姐要求什麼，想透過滋子姐表達什麼意見？在她說話之前，我會要求她先體諒遺族的心情再談。總之先找到人再說，聽聽她的目的是什麼？」

「好，我知道了。」滋子明確答應後，將手放在眞一肩膀上。眞一閉上眼睛，微微點頭幾下後，才舉起臉問說：「確定是這個車站嗎？」

「沒錯，就是這裡。」

這時滋子發現一輛箱型車打著方向燈正要轉進公車站的入口停車，是歐寶。昭二喜歡德國車，常常翻閱汽車目錄說：「下次要換掉那輛老爺車時，一定要買歐寶。」聽多了，連對車種陌生的滋子都會認了。

駕駛座上坐著年輕男子；旁邊是一名女性，稍微可看見她蒼白的臉龐。

箱型車開進了公車站裡，向滋子她們的車子靠近。那個女性將視線停在滋子的車上，然後迅速看了滋子的毛衣，那件泰迪熊的毛衣。

箱型車緊急煞車，打開車門。慌亂解開安全帶的女性下了車，好像受傷了，拖曳的腳步顯得蹣跚。

「妳是前畑滋子小姐嗎？」說話的聲音是電話裡的聲音，那個求救的聲音。

8

從醫院一回來，負責看店的木田就嘟著嘴報告說古川來過電話。

「他說已經匯錢過來了。一付好像給人很大恩惠的語氣，讓我不禁生氣大聲罵了回去。他說有事要跟老爹說，待會兒還會打電話過來。」

有馬義男輕輕揮揮手，表示已經知道了。他已經累得不想說話，更何況是古川茂的事，這是他目前最不願意掛上嘴的話題。只是發現木田臉上不高興的表情還未消失，心想這可不行，趕緊說聲：「對不起。」

然後套上圍裙、坐在燒得通紅的煤油暖爐旁，有馬義男雙手放在膝蓋上低頭道歉說：「害得你也不高興，眞是對不起。」

原本一臉不高興的木田，連忙離開櫃檯，往義男這裡走來，並說：「老爹幹嘛跟我道歉呢。眞是不好意思，都怪我喜歡抱怨。」

「不，阿茂這傢伙本來就讓人很不舒服。」

義男很難得會對古川茂發出具體的責難；尤其是對木田抱怨自己薄情的女婿，還是第一次。木田就像是長期以來終於逮到機會，趕緊蹲在義男旁邊一臉不屑地表示：「我說老爹，我當然知道老爹心腸好，可是對阿茂那種人需要這麼好嗎？你應該態度強硬些，爲了妳女兒該拿的就拿，好好壓榨阿茂一翻才對嘛。」

現在再說不想提古川茂的話題也顯得難看了。於是義男神情木然地抬起頭望著店門口，希望有顧客上門，好讓他轉移話題。

但是沒有人影在店門口停下，沒有單車停下來的聲音，沒有客人喊說「老爹，我要買豆腐」。沒辦法，義男只好曖昧地「嗯」一聲當作回答。

接回鞠子的遺骨、舉辦守靈和葬禮、接著是十一月五日那兩隻野獸的死亡車禍……一連串的事情經過後，有馬豆腐店成了日本最有名的地方豆腐店了，但是上門的客人卻少了。開一天的店，只有堅持過往交情的老客戶會上門安慰，但畢竟還是做不成生意。

不僅零售如此，大筆的訂單也銷聲匿跡才是要命。那些餐廳、便當店、還有四年前才在這裡設立分店的大型超商，其中不乏二十年以上的交情，全都停止訂貨了。大家都一臉歉意，說是爲了義男好。

「有馬先生，這會兒還是把店面收了比較好。這次的事件對你打擊很大吧？與其病倒了，不如現在把店關起來比較好呀。眞智子不是一直都在住院嗎？都是有馬先生在照顧她不是嗎？如果每天往返醫院，還要開店豈不太辛苦了。你應該有積蓄可以安然過日子吧？要不然把店面賣了也好呀。還是退下來過日子吧。」

當初大型超商說豆腐和魚肉製品要跟地方業者進貨，所以負責採購的人才特地到有馬豆腐店交涉。而今當時採購的人調到其他分店工作，新來的採購面有難色好像擔心有馬豆腐店會鬧食物中毒，竟然通知說無法跟這種發生不幸、名滿全國的商店繼續交易。木田爲此氣得滿臉漲紅，義男則是沉默不語。

之前負責採購的人很有禮貌，特別帶妻子前來參加鞠子的守靈，還雙眼通紅地回憶：過去來跟有馬豆腐店談生意時，曾經讓來店裡玩的鞠子招待過熱茶，眞是個漂亮的女孩。回去的時候，他還跟義男說：「有馬先生，公司大概會跟你們店解約吧。眞是不好意思。」並跪在榻榻米上低頭致歉。所以實際通知來時，義男已經不想再說什麼。

木田雖然一直都來幫忙，但其實整天閒著。有時候義男在洗澡或是早上起來等水燒開、抽菸的空檔會想：乾脆將店面讓給木田。反正要賣不如讓給他會好些吧。只要一開口，事情便成定局。一開始木田一定會客氣拒絕，最後應該會高興接受吧。不，可能還是不行。因爲太過傷心了，木田也許也不想在這裡做生意。這店面眞的不行了嗎？

「老爹！」木田催促般呼喚著，一時之間讓義男有些混亂。過了幾秒才想起木田提起了古川茂的話題，這也是老化的現象嗎？還是因爲積勞所引起的？難道眞得跟大家說的一樣，是該退休了？

「關於阿茂，不必管他了。只要給了錢就算了，不是嗎？」說完，點了一根香菸。看見放在煤油爐上的茶壺冒著蒸氣，義男回頭問木田說：「咱們泡茶吧？」

「我來泡吧。」木田一副這話題還沒結束的表情，立刻起身手腳俐落地準備茶具，並說：「男人這樣子也就完了。」情緒還是很激動：「他還跟那女人住在一起吧？叫什麼名字來著？」

「叫什麼名字呢？」義男側著頭思考。他不是演戲，而是眞得忘了。因爲要考慮的事情一大堆，義男的腦袋裡那有閒功夫去記古川茂的情婦名字。

「他們打算結婚嗎？」

當然，古川茂是有打算，而且在這個前提下，一直都在跟眞智子「交涉中」。但是因爲鞠子出事、眞智子也神智不清，根本無法在離婚證書上簽名蓋章，他當然也動彈不得。舊的結婚契約沒解決，就不能舉行新的婚約。對方女性好像也在催促，但這種情況也急不來。

古川眞智子在大川公園發現鞠子皮包的那一天衝到大卡車前，造成大腿骨折的重傷。目前傷勢已大致治癒，身體也逐漸康復。但僅限於肉體，頭腦和心理是否也復原，義男就不清楚了。甚至連主治醫生是否清楚這點，他也不太放心。

眞智子不說話，也不肯動。什麼都不想看，也沒有反應。住進醫院以來已經減少二十多公斤的體重，也老了二十歲。現在的眞智子在陌生人眼中，已經看不出來是義男的女兒而像是妹妹。不，甚至有人會認爲是他姊姊，或是年紀比他大的妻子。

還好醫院裡的主治醫生責任感很重，又很親切，對於眞智子外科治療結束後要送往哪裡的醫療院所，願意設身處地跟義男一起設法。目前眞智子住的保田診所雖然是個小醫院，也是主治醫生幫他們找到的。畢竟方便義男照顧唯一親人的距離，又是他經濟能力能夠負擔的精神科診所只有兩三間呀。

但是保田診所的住院費用對義男而言還是一大負擔，尤其是在豆腐店生意每況愈下的現在，兩個禮拜來一次的繳費通知書已成了威脅。而且這些繳費通知書來得無止盡，因爲不知道眞智子何時能好轉。不，也許將永遠持續下去也說不定。

儘管如此，義男一個人還是沒有想過要讓古川茂出錢。他是想彼此已形同陌路，沒有必要再指望外人了吧。與其低頭跟人要錢，他是寧死不屈。那個男人可是拋棄了眞智子呀！

偏偏義男這邊，有些比較霸氣的女性親戚不懂得他的想法，竟嘲笑義男是無聊的男性自尊作祟。然後在古川茂回來主持鞠子葬禮時，抓住他辱罵，硬要他答應付出五百萬作爲眞智子的醫療費用。古川茂情何以堪，等葬禮結束便鐵青著臉迅速離開。

像古川茂這麼理性的男人，腦筋裡面裝滿了理論。他一定認爲發生在鞠子身上的悲劇、因爲鞠子出事造成眞智子的精神崩潰和他有外遇離家出走的事絲毫沒有因果關係，應該分別看待。實際上他的想法也不是沒有道理；就算阿茂在家是個好爸爸，和眞智子感情和睦，甚至計畫二度蜜月，也不見得能讓鞠子避開不好的時刻、不好的地點、不遇到那兩個兇手、不被誘拐、不會悲慘地遭到棄屍的命運。

然而儘管如此……一般人還是會有「儘管如此」的想法吧。畢竟他是鞠子的父親呀，義男心想；而且也曾將這種想法說給阿茂聽。結果對方回應的都是些理論。

「爸爸，爸爸就是因爲太過傷心，所以才想找個人將所有責任推給他。你只是在找個替死鬼。因爲萬惡根源的兩名兇手已經死了，必須另找一個人來接受大眾丟他石頭！」

聽見這樣的回話，義男知道跟這男人已無話可說，從此再也沒有跟他聯絡。自然也沒認眞考慮過要對方付出那五百萬塊錢。

「眞是閒呀。」喝著木田泡的茶，義男喃喃自語說：「今天又沒什麼生意上門呀。」

「過一陣子客人就會回來的。」木田故作堅強，裝笑臉說：「咱們店的豆腐跟其他店大不相同。只要吃過老爹做的豆腐，超市賣的機器豆腐……根本……根本就沒得比啊！」

因爲木田話說得斷斷續續，義男抬頭一看，發現他淚流滿面。還來不及問他怎麼了，他自己便先開口道歉：「對不起。」

然後抹了一下鼻頭繼續說明原因：「剛剛我一個人看店，有一群高中女學生經過。聽見她們愉快的笑聲，聽起來就像是鞠子。眞的，很像。然後古川打電話過來，我一聽那傢伙說些有的沒的藉口，突然間覺得鞠子好可憐……我以爲自己一個人看店沒問題……對不起。」

義男知道自己單方面認爲要將店面讓給木田的主意是行不通的。木田一路看著鞠子的成長過程，把鞠子當作年齡差距較大的妹妹看待。倒不是批評，木田平常反應比較遲鈍，做事神經大條，不是容易哭的男人。

義男心想乾脆把店面賣了，付給木田適當的退職金，就當作讓他獨立開店買機器的費用吧。也許這樣子做乾淨俐落，反而對大家都好。房子本身不值錢，但土地的價值不斐。這麼一來眞智子的醫療費用也有了著落。自己還可以出去工作，就算不賣豆腐也無所謂。可以到清潔公司上班，或者當超市的警衛也不錯。好吧，就這麼決定了。

電話鈴聲又響了。因爲木田還在難過抽鼻子，義男站起身拿起話筒。聽見是古川茂的聲音：「爸，你回來了呀？」聲音有著明顯的放心。

「我有些事想跟爸商量，現在方便嗎？」

義男問是什麼事：「如果是錢的事，我聽說了。你不是已經匯進來了嗎？」

古川在電話中一如當面密談一樣，壓低聲音表示：「就是這件事啦。關於錢有些問題。」

他還是想說付不出來嗎？既然如此就算了。

「事實上我今天匯的是一百萬。目前這些應該夠用了吧？」

義男沉默不語。

「還有爸，剩下的四百萬我想跟你打個商量。」

義男頑固地沉默不語。古川茂沒辦法只好繼續說下去：「剩下的錢……可不可以拿離婚證書來交換呢？」

義男這會兒不是刻意不出聲，而是眞的說不出話來。

「我知道眞智子現在神智不清，但應該不是完全不能說話吧？所以只要爸跟她確認清楚，然後代替她簽名蓋章，區公所那裡也能受理。只要一拿到離婚證書，我立刻將剩下的錢付清。不止，我應該可以準備六百萬給你們。」

義男很想掛掉電話，卻被古川急切的言語給制止了。

「拜託你，爸爸。請你無論如何答應我，好嗎？我也有我的難處……」

「難處？」義男忍不住大聲質問：「你到底有什麼難處？」

古川茂一時之間像是端詳天秤上的刻度而屛住呼吸，沉默不語。然後才說明：「老實說……由利江她懷孕了，有了小孩。所以逼我趕快辦入籍手續，這種要求也是應該的嘛。」

由利江就是他剛剛想不起來的名字，古川茂外遇的對象。義男還沒意識到這一點便氣得將電話掛斷。

這時門口傳來女性的說話聲：「對不起，請問有馬義男先生在嗎？」

腦海裡還在翻騰，義男無法立刻應答。木田前往店門口應對：「妳哪裡找？如果是來採訪，我們不接受，請回。」

女性說話的聲音豪不退讓：「我不是記者，我是律師。」

律師？義男不禁看了一下剛剛掛斷的電話。會不會是古川找來辦理離婚的律師呢？要不然有馬豆腐店不可能有律師上門的。

走出辦公室到店門口，看見櫥窗前站著一位身穿藍色、樸素套裝，右手掛著褐色大衣的三十來歲女性，身材很嬌小。除了身材之外，身上的每一部份構造都顯得小巧。

「請問是有馬義男先生嗎？我是律師，名叫淺井祐子。」她正面看著義男，低頭致意，說話的聲音清晰悅耳。看起來好勝而聰慧的神情讓義男不禁聯想到鞠子小時候愛讀的繪本中出現的聰明兔子。

「我是有馬。」義男一隻手撐在櫥窗上，出來打招呼說：「請問有何貴事？」

淺井祐子回頭看了身後的馬路方向。這時義男才發現一名中年婦女刻意躲在有馬豆腐店的門外。

「日高女士，請過來一下。」淺井祐子鼓勵對方說：「這一位是有馬義男先生，你可以跟他見面。」

被稱做日高女士的中年婦女和淺井祐子恰成對照，始終只是看著自己的腳，神態害羞地走進店裡。她也是身材矮小，而且十分纖瘦。這一位女性怎麼看都不像是聰明的兔子。年齡上還不至於那麼顯老，但頭髮已經摻雜許多白絲，背部也彎曲得令人心痛。

「日高女士？」義男看著身旁的木田低聲詢問：「難道日高女士會是……」

中年婦女終於抬起頭，看看木田又看看義男。她的眼睛濕潤，充滿了血絲。

好不容易義男想起來了：「妳是日高千秋的……」

「我是她媽媽。」中年婦女表示，聲音帶著淚水。

「她是日高道子女士。」淺井祐子抱著她的肩膀說明：「因爲很想跟有馬先生見個面。」

淺井祐子和日高道子首先表示想爲鞠子上個香。但義男拒絕了，他說：「鞠子的遺骨不在這裡。我是他爺爺，沒有領取遺骨的權利。」

「這裡只有照片，我供了鮮花和香。但也只是讓自己家人祭拜，不方便給外人看。請兩位見諒。」

「我們了解。那麼請問一下鞠子小姐現在葬在哪裡？」淺井小姐蹙眉詢問，顯得很關心：「不好意思，我聽說鞠子小姐出事前，她的父母便分居了；現在她母親還在住院。所以我們才會直接來拜訪有馬先生……」

鞠子的遺骨在撿骨之前，先暫放在義男的表姐家。這項做法是妥協下的決定。古川茂不願意將鞠子遺骨帶回他和情婦居住的地方，義男也抱怨不該由他代爲看管。大家幾經爭吵，才想出這個苦肉之計。就是義男的表姐要求古川茂拿出五百萬來，她可說是激進派的先鋒。因爲同情義男的立場，認爲遺骨該由義男接回去；所以建議不需經過古川的許可直接抱回家再說，但是義男拒絕了。畢竟如果義男這麼做，等於是跟希望保持爲人父親顏面的阿茂在爭奪珠寶箱一樣，只會讓爭吵沒完沒了，這不是他所樂見的。而且鞠子生前跟這個阿姨和其年長的子女交好，與其讓鞠子和他這個糟老頭寂寞地守著有馬豆腐店，至少在她撿骨之前，義男願意低頭要求表姐讓鞠子住在她們明朗歡樂的家裡。表姐自然是含淚帶著遺骨回家。

「突然來拜訪你們，眞的很失禮。」在後面的房間坐定後，淺井祐子再一次鄭重道歉說：「應該事前先跟你們聯絡，但是我們擔心電話打不通……。而且今天只是到附近來確認一下有馬先生的店是否還在營業……。」

「我們一直都有在開店。」義男一邊端出招待客人用的茶杯一邊說：「我們的電話號碼也沒有換。雖然有一段時間被吵得很厲害。」

「記者的採訪嗎？」

「如果是採訪還好，偏偏有很多人打電話來騷擾。」

拿著手帕按住鼻子的日高道子在一旁拚命點頭。

「日高女士家也一樣嗎？」義男問。

「就是說嘛，眞是過分！」終於道子隔著手帕發出模糊的聲音說話了：「也不知道他們是怎麼查到電話號碼的，都是些不認識的人，居然……居然打電話來罵我們家千秋。」

義男沉默地將注滿的茶杯遞上前。義男知道淺井祐子正用她聰明的眼睛比較他和日高道子，因此故意隱藏自己的表情。

同樣是遭到兇嫌毒手的被犧牲者，古川鞠子和日高千秋的立場截然不同。一般社會如此認同，義男也是同樣想法。鞠子是完全無辜的受害者，他希望對鞠子就是用「被犧牲者」一詞，但是日高千秋算嗎？

的確她被殺害，也死得很淒慘，但大部分都是她自己招惹上身的不是嗎？

義男不得不回憶起過去。回憶起兇手打來的電話和那個被愚弄的夜晚，還有身心俱疲回家後，在信箱發現鞠子手錶的往事。這一場鬧劇之中，日高千秋是否扮演了重要的角色呢？

聲紋鑑定的結果顯示，經常打來騷擾義男的電話，很明顯是兩名嫌犯之中的栗橋浩美。只不過要義男到新宿的那通電話，共犯的高井和明究竟參與多少還不是很清楚。因爲他們家是蕎麥麵店，又是跟父母、妹妹一同工作。他只要一進廚房，除了家人就不太知道他的存在。換句話說，他缺乏有利的不在場證明。警方認爲近親的證詞不可靠。

關於高井和明，似乎都是這種情況。不管哪一夜或是哪一天，他的不在場證明總是不夠明確。唯一的例外是十一月三日晚上，也就是倒楣的上班族木村庄司在冰川高原行蹤不明的晚上。那一天蕎麥店的熟客確定高井和明人在廚房裡工作。

就算不談不在場證明這些專業術語，義男認爲整個事件的主導權始終是在栗橋浩美手上，也確信三番兩次打電話來騷擾他的人就是栗橋浩美。因此利用日高千秋演出那晚的鬧劇，應該也是栗橋浩美。耍那種小聰明，還有那種瞧不起人的說話方式。當第一次看見栗橋浩美長相的照片時，看見他那睥睨全世界的的眼神時，義男就知道他的對手是這個年輕小夥子，而不是另外一個人。那傢伙只是個笨蛋，跟這個不一樣。這傢伙是蛇，一條可以直行的蛇；所以一旦被他盯上跑都跑不掉。除非被盯上的人鼓起勇氣，正面迎接追上來的蛇給他迎頭一擊，否則無法解決這傢伙。

看過栗橋浩美的照片，關於他的爲人從警方口中、電視報導、報章雜誌等收集的資訊判斷，義男深信這傢伙一定是在電話交友中心什麼的搭訕上日高千秋，做這種事對他而言就像呼吸一樣簡單。乍看外表這傢伙長得不錯，被他搭訕，日高千秋自然很高興跟著他走。栗橋浩美要她幫忙送信到飯店時，不知道跟她編了什麼故事呢？對於收信人的糟老頭，他又是如何形容的呢？女孩是否聽了覺得很好玩呢？

她一定覺得很好玩吧，而且覺得好笑。不然她怎麼會答應呢？

義男現在也無法忘記當時飯店櫃檯的年輕女員工，側目看著義男接信時，還冷笑批評他是「老色鬼」。日高千秋應該也是一樣吧？那一天晚上是否栗橋浩美和日高千秋躲在某個柱子後面偷偷看著有馬義男走向櫃檯並竊笑不已呢？義男的腦海中始終揮不去這樣的光景。

日高千秋被殺了。爲了讓她母親親自發現，屍體被運到住家附近，千秋小時候最喜歡遊玩的溜滑梯上面丟棄。的確是個悲劇，被殺害的時候，她應該也經歷了莫大的恐懼吧？

但是她並非完全無辜呀。是她自己喜歡踏進危險地帶，所以遭到報應。既然這是事實，她死後遭受多少不名譽也是應該的。有一部份的媒體對千秋沒有嚴格評論，但對鞠子卻以不同的論調報導，這一點讓義男深深感謝。因爲他不希望自己心愛的孫女跟那種蹺課和男人出去玩、輕易出賣肉體的腐敗高中女生相提並論。

「有馬先生大概對千秋很生氣吧？」低著頭、用手帕遮住半邊臉的日高道子視線看著茶杯說話。這句話比起之前她的態度顯得十分直接，讓義男不知如何應對。只好看著淺井祐子的臉，彷彿請求她的翻譯一樣。

淺井祐子只是沉默地接受義男的視線。那表情好像暗示義男可以說出眞心話，又好像要試探義男的善意而有所隱瞞內心想法。

「我想應該會生氣吧。因爲……那孩子……」日高道子抓緊手帕說：「本來就是膚淺粗心的女孩。儘管她被騙了，畢竟還是幫忙兇手造成了有馬先生的困擾。」

好不容易義男找到話語回答：「日高女士，妳是專程來跟我道歉的嗎？」

日高道子雙手掩面泣訴：「我也不知道那孩子怎麼會變成這樣。我也試過許多方法，也到過學校跟老師商量，但都沒有用。」

「日高女士……」

「報章雜誌寫了不少，電視上也報導過千秋的事。說那孩子……手上有賣春熟客的名單……，還是刑警說出來的。我還看見電視找到跟千秋玩過的男人接受採訪。」

「日高女士，妳居然也看那些東西！」義男不禁語帶斥責地說話：「妳又何必呢？」

「因爲我想知道。」道子邊用手帕拭淚邊說。由於嘴角顫抖，說話說不清楚；邊說之際淚水還不停泛流。

「我完全不知道千秋的事。我也曾經以自己的方式努力過，但那孩子根本不能體會，直到她死了我才知道根本沒用。」

「她先生呢？」義男轉問淺井祐子：「千秋的爸爸在哪裡？」

道子搶先回答：「我和丈夫分居了。自從千秋的葬禮之後。」

「眞是對不起。」

日高道子雙手依然掩面，呻吟般哭訴：「我先生說千秋的死是我的錯。就是因爲我沒盡到做母親的責任，我們的寶貝女兒才會被人殺死。我先生很生氣，內心受到很大的傷害。以這種方式失去千秋，破壞了他的人生，他說都是我的錯。我也是千秋的媽媽呀，我一樣爲失去千秋而悲傷，我也在受苦，但他一點也不爲我著想。居然對著我大叫：把千秋還給我！」

道子「哇」的一聲哭了出來，在外面看店的木田忍不住探頭關心一下。義男使眼色請他暫時迴避一下，木田只好心不甘情不願地離開了。他其實也有一兩句話想對日高千秋還有她母親說。

就在剛剛義男也和木田有同樣想法，因爲不好意思趕人家走而讓她們坐進客廳，一方面又很在意日高千秋的母親找他有什麼事情。

而不滿的情緒卻逐漸軟化了。

「老實說……」淺井祐子一邊輕撫哭泣的道子肩膀，一邊緩緩道出原委：「日高女士打算對栗橋浩美和高井和明的家人提出損害賠償的訴訟請求。」

「損害賠償？」

「是的。一旦告上法庭，雖然很悲哀、很形式化，但我們的目的不在金錢。」說得義正嚴詞，反而讓義男聽得摸不著頭緒：「不是錢，那是爲了什麼？」

淺井祐子清澄的眼瞳看了天花板一下，思考之後回答說：「應該說是——時間吧！」

「時間？」

「是的。爲了這個時間過去就會被遺忘的事件，我們想爭取時間。」

更加聽不懂了。

「現在是有電視、報章雜誌拚命報導這個事件，但是再過三個月後會怎樣呢？過了半年後又如何呢？只要發生其他悲慘的事件，大家的焦點又轉移了，誰還會記得千秋和鞠子小姐的名字呢！更別說是栗橋浩美、高井和明將留存在世間人們的記憶當中。」

「可是這件事目前吵得很凶，也是很自然的呀。除了鞠子她們之外，不是還有其他七名女性受害嗎？所以警方也很努力辦案。」

「那是現在。」淺井祐子意有所指地幽幽表示。

「不管怎麼樣，我是一生都不會忘記的。」義男說，心中卻想：這女人年紀比我小許多。義男的一生跟女律師今後的人生，時間相差太大。被害人家屬跟單純的事件關係人立場也差別甚遠。

「不久犯人的名字會被遺忘，被害人的姓名也不復被記憶。」淺井祐子繼續說下去，語氣有些氣憤：「換句話說，整個事實將被淡忘。栗橋和高井犯下的可怕罪行將被忘記，而且輕易得令人吃驚。我們想做的就是將遺忘盡量延後，有馬先生。只要繼續進行民事訴訟，就能讓刑事事件未被要求的細節公開，盡可能地做詳細的調查、記錄，在人們的記憶中盡可能地長期而具體地烙下犯罪事實，一如爲受害人立下墓誌銘一樣。」

「做得到嗎？」

「我們不得不做呀。」淺井祐子舉起嬌小的拳頭搥了一下桌面。

「發生空難或天災，造成眾多人數死亡時，不都會在現場設立安魂塔，每年舉行安魂祭拜嗎？這個事件也該比照辦理才對，這是我們的想法。社會不應該輕易忘記這個事件。可是現實生活中，很諷刺的，那兩個兇手已經死了。如果放著不管，早晚這一切都會被忘得一乾二淨。那是一種危險，遺忘不只是不應該，而是一種危險呀！有馬先生。」

義男坐立不安地拿出了香菸，但眼前不是可以點火的氣氛。他只好手拿著香菸看著淺井祐子認眞嚴肅的表情。

「我知道妳們的想法了。」

「謝謝。」

「可是……那跟我又有什麼關係呢？」

「我們希望有馬先生能跟日高女士一起行動。」

義男吃驚地看著日高道子的臉。對方也抬起頭，以抱歉的眼神對義男點頭致意。

「對不起，我話說得前後次序顚倒，可能讓你不容易理解。」淺井祐子明快地繼續說明：「日高女士到我們事務所來是上個月的中旬，也就是千秋小姐葬禮過後不久。當時是跟哥哥一起來的吧？」

日高道子點頭並回答淺井祐子的詢問：「我哥哥是埼玉市的議員，在他的推薦下我們決定找淺井律師的事務所幫忙。」

「打算申請損害賠償的官司，一開始是妳哥哥的意見吧？」

「沒錯。」

「我們對這個想法沒有異議，立刻就決定受理。但是這個事件的受害人不是只有千秋小姐一人，還有古川鞠子小姐，以及在栗橋浩美住處所起出身份不明的女性屍骨。當然還有有馬先生剛剛提到照片和錄影帶中出現的七名新的推測受害者。」

「嗯……」

「所以我們認爲這個損害賠償請求官司應該是團體訴訟的性質。全部受害者的家人應該是一個團體，一致參與官司才對。當我們跟日高女士商量後，她也覺得比起自己一人單打獨鬥，這樣子比較有把握；同時也很贊同以這種方式跟其他能夠理解這種心情的遺族們共同合作。首先就必須先將受害人家屬集合起來。第一步是集合大家成立受害人家屬聯絡會，因此今天先來拜訪有馬先生。」

總算看出話題的主軸了。也就是說淺井祐子的事務所是這個受害人家屬聯絡會的旗手，負責統合。

「遺憾的是，日本對於犯罪受害人與家人的心靈照顧，目前還付之闕如；尤其是來自政府機關的救濟根本就是零，現況很淒慘。」

「這種事我們以前就很清楚了。因爲戰敗，根本不能指望上面爲我們做什麼！」義男說：「所以現在也不覺得驚訝。」

「有馬先生出生於戰前嗎？」淺井祐子立即回應。

「嗯。都已經是很久以前的事了。」義男說完點燃了香菸。

淺井祐子等他深深吸了一口煙，才說話：「既然政府不能爲我們做什麼，只好我們自己行動。首先就從被害人自己手牽手開始做起。」

隔著薄薄的一層煙霧，義男看見日高道子哭腫的雙眼、看見她瘦削的臉頰、看見她聳立瘦弱的肩膀。

義男心想這個不幸的母親是否也曾夢見女兒而驚醒過，就像義男夢見自己的孫女一樣。然後大叫、哭泣，身體僵直地窩在被子裡直到天明呢？

好不容易捱過死別的悲傷。儘管送葬的行列步調緩慢，但總算是走過了，也終於習慣和失落感共處。但是依然還有不能適應的部分，依然有無法克服的困難，依然有擺脫不掉的困擾。

那就是恐懼，從自己內心深處，從自己的想像力幻化出來的恐懼。義男不得不想像這恐懼，而且無時無刻不能從腦海中抹去。他不能停止想像力。那些傢伙對鞠子做了些什麼？又讓她做了什麼？在她斷氣之前，他們將鞠子掌控在手掌心裡，到底逼迫她做了些什麼？

在鞠子遺體回來之前，在那些傢伙死掉之前，這些可怕的疑問便逐漸在義男的腦海中生根。但眞正開始發芽、展開嫩葉、伸長枝幹，是從記錄那七名女性的照片和錄影帶出爐之後。一如強力有效的肥料一樣，刺激了義男腦海中從未使用過的想像力。所有聽到的資訊與義男內心的恐懼凝聚成一個焦點，時而在夢中、時而形成幻覺、時而變成幻聽來困擾著義男。

在這些恐怖的幻影中，鞠子經常還活著，不管遭受多大的傷害卻無法死去，只能拚命地哭叫、求饒、請求讓她一死。實際上並沒有發生這種情形，那是來自過度傷心所產生的妄想，是一種自取其擾的痛苦。但是沒有人能對義男說：「不要再自取其擾了！」沒有人能安撫義男的恐懼。因爲那些傢伙已經死了，栗橋和高井不在人世了。

如果那些傢伙還活著，不知有多好？義男有時不禁有這諷刺的想法。或許從他們口中聽見實情，義男就能脫離萬劫不復的想像之苦。只要他們跟義男說哪些事有過、哪些事沒做。就算是說謊，說不定也能對義男有所救贖。

「然而在沒有救贖的情況下日復一日，我經常會從惡夢中驚醒，想到鞠子已經死了化成白骨，已經躺在墳墓中安眠不再受到欺負了，想到再也沒有人可以傷害她了，才能夠安心。日高女士，千秋的媽媽，妳也有過這樣的經驗嗎？」義男看著疲憊的日高道子，很想問她這些話。

但是就算問了，對方會如何回答呢？會不會只是掏出內在隱藏的心思，彼此確認相互的苦痛而已呢？

什麼受害人家屬聯絡會嘛，最後不也就是那麼回事嗎？遺族手牽著手，難道就能相互安慰嗎？

說什麼爲了社會、爲了防範下一次的罪惡、爲了不要忘記該事件？話是沒錯，但我們就該因此而活著，但內心繼續死去嗎！

不知不覺間手上的香菸燒成了長條的菸灰，指頭一陣灼熱。義男像抖落昆蟲的屍體一樣彈去菸灰，並慢慢地將菸火熄滅。

「我不懂。」他說了一句話。

「我當然懂律師的話，也知道這種活動……對於不要忘記該事件有所意義。但我要不要參加，現在無法立刻回答妳們。」

「當然，我們沒有要求你立刻回答。」淺井祐子立即回答。

「今天我們只是來說明想法跟打聲招呼。還有日高女士……」同時看著道子說：「表示現在整個社會只有有馬先生最能理解她的心情，所以無論如何希望能跟你見面。」

日高道子在一旁深深地鞠躬。義男無法抬起眼睛，只好閉上眼睛。

淺井祐子打開公事包，取出裡面的文件。那是右上方訂有訂書針的兩張紙。

「今天說話的內容整理成這篇文章。另外也多少提到了近日內舉辦第一次聯絡會的內容。麻煩請你有空過目一下。」

淺井將文件放在桌上，遞到義男的面前。義男再一次點點頭，但沒有伸手去接。

「以後還能跟你聯絡嗎？」

「這……可以。」

「謝謝你。」這一次換淺井祐子點頭致意：「日高千秋小姐和古川鞠子小姐是這次事件的主要人物。現階段，確知身分且遺體送還家人的也只有她們兩位……。今後如果發現其他七名女性的身分，情況將有所不同；但最壞的情況下，可能就是千秋小姐和鞠子小姐的家人成爲損害賠償訴訟的原告吧。」

「其他的人光是照片和錄影帶也不能成爲原告嗎？」

「是的。現在我們還不想軟弱承認，只能說是有這種可能性。」

「律師。」義男說：「我有時甚至覺得那些傢伙這樣死去算是便宜了他們。」

「我也是。」淺井祐子的眼瞳裡再度顯現怒色：「有人說栗橋和高井因爲車禍而死是一種天譴，我是絕對反對這種說法的。因爲他們沒有接受應有的制裁。就這樣躲開罪罰，隨著時間經過消失無蹤；這樣子完全是不對的。如果眞有天譴，不應該是這樣子才對。天譴不可能這樣不公平呀。」

淺井祐子和日高道子回去後，義男還是神情木然地坐在客廳裡。

他也知道天譴一詞不値得信賴。因爲不是所有好人都有善報，也不是所有壞人都有惡報。

木田前來關心他。黃昏的買菜的時間，店裡卻一個客人也沒有。

「阿孝。」義男呼喚木田。

「什麼事？老爹。」

「我看把店關了吧？」

我已經累了……話說到這裡，義男閉上嘴，雙手掩著臉。

9

光學館綜合出版社發行、以年輕人爲對象的流行資訊週刊《流行時光》，有一個自創刊以來便連載的長壽專欄「讀者來函接力」。該專欄的新企畫是從十一月的第四個星期到十二月的第二個星期，共以三週作爲栗橋浩美和高井和明的連續誘拐殺人事件特集。

三個星期之中寄給編輯部的讀者來函多達四百張。《流行時光》八成以上的讀者是女生，但這些寄來的信件光是國、高中男生就佔了將近四成左右。

同一時間，該出版社旗下另一賣座雜誌《時事週刊》也就連續誘拐殺人事件對社會造成的衝擊，以「餘波和迴響」爲題推出專題報導。其中長年以來在《流行時光》負責處理讀者來函專欄的配音員川野麗子和新人演員高橋健二以對談方式討論「讀者來函接力」中的年輕人想法。

麗子　一開始《流行時光》編輯部企畫這個專題時，老實說並沒有料到會有這麼大的迴響。事件炒得最凶的時候，那個名叫H的女高中生……。

高橋　就是那個幫助兇手，後來被殺死丟在公園的女孩吧。

麗子　沒錯。在「讀者來函接力」之中，很多人討論到那個女孩。其中大部分的意見是「因爲援交被殺，那女孩也太矬了！」

高橋　也就是說他們不認爲援助交際有錯，而是因爲失手被殺而覺得很矬嗎？

麗子　對。還有一些人則表示「總算明白跟陌生人走是件危險的事」。總之H女生讓他們感覺很親近，但對於整體事件則沒有太多想法。我很驚訝也有些感觸。

高橋　至少沒有人會說這個事件跟自己毫無關係吧。不過在《流行時光》的讀者眼中，這兩個兇手應該已經算是上了年紀的老大哥了吧！

麗子　沒錯。尤其是男生之中有人提到「可以理解他們做這種事的心情」，而且數量不在少數。我對這種情形有些納悶，所以今天特別邀請高橋過來……。

高橋　是因爲我去年主演電影《決鬥》，飾演一名連續強暴女性的殺人犯的關係嗎？

麗子　沒錯，當然也是因爲我們兩是同一公司的人嘛。

高橋　關於這個事件我們也常常聊過。妳知道我和栗橋浩美、高井和明是同一年紀嗎？

麗子　學年也一樣嗎？

高橋　沒錯，幾乎都一樣。只不過他們出生在東京，我則是來自千葉的偏僻海邊。這是最大的不同。

麗子　像高橋你這麼年輕，還是會有地域性的差別感受嗎？像我四捨五入算四十歲好了（笑），我們這一輩簡直一生都要受到地域性和出生環境的束縛，高橋也會嗎？

高橋　同樣是千葉，如果是出生於住宅區或都市裡，大概感覺不會太強烈吧。可是我們家，爸爸和爺爺都是討海爲生的。

麗子　用過去的說法，你們家就是船主囉？

高橋　我們家沒那麼有錢。不過好笑的是，當我確定要主演《決鬥》時，爺爺還很高興，但看過電影後竟氣得罵我說：「你幹嘛要去演一個人渣呢？」（笑）。

麗子　《決鬥》是講一個被逮捕的連續強暴殺人犯和檢察官之間的攻防戰，拍攝風格很具壓抑性，對吧？

高橋　沒錯。我演一個表面看來平凡而溫和的男人，但是脫下假面具後完全變了一個人。最後因為知道自己是被親人性侵害的受害者，所以才整個供出犯罪事實。但是我爺爺不能接受這樣的劇情，害我得很費力氣跟他解釋。

麗子　男主角的存在象徵了人性之中的邪惡部分囉？

高橋　沒錯，但是你不能跟八十歲的爺爺說出這麼深的話吧（笑）。爺爺還跟我說：「下次演個刑警的角色，免得外人說話不好聽呀。」

麗子　說的也是。對了，你在揣摩《決鬥》的角色時，是否對兇手的心理有過「啊，我懂，這一點跟我很像」的感覺呢？

高橋　妳是說如果一定的條件都齊全了，我可能也會做出跟兇手一樣的舉動嗎？

麗子　是的。

高橋　那倒是有過。

麗子　有嗎……？

高橋　只不過那是就理論而言，並沒有做出實際舉動。因為《決鬥》的主角本身有過被性侵害的背景，他之所以攻擊女人並殺人，其實是對侵犯過自己的女人的復仇。這是劇情的主要設定，但是在現實生活中，我覺得動機應該不只有一個吧。

麗子　說的也是。

高橋　《決鬥》的故事是虛構的，如果缺乏讓觀眾一目了然的動機就無法成立，所以這也是很正常的。不過在現實的案件中，就算是兇手自己對於自己為什麼會犯下罪行的疑問，恐怕也很難用因為怎樣所以這樣來一語道破吧。所以天澤導演也說過同樣的話，要我「演得透澈點」。

麗子　那應該很難吧。

高橋　很難呀。

麗子　但是因爲這樣你榮獲了影評獎的鼓勵，在這裡要再一次恭喜你！

高橋　謝謝。其實既然我身爲演員，演戲是我的工作，不管找什麼理由，我都要努力將兇手的角色扮演好。但是對於「讀者來函接力」之中，沒有人強迫他們卻主動表示「可以理解栗橋和高井的心情」的讀者，卻感到不可思議！

麗子　寫這種來函的，多半是匿名。我想是因爲他們也覺得自己理解兇手的想法，有同感是不太好的吧。

高橋　是呀，這跟惡作劇故意這麼寫又不一樣了。

麗子　可是能夠理解兇手的心情，對本人而言也是一件恐怖的事吧。

高橋　不知道他們對那兩個兇手的什麼地方有同感呢？

麗子　老實說，也有男生直接在信上說「很想欺負女孩子」。

高橋　那還眞是老實嘛。

麗子　但是絕大部分則是看他們跟警察和媒體鬥法，搞得全日本暈頭轉向，認爲他們很棒。信上表示希望自己也能做出驚天動地的事。

高橋　也就是說跟想當明星、想成爲電視節目的當紅寵兒一樣的心態囉？

麗子　我想不能說是百分之百一樣，但很類似了。

高橋　難道沒有反對體制的意見嗎？警方和媒體都是往體制一面倒的。

麗子　我想應該是沒有吧。

高橋　麗子姐是爲了出名才當配音員的嗎？

麗子　這個嘛……我想並不完全是爲了這個因素吧。

高橋　就是說嘛。我也不是爲了吸引女性注意才來當演員的（笑）。還沒成名前，實在是超級貧窮，一點也不受歡迎。可是那種「出了名就有人愛」的想法，卻也有過，只是算不上是動機。很難呀。

麗子　說的也是。所以說看見人家犯下滔天大罪，就覺得能夠理解對方心情，其實兩者之間的差距還很遠呢！尤其是十幾歲的年輕人多愁善感，事情不論好壞很容易便產生同感呀。

高橋　因爲他們的心還很柔軟嘛。

麗子　沒錯沒錯。所以才會來函表示自己可能也會一樣，只要把信寄出去心情也就放下了。我想像這樣的年輕人應該占大多數吧。

高橋　麗子姐的「讀者來函接力」，強調讀者不要用電子信箱或傳眞，而是寫明信片投稿，也是爲了這個理由嗎？

麗子　是的。電子信箱或傳眞的速度不是很快嗎？寫完後自己通常都沒時間再看一次。所以會寫出一些不經思索的文字寄出，而事後自己又忘得一乾二淨。但是寫明信片或信就不同了，書寫本來就很辛苦，必須花時間思考，將文字組合成一定長短的文章。寫完之後還得拿到大門口、穿上鞋子、拿到郵筒去投遞。

高橋　有時走路之間想法會改變，可能覺得剛剛哪句話說得過火或有點誇張不實。

麗子　頭腦可以冷靜一下。所以說寄到我這裡的明信片所表達的心聲，應該怎麼說，算是經過深思熟慮吧。而且或許是我想的太多，我總覺得明信片寄送的力道，要比隨隨便便吐出一大串的傳眞要強多了！

高橋　不會，妳說的很有道理。舉個例說，比起傳眞或電子郵件的情書，人們還是希望收到手寫的，不是嗎？

但是剛剛聽妳說的時候我突然想到，那些來信表示「理解兇手心情」的男孩子們，對於跟兇手立場相反的被害人家屬心情，不知道有何感觸？

麗子　嗯……，不過關於被害人家屬的報導不是很少嗎？

高橋　的確比起栗橋和高明的報導少了很多，但剛開始的時候還是有一些。像剛剛那個H女生的母親也是一樣，還有一位老爺爺，叫A先生吧。

麗子　就是豆腐店的老闆，被兇手們欺負得很可憐的那位。

高橋　被害人是他孫女，聽說手錶被送了回來。我有看到A先生接受記者採訪的畫面，雖然臉部被打上馬賽克，只能聽見聲音。但是光聽聲音就讓人心酸呀。他看起來比我爺爺年輕，應該是同一年代的人。他一定也認爲兇手是「人渣」。自己心愛的孫女被那群人渣給殺死了，自己卻必須回答記者詢問關於這件悲劇的感想。

我曾經想過，我們這一代不也難以理解爺爺他們年輕時打仗殺人的往事嗎？我還曾經跟他爭論說：就算被命令，也不應該殺人；既然討厭被徵兵，不如逃避兵役算了！

麗子　你曾經這樣跟你爺爺說過嗎？

高橋　對呀，在我小的時候（笑）。

麗子　你爺爺怎麼回答呢？

高橋　他說跟你們怎麼說明也不會懂的。

麗子　是嗎。

高橋　假設那個A先生讀了《流行時光》，知道有些讀者寫信表示自己「能理解犯人的心情」，他一定會覺得難以接受。假如A先生問說爲什麼現在的男孩會這麼想？麗子姐能回答嗎？

麗子　這個嘛……。

高橋　我想只能說，不管我怎麼說明，你也是聽不懂吧。就跟戰爭一樣，恰好是一種對照。

麗子　說的也是。高橋和我對這個事件有著截然不同的看法。基本上我還是不希望「拿女生當玩具，用壞就丟」的男孩子增加。雖然我不是女性主義者，但活到這個歲數還在《流行時光》裡打拚，就是因爲有很多男生腦子裡認爲女生的存在只是作爲男生的玩具。要和這種價值觀對抗很難我也知道，但我還是願意繼續奮鬥。所以目前正在《日本時事紀錄》連載的文章……

高橋　妳是指女性評論家前畑滋子嗎？

麗子　沒錯，那篇文章由女性執筆，讓我不禁大聲叫好。由女性來分析栗橋浩美和高井和明的所作所爲，我覺得很有意義。

對了，我們必須把話題拉回來。基於守密義務，我必須說得模糊些。我有一個朋友在電話諮詢中心擔任義工，就是一班人有了煩惱可以打電話去傾訴。不必報上姓名就能傾訴自己的心事。

在栗橋和高井死亡，確知他們就是該事件的兇手之前，那裡一天接過好幾通來電表示「我就是兇手」。當然都是騙人的。還有人說「我的朋友是兇手」。但是最多的還是說自己是兇手、一切罪行都是自己幹的。

高橋　這和讀者來函則是不一樣的反應嘛。

麗子　是呀，但是感覺完全不同。我個人認爲，比起來函說「我能理解兇手心情」的男孩子們，說這種謊言的人更令人難以接受。說這種謊能有什麼好處呢？他們能從這些謊言中得到什麼幫助嗎？

11

前畑滋子獲知日高千秋的母親聘請律師要對栗橋浩美和高井和明家屬提起損害賠償訴訟的消息，是在十一月二十三日。

那一天是天皇誕辰的假日，但因爲接近年關，昭二還是上工廠去了。滋子面對著電腦畫面，一個人沉默地敲打鍵盤時，一位以前經常一起工作的文字工作者打電話過來。對方先表示「事到如今頂多也只能算是個八卦消息」，然後告訴滋子日高道子聘請的女性律師姓名、事務所還有聯絡方法。

滋子將獲得的資訊記在筆記本上，道完謝後笑說：「這個消息如果是眞的，最適合去採訪報導。爲什麼你要丟給我呢？」

「我又不碰犯罪的東西，而且前畑目前不是表現得很好嗎？」

「我眞是太榮幸了。」

「《日本時事紀錄》的手島總編，我也不是沒聽過。他在這個業界也算是名人了。」

「你是指他辦一個雜誌就搞垮　個雜誌嗎？」

對方很自然笑了：「《日本時事紀錄》應該是他的雜誌中，紀錄維持最久的一個吧？因爲前畑的文章，聽說這本雜誌難得加印了不少。」

「那是因爲本來就印的不多嘛，跟你們的雜誌不一樣。」

「算了，還是別說在商言商的話吧。」對方聲音開朗地表示：「那個叫淺井的女律師，不只是日高道子，聽說還要呼籲其他該事件的受害者家屬組成一個集會什麼的。」

「她是要組織被害人協會嗎？」

「說不定吧。可是她還很年輕，不夠成熟。我想她一個人搞不來，又是新律師，恐怕整個事務所都得動員才行。」

滋子在筆記本上寫好的「淺井祐子律師」字跡上打圈圈，然後畫上一個問號。電腦螢幕已經跑出保護程式，是在3D迷宮中鑽來鑽去的忙亂畫面。

如果眞的成立了被害人家屬協會，不管是誰組織的，應該會接受媒體要求舉辦一次公開記者會吧。當然在那裡也只能採訪到正式的聲明。對滋子的報導而言，固然需要有來自被害人家屬的心聲，但要以這種形式獲得是不可能的。照理說這條線索必須掌握，然而滋子卻不怎麼感興趣。

「前畑小姐還沒有跟任何一位被害人的家屬見過面吧？」對方詢問：「也沒有跟栗橋和高井的家人見過吧？」

「嗯。」滋子回答得很簡潔。說謊的時候盡量少說爲妙，而且她也想結束這通電話了。因爲剛剛文章才寫到興頭嘛。

「不論是淺井祐子還是她服務的事務所，在正式組織被害人家屬協會前，應該會先跟他們打聲招呼才對。會先跟每一個被害人的家屬聯絡。我如果有這方面的消息再告訴妳，妳不妨去試試看，說不定能有什麼收穫？當然我們的記者也會去，但是採訪的目的和妳不一樣，所以妳也不必擔心吧。」

滋子試著回想這個報上姓名一時之間也還想不起對方長相的文字工作者外貌。他的年紀應該跟滋子一樣大，工作態度很認眞。沒看過他耍過什麼心機，也沒有被他吃過豆腐什麼的。只是滋子不會因爲對方的親切就掉以輕心。

「是的，我不會擔心的。謝謝你。」還是回答得很簡潔。

「我是眞的很期待前畑小姐的工作表現，因爲我知道妳是能夠寫的人，我很高興自己的眼光沒有看錯。」說完這句話後，終於掛上電話。滋子放回話筒的同時還嘆了一口氣。

手一觸碰滑鼠，精神便回到螢幕上的文章。這一段從昨天起就是寫了又改，改了又刪，刪了又寫。預定作爲第六回連載的稿件，連開頭部分都還沒有寫好。

不是她對自己的文字不滿意，也不是不知道該如何執筆。而是更早之前的問題：現在寫這些東西好嗎？拿來作爲第六回連載的文章好嗎？

第四回和第五回敘述了栗橋浩美和高井和明的少年時代以及他們從小成長的練馬社區。社區的人們很樂意協助滋子，可說是知無不言。或許是因爲兇手的家人離開了社區，讓他們也鬆了一口氣吧。

在採訪的過程中，也從他們的同學口中獲知許多資訊。有的同學還留在當地，有的離開了到東京或其他地方生活，但是追蹤他們的新住址並非難事。採訪的十個人之中就有八個人知道滋子的這篇報導，即便沒有讀過文章，也看過電視上提到滋子的相關報導。大家都對該事件很感興趣，所以接受採訪倒也沒什麼大礙。

他們或她們對於同學時代的栗橋浩美與高井和明，有的人還沒等到滋子發問便主動發表；有的人則是不管怎麼問，答案總是千篇一律。這應該不是男女有別，因爲滔滔不絕的人和老是搖頭說「不太清楚」的人各占了一半。但是不知道爲什麼每個人都願意接受採訪。

一個理由或許是因爲他們都還年輕，比較有個人的自由時間吧。滋子認爲那些不太能回答問題卻願意接受採訪的人，可能是擔心出了這種事情，希望能多知道一點事情的眞相吧？所以他們反而把滋子當作了資訊來源。其中就有一個女生這麼表示：

「報章雜誌的報導，看得越多就越混亂。大家寫的或多或少不太一樣，到底那一個說的才是眞的呢？」

這個女生在國中二年級的第二學期和高井和明坐在一起，對他的印象只有：一個很乖、很不靈巧的男孩子。

「過完暑假換座位，他坐在我旁邊。因爲曬得一身烏黑，我還嚇了一跳。因爲他不是那種運動型曬得烏黑的男生，動作有些遲鈍。」

滋子曾經採訪過一個跟高井和明同在游泳社的男生，知道他在社團裡很認眞練習。於是將這事實告訴該女生，但對方一副難以置信的神情拚命搖頭說：「他不像是運動型的人，感覺應該是參加天文社、科學社才合適吧。」

似乎因爲自己的想法被推翻了，語氣有些不悅。好像比起高井和明長大後變成連續殺人兇手，還不如他少年時代不是運動型的人卻常運動，更讓她感到罪孽深重。

詢問每一個願意接受採訪的同學，幾乎大家都對高井和明的印象十分茫然。不是說他很乖；就是說他不怎麼引人注目，在不在都沒什麼差別。沒有人說討厭他，但對他的記憶卻都不多。

這一點和栗橋浩美完全相反。大多數的同學對他的記憶都很鮮明。奇妙的是：回答他不太可能會做這種事的絕大多數是女生；男生則認爲很有可能。

「那傢伙天生就會騙人。」有人這麼批評。

「他很懂得拉攏比自己強的人，對於弱者則是拚命欺負。但是表面功夫做得很好，外人看不太出來。」

問他爲什麼知道這種事？他說自己小時候患了嚴重的中耳炎，以致左耳重聽。栗橋浩美以此做文章，對他百般欺侮。

「例如上課時，爲了讓我聽不清楚，他會在我的左耳邊小聲說我壞話，而且說得很難聽。等我一生氣，他又裝出一副怎麼了的表情裝傻。結果害我被老師責罵，叫我上課乖乖坐好，不要東張西望。」

聽起來頗令人同情，但滋子感興趣的是同學們提到——表面上是資優生又很受到同學歡迎，實際上卻是狡猾、心眼很壞的栗橋浩美卻有一個比他厲害的「強者」，讓他不敢造次或使壞，甚至還積極地接近討好，那個人叫做網川浩一。

「網川？啊……是他呀，和平。我還記得。」

「妳是說和平嗎？嗯，他和栗橋是好朋友。」

「和平？好懷念哦。他現在在做什麼？他也要接受採訪嗎？」

同學們都記得他。而且只要提到網川的名字，大家的表情都很愉快。

滋子經常會聽到「網川人很好」的評價。而稱讚他的人在當時卻不敢跟別人說，因爲他們當時都遭到栗橋浩美陰險的欺負或是正面的嘲笑。

「網川應該是小學時候轉學過來的嗎？」一個國中一年級和網川浩一同班，擔任班級幹部的男生表示：「他就是那種典型的『超級轉學生』。又會讀書、什麼運動都很拿手。家裡很有錢，但不會太招搖。大家都叫他『和平』，連老師也一樣。」

接著他又懷念地會心一笑說：「他總是一張笑臉迎人，感覺很舒服。他可不是天生圓臉，應該是修長的臉型，而且很英俊。可是笑起來就像是和平標誌，所以才會有和平的外號。聽說在之前的學校就被大家這麼叫了。」

班上再怎麼不顯眼的同學都能輕鬆自然地叫網川浩一「和平」，他也會親切地回應。

「栗橋一開始接近和平是想要牽制對方。換句話說，他要確定誰比較厲害。但是和平立刻就受到大家的喜愛，而且不是表面上被討好，而是眞正出於人望。加上又會唸書、做什麼都行，儘管栗橋浩美不認輸愛逞強，也知道跟這種人爲敵只有自己吃虧吧。於是他心想搞不好哪天打倒了和平，大家還會給我臉色看呢！反正那傢伙頭腦好、反應又快，不如讓大家看到我比誰都早跟和平成爲好朋友。畢竟栗橋一向都很擅長做這種表面功夫。」

當時爲了第四回、第五回的連載，滋子收集這些同學的證詞，可是卻無法跟話題中的網川浩一連絡上。只有他的住址找不到，讓滋子十分懊惱。

結果在採訪結束、開始撰稿之時，高井由美子突然跑進滋子的手掌心，而且網川浩一也跟在她身邊。著實讓滋子驚訝不已。

所以滋子打算在第六回的連載提到她和由美子、和平見面的經過。先是由美子打電話過來，兩人約好見面。但是因爲滋子遲到，使得由美子有些恐慌。差點被卡車撞上時，網川浩一正好開車經過看見她追了上來而救了她，於是兩人一起來見滋子……。

情節未免編得太湊巧了，但卻是事實。而且是目前滋子掌握的獨家事實，她怎能不寫。

但是……。

高井由美子身爲加害者的家屬，正受到滋子的保護。在連載的現階段，滋子可以公開嗎？

何況高井由美子對滋子傾訴的內容也是個問題。

而且是個難題。高井由美子強烈主張她的哥哥高井和明不是栗橋浩美的共犯，他是無辜的。

「我想我哥哥已經發現栗橋不大對勁，知道他就是那個事件的兇手。」那一天差點被卡車壓傷，但臉頰上還是留下一大片的擦傷。由美子濕潤著一雙眼睛，跪在地上抓著滋子的大腿說：「我哥哥個性很溫和，是個好好先生。因爲不忍心向警方告發童年玩伴的栗橋，打算勸他停止繼續做案，所以才會去找栗橋，跟他在一起。沒想到卻以那種方式跟他一起死掉，哥哥的運氣眞是太糟了。可是我知道哥哥不可能殺人，就算人家要殺他，他也不會殺人。我哥哥是無辜的。」

高井由美子要求滋子將這些話寫進報導中，所以來找滋子。因爲警方不採信家屬的證詞，根本不理會她的意見，讓她不知如何是好，只好來拜託滋子。

的確跟栗橋浩美比起來，有關高井和明涉案的證據很少。除了那天在赤井山綠色大道上載有木村庄司屍體的汽車是他的私家車外，幾乎找不到其他證據。古川鞠子和日高千秋等已確知身份的被害人失蹤時日，固然高井和明都缺乏明確的不在場證明，但也不能因爲不確定就斷言他涉案，也有可能他是無辜的。

實際上本人已經亡故了，搜查當局也還沒有正式斷定他們兩人就是連續誘拐殺人事件的兇手。何況還未確認身分的被害人才剛出現，搜查行動依然持續當中。

不過從整個狀況推測，感覺上應該是他們兩人沒錯。而且大部分的國人都和滋子有同樣看法。因爲按照常理判斷，大家想的應該八九不離十。

滋子的報導是以栗橋浩美和高井和明爲兇手而出發的。如果這時加入高井由美子的意見，整篇文章的基調便破壞了。假如由美子擁有確切證據的新觀點，倒是可以另當別論；但聽她的說法，由美子的和明無辜論純粹只是感情的宣洩，所以是行不通的。

可是如果跟對方表示無法配合，不可能根據她的需求改變報導內容，那麼由美子將會離滋子而去吧。這也不行，一樣造成滋子的困擾。究竟該在什麼時間點提到由美子的存在，眞是困難。

重新閱讀之前寫好的文字時，突然聽見外面有人敲門和呼叫聲。是眞一。

「請進，門沒鎖。」

塚田眞一縮著脖子進來，好像很怕冷。外面的風勢很強吧。

「這是妳的快遞。」隨手遞出一個大型的氣泡牛皮紙信封，是《日本時事紀錄》編輯部寄來的。

「謝謝。」

滋子伸手去接，信封還挺重的。大概是將高井由美子的採訪錄音帶整理成的書面資料吧。加起來一共跟高井由美子聊了將近十個小時，她有時情緒激動地興奮哭叫，採訪不得不中斷；有些段落當場聽也聽不太懂她在講什麼。一開始滋子打算重聽錄音帶自己改寫成文字，但進行得很不順利；最後還是拜託手島總編輯，請其他擅長聽寫的編輯幫忙整理出來。

眞一看著滋子文章寫到一半的電腦畫面。視線並非窺探，但眼神嚴厲。

那一天從三鄉市回家的車上，由美子強調：

「我哥哥是無辜的，我就是爲了跟前畑小姐說這些才要求見面的。」坐在一旁的眞一一聽，臉色立刻大變，然後整個人沉默不語。他並沒有對由美子說些什麼。

當然滋子和由美子、網川浩一說話的時候，眞一並未參與。眞一自己也不期望加入。經過幾天神情凝重的考慮後，他來到滋子的工作室詢問：「還要打算跟高井由美子交往多久？」

「你問我多久，是指時間嗎？我還有很多東西必須要問她耶。」

「妳會將她的一面之詞都寫在報導裡面嗎？」

「還不知道呢。」滋子老實回答：「聽看看她怎麼說，其中只要有我能接受的就寫進去，不能接受的部分自然不寫。但是關於他來跟我接觸的事實，早晚還是得寫出來的。」

「因爲是妳的獨家嘛。」眞一故意表現出鄙夷的語氣。

「我考慮過了。」

「考慮什麼？」

「那天在三鄉市公車站說的話，我要收回。請讓我繼續住在這裡一陣子。」

其實滋子早就想到可能會變成這樣，所以一點也不驚訝：「那當然歡迎，我也不希望你住在其他不熟悉的地方。」

「所以請讓我幫滋子姐做些事吧？」

滋子停了好一陣子才毅然決然說：「你說要幫忙，其實是想監視我吧？免得我被高井由美子收買了。」

眞一不說話，眼眶有些泛紅。

「沒錯。而且等滋子姐聽完她的說法，我有些話要跟她說。」

「就是你在公車站跟我說的那些話嗎？」

「沒錯。」

「我知道了。斟酌受害人家屬的心情……；對於哥哥的無辜，究竟有多少程度的確信……。這些對由美子而言都很重要。實際上她現在滿腦子都是她哥哥的事，所以表現出來的心情缺乏對死者和遺族的同情心。也難怪眞一會生氣，然後將氣發在願意聽她說話的我身上，這也是沒辦法的。所以只要能讓眞一心裡好過，那就來幫我做事吧。」滋子說：「來幫我也好，來監視我也好。但不是來監視我免得我被由美子收買，也不是來看我在文章中寫了些什麼；而是嚴格地監視我有沒有忘了這個事件被殺害的人們和他們的家人，看我有沒有因爲報導賣座就一心只想寫文章。只要我有那種表現，你就立刻把我踢醒。好嗎？你願意嗎？」

「我願意。」眞一答應。眼睛睜的好大，好像對於自己的回答和滋子的提議感到十分驚訝。

「進行得還順利嗎？」眞一問，但身體卻不打算靠近電腦。

「完全不行。」

就在這時，電話聲響，傳眞機受信的訊號閃爍著，緩緩地吐出紙張。

滋子取下傳眞信件閱讀，然後遞給眞一。眞一問了一聲「可以嗎」才讀信。

「你覺得怎樣？」滋子問：「要不要去採訪呢？」

是來自剛剛那通電話的追加資訊，裡面提到淺井祐子律師將召集日高道子、有馬義男、還有在栗橋浩美住處起出的照片中已確知身份的伊藤敦子、三宅綠的家人等，舉辦籌組被害人協會的事前會議。時間是明年的一月十一日，下午兩點開始。地點是位於飯田橋的拱門飯店。

「是手島總編輯傳來的嗎？」眞一問。

「不是，是別人給的資訊。」

「那是不是應該先跟總編輯商量一下再說呢？」

「這個嘛……。」滋子故意含混言語。爲什麼什麼事都要先商量再行動，豈不是太沒用嗎？我又不是小孩子。

看到滋子的表情，眞一大概也能發覺什麼吧。所以轉頭打算就走。

滋子面對著電腦畫面，頭也不回地叫住了眞一：「如果是眞一，應該會覺得討厭嗎？」

眞一停下腳步：「討厭什麼？」

「遺族的聚會裡，跑進一個不知什麼來歷的文字工作者。我想我還是別去的好吧？」

眞一沉默地看著這裡。滋子用力甩甩頭後，將椅子正面轉向他的方向：「對不起，我剛剛的語氣有點酸。」

眞一聳聳肩膀說：「我們家的事件和這個事件是兩碼子事。這個事件還有很多疑點，被害人、被害人家屬和關係人也很多。有些事情需要他們彼此幫助，也可以提供資訊，所以才會組織這種集會吧。說不定還會舉辦記者會呢。要不然如果眞的是什麼獨家內幕，又怎麼會只告訴滋子姐一個人呢？」

也許眞一說的對，也可能不對。打電話和傳眞過來的文字工作者，工作資歷和滋子一樣久，人面也很廣。說不定他眞的擁有獨自的資訊網，發掘到這獨家的內幕消息。但是滋子跟他本來就不熟，就連剛剛的電話，要不是聊了一下，滋子還眞的想不起對方的全名。所以她才不好意思跟對方確認這個資訊的可信度。

「滋子姐好像有些退縮了？」眞一問。

「嗯，我是有些退縮了。」滋子說。

「爲什麼？」

「我在想我眞的可以寫這篇報導嗎？」電腦螢幕又跑出來保護程式了：「我眞的有資格寫這篇報導嗎？」

「妳不是受到了好評嗎？」

滋子搖搖頭說：「我很害怕。」

「害怕？」

「我又沒有接受過正式的訓練，感覺好像在進行有關人命的治療。感覺好像沒有經過事前研修就被交付很重要的任務一樣。」

眞一想了一下，然後表情嚴肅地說：「那妳要停止嗎？」

「……」

「我不希望妳停止。」

「謝謝你。」滋子微笑說：「我知道我是在發些不必要的牢騷，可是最近常常會感到不安。想著自己有什麼權利寫這些東西、說不定我所寫的都是錯的。」

「妳不是都有認眞採訪嗎？」

「可是採訪只不過是累積一些小事實，加以解釋的人還是我。」滋子舉起右手拍自己的心臟說：「我只能基於自己的責任去做。但其實我對人性、對這人世間的事了解得不多，頭腦又不是特別好。這樣的我所做的解釋，像這樣公諸於世獲得好評是對的嗎？我眞的是不知道呀。」

「看來妳很嚴重呀。」

「是呀，也不知道爲什麼。」滋子靠在椅子上表示：「剛開始的時候，都沒有這種問題。」

「是因爲寫兇手的故事才開始有這種情形的，不是嗎？」

滋子內心一陣驚訝，同時又覺得被將了一軍：這孩子眞是聰明。

「簡單說就是這樣。」滋子聳聳說：「坦白說吧，我對栗橋浩美和高井和明，其實一點都不了解。」

「可是我卻很認同滋子姐所描述他們的共犯關係呀。」

滋子的看法是——這一連串事件的原動力是來自栗橋浩美過大與不夠成熟的自尊心，以及高井和明從小無法釋懷的自卑感導致他只有盲目跟從「明星」般存在的童年玩伴栗橋浩美。

「聽起來好像很有道理，但眞的是那樣子嗎？」

「因爲他們已經死了……」

「所以就沒辦法追究囉，所以隨便怎麼推理怎麼寫也無所謂囉。」

「滋子姐應該不是抱著這種想法寫文章的吧？如果是的話，手島總編輯應該一眼就看得出來，也不會讓文章刊出來的。」

「眞一是個男孩子嘛。」

眞一不解地問：「嗄？」

「可是我一次也沒當過男生呀，眞是不巧。」滋子無力地笑說：「所以說的露骨一點，對於那種誘拐女人然後殺掉的男人心態，我實在是不懂。就算倒著思考，也無法理解。爲了滿足自尊心而將箭頭指向柔弱的女人，在理論上說得通，犯罪心理學的書上也有寫到；但我卻不太能體會。因此我在採訪栗橋浩美和高井和明的少年時代時，訪問他們的朋友、老師，就是希望試著重新組織他們最後會走上歧途的心路歷程，但換來的卻只是一場空談的感慨。」

滋子長嘆一口氣。

「看來在這現實的社會裡，還是有不適合女性撰寫的報導文學呀……。」

話還沒說完，眞一已經抽身站起，小跑步離開滋子的工作室。滋子愣住了，心想又惹他生氣了嗎？

只好無所事事地停止螢幕保護程式，這時又聽見眞一回來的腳步聲，手上還拿著一本雜誌。

「我忘了這個。」他將雜誌遞給了滋子，並說：「裡面有配音員川野麗子對滋子姐的期待。我在店裡翻過，覺得不錯就要來了這本。」

滋子接下雜誌。

「我知道滋子姐現在失去了信心，也能理解妳的理由。可是有人卻認爲滋子姐是女性而更應該報導這個事件。我不知道這能不能成爲對妳的鼓勵。」

眞一雙手插進口袋裡，慢慢地走出滋子的工作室，中間還回過頭說：「滋子姐。」

「什麼事？」

停頓了一下，眞一抬起頭看著滋子的眼睛說：「也許我眞的因爲高井由美子的關係而對滋子姐擺出不高興的臉色。」

滋子也直接面對他的眼睛。

「但並不表示全面否定了滋子姐的工作。不對，我或許也有過這種想法。總之我只是不喜歡想到犯罪的事，這是我眞實的感覺。」

「我想我明白。」

「不過我也說過了，這個事件跟我們家的有很多地方不同，實際上未知的部分還很多。所以對該事件多做調查與推理，絕對不會沒有用處的。」

問題是怎麼寫呢？滋子還是點點頭說：「謝謝。」

「我不太會說明，但是如果滋子姐的無力感是因爲我之前的態度……」

「不是的，不是因爲你的關係。不過謝謝你的關心，不必太在意了。我只是有點累了吧。」

眞一說聲「我知道了」便離開房間。滋子又是一個人，她開始閱讀川野麗子的對談專欄。

「男生腦子裡認爲女孩的存在只是作爲男孩的玩具。要和這種價值觀對抗很難我也知道，但我還是願繼續奮鬥。」

川野麗子很清楚表達了自己的看法。滋子翻到對談專欄的最前面，重新閱讀她的簡歷介紹。配音員都做些什麼工作呢？不就是幫外國片配上日文發音嘛……。

滋子實在是缺乏常識，還以爲現代配音員的工作不出於「週末長片」範圍內。簡歷介紹中列舉的作品多半是電視台和電影的卡通動畫，而滋子完全不知道這些作品。

於是打電話給這方面比較清楚的同業。很幸運地找到了對方，對方也簡單扼要地介紹了川野麗子是擁有一定觀眾的資深配音員，並說明她在作品中都擔任哪一類型的角色。

「最近這五、六年，她都是接少年的角色。像科幻、冒險故事的主角，通常都是男生。她對挑選劇本也很嚴格。」

「她不是配女生的音呀。」

「她的做事態度也不是一開始就這樣的。聽說也是有過一些事情。」

「有過一些事情？」

「應該說是因爲某種主義或主張而清醒了吧？妳知道卡通世界裡，不是常有那種娃娃臉卻很肉彈的女孩子嗎？」

滋子笑說：「肉彈！現在沒有人這麼說啦。」

「說的也是。反正那種女孩子的角色，大部分只是男主角的戀愛對象，這是川野女士的說法。她說女性不具有男性喜愛的外貌就不能融入群體，難道不是在灌輸強迫性價值觀，認爲女性的生存只能做爲男性的附屬品嗎！」

「所以她才拒絕爲那一類型的角色配音囉。」

「沒錯。可是滋子爲什麼突然對川野女士有興趣呢？難道說那兩個兇手是卡通迷嗎？」

這眞是令人驚訝，儘管是老朋友，現在一提到前畑滋子馬上就會聯想到栗橋浩美和高井和明。

「那兩個人應該不是這種類型。至少在栗橋浩美初台的房子裡，除了他自己錄製的錄影帶外，沒有發現其他的收藏。」

「說的也對。」對方惋惜地嘆氣說：「不知道那傢伙是參考什麼做出那些舉動？大概還是性暴力色情片吧。」

這種說法曾經在電視、雜誌上也熱烈討論過。於是有人呼籲趁此機會嚴格管制暴力、色情的出版品；另一方面則有人跳起來說要堅決維護表達的自由。有人說是因爲藝術作品喚起了犯罪意識；反對者則強調藝術作品無罪，問題出在接受者的資質水準。於是又有人說只是羅列性描寫、暴力場面的電影、小說、漫畫算什麼藝術作品呢？

而現在滋子側耳傾聽電話那頭對方的發言，十分在意他很自然地，一副理所當然的語氣提起了「參考」的用詞。

「你覺得他們兩個人是參考了什麼嗎？」

「參考？那種類型的犯罪嗎？」

「嗯。不管是事實還是虛構的都好。」

「應該是有模倣什麼東西吧。」說得很有自信。

「爲什麼你說得那麼斬釘截鐵。」

「爲什麼……因爲滋子，人類並不是什麼獨創性的生物，大家必須模倣什麼而生存下去的。」

滋子認爲這是一種很籠統的人生觀與人類觀，但是她又不能說對方有錯。的確……的確他說的也沒錯，滋子一時之間竟停了下來思考這個說法。

於是她反問對方：「那你也在模倣誰嗎？」

對方哈哈大笑並回答：「嗯，有呀。」

「模倣誰呢？」

「不是特定的人物，我所模倣的是概念。」

「概念？」

「可以說是一般社會的共同想法吧。妳知道嗎？一個喜歡看漫畫和卡通、不喜歡當上班族、早上爬不起來、可以寫點文章、記憶力也不錯、可是自己一個人又無法創作出什麼、不適合勞動工作的男人，靠著漫畫和卡通混飯吃，活到將近四十歲才發現人生就是如此。這就是我所說的概念。」

「你在說些什麼呀？」

「所以像我這種寫文章的，整個日本滿街都是。我只是換個說法，其實談的是同一件事。」這一次他改成比較正經的語氣繼續說下去：「那兩個兇手，要說他們特殊也很特殊。畢竟世界再怎麼亂，隨便誘拐女人，將她們監禁殺害，這種男人在全日本還是屬於少數吧。」

對方的理論聽起來似懂非懂。滋子在筆記本上寫了「獨創性」一詞，然後在上面畫叉叉。又在旁邊寫上「特殊」二字，本來打算加上問號，又改變主義畫上圈圈。

「你覺得他們意識到什麼了嗎？對他們而言，什麼是他們的範本呢？」

對方沉吟了一下說：「用意識這個字眼有點奇怪。比方說不是有部電影叫《女收藏家》嗎？他們可能會想模倣電影的內容做案，但他們並沒有那種想法。不然警方和採訪力旺盛的媒體早挖出他們的範本，不是嗎？」

「那麼你剛剛說的『參考』，不是那種意識性的模倣，而是一種更深層的印象植入囉？」

「哇嗚，滋子的用詞還眞是深奧！」

「不好意思，現在的我已經不是當年和你一起採訪一百家美味可口雜菜燒的滋子了。人是會變的呀。」

對方放聲大笑說：「還記得嗎？東八軒，就在自由之丘。哪天再一起到那裡喝一杯吧？」

「好呀。」答應後，電話便到此結束。結果也沒明確回答滋子提出的疑問。

掛上電話後，滋子還在繼續思考。參考……他們是參考了什麼？不是意識性地模倣了什麼，而是以現有的什麼爲本。他們究竟模倣了什麼？

一種更深層的印象植入。

那是什麼？就像川野麗子感到憤慨的「女人是男人玩具」的價值觀嗎？

還是說……。

滋子站起來，雙手搓揉臉頰。

還是說不爲社會接受的過大自尊心，有一天一定會選擇殺死別人的破壞性做法的這種想法呢？

這就是他的動機嗎？

難道說栗橋浩美認為大家都以為像他這樣的人最後一定會這麼做？在世紀末的今天，在全世界的先進國家中，這種犯罪的實例不勝枚舉。所以他做了？只因為是一種破壞的形式，所以做了？就是那麼單純？

栗橋浩美會說：「像我這種人就會這樣做。」而高井和明則在一旁點頭呼應：「是嗎？是這樣子嗎？那就沒辦法囉。可是我們會被逮捕嗎？」栗橋浩美回答：「也許會被逮捕吧。可是沒什麼大不了的，這種例子太多了。」於是高井和明又點一點頭說：「哦，有很多例子嗎？」栗橋浩美不屑地回答：「沒錯。要知道先進國家裡面充滿了餓不死卻也無法自我滿足的人。從這些人裡面會產生一定比率的連續殺人兇手，這就是先進國家的宿命呀。」

滋子不禁大聲叫了出來：「太扯了吧！」

我怎麼會想出這麼無聊的事呢？這不是犯罪者的「動機」，也不是驅使人去殺人或從事破壞行為的動力。這是……這是……

這是一種說明。

是分類。是解釋。是將已發生的事件，歸納在現代案件史或風俗史時，貼在檔案背部的標籤呀。而不管是分類、歸檔或貼標籤，都不是犯罪者的工作。而是……而是給他任何扭曲的機會，他也不會做出如同犯罪者所作所為的人，他們的工作。因此犯罪者通常都是屬於被分析、被解釋的這一邊，對岸的人也絕對不可能跨過此岸。所以不能會有連續殺人兇手一開始就能找到正確文字說明自己內心的黑色衝動，或手上拿著正確的檔案標籤。他們或許也知道用什麼樣的字眼可以說明他們自己的內心，但肯定笨嘴笨舌或還是有補充說明與解釋的必要，於是他們才會去犯罪。

那麼滋子必須做的，是將長期以來沉澱在栗橋浩美、高井和明的內心之中，他們自己無法說明清楚、甚至自己也沒有明確意識到的衝動給解開來。並且寫成文章攤開在青天白日之下。這不僅是滋子，也是全日本關注這個事件的文字工作者和評論家們都率先想完成的工作。

滋子身處於此一競爭之中，目前正在奮戰不已。可是或許是因爲身爲女人無法理解男人的生理，而有碰壁的無力感，或許是擔心自己將因此不能抵達終點而顯得心灰意冷。

可是也不能因爲這樣，就否定了前提條件，就對寫作規則加以懷疑。這個事件在美國的確很稀鬆平常，但是就連續殺人手法正式在日本出現的意義而言，這畢竟是一個重大事件，堪稱劃時代的犯罪事件。但是它的背後則是足以和許多犯罪心理學家研究、分析、累積所得知識對抗的過去的實例。太陽底下沒有新鮮事……。

滋子感到不寒而慄，渾身寒毛都豎了起來。

目前在日本有多少文字工作者、評論家以這個事件爲題材寫東西呢？幾十人？不，搞不好是幾百人的規模？實際上也有電視節目和滋子的報導一樣受到矚目，也有該事件相關對談文集的書本被緊急出版了。

有這麼多的人們各自進行採訪，發表獨家意見，進行個人看法的分析。

不，那只是他們的自以爲是，其實最終的目標只有一個。

目標就是讓自己的「說明」具有說服力。所以採訪的範圍有競爭、取材的深度有競爭、考察的力道有競爭、獨創性有競爭、著眼點新穎與否有競爭。然而競爭方式並不是很多，結果彼此在競爭之中相互模倣。搞得天下烏鴉都是一般黑。

如果說這個事件眞的有什麼獨創性，可能只有一項吧。那就是驅使兇手行動的衝動。而這種衝動隨著兇手死亡而一併消失，無法重現、不能再生。

我們……不，我跟大家一樣，憑什麼我可以擺出一副事不關己的態度，太卑鄙了。我，就是我，之前的前畑滋子做的就是不經過任何人的許可，以粗製濫造的仿造品僞裝成驅使他們的衝動公諸於世。我其實不也是做得很認眞嗎？

滋子伸出手關掉電腦的開關，電腦螢幕應聲暗了下來。幫她裝設電腦的朋友曾經再三交代，不管什麼狀況千萬不能這麼做。但是如果不這樣將寫到一半的文章跟自己分開的話，滋子覺得又要頭昏眼花了。

我究竟是在幹什麼呢？

這一年的年底跟往年一樣。有些地方冷清，有些地方熱鬧。有些地方慘澹經營，有些地方充滿了祝福。而且這一切都在不斷地重複著。太陽底下沒有什麼新鮮事。

人們迎接除夕，爲新的一年而高興。那個連續殺人事件帶來許多受害人的恐怖記憶，已隨著最後一筆帳，被關在闔起的帳簿裡。之後只要有心、想思考這個事件、想提起這個話題，就再把記憶拿出來便是了。事件已經結束了，反正總有人會收拾殘局。這就是先進國家應有的作爲。

仔細想想，過去每年都會說：「今年眞是討厭的一年。發生過重大事件，也有過天災，希望這個事件趕快過去，好迎接新的一年。」也會說：「又有什麼關係呢，反正都是別人家出事。幸好我還活著，家人也都平安，公司也沒有倒。所以除舊布新，期待新的一年吧！」

武上悅郎如果不是手上握有案件過年，他大概也是以上述想法度過除夕吧。因爲他畢竟不是什麼特殊的男人嘛。但是在立場上，他還沒有無事一身輕過年的經驗，所以不管是不是除夕還是什麼時候，他總是抱著不滿足感、不信任感、不安全感，頂多只能透過電視畫面的「除夕連線」聽見除夕夜的鐘聲。

但是內勤業務留守的同事還是叫了應景的蕎麥麵外送到會議室來。爲了盡可能讓部屬能夠在新年期間回家，目前留在會議室跟武上一起吃蕎麥麵的是篠崎和另外一人。除了武上以外，他們兩個都是單身，回家也沒有人等著。

武上最近比以前更常看到篠崎眼光渙散、失魂落魄地坐在檔案堆中。武上一邊吃著炸蝦蕎麥麵，心想：眞是令人擔心……。看不過去篠崎沉默發呆的樣子，武上跟他說話，卻被對方問了一個問題：「除夕夜的鐘聲從哪裡開始算起？」武上是在座年紀最大的，只好回答：「剛開始的幾聲是捨鐘，不能算進去。」最後大家做出一個結論——電視上的除夕鐘聲根本就沒辦法數！每個人的麵碗也見底了。突然有人開玩笑說：「原來除夕夜還在上班的，不是只有我們。蕎麥麵店也眞是辛苦。」武上則靜靜數著鐘聲，並倒乾淨桌上滿是菸頭的菸灰缸，然後點燃新年的第一根香菸。

同樣是除夕夜，高井由美子和媽媽圍坐在暖桌前。勝木宏枝在廚房裡熱什麼東西。媽媽睜著一雙愛睏的眼睛，看著電視上出現某個北國的山寺，和尚在風雪中敲鐘的畫面。由美子對媽媽說：「媽，我可是出生以來第一次過這種除夕夜，以前總是得忙完店面的整理，那有閒功夫坐在暖桌前。」

突然間她發現自己說的話沒有聽進媽媽耳裡。媽媽是故意裝做沒聽見。那還用說嗎？由美子咬著嘴唇，並想著失去的東西，感覺回憶逐漸切割著她的心，最後終於受不了才趴在暖桌上。她本來是不打算哭的，卻還是忍不住。所以當時鐘過了午夜，網川浩一打電話來時，還數落她：「由美子，妳又哭了。」然而耳畔聽見他的聲音，一如傷口被輕撫一樣，有種被治療的感覺。由美子緊握著話筒，輕聲感謝對方的來電。網川浩一也語氣溫柔地表示：「明天不方便，但後天可以去找妳。到時候我們一起去廟裡拜拜吧。」由美子想起他的笑容，內心又是一陣安慰。和平這個外號眞是適合他。雖然他在少年時代是栗橋浩美的好朋友，跟哥哥和明沒什麼交情。儘管突然之間這麼關心由美子有點奇怪，但對一時之間被社會排擠的由美子而言，與其追究理由不如好好握住對方伸出來的溫暖雙手。所以和他聊了一下，掛上電話時還因爲不捨又哭了起來。

「又是新的一年。對由美子而言，這是重要的一年。」浩川網一對由美子說：「由美子，千萬不能認輸。」這就是高井由美子新的一年的標語。

前畑滋子和昭二兩個人到附近的神社去做新年參拜。他們也邀請了公婆同行，但公婆以天氣太冷而拒絕，小倆口親熱地手牽手出門。

滋子還沒有跟丈夫表明自己像是得到惡性傳染病一樣突然失去了信心。因爲年底的截稿時間已過，沒有必要讓昭二擔心。而且現在她也不想談論報導的事。

兩人抽了籤。滋子是吉籤，昭二則是中吉。昭二對籤詩寫著「等待之人將遲到」感到高興，滋子不禁問他等待之人是誰呢？結果他回答：「當然是我們的小孩囉。報導總不會連載幾十回吧？今年我們得好好加油才行。」說完昭二不好意思地笑了。

有馬義男到醫院去了。以眞智子目前的情況，不可能得到新年期間外宿的許可，所以只好讓義男住在病房裡一晚。在病房護理長和營養師的好意下，隔天上午也幫義男準備一份早餐的鹹稀飯。眞智子沉睡，義男靠在她的病床邊打瞌睡，兩人都夢見了鞠子。

塚田眞一暫時回到石井夫婦家去住。和他們吃過宵夜、等他們先行去睡、關上電燈後，眞一一個人留在客廳裡凝視著窗外。抬頭仰望夜空，冬天的星星稀疏。眞一的手觸碰到窗玻璃，冰冷得幾乎要麻痺了。眞一將額頭靠在窗上，心中想念著水野久美。

她沒有打電話過來，但也不能說她沒有和眞一一樣思念著對方。只是想像勝於事實，電話不響正意味著一個理由。於是眞一覺得全世界都離他而去，他偷偷背著石井夫婦將在庭院低吟的洛基放進家裡。一邊撫摸洛基的脖子，不知不覺竟睡在沙發上了。在洛基的體溫保護下一夜安睡無夢。

就這樣新的一年到來。時光的箭頭沒有一定方向，沒有人能看見其行蹤，唯一能確定的是時光始終在走動。

11

一月十一日下午兩點，有馬義男坐在飯田橋拱門飯店的大廳沙發上，等待淺井祐子從人群中發現他。

之前他十分猶豫是否要來，最後還是決定多跟那個叫做淺井祐子的女人說說話，同時也希望和日高道子以外的被害人家屬見面。實際上，義男對於是否能夠向栗橋浩美和高井和明家人請求損害賠償，還是感覺很有問題。

由於兇手們已經死了，表面上看起來這個案件已經平息。如果就不會再有受害者出現的意義而言，的確已經平息了。但法院還沒有判決那兩個人就是千眞萬確的兇手，警方也還在搜查有關的事實。

在這種情況下，究竟還能夠跟栗橋、高井的家人打得成官司嗎？就算可以，儘管民事訴訟不像刑事判決那麼麻煩，但爲了證明栗橋、高井的一連串罪行，到時候還是得以原告身分列席法庭吧。

如果眞是這樣，那問題就來了。畢竟這是一個外行人的團體，這些家人幾乎被悲傷擊垮，好不容易才恢復生活的步調，他們能夠承擔再一次的打擊嗎？

義男沒有什麼法律知識，很幸運的至今也沒有成爲民事訴訟的被告或原告。只是公會裡的朋友曾經因爲車禍、妨礙營業等事故而鬧上法院，他多少也聽過。根據過去聽來的經驗，這次淺井祐子的說法總令人有點難以相信。那些話對於不經世事的人或許很好聽；但對義男而言，至少在年底時聽到的內容，感覺有些過分簡單了。

比方說只是因爲出現在「栗橋浩美房間發現的照片」裡，還不知道和這個事件有什麼關聯的伊藤敦子、三宅綠會怎麼樣？如果之後警方的搜查能找到更確切的證據就好了，不然現階段的她們也不可能成爲損害賠償請求的原告呀。淺井祐子似乎也知道這一點，所以在年底來訪時留下一句：「最壞的情況下，可能就是千秋小姐和鞠子小姐的家人成爲損害賠償訴訟的原告吧。」

意思是說官司還是要打，但會不會人單勢薄了些呢？

所以今天義男就是要來確認這一點。像我這樣的外行人，一眼都能看得出來這個計畫不太可靠，那個律師眞的要做嗎？

神情木然地吸著第二根香菸時，從熱鬧的大廳人群中，看見日高道子穿梭而來。在義男起身提醒對方自己的所在位置時，道子已先看見了他。她還是彎腰駝背縮著頭，好像對全世界的人道歉一樣，低垂的眼神顯得怯弱。

「淺井律師呢？」

「還沒到吧。」

日高道子沒有坐在沙發上，而是拘謹地站在一旁。義男只好站起來把香菸熄掉。

「聽說今天還有三宅小姐的父親會來。」

「是嗎。」

「因爲她母親心情還沒有穩定，所以沒辦法參加。」

「伊藤小姐的父母呢？」

「聽說好像完全不想參與。一直強調根他們沒有關係，說是女兒的安危還未確定，現在哪有心情搞這些。」

那倒也是。如果鞠子還沒有回家的話，義男應該也沒心思去聽損害賠償的提議吧。不管淺井祐子多會說話，說什麼目的不是爲了金錢，也都沒用。

義男偷偷看了一眼日高道子毫無生氣的側臉，幾乎要跟對方說出：「我個人認爲，淺井律師說的應該不可能成功。她對正義的熱忱，我覺得很棒。但現階段要談損害賠償，似乎有點不切實際，甚至可說是文不對題。」但是因爲日高道子低著頭好像在喃喃說些什麼，義男趕緊湊上前問說：「妳剛剛說了些什麼嗎？」

「沒有，我是說淺井律師人很好……。」

「嗄？」

「我對法律不懂。沒受過什麼教育，什麼事都不會。一直都待在家裡面……。所以一切能交給律師處理，對我而言幫助很大。」

義男回答一聲：「哦。」無聊的手又拿出了一根香菸。一點上火，日高道子又開始呑呑吐吐地說話：「我一直很想跟在千秋後面死了算了。」

「那可不行，日高女士。」

「是呀。」日高道子擦拭了一下眼角，繼續說：「可是我眞的覺得活下去沒什麼意思。這心情你能了解嗎？」

「當然，我能了解。我十分了解。但是日高女士，尋死是不可以的。妳女兒也不會高興的。」

日高道子整個哭了起來，雙手掩著臉頰。

「一想到千秋孤單一個人在另一個世界裡，我就覺得自己應該早點陪她……。」

義男的心裡也有了種種的說詞：聽說千秋長得很漂亮，所以在另一個世界應該也不會寂寞吧？其實根本就沒有另一個世界，何必想太多呢。那不過是妳想要自殺的藉口。但就在這時被日高道子指縫間流洩出來的話語所吸引，改變了自己的思緒。

日高道子是這麼說的：「如果年底沒有接到淺井律師的來電，我現在不會在這裡。我早就已經死了。」

義男看著她暗青的臉色，心想她大概都沒睡好，眼睛下面浮腫得厲害。

「淺井律師有打過電話給妳嗎？」

日高道子掏出手帕按著鼻子，一邊抽噎一邊點頭。

「說了些什麼？」

「就是……爲了讓千秋死無遺憾，不要讓社會大眾很快忘記這個事件，首先要申請損害賠償的訴訟……。」

義男緊盯著日高道子的臉，讓日高道子不禁驚訝地揚起眼睛問：「怎麼了？」

「年底妳和淺井律師來我家時，不是這樣說的。當時是說妳當埼玉市議員的哥哥推薦妳去找淺井律師，要打官司也是妳哥哥的提議，不是嗎？」

日高道子的臉色越來越比手上的手帕還要白了。「那是……那是……」

「我不是要質問妳，但是前後有矛盾呀，不是嗎？」

「是……那是……」日高道子頭垂得更低，一邊拭淚說：「老實說當初跟有馬先生說的，都是騙人的。」

「騙我的……日高女士，請妳坐下來說。」

日高道子坐在沙發上，義男爲了聽清楚她微弱的說話聲，也一起坐在旁邊。

「其實是淺井律師先打電話到日高女士家，才有了這個計畫吧？」

「是的，你說的沒錯。」

「電話中的淺井律師，就跟那天到我家一樣，說些熱忱洋溢的話感動了妳，所以妳也有心提起損害賠償的訴訟官司，對嗎？」

「是的……。」

「既然這樣，又爲什麼要騙我呢？」

「那是因爲淺井律師認爲是我自己的意願想要打官司，所以主動找淺井律師幫忙，這種說法比較容易說服大家。」

「哦。」那倒是沒錯。

「可是妳當市議員的哥哥眞的對這件事也給了妳一些意見嗎？」

日高道子人縮得更小了：「這……」

「那也是騙人的嗎？」

「是的。其實……」聲音小得像蚊子叫：「我哥哥是眞的在當埼玉市議員。但是他和我幾乎已經是互不往來的狀態。」

「從很早以前就這樣了嗎？」

「不，是從千秋出事以來……。因爲我哥哥一向致力於教育問題的改革，所以他覺得有千秋這樣的外甥女是一種恥辱。」

義男心中感到一股不對勁，總覺得哪裡有問題。

「所以妳哥哥對這次的事完全不參與囉？」

「是的……但是淺井律師說提到哥哥會比較具有說服力。」

「日高女士，關於這件事，妳還有找什麼人商量嗎？」

「沒有了。」

「妳只跟淺井律師談過嗎？」

「沒錯……。」

「妳去過淺井律師的事務所嗎？」

日高道子搖頭說：「沒有。都是律師來我們家的。」

「那妳也不知道事務所在哪裡囉？」

「可是我有打電話過去。」

「誰接的電話？」

「一個男人，聽說是和淺井律師在同一家事務所工作的律師，他今天應該也會跟我們見面。」日高道子不安地看了一下四周：「可是怎麼這麼慢呢？是路上塞車了嗎？」

義男心想：大概是不會來了，不對，都已經布好了局，怎麼可能會不來……。

「日高女士，原則上妳應該算是淺井律師的委託人吧？」

「是的。」

「妳已經付錢了嗎？」

「是的，先繳了預付金。」

「多少錢呢？」

「一百萬。聽說這種規模的損害賠償訴訟官司，還算是便宜的。」

「那是淺井律師說的嗎？」

「是的。」

義男的不安越來越強烈，心想今天來這裡是對的。但這是不可以的……這……

這時從大廳的人潮裡，看見了淺井祐子的臉孔。不是她一個人，旁邊還有一位五十多歲、一臉病容、不太有精神、穿著西裝的男士走在一起。淺井祐子不停跟男人說話。同時在她的身後，還有一位也是五十多歲、體格短小精悍、前額突出的男人跟隨在後。西裝的衣領上跟淺井祐子一樣都別著金色的徽章。看起來很像是律師的徽章。

仔細一想，和淺井祐子走在一起的男士大概是三宅綠的父親吧。而身後的男人就是日高道子說的「同一事務所的律師」。

三人走上前來，義男盡可能讓自己迅速站起來。或許是他的動作吸引對方的目光，淺井祐子看了他一眼，並點頭致意。然後對身旁的男士說話，男士也看了義男，那視線十分疲憊，顯然就是失去愛女的悲傷父親。

「對不起，請問是三宅綠小姐的父親嗎？」義男開口問。對方無言，但幾乎是反射性地點點頭。

「我是有馬義男，古川鞠子的外祖父。」

三宅綠的父親發出「哦」的一聲。在他還要繼續說話之前，義男對著淺井祐子和她身後的男人大聲問說：「淺井律師，有件事想請教一下，妳眞得是律師嗎？」

突如其來的質問讓日高道子、三宅綠的父親都睜大了眼睛注視著淺井祐子。淺井祐子就跟第一次見面時一樣，擺出一副聰明兔子的神色，毫無表情地看著義男。但她身後的男人一瞬之間顯得動搖，眼光有些閃爍。

「你突然之間說些什麼？」淺井祐子平穩地反問：「有馬先生，你是怎麼了嗎？」

「沒有，我沒事。只是律師妳寬宏大量，應該不會生氣才對。像我這樣沒有知識的老頭子，很擔心妳是否眞的是律師，所以在今天來這裡之前，先調查了一下律師妳。」

這完全是虛晃的一招，義男奮力而爲。畢竟年紀大也比較罩得住。

「你調查了我什麼呢？」聰明的兔子不爲所動，但是身後的男人已開始不安。

「我去找我們豆腐公會城東支部的顧問律師商量有關這次淺井律師提出的損害賠償訴訟官司。順便也請他幫我調查一下淺井律師的來歷，看看屬於哪個律師協會。反正翻一下名鑑就知道了。」

聰明的兔子慢慢地眨眨眼睛說：「眞不巧，我不屬於東京律師協會也不屬於日本律師協會，所以名鑑上應該不會有我的名字吧。」

「哦，是這樣子嗎？」

「有馬先生，總之我們不要站在這裡說話，我們進房間吧！我們去跟櫃檯拿鑰匙，請等一下。」

淺井祐子跟身後的男人使一下眼色，打算離開義男他們。義男心想：妳們想逃，沒那麼便宜的事！可是就在他要說「我也一起去吧」時，旁邊跑出來一個人跳到義男前面。

是個年輕女子，一雙眼睛明亮閃爍。

「請問是有馬先生嗎？」對方問，一副想要找人吵架一樣的高八度聲音繼續說：「我是高井由美子，高井和明的妹妹。我有些事情想跟你說。」

義男吃驚地退後兩三步。因爲高井由美子向前伸出手要抓住義男，義男將她的手給擋掉。由美子撲了個空，兩手撐在沙發上，立刻低著頭靠近說：「有馬先生，拜託你。」她的臉頰失去血色，眼角上揚，神情緊張。

義男的思緒裡還停留在眼前女子剛剛說的話之中，還理不出所以然來。高井由美子……高井和明的妹妹……由美子……和明……妹妹。

妹妹？高井和明的家人。

「妳！還不放開手。」

高井由美子的手臂，想把她從義男的身上拉開。跟淺井祐子一起來，可能是三宅綠的父親抓住

「不要拉我！」……由美子堅決不放手，大聲呼喊：「你走開！我有話要跟有馬先生講呀。」

男人怒吼說：「我是三宅綠的父親。」

高井由美子就像被打了一巴掌似地呆住了。蒼白的臉頰更加蒼白了，就像紙片被風吹拂一樣，臉頰和嘴唇微微顫抖。

「我……我……那個……」高井由美子斷斷續續地想說些什麼。

三宅綠的父親放開了她，怒斥說：「骯髒東西，別上來。妳不要靠近我們。」

「我只是……我只是想說……」

「我們不想跟妳說話！」

有人放聲大哭，是日高道子。她蹲在沙發旁邊，抱著頭大哭。義男也覺得頭昏眼花，兩腳無力。究竟是怎麼回事？爲什麼會變成這樣？

大廳來來往往的人群停下了腳步、停止說話，都側著頭看著義男他們。位於大廳角落櫃檯裡的飯店員工也看著他們。有人拿起了內線電話跟內部聯絡，有人迅速從櫃檯裡跑了出來。

淺井祐子呢？她的同夥呢？他們跑去哪了？義男東張西望卻找不到他們。只覺得眼花撩亂，終於受不了趕緊閉上眼睛免得暈倒。

不行，我快暈倒了……。

「危險！」

有人大叫，接著抱住了義男的背後。同時一個沒有聽過的女人聲音來勢洶洶地斥責高井由美子：「由美子！妳在這裡幹什麼？妳想幹什麼？」

義男張開眼睛，發現自己跌坐在地板上。背後有人從兩肘抱住他。他試著靠在那人身上，好不容易才能抬起頭來。

眼前看見高井由美子的手臂被一個素未謀面的女子抓著，並從背後抱住。女人大聲質問由美子。那是一位三十多歲，身材高瘦、打扮樸實的女子。一開始義男以爲她是高井由美子的律師。剛剛跑了一個律師，現在又來一個律師。可是哪一個才是眞的律師呢？

「喂！妳是誰？」三宅先生手指著身材高瘦的女子問「妳究竟是什麼人？慢點，我好像見過妳的臉。」

高瘦的女子好像看著可憐的事物，眼光顯得眞誠。她毫不閃躲三宅先生的注視，點頭回答說：

「我叫前畑滋子。」

三宅先生眼底浮現認識對方的神色，同時整個臉也氣得開始發黑：「啊……就是妳呀！妳就是寫那篇無聊報導的人！」

不是質問，劈頭就是痛罵。自稱是前畑滋子的女子沒有反駁，只是低垂著視線沉默以對。然後將由美子拉近自己，低聲說：「我們回去吧。」

「妳不可以來這裡的。妳要爲自己的失禮跟大家道歉，然後我們回家。」

高井由美子的雙眼充滿了淚水：「我……我……可是我……」

「來，跟大家道歉。」

由美子尖聲回答：「可是我哥哥是無辜的呀！」

國家圖書館出版品預行編目資料

模倣犯／宮部美幸著；張秋明譯－－初版.
－－臺北市：一方，2003〔民92〕
面；　公分.－－（宮部美幸作品集；1-4）
譯自：模倣犯

ISBN 986-7722-25-6（第1冊：平裝）
ISBN 986-7722-26-4（第2冊：平裝）
ISBN 986-7722-27-2（第3冊：平裝）
ISBN 986-7722-28-0（第4冊：平裝）

861.57　　　　92009059